T0006732

LÍNEA
DE
SUCESIÓN

Jeffrey Archer

LÍNEA DE SUCESIÓN

Editado por HarperCollins Ibérica, S. A.
Avenida de Burgos, 8B - Planta 18
28036 Madrid

Línea de sucesión
Título original: Next in Line

Publicado por HarperCollins Publishers Limited, UK

Diseño de cubierta: CalderónSTUDIO®
Imágenes de cubierta: Shutterstock

ISBN: 978-84-9139-861-5
Depósito legal: M-1833-2023

Para Janet

¿Una historia verdadera?

Capítulo 1

Un motociclista del Grupo de Escolta Especial entró majestuosamente en Scotland Yard seguido de cerca por un Jaguar verde y un Land Rover camuflado; completaba el convoy real dos motos de policía que cerraban la marcha. Todos se detuvieron en el mismo instante en que el Big Ben daba las once y media.

Del lado del copiloto del Jaguar salió un agente de protección especial y abrió la puerta trasera. El comisario general de la Policía Metropolitana, *sir* Peter Imbert, dio un paso al frente e hizo una reverencia.

—Bienvenida a Scotland Yard, alteza.

Sus palabras fueron recibidas con aquella sonrisa cálida y tímida que tan bien conocía todo el mundo.

—Gracias, *sir* Peter —respondió ella, y estrechó la mano del hombre—. Ha sido muy amable al acceder a esta inusitada petición que le he hecho.

—Un placer, señora —dijo *sir* Peter, antes de volverse hacia el comité de bienvenida de altos cargos policiales que estaban guardando cola—. Permítame que le presente al subcomisario general…

La princesa fue estrechando las manos de los agentes hasta que llegó al final de la cola, donde le presentaron al jefe de los equipos de investigación de homicidios de la Policía Metropolitana de Londres.

—Al comandante Hawksby se le conoce como el unicida —comentó el comisario general—. Y este es el inspector jefe Warwick, que será su guía esta mañana —añadió a la vez que una niña daba un paso al frente, hacía una reverencia y le ofrecía un pequeño ramo de rosas de color rosa a la princesa, quien, con la mayor sonrisa de todas las que había dedicado hasta el momento, se inclinó y dijo—: Gracias. Y tú ¿cómo te llamas?

—Artemisia —susurró la cabeza inclinada, mirando al suelo.

—Qué nombre más bonito —exclamó la princesa.

A punto estaba de reanudar la marcha cuando Artemisia alzó la mirada y dijo:

—¿Por qué no llevas corona?

William se puso rojo como un tomate, y su número dos, el inspector Ross Hogan, soltó una risita sofocada que provocó el llanto de Artemisia. La princesa volvió a inclinarse, cogió en brazos a la niña y dijo:

—Porque no soy una reina, Artemisia; solo soy una princesa.

—Pero algún día serás la reina.

—Y entonces llevaré corona.

Contenta con la respuesta, Artemisia sonrió mientras su padre acompañaba a la invitada real de la Policía Metropolitana al interior del edificio.

La princesa se detuvo a intercambiar unas palabras con el joven cadete que sujetaba la puerta, y a continuación William la llevó a un ascensor. Antes de la visita había tenido lugar una larga discusión acerca de si subiría a la primera planta por las escaleras o en ascensor. Había ganado el ascensor, con cinco votos a favor y cuatro en contra. Otra decisión difícil había sido la de quién la acompañaría en el ascensor. Al final, los elegidos fueron el comisario general, el comandante Hawksby y William, mientras que la dama de compañía de la princesa subiría en el otro ascensor con el inspector Ross Hogan y la subinspectora Roycroft.

William llevaba el guion bien preparado, pero la primera pregunta de su alteza real lo descolocó.

—¿Artemisia no será hija suya, por casualidad?

—Sí, señora —respondió William—. Pero ¿qué le ha hecho llegar a esa conclusión? —preguntó, olvidando por un instante que no se dirigía a uno de sus subordinados.

—Si no fuera su hija, usted no se habría ruborizado —respondió ella mientras pasaban al ascensor.

—La verdad es que le dije que no hablase con usted, y, sobre todo, que no le hiciera ninguna pregunta.

—El hecho de que le haya desobedecido me hace pensar que su hija será la persona más interesante que conozca hoy —susurró Diana mientras se cerraban las puertas del ascensor—. ¿Por qué se llama Artemisia?

—Por Artemisia Gentileschi, la gran pintora del Barroco italiano.

—¿De modo que es usted aficionado al arte?

—Lo mío es pasión, señora. Pero fue mi esposa, Beth, que es conservadora de pintura en el Museo Fitzmolean, quien eligió el nombre.

—Entonces volveré a ver a su hija —dijo la princesa—, porque, si no recuerdo mal, el año que viene inauguraré la exposición de Frans Hals del Fitzmolean. Más vale que me asegure de ponerme al menos una diadema, si no quiero que vuelva a regañarme —añadió mientras las puertas del ascensor se abrían en la primera planta.

—El Museo del Crimen, señora —dijo William, volviendo a su guion—, más conocido como el Museo Negro, fue creado por un tal inspector Neame, quien, en 1869, pensó que el estudio de casos famosos ayudaría a sus colegas a resolver crímenes e incluso a prevenirlos. Le ayudó el sargento Randall, que, con el material que recopiló de diferentes escenarios de crímenes y de criminales famosos, aportó las primeras pruebas documentales de este archivo de delincuentes. El museo abrió cinco años después, en abril de 1874, pero sigue cerrado al público.

William volvió la cabeza y vio a Ross Hogan charlando con la dama de compañía de la princesa. Acompañó a su invitada por un largo pasillo hasta la habitación 101, cuya puerta aguardaba abierta a que la cruzase su alteza real. Se preguntó si ella abriría alguna vez una puerta por sí misma, pero rápidamente desechó el pensamiento y volvió a su guion.

—Espero que el museo no le resulte demasiado inquietante, señora. Más de un visitante se ha desmayado.

Entraron en una sala cuya tenue iluminación no hacía sino aumentar el macabro ambiente.

—No puede ser peor que los cuatro días que suelo pasar en Ascot —contestó la princesa—. Allí estoy a punto de desmayarme todo el tiempo.

A William le entraron ganas de reír, pero se contuvo.

—La primera pieza de la exposición —dijo mientras se acercaban a una gran vitrina— incluye los objetos más antiguos reunidos por Neame y Randall.

La princesa miró atentamente la colección de armas utilizada por criminales del siglo XVII para asesinar a sus víctimas (entre otras cosas, un bastón que se transformaba en espada con un giro de la empuñadura, además de varias navajas automáticas, porras de madera y puños de acero). William pasó enseguida a la siguiente vitrina, que estaba dedicada a Jack el Destripador e incluía una carta manuscrita que había enviado a la Agencia Central de Noticias de Londres en 1888, en el apogeo de sus asesinatos en serie, carta en la que provocaba a la policía al predecir que jamás conseguirían atraparlo. Pero, claro, recordó William a su invitada, aquello fue antes de que la Policía Metropolitana empezase a valerse de las huellas dactilares para identificar a los delincuentes, y más de un siglo antes del descubrimiento del ADN.

—Todavía no me he desmayado —dijo la princesa mientras pasaban a la siguiente vitrina, que contenía unos binoculares de época—. Y estos ¿qué tienen de especial?

—No se fabricaron pensando en Ascot, señora —dijo William—. Fueron un regalo que le hizo un tipo bastante desagradable a su prometida a los pocos días de que ella le diera calabazas. Cuando se los acercó a los ojos y enfocó, salieron dos clavos de golpe y la cegaron. En el juicio, el fiscal le preguntó al acusado por qué había hecho algo tan horrible, y el hombre se limitó a responder: «No quería que volviese a mirar jamás a otro hombre».

Diana se tapó los ojos y William se apresuró a continuar con el recorrido.

—El siguiente objeto, señora, es muy fascinante —dijo William, y señaló una cajita de metal normal y corriente—. Fue la pista decisiva del primer caso que resolvió la Policía Metropolitana con la prueba de las huellas dactilares. En 1905, se arrestó a los hermanos Alfred y Albert Stratton por el asesinato del dueño de un comercio, Thomas Farrow, y de su esposa, Ann. Habrían salido impunes si Alfred no hubiese dejado una huella de pulgar en la caja registradora vacía. Ambos fueron declarados culpables y ahorcados.

Pasaron a la siguiente vitrina, donde la princesa echó un fugaz vistazo a una fotografía antes de volverse hacia William.

—Hábleme de él.

—El 18 de febrero de 1949, John Haigh mató a Olive Durand-Deacon, una viuda acaudalada que había ido a Crawley a ver el taller de ingeniería de Haigh. Después de quitarle todos los objetos de valor que llevaba encima, Haigh disolvió el cadáver en un bidón de ácido sulfúrico, pensando que, si la policía no conseguía encontrar el cadáver, no podría acusarle de asesinato. Pero no tuvo en cuenta la pericia de un tal Keith Simpson, un médico patólogo que descubrió tres cálculos biliares y un par de dientes postizos de la víctima en un montón de escombros que había al fondo del taller. Haigh fue detenido, condenado y ahorcado.

—Bueno, inspector, se ve que usted es de esos a los que les gusta llevar a las chicas a un lugar romántico en su primera cita… —dijo la princesa. Entonces William se relajó y se rio por primera vez.

—Otro hito —continuó mientras se detenían frente a la siguiente vitrina— fue la detención del doctor Hawley Harvey Crippen, un homeópata estadounidense que asesinó a su mujer, Cora, en Londres antes de huir a Bruselas acompañado por su amante, Ethel Le Neve. Desde Bruselas se fueron a Amberes, donde Crippen adquirió dos billetes para el buque de vapor Montrose con destino a Canadá. Ethel se disfrazó de muchacho para que pudieran pasar por padre e hijo. Antes de zarpar, el capitán del navío había visto un cartel de SE BUSCA, y empezó a sospechar al ver a Crippen y Le Neve cogidos de la mano y besándose. Telegrafió a Scotland Yard, y el inspector jefe Walter Dew, que estaba a cargo del caso, se fue inmediatamente a Liverpool y embarcó en el vapor Laurentic, un buque mucho más veloz, que llegó a Montreal antes que el Montrose. Cuando el Montrose entró en el río San Lorenzo, Dew, disfrazado de piloto, subió a bordo, arrestó a Crippen y a Ethel y los llevó de vuelta a Inglaterra para procesarlos. El jurado solo tardó treinta minutos en declarar a Crippen culpable de asesinato.

—Otro más que fue al degolladero... —dijo la princesa con tono jovial—. Pero ¿qué fue de Ethel?

—La absolvieron de ser cómplice encubridora. Eso sí, en su caso, el jurado tardó muchísimo más en tomar la decisión.

—Es curioso que las mujeres se vayan de rositas tan a menudo —dijo la princesa mientras pasaban a la siguiente sala, que no parecía precisamente más acogedora que la anterior.

—A continuación, va a conocer a unos famosos gánsteres del East End —anunció William—. Empezaré por los de peor fama de todos ellos, los hermanos Kray: Reggie y Ronnie.

—Hasta yo he oído hablar de ellos —dijo la princesa, y se colocó ante unas fotos policiales en blanco y negro de los tristemente célebres gemelos.

—A pesar de que habían cometido infinidad de delitos atroces durante muchos años, incluso más de un asesinato, fue casi imposible acusarlos, y no digamos condenarlos, porque no había nadie dispuesto a declarar en su contra por miedo a las consecuencias.

—¿Y al final cómo los pillaron?

—La policía acabó deteniéndolos después de que Reggie asesinase a un compinche llamado Jack «Sombrero» McVitie en 1967. Los dos Kray fueron condenados a cadena perpetua.

—¿Y la persona que testificó? —preguntó la princesa.

—No llegó a celebrar su siguiente cumpleaños, señora.

—Aún no me he caído redonda, inspector —bromeó la princesa al pasar a la siguiente sala, donde fue recibida por un amplio surtido de cuerdas de yute de distintos largos y grosores.

—Hasta el siglo XIX se formaban grandes multitudes en Tyburn para presenciar ahorcamientos públicos —dijo el comisario general, que los seguía de cerca—. Este bárbaro espectáculo terminó en 1868, cuando las ejecuciones empezaron a hacerse detrás de los muros carcelarios, sin público.

—Y usted, *sir* Peter, ¿llegó a presenciar algún ahorcamiento cuando era un joven agente? —preguntó la princesa.

—Solo uno, señora, y, gracias a Dios, nunca más.

—Refrésqueme la memoria —dijo la princesa, volviéndose hacia William—. ¿Quién fue la última mujer que murió en la horca?

—Se me ha adelantado usted, señora —dijo William, pasando al siguiente expositor—. Ruth Ellis, que regentaba un club nocturno, murió en la horca el 13 de julio de 1955, después de haber disparado a su amante con este revólver Smith and Wesson calibre 38 que puede ver aquí.

—¿Y el último hombre? —preguntó la princesa, clavando la mirada en el arma.

William se devanó los sesos —la pregunta no formaba parte del guion que llevaba preparado—. Se dirigió al comisario general, pero no obtuvo respuesta.

Fueron rescatados por el director del museo, que dio un paso al frente y dijo:

—Gwynne Evans y Peter Allen fueron ahorcados el 13 de agosto de 1964 por el asesinato de John Alan West, señora. El año siguiente, un proyecto de ley presentado por un diputado para abolir la horca se convirtió en ley. No obstante, señora, quizá le interese saber que todavía se puede ahorcar a alguien por traición o por piratería con violencia.

—Creo que en mi caso es más probable la traición —dijo la princesa, cosa que hizo reír a todos.

William acompañó a su invitada hasta la última sala del recorrido, donde le enseñó una fila de frascos que contenían diferentes venenos. Le explicó que era el método preferido por las mujeres para asesinar, sobre todo a sus maridos. Se arrepintió de sus palabras nada más pronunciarlas.

—Y con esto, señora, llegamos al final de la visita. Espero que le haya parecido… —titubeó antes de cambiar la palabra «agradable» por «interesante».

—El adjetivo «fascinante» se ajusta mejor a esta visita, inspector —contestó la princesa mientras William la acompañaba a la salida.

Volvieron por el largo pasillo en dirección al ascensor, pasando por delante de unos aseos que habían sido reservados para la visita real. A la entrada había dos jóvenes mujeres policía, pero no había habido necesidad de solicitar sus servicios y estaban decepcionadas. La princesa lo notó, y se detuvo unos instantes a charlar con ellas.

—Espero que volvamos a vernos, inspector, y también espero conocer a su esposa en la inauguración de la exposición de Frans Hals —dijo la princesa, y entró en el ascensor—. Me imagino que al menos será una ocasión más alegre que esta.

William esbozó una sonrisa.

Cuando se abrieron las puertas del ascensor en la planta baja, el comisario general tomó el testigo y acompañó a su invitada real al coche que la estaba esperando. El guardaespaldas mantuvo abierta la puerta de atrás mientras la princesa hacía un alto para saludar a la muchedumbre que se había congregado al otro lado de la acera.

—Ya he visto que no has tardado ni medio segundo en intentar ligar con su dama de compañía —dijo William cuando se le acercó el inspector Hogan.

—Creo —dijo Ross sin vacilar— que tengo muchas posibilidades…

—Pues yo diría que aspiras demasiado alto —respondió William.

—Para ti no fue un problema —dijo Ross con una sonrisa.

—*Touché* —dijo William a su amigo, e inclinó levemente la cabeza.

—*Lady* Victoria me ha dicho que el guardaespaldas de la princesa se jubila a finales de año y aún no han encontrado un sustituto. Así que tenía la esperanza de que dijese usted algo bonito sobre mí…

—¿Como qué? —preguntó William—. ¿Que no eres de fiar? ¿Que eres un crápula? ¿Que eres promiscuo?

—Creo que es más o menos eso lo que anda buscando —dijo Ross mientras la dama de compañía se subía al coche que precedía al de la princesa.

—Me lo pensaré —dijo William.

—¿Solo eso, con todo lo que he hecho por usted a lo largo de los años?

William contuvo la risa al recordar cómo había terminado su aventura más reciente. Ross y él acababan de volver de España, donde habían estado siguiéndole la pista a Miles Faulkner. En Barcelona por fin habían dado alcance a su viejo archienemigo, y se lo habían llevado a rastras a la prisión de Belmarsh, la misma de la que había huido Faulkner el año anterior. A pesar de que se sentían triunfantes, William y Ross eran conscientes de las inevitables consecuencias a las que iban a tener que enfrentarse «por haberos saltado todas las normas del reglamento», en palabras del comandante. William recordó a su jefe que en el reglamento de Faulkner no había ninguna norma y que, si ellos dos no se hubieran saltado alguna que otra, habría escapado de sus garras una vez más.

Dos errores no suman un acierto, les había recordado el comandante.

Pero ¿hasta cuándo podían esperar que Faulkner siguiese entre rejas, se preguntó William, cuando su corrupto abogado, el señor Booth Watson, consejero de la reina, estaba dispuesto a estirar esas mismas normas hasta el límite con tal de garantizar que su «distinguido cliente» quedase absuelto de todos los cargos y saliera de la cárcel con una reputación sin tacha? También contaban con que Booth Watson no iba a estar satisfecho hasta que William y Ross tuvieran que enfrentarse a un procedimiento disciplinario, tras el cual serían ignominiosamente despedidos del cuerpo por su inaceptable conducta durante el ejercicio de sus funciones policiales. William ya había advertido a su mujer de que los próximos meses no iban a ser una balsa de aceite.

—¡Menuda novedad! —había exclamado Beth antes de añadir que no iba a quedarse contenta hasta que Booth Watson estuviese con su «distinguido cliente» entre rejas, que era donde ambos tenían que estar.

William volvió de golpe al presente cuando su alteza real subió a la parte de atrás del coche y los motociclistas de escolta aceleraron y encabezaron la marcha del séquito real, que se fue alejando de Scotland Yard con rumbo a Victoria Street.

La princesa saludó al gentío con la mano desde su coche, y todos respondieron, salvo Ross, que seguía sonriendo a su dama de compañía.

—A ti lo que te pasa, Ross, es que tienes los huevos más grandes que el cerebro —dijo William mientras el convoy salía lentamente de New Scotland Yard.

—Hace que la vida sea mucho más interesante —respondió Ross.

En cuanto el convoy de la princesa se hubo perdido de vista, el comisario general y el Halcón* se acercaron a ellos.

—Buena idea la suya —dijo *sir* Peter—, eso de encargar a dos agentes jóvenes que les enseñen el museo a nuestros invitados, en lugar de que se ocuparan de ello unos vejestorios como nosotros. Sobre todo, teniendo en cuenta que uno de ellos claramente traía los deberes hechos.

—Gracias, señor —dijo Ross, lo que provocó una sonrisa burlona del comandante.

—La verdad es que Warwick se ha ganado que le dé usted el resto del día libre —sugirió *sir* Peter, y los dejó para volver a su despacho.

—Ni en sueños —murmuró el Halcón cuando el comisario general ya no podía oírlos—. De hecho, quiero veros a los dos en mi despacho con el resto del equipo lo antes posible…, y lo antes posible es ya.

---

* Se refiere al comandante Hawksby. *Hawk* es «halcón» en inglés. *(Todas las notas son de la traductora).*

Capítulo 2

El comandante tomó asiento a la cabecera de la mesa, donde ya se encontraban sus colaboradores más cercanos. Había tardado cinco años en formar el equipo, que a estas alturas tenía fama de ser uno de los mejores de Scotland Yard. Y, sin duda, el broche de oro había sido echarle el guante a Miles Faulkner en España, adonde se había fugado, y traerlo por fin de vuelta a Inglaterra para procesarlo.

Pero el Halcón se preguntaba a cuántos miembros de su equipo llamarían a declarar en ese caso concreto. William y Ross tendrían que someterse a un contrainterrogatorio por parte de Booth Watson, el desaprensivo abogado de Faulkner, que no vacilaría en hacer saber al jurado que dos de los agentes con más experiencia de la Policía Metropolitana habían detenido ilegalmente a su cliente cuando este estaba de viaje en Barcelona. No obstante, el Halcón aún se guardaba un as en la manga: tenía cierta información sobre Booth Watson que un destacado consejero de la reina como él no querría que llegase a oídos del Colegio de Abogados. Aun así, la cosa iba a estar muy reñida.

A los agentes que estaban sentados a la mesa el Halcón los consideraba más como su familia que como colegas —el Halcón no tenía hijos—. Igual que cualquier familia, tenían sus problemas y sus diferencias, y se preguntó cómo iban a reaccionar a lo que estaba a punto de decirles.

A pesar de que el inspector jefe Warwick era el inspector jefe más joven de la Policía Metropolitana, ya nadie le llamaba el Monaguillo, salvo, tal vez, el inspector Ross Hogan, que en esos momentos se encontraba sentado justo enfrente de él. Ross era, sin lugar a dudas, la oveja negra de la familia, un inconformista que estaba más interesado en mandar delincuentes a chirona que en rellenar infinitos formularios, y que había sobrevivido a sus frecuentes encontronazos con sus superiores solo porque el Halcón lo consideraba el mejor de todos los agentes secretos con quienes había trabajado.

A la derecha de Hogan estaba la subinspectora Roycroft, una de las muchas examantes de Ross y, posiblemente, la más valiente de todos los agentes que estaban sentados alrededor de la mesa. Recién salida de la Academia de Hendon, una jovencísima agente Jackie había placado a un traficante de armas argelino de dos metros, lo había tirado al suelo y lo había esposado antes de que se presentase en escena otro agente. No obstante, seguramente lo que más la acreditaba entre sus colegas era el hecho de que había dejado fuera de combate a un inspector que le había plantado la mano en la pierna cuando estaban de guardia. Nadie salió a defenderla cuando dio parte del incidente, pues el inspector en cuestión había sido el único testigo. Después de aquello, sus perspectivas profesionales se habían frenado en seco, hasta que el comandante se percató del potencial de Jackie Roycroft y le pidió que se incorporase a su equipo.

Frente a ella estaba el subinspector Adaja. Listo, emprendedor y ambicioso, había gestionado los prejuicios raciales tanto dentro como fuera del cuerpo policial con dignidad y elegancia. El Halcón no tenía la menor duda de que Paul llegaría a ser el primer comandante negro, y le hacía gracia que Paul tampoco la tuviese.

Y, por último, la detective Pankhurst, la más joven del equipo, que jamás aludía a su educación en colegios privados, ni a su matrícula de honor, como tampoco al hecho de que una de sus antepasadas más famosas, la sufragista Emmeline Pankhurst, había estado en la cárcel, y más de una vez. Rebecca era, seguramente, la más inteligente de todas las personas sentadas a la mesa, y el comandante ya había decidido que no iba a tardar en darle un ascenso, aunque aún no se lo había dicho.

Lo malo de estar al mando de un grupo tan brillante y dinámico era que había que madrugar —y mucho— si querías llevarle la delantera. A pesar de ello, en esta ocasión, el comandante se había asegurado de ponerse en marcha antes incluso de que hubieran sonado las alarmas de sus subalternos.

—Permitidme que empiece felicitándoos a todos por el papel que habéis jugado en los casos abiertos de homicidio que el comisario adjunto nos pidió que resolviéramos. Pero esto ya es agua pasada, y ahora debemos mirar al futuro.

Alzó la mirada y comprobó que todos le estaban prestando atención.

—El comisario adjunto ha decidido, sabiamente, apartar al equipo de los casos de homicidio y proponernos un desafío aún mayor. —Les hizo esperar, pero solo un instante—. El Servicio de Protección de la Casa Real —dejó que las palabras se quedasen flotando en el aire— está dictando sus propias leyes. El agente que está al mando, el comisario Brian Milner, se cree que su unidad es intocable, que solo tiene que rendir cuentas ante la familia real, y que, por tanto, ha dejado de formar parte de la Policía Metropolitana. Nosotros les vamos a sacar de su error. Hace tiempo que, cuando uno de sus agentes asciende o se jubila, Milner ni se molesta en entrevistar a candidatos externos. Así se asegura de no perder el control de la unidad, lo cual es a su vez un problema, porque, a raíz de los recientes ataques terroristas perpetrados en distintos lugares por todo el mundo, el MI6 se ha puesto en contacto con nosotros para advertirnos de que es muy posible que el siguiente objetivo sea un miembro de la familia real, que, también según el MI6, demasiado a menudo es un blanco fácil. Incluida la reina.

Paul fue quien interrumpió el silencio que siguió a sus palabras.

—¿Y de dónde piensa el MI6 que vendría el ataque?

—Probablemente de Oriente Medio —dijo el Halcón—. Antiterrorismo está vigilando de cerca a todas las personas procedentes de Irán, Iraq o Libia, por nombrar los tres candidatos más obvios. El comisario general adjunto Harry Holbrooke me dejó bien claro a qué nos enfrentamos. Nombró las tres organizaciones terroristas que están en su lista de objetivos a vigilar y que suponen una amenaza inminente.

Todos los presentes siguieron tomando apuntes.

—Holbrooke no cree que vayan a salir de sus propios países, donde se encuentran seguros, pero sí que las tres organizaciones habrán repartido por el Reino Unido varias células latentes preparadas para desplazarse en cualquier momento. Ya ha encargado a varios equipos que vigilen de cerca a los candidatos más conocidos, que son más de una docena, pero reconoce que no dispone de más hombres para vigilarlos a todos porque ha agotado casi todos sus recursos. Con este fin, nos ha pedido que compartamos cualquier información que nos llegue, por insignificante que pueda parecernos.

—Jugar a polis y cacos es cosa del pasado, está claro —dijo Ross con cierta emoción.

—De un pasado muy remoto —dijo el Halcón—. Y no ayuda mucho que Holbrooke, entre otros, haya dejado de creer que el comisario Milner sea un buen jefe del Servicio de Protección de la Casa Real y quiera sustituirle lo antes posible.

—¿Por alguna razón en particular? —preguntó Ross.

—Sí. Cuando Holbrooke le llamó por teléfono a Buckingham Gate y dejó recado para que se pusiera en contacto con él urgentemente, Milner no se molestó en responder hasta una semana más tarde. Y, cuando Holbrooke le informó con todo detalle de la última amenaza terrorista, lo único que dijo Milner al respecto fue, y cito palabras textuales: «No te agobies, colega, lo tenemos todo controlado».

—Lo cual, señor —dijo Jackie apartando la vista de su cuaderno—, me suscita la siguiente pregunta: ¿nos han asignado al Servicio de Protección de la Casa Real única y exclusivamente porque el comisario general no considera que Milner esté a la altura de sus funciones?

El comandante Hawksby guardó silencio unos instantes antes de responder:

—No. En realidad, ni siquiera Holbrooke conoce toda la historia, porque sigo considerándola un asunto interno. —Cerró la carpeta que tenía delante y añadió—: Dejad de escribir.

Obedecieron sin rechistar.

—El comisario general también tiene razones para pensar que Milner y parte de su círculo más cercano están corruptos; entre otras cosas, porque al parecer vive con el sueldo de un comisario como si fuera un miembro menor de la realeza. Y, si al final se confirma, vamos a necesitar pruebas irrefutables de lo que lleva tramando los diez últimos años para que podamos pensar siquiera en arrestarle. En parte porque, sobra decirlo, tiene amigos en las altas esferas, y con algunos ha trabajado durante años. Teniendo esto en cuenta, dentro de poco vamos a proporcionarle cuatro nuevos reclutas a Milner, pero entre ellos no se encontrará Ross Hogan, que estará directamente bajo mis órdenes.

—¿Vuelvo a trabajar como agente secreto? —preguntó Ross.

—No. De hecho, más al descubierto no podrías estar —añadió el Halcón sin dar explicaciones.

Nadie pidió detalles ni interrumpió mientras el jefe se explayaba.

—El inspector jefe Warwick se incorporará al Servicio de Protección de la Casa Real en calidad de lugarteniente del comisario Milner, pero no antes de que los demás os hayáis puesto completamente al corriente de los problemas a los que os vais a enfrentar, y eso podría llevaros, como poco, un par de meses. Y recordad: debemos evitar que Milner descubra qué nos traemos entre manos, conque más vale que no os vayáis de la lengua con ningún compañero que no esté presente en esta sala. No podemos permitirnos darle a ese hombre ni la más mínima oportunidad de borrar sus huellas antes de que hayamos entrado siquiera en escena. Al inspector jefe Warwick se le dará manga ancha para que busque y encuentre a cualquier otro agente que actúe como si estuviera por encima de la ley, y a la vez intentará descubrir si se toman la amenaza terrorista mínimamente en serio.

El comandante se volvió hacia William.

—Puede que el primer problema con el que te topes sea el propio Milner. Si la manzana más grande del barril está podrida, ¿qué esperanza hay para las que todavía están germinando? No olvidéis que Milner lleva más de una década al mando de la unidad, y que considera que la única persona a la que tiene que rendir cuentas es a su majestad la reina. Tendréis que andaros con pies de plomo si queréis manteneros el tiempo suficiente para averiguar cómo se está saliendo con la suya —añadió el Halcón, cediendo el testigo a la única persona de la mesa que ya había sido informada en profundidad.

—Durante las próximas semanas —dijo William—, quiero que estudiéis a fondo cómo desempeñan sus actividades públicas los miembros de la familia real. Imaginaos que ni siquiera supierais quiénes son; partid de cero y tratadlos como si fueran todos unos delincuentes a los que hay que investigar.

—Suena divertido —dijo Jackie.

—Podéis empezar por una visita guiada al castillo de Windsor en un día de puertas abiertas, cuando no haya miembros de la familia real en las instalaciones. Vuestro único cometido será tantear el terreno a la vez que comprobáis las medidas de seguridad. Cuando en vuestro primer día os presentéis como agentes del Servicio de Protección de la Casa Real, quiero que vayáis con ventaja.

—¿Qué os apostáis a que me cuelo en el castillo sin que me vean? —preguntó Ross.

—Ni se te ocurra —dijo el Halcón—. En bastante lío estás metido tú ya. Eso sí, si por casualidad te topas con algún agente de protección recién jubilado, tienes permiso para irte de pesca con él. Asegúrate solamente de que no terminas siendo tú el cebo, porque, de ser así, no te quepa la menor duda de que llamarán a Milner y habrá que apartarte del caso.

—Eso sí, una vez que empecemos a trabajar para el Servicio de Protección de la Casa Real —dijo William—, contad con que seréis ignorados, insultados, incluso ridiculizados, por agentes que no saben que dentro de unos meses quizá ya no sigan allí. De todas formas, tened siempre presente que no todos serán corruptos; es posible que haya quien piense lo mismo de Milner que el comisario general, aunque me temo que otros serán incorregibles. Las reuniones del equipo seguirán celebrándose aquí, en Scotland Yard, cada mañana, de ocho a diez. En ellas compartiremos lo que vayamos averiguando, y con un poco de suerte descubriremos exactamente a qué nos enfrentamos incluso antes de incorporarnos al servicio. ¿Alguna pregunta?

—No ha mencionado qué papel voy a jugar yo —dijo el inspector Ross Hogan haciéndose el ofendido.

—Eso dependerá de que ella le ofrezca el puesto.

—¿Ella? —dijo Ross.

—Su alteza real la princesa de Gales —dijo William volviéndose hacia su viejo amigo— nos ha invitado a tomar el té en el palacio de Kensington mañana, a las tres de la tarde.

Ross enmudeció unos instantes. No estaba seguro de si William le estaba gastando una broma.

—Por desgracia, no podré ir —dijo con indiferencia—. Mañana por la tarde tengo un compromiso más urgente. Tengo hora para cortarme el pelo.

El resto del equipo esperó a la reacción del Halcón.

—El único compromiso urgente que tendrás mañana por la tarde si no te presentas puntualmente en el palacio de Kensington, inspector, será la Torre de Londres, donde te encontrarás con que he nombrado responsable de torturas al inspector jefe Warwick. La subinspectora Roycroft se encargará del potro, y el subinspector Adaja de las empulgueras, y la detective Pankhurst se enfrentará a la difícil tarea de encontrar un tajo lo suficientemente grande como para poner sobre él tu cabeza. Y sobra que preguntes quién será el verdugo. ¿Alguna otra frivolidad que quieras comentarme, inspector Hogan?

Esta vez, las risas fueron sofocadas por sonoras palmadas sobre la mesa. Cuando amainaron, William fue el primero en hablar.

—Podéis tomaros el resto del día libre, antes de que nos pongamos a trabajar en nuestras nuevas misiones. Eso sí, cuento con veros en mi despacho mañana por la mañana a las ocho para informaros en detalle sobre vuestros respectivos papeles, y aseguraos de que antes leéis todo esto con atención.

Entregó una gruesa carpeta a cada uno.

Paul miró la suya de reojo y dijo:

—Por mor de la precisión en materia de pruebas, algo a lo que usted siempre ha concedido una gran importancia, ¿me permite puntualizar, jefe, que para presentarnos mañana a las ocho de la mañana con los documentos bien leídos tendremos que renunciar a tener hoy el día libre?

—Tienes toda la razón del mundo —dijo William entrando al trapo—. Pero, si por lo que sea no eres puntual y vienes sin haberte leído todos los documentos, subinspector Adaja, puede que desciendas a la categoría de detective, y, en vista de que contigo tendremos dos detectives en nuestras filas, tal vez decida que uno de los dos sobra...

—Seré puntual, señor —dijo Paul, y cogió su carpeta antes de que William pudiera completar la frase.

—Me alegro de oírlo. Ahora, Jackie, Rebecca y tú podéis iros mientras me quedo hablando con el inspector jefe Warwick y el inspector Hogan —dijo el Halcón, y no volvió a abrir la boca hasta que se hubo cerrado la puerta.

—Como sabéis, tenemos que hablar de un asunto todavía más grave. Miles Faulkner ha vuelto a la cárcel para seguir cumpliendo la condena por fraude y engaño a la que fue sentenciado antes de fugarse, pero a vosotros os van a preguntar muy en serio cómo le trajisteis de vuelta a la cárcel de Belmarsh desde España. Doy por hecho —dijo mientras se inclinaba y apoyaba los codos sobre la mesa— que podréis ofrecer una explicación creíble de las actividades extraoficiales a las que os dedicasteis en España. El señor Booth, no os quepa duda, las calificará ante el jurado de secuestro y robo, además de considerarlas una flagrante violación de los derechos de su cliente.

—En términos legales, señor, robar es coger algo sin intención de devolvérselo a su legítimo dueño —dijo William—. Admito haber sacado el retrato de Frans Hals de la casa que tiene Faulkner en España, pero inmediatamente se lo entregué a su legítimo dueño en Inglaterra. Un hecho que ha sido confirmado por escrito por la exmujer de Faulkner, Christina —continuó a la vez que le entregaba una carta al comandante.

—Y, entonces, ¿dónde está el cuadro en estos momentos? —preguntó el Halcón después de leer la carta.

—En el Museo Fitzmolean, donde formará parte de la exposición de Frans Hals que hay programada para el año que viene.

—No juega precisamente a tu favor que tu mujer sea la comisaria de la exposición —dijo el Halcón mirando a William a los ojos.

—Christina y ella son amigas desde hace unos años —le recordó William—. Pero, claro, Beth siempre se fija en el lado bueno de las personas.

—La señora Faulkner es buena amiga cuando le conviene —dijo el Halcón—. Si le viniera mejor otra cosa, no dudaría en cambiar de chaqueta. —Los dos agentes se abstuvieron de hacer ningún comentario—. En cualquier caso, todavía tenemos que enfrentarnos a la acusación de secuestro. ¿Sería demasiado esperar que también tengáis una explicación creíble para eso?

—A Faulkner le salvé la vida —dijo Ross con vehemencia—. ¿Qué más quiere, maldita sea?

—Una tarjeta como esa del Monopoly en la que pone «Salir de la cárcel» —respondió inmediatamente el Halcón—. Pase lo que pase, el jurado querrá saber cómo y por qué acabaste salvándole la vida a Faulkner.

—No sé de qué manera, Faulkner se las apañó para encerrarse en su propia caja de seguridad, y yo era la única persona, aparte de él, que sabía cómo abrirla —dijo Ross—. De hecho, llegué justo a tiempo; si no, habríamos tenido que lamentar la muerte de Faulkner —añadió, sin que pareciese un lamento.

—Y, como habré de recordarle al jurado, Faulkner estaba inconsciente cuando abrimos la caja de seguridad —dijo William mirando su informe—. El teniente Sánchez de la Policía española tuvo que hacerle el boca a boca para reanimarlo.

El comandante continuó:

—La siguiente pregunta de Booth Watson será: ¿Por qué no avisaron inmediatamente a una ambulancia?

Ross reflexionó unos instantes antes de responder:

—Estaba a punto de avisar cuando Faulkner recobró la conciencia y consiguió articular unas palabras. Desvariaba bastante, pero me suplicó que...

—Mejor di «insistió»; suena más convincente —sugirió el Halcón.

—Me insistió en que quería ver a su médico. Di por hecho que sería un médico español, pero Faulkner me dijo que se llamaba Simon Redwood y que tenía la consulta en la calle Harley, 122.

El Halcón se dirigió a William:

—¿Qué pasó después?

—Llevamos a Faulkner en coche al aeropuerto, donde su *jet* privado se estaba preparando para el despegue.

—Qué oportuno —dijo Hawksby—. Pero el piloto os preguntaría por qué no habíais llevado a Faulkner al hospital más cercano, ¿no? Y, antes de que respondáis, conviene que demos por hecho que Booth Watson le hará subir al estrado.

—En efecto, nos lo preguntó —dijo Ross, con tono satisfecho—. Y yo le dije que me limitaba a cumplir las órdenes del señor Faulkner y que, si quería expresarle su opinión al jefe, adelante. Pero no lo hizo.

—Menuda suerte, ¿no, inspector? —dijo el Halcón, sin esforzarse por disimular el tono de sarcasmo—. No obstante, todavía vas a tener que explicarle al jurado por qué, cuando aterrizasteis en Heathrow, no se llevaron a Faulkner directamente a la calle Harley, sino a Belmarsh, la cárcel de máxima seguridad de Londres.

—Eran las cinco de la madrugada —dijo William—. Sí que llamé a la consulta de la calle Harley desde el coche, pero solo me respondió un contestador automático que decía que abrían a las nueve.

—¿Quedó grabada la hora de la llamada? —preguntó el Halcón.

—Sí, señor. Las 05:07. Volví a llamar nada más dar las nueve y le dije al doctor Redwood que cuando quisiera podía visitar a su paciente en el hospital y hacerle un reconocimiento exhaustivo. Eso hizo, esa misma mañana.

—Menos mal que uno de vosotros estaba utilizando la cabeza para pensar —dijo el Halcón—. En cualquier caso, os aconsejo que os aseguréis de que cantáis los dos al unísono mucho antes de que el caso vaya a juicio, porque os garantizo que, en cuanto Booth Watson vuelva de España y tenga oportunidad de hablar con su cliente, no tardará en comprobar que tiene argumentos más que de sobra para desmantelar todas vuestras pruebas. Tendréis que rezar para que el jurado acepte la versión de los hechos de Ross en lugar de la de Faulkner, porque, si descubren que atrapasteis a Miles Faulkner de manera ilegal y lo trasladasteis a Inglaterra a la fuerza, podríais acabar los dos compartiendo una celda.

El teléfono que había sobre el escritorio empezó a sonar.

—¿No te he dicho que no me pases ninguna llamada, Angela? —dijo el Halcón, casi gritando; sin embargo, después de quedarse escuchando unos segundos, le pidió—: Pásamelo.

Capítulo 3

El capitán del yate de Faulkner comprobó de nuevo el rumbo y barruntó que algo no iba del todo bien. Esta misma sensación venía acompañándole desde el inicio de la travesía, cuando, había visto algo increíble: al personal de la casa de campo cargando todos los cuadros en la bodega del yate. Como no vio al jefe por ninguna parte, no levantó un dedo para ayudarles.

—¿Nos acompañará el señor Faulkner? —le había preguntado a Booth Watson cuando este pasó al puente de mando.

—No. Le ha surgido un imprevisto. Pero sus instrucciones están bien claras.

El capitán Redmayne no le creyó, ya que nunca había visto al señor Faulkner separarse de su colección de arte. Le habían advertido en varias ocasiones de que, si se diera el caso de que el jefe quisiera salir deprisa, no se arriesgaría a coger un coche ni a embarcar en su avión privado mientras corriera el más mínimo riesgo de que lo arrestaran. Por eso el yate tenía que estar siempre listo para zarpar. Entonces, ¿dónde estaba el jefe? Esa era una pregunta que el capitán no se molestó en hacerle a Booth Watson, porque le parecía poco probable que fuese a recibir una respuesta sincera. «Y ¿cuál es nuestra primera escala?», se había limitado a decir.

Booth Watson ya había considerado varias alternativas, pero había aceptado que tendría que asumir algún riesgo. Finalmente, contestó:

—Cualquier lugar de la costa sur de Inglaterra en el que los agentes de aduanas no sean reacios a recibir una bonificación por no revisar el cargamento con demasiado celo.

El capitán Redmayne pareció no estar seguro; no era ese el destino que el señor Faulkner le había dicho expresamente que sería su siguiente escala si se veían obligados a zarpar de buenas a primeras. Quiso protestar, pero asumió que carecía de autoridad para desobedecer al representante del jefe en tierra.

—Conozco el puerto perfecto —había dicho al fin el capitán Redmayne—, y hasta puedo recomendarle a alguien. Pero sepa que necesitará mil libras en efectivo si quiere que todos los documentos reciban automáticamente el visto bueno oficial.

Booth Watson había echado un vistazo al maletín de cuero Gladstone del que rara vez se separaba. Cuando hacía tiempo que uno trabajaba para Miles Faulkner, siempre llevaba encima el efectivo suficiente para cubrir este tipo de eventualidades. Mientras zarpaban de la recoleta ensenada, no se había parado a recordar ni una sola vez al muerto que dejaba atrás. La víspera, cuando Booth Watson había llegado a la casa de campo de Faulkner, el mayordomo Collins le había dicho con tono angustiado que Miles estaba encerrado en su caja de seguridad, y que, por lo menos, llevaba tres horas allí metido. Booth Watson había llegado a la conclusión de que Miles tenía que estar muerto; era imposible sobrevivir tanto tiempo dentro de la caja de seguridad —no había suficiente aire—.

Fue entonces cuando se le ocurrió la idea. No obstante, había esperado una hora más antes de dar la orden de que embalaran la legendaria colección de arte de su cliente y la almacenasen en la bodega del yate.

Confiaba en que, si conseguían zarpar antes de que la Policía española se presentase en la casa, al abrir la caja de seguridad se encontrarían con que el hombre sobre el que pesaba una orden de captura estaba muerto. Debía de haber sido una muerte larga y dolorosa, pensó Booth Watson, pero no vertió ni una lágrima mientras se paseaba por el estudio de Faulkner sin apartar apenas la mirada de la caja de seguridad.

Al cabo de sesenta largos minutos, estaba casi seguro de que era imposible que Miles hubiera sobrevivido. Durante la siguiente hora empezó a fraguar un plan, y, para cuando el reloj dio las seis, estaba listo para entrar en acción: regresaría a Inglaterra, almacenaría los cuadros en un lugar seguro y, como aún tenía el poder de representación de su cliente —de su difunto cliente—, transferiría sistemáticamente todos los activos de sus bancos a una cuenta *offshore* de Hong Kong que se había abierto años atrás. Otra cosa más que Miles, con su ejemplo, le había enseñado.

El siguiente paso sería sacar a la venta las tres valiosísimas propiedades de Miles, y, como no tenía prisa, podía esperar a que alcanzaran un precio de mercado razonable. Después se pondría en contacto con el coleccionista chino que le había propuesto hacía poco comprar la colección y se había topado con el firme rechazo de Miles. Le explicaría al señor Lee que, debido a la luctuosa partida de su cliente, su albacea (o sea, él) estaría dispuesto a replantearse la venta de las obras si el precio era adecuado. Al final puede que el único problema fuera la exmujer de Miles, Christina, que en cuanto descubriera lo que había estado tramando exigiría, sin duda, su tajada. A lo mejor querría quedarse con un yate de lujo que a él ya no le iba a servir de nada...

A continuación, dejaría pasar unas semanas antes de hacer correr la voz entre las asociaciones de juristas de que estaba pensando en jubilarse, y, una vez terminada la investigación judicial, saldría discretamente del país sin comunicar a nadie su nueva dirección.

Miles Faulkner entró tranquilamente en la cantina de la cárcel, ajeno a lo que su abogado estaba tramando en alta mar. Se alegró de ver a Tulip, su antiguo compañero de celda, sentado a la mesa que siempre habían compartido.

—Muy buenas, jefe —dijo Tulip mientras Miles se sentaba enfrente.

Un guardia le sirvió el café mañanero como si nunca hubiera estado ausente, y Miles dio un sorbo antes de empezar a leer un artículo del *Daily Telegraph*. Era un reportaje bastante malo, pero la fotografía en la que su archienemigo, el inspector jefe Warwick, bromeaba con la princesa de Gales sirvió para recordarle quién había sido el responsable de enviarle de vuelta a chirona.

Tulip, los ojos y los oídos de Miles en la cárcel, había intentado sacar todos los periódicos de la cantina antes de que Miles bajase a desayunar, ya que casi todos mostraban la misma foto en portada.

Para colmo de males, el corresponsal del *Telegraph* para asuntos de la realeza describía a Warwick como «el encomiable joven agente que hace poco se encargó de devolver al prófugo Miles Faulkner a la cárcel». El *Sun* —el periódico más leído en las prisiones— añadía: «que es donde tiene que estar». Miles tiró el periódico a un lado; sabía que dentro de poco iba a proporcionar a la prensa material para un reportaje todavía más importante. Pero todo a su debido tiempo.

—Cuando quiera, me encargo de que lo liquiden, jefe —dijo Tulip señalando la foto.

—No —dijo Faulkner con firmeza—. Quiero que mi venganza sea más duradera.

—¿Qué puede ser más duradero que la muerte?

—Que te expulsen del cuerpo de Policía —dijo Faulkner—, que te acusen de secuestro y robo y te pases el resto de tus días sumido en la deshonra —añadió a la vez que un carcelero le dejaba un plato de huevos con beicon. Hizo una pausa—. Si tenemos suerte, a lo mejor hasta termina viniendo aquí.

—Bien pensado, jefe. Pero ¿cómo va usted a lograrlo?

—Tengo la sensación de que, cuando se celebre mi juicio en el Bailey, al jurado le fascinará enterarse de los esfuerzos que hicieron Warwick y Hogan para sacarme a hurtadillas de España sin una orden de extradición. Ten la seguridad de que Booth Watson los tachará de cazarrecompensas una y mil veces durante sus observaciones preliminares y en sus conclusiones.

—¿Ha hablado usted con su abogado desde que le echaron el guante? —preguntó Tulip.

—No. He llamado varias veces a su despacho esta última semana, pero lo único que me dijo su secretaria fue que estaba en el extranjero y que en cuanto volviera le haría saber que he llamado. Esto me hace pensar que continúa en España, atando cabos sueltos. Pero de momento he de ocuparme de un problema mucho más acuciante.

—¿Qué puede ser más acuciante que prepararse para el juicio?

—Mi exmujer —dijo Faulkner casi escupiendo las palabras al tiempo que un guardia le volvía a servir café—. Sabe Dios qué tramará Christina ahora que estoy fuera de la circulación.

—Mis fuentes me han dicho que se está fundiendo su dinero de usted como una descosida —dijo Tulip—. Cena habitualmente en el Ritz, sale de compras por Bond Street y mantiene a una recua de yogurines que no hacen más que estafarla. —Lanzó una mirada furtiva a Faulkner—. ¿Y si sufriese un desgraciado accidente de camino a Bond Street? —sugirió—. En horario comercial el tráfico es de locos, jefe…

—No —dijo con firmeza Faulkner—. Al menos hasta que se termine el juicio, si lo que quiero es convencer al jurado de que me he reformado y fui víctima de una detención ilegal. Así que durante los próximos meses tengo que estar, como la mujer del César, «por encima de toda sospecha».

Tulip se quedó desconcertado.

—No obstante, ya me aseguraré yo de que Christina se queda sin blanca mucho antes de que el caso vaya a los tribunales, y Warwick podrá considerarse afortunado si le sale un puesto de guarda de seguridad en el Fitzmolean —añadió, y apartó a un lado los huevos y el beicon.

—Y ¿qué me dice del inspector Hogan?

—Deshazte de él como y cuando quieras. Eso sí, asegúrate de que sea algo memorable —dijo Miles mirando de nuevo la portada del *Telegraph*—. Me he propuesto que me dediquen más de un expositor en el Museo Negro.

—Era el teniente Sánchez, de la Policía Nacional de Barcelona —dijo el Halcón nada más colgar—. Dice que Booth Watson embarcó en el yate de Faulkner poco después de que aparecieran sus agentes.

—Interesante —dijo William—. ¿Adónde se dirige el yate?

—La última vez que lo vieron fue cuando doblaba el golfo de Vizcaya; la Interpol lo ha estado vigilando de cerca.

—De manera que Booth Watson debe de estar volviendo a Inglaterra, y debe de haberse hecho falsas ilusiones acerca de que su cliente seguía encerrado en la caja de seguridad cuando zarpó y de que es imposible que haya sobrevivido.

—Puede que tengas razón, William, porque Sánchez también ha dicho que lo único que quedaba en las paredes eran las escarpias, así que debe de haber quitado todos los cuadros.

—En cuyo caso, señor, permítame sugerirle que avisemos al servicio de guardacostas para que estén pendientes por si lo ven, y así podremos estar esperándole en la dársena antes de que entre en aguas territoriales.

—Bien pensado —dijo el Halcón mientras descolgaba el auricular.

—La señora Christina Faulkner por la línea uno, *sir* Julian —dijo la secretaria.

—Pásemela —dijo el abogado.

Aunque su clienta no le caía bien, siempre disfrutaba de sus encuentros. Le había hecho la vida imposible a su hijo William, al que sabía que le preocupaba la amistad de Christina con su esposa, Beth. Pero Christina era como una buena novela, que nunca se sabía cómo iba a terminar: los giros argumentales se daban cuando menos te los esperabas.

—Buenos días, señora Faulkner, ¿en qué puedo ayudarla?

—Mi exmarido ha vuelto a la cárcel, *sir* Julian, como, sin duda, ya sabrá usted.

—Eso he oído.

—Lo que tal vez no sepa es que su yate se dirige a Inglaterra con el señor Booth Watson a bordo, además de ciento noventa y un cuadros al óleo de procedencia nada desconocida.

—¿Cómo es posible que sepa usted eso?

—Porque el mayordomo de Miles me llamó anoche para decirme que el yate zarpó desde Barcelona hace más de una semana y me preguntó si sabía cómo ponerme en contacto con Miles.

—¿Qué más le dijo? —preguntó *sir* Julian. Cogió un bolígrafo y empezó a hacer anotaciones.

—Booth Watson no solo se llevó todos los cuadros de Miles, sino que también ordenó al mayordomo que pusiera a la venta su casa de España.

—¿Y lo ha hecho?

—En absoluto. De hecho, desde que comprendió que Miles seguía vivo y que estaba otra vez encarcelado en Inglaterra quiere ponerse en contacto con él a toda costa, y por eso terminó llamándome. —Hizo una pausa—. Y, después, ¿quién cree usted que me llamó en mitad de la noche?

Sir Julian, perfectamente consciente de que la señora Faulkner se moría de ganas de contárselo, no respondió.

—Ni más ni menos que el capitán del yate.

Christina, a sabiendas de que *sir* Julian no iba a poder resistirse a preguntar, no añadió explicaciones.

—Y ¿qué dijo? —preguntó *sir* Julian, y se rio por fin.

—Están volviendo a Inglaterra. Para ser exactos, ahora mismo están en Christchurch, y esperan atracar de un momento a otro.

—De nuevo, siento curiosidad por saber por qué le habrá llamado precisamente a usted.

—Soy el mal menor —afirmó Christina—. De hecho, el capitán Redmayne desconfía tanto de Booth Watson que, si pudiera, creo que a la primera de cambio le tiraría por la borda.

Eso solucionaría todos nuestros problemas, pensó *sir* Julian, pero se mordió la lengua.

—Conque, si pudiera usted ponerse en contacto con el práctico del puerto de Christchurch y averiguar cuándo está previsto que atraque el yate —sugirió Christina—, podríamos esperar en el muelle para recibir al eminente consejero de la reina Booth Watson, y así no tendría más remedio que devolverme mi mitad de los cuadros, tal y como acordamos en el acuerdo de divorcio, acuerdo de divorcio que usted redactó.

A *sir* Julian siempre le fascinaba constatar que Miles y Christina eran dos caras de la misma moneda, y ni siquiera estaba seguro de cuál de los dos era el más taimado. Con todo, tenía que reconocer que hundir a Booth Watson y a Miles Faulkner al mismo tiempo era, cuando menos, tentador.

—Quizá sea posible, señora Faulkner —dijo *sir* Julian, sin dejar de mantenerla a una distancia prudencial.

—Le agradecería que me comunique cuándo entra el yate en aguas territoriales; el capitán me aseguró que desde el momento en que entrara en aguas territoriales dispondríamos por lo menos de un par de horas para llegar a tiempo de darle una bienvenida por todo lo alto.

A *sir* Julian le hacía gracia que la señora Faulkner diera siempre por supuesto que él estaba a su entera disposición, pero tenía que reconocer que la mujer era mucho más interesante que el caso de evasión de impuestos que estaba llevando en estos momentos en el Tribunal Supremo, caso del que su hija Grace era perfectamente capaz de encargarse sola. Aunque jamás lo reconocería, *sir* Julian estaba deseando saber cómo pretendía Booth Watson explicarle a Faulkner —que debía de llevar los diez últimos días intentando contactar con él— por qué se había llevado los cuadros a Inglaterra y había puesto la casa de España a la venta sin consultárselo.

No obstante, *sir* Julian era consciente de que iba a tener que estar preparado para otra sorpresa, porque, si Christina era astuta, Booth Watson no le iba a la zaga, y con mucho gusto enfrentaría al uno con la otra si le convenía.

—Estaremos en contacto —dijo antes de colgar.

Capítulo 4

William cogió el teléfono, pero al ver que el reloj digital de su mesilla pasaba de las 05:17 a las 05:18, no encendió la luz. Sabía que solo podía ser una la persona que estaba al otro lado de la línea telefónica.

—Acaba de llamar el práctico del puerto —dijo una voz muy espabilada—. Han divisado el yate, y el práctico calcula que llegará en torno a las nueve de la mañana.

William se levantó de un salto, se chocó con una silla, cayó al suelo y despertó a Beth. El día no empezaba bien.

La segunda persona a la que llamó el práctico aquella mañana fue a *sir* Julian Warwick, que encendió la luz de la mesilla antes de contestar. Llevaba un rato despierto. Dio las gracias al práctico, colgó, se puso la bata a toda prisa y se metió en su estudio. Buscó un número y sintió un gran placer al marcarlo. El teléfono sonó varias veces antes de que por fin se oyera una voz.

—¿Quién demonios es?

—*Sir* Julian Warwick —dijo, sin el menor rastro de una disculpa por haber despertado a su clienta en lo que para ella debía de ser la mitad de la noche.

Le transmitió el mensaje del práctico del puerto y, para su sorpresa, la respuesta fue:

—Mi chófer se pasará a recogerle dentro de veinte minutos.

Después de colgar, subió corriendo al piso de arriba de nuevo, se metió en el cuarto de baño, se quitó rápidamente la bata y el pijama, se metió en la ducha y soltó sapos y culebras por la boca mientras le caían chorros de agua fría por la calva.

* * *

William llegó a Scotland Yard nada más dar las seis y no le sorprendió ver al comandante Hawksby sentado en la parte de atrás de un coche patrulla tamborileando con impaciencia sobre el asiento delantero. Subió de un salto y se sentó a su lado, entonces Danny, el conductor, arrancó antes de que a William le diera tiempo siquiera a cerrar la puerta.

Más bien fueron cuarenta minutos que veinte los que tardó el chófer de la señora Faulkner en entrar en la zona privada de Lincoln's Inn Fields y detenerse a la puerta del piso de *sir* Julian. El abogado, que llevaba veinte minutos andando de un lado para otro, se instaló rápidamente al lado de su cliente en el asiento trasero.

—Buenos días, señora Faulkner —dijo, aunque, a juzgar por la indumentaria de la mujer, él dudó de que se hubiese acostado la noche anterior.

—Buenos días, *sir* Julian —contestó la señora Faulkner mientras el chófer cerraba la puerta trasera y volvía a su asiento para emprender el trayecto a Christchurch.

El comandante y William fueron los primeros en llegar al puerto, e inmediatamente se pusieron en contacto con el práctico.

—El yate atracará en el amarradero catorce dentro de unos cuarenta minutos —dijo mientras los otros dos hombres se saludaban con un apretón de manos—. Si necesitan ayuda, mental o física, no duden en pedirla.

—La única arma del señor Booth Watson será su cerebro, que no necesita que lo recarguen —respondió el comandante.

El Halcón dio las gracias al práctico antes de regresar al coche, y Danny fue conduciendo lentamente por el muelle hasta que se detuvo en el amarradero catorce.

El Halcón bajó del coche, se quedó mirando a alta mar y levantó los prismáticos. Instantes después, dijo «Ya te tengo» y le pasó los prismáticos a William.

William enfocó y se puso a otear el horizonte.

—No creo que tarde mucho —dijo el Halcón mientras un Mercedes azul marino se detenía a su lado—. ¿Por qué será que no me sorprende? —añadió al ver que el chófer abría la puerta trasera para que salieran la señora Faulkner y su representante legal.

—Buenos días, *sir* Julian —dijo el Halcón como si los hubiese estado esperando.

—Me alegro de verle, comandante —contestó *sir* Julian. William le pasó los prismáticos a su padre, que, después de localizar el yate que se acercaba e identificar la corpulenta figura que los miraba fijamente, anunció—: Llevo esperando este momento desde hace mucho tiempo.

El capitán Redmayne tenía la vista clavada en el muelle, donde se notaba que el comandante Hawksby, el inspector jefe Warwick, Christina Faulkner y *sir* Julian Warwick estaban esperando para recibirlos con los brazos abiertos.

—Parece que nos esperan —dijo el capitán, y entregó los prismáticos.

A Booth Watson le costó ponerse en pie. Llevaba diez días sin dormir más que unas pocas horas seguidas; no hacía más que salir corriendo hasta la barandilla más próxima, arrepentido de su comida más reciente.

—¿Podemos darnos la vuelta? —Fueron las primeras palabras de Booth Watson una vez que hubo reconocido al comandante.

—Podríamos —dijo el capitán Redmayne—, pero yo no se lo aconsejaría.

—¿Por qué no?

—Si mira atrás, verá que hay otra persona que ya ha tenido en cuenta esa posibilidad. —Booth Watson recobró el equilibrio y al volverse vio que una embarcación de la patrulla fronteriza los estaba siguiendo hasta el puerto—. Y, antes de que lo pregunte, sí, estamos muy metidos en aguas territoriales del Reino Unido.

—Vaya más despacio —dijo Booth Watson—. Necesito tiempo para pensar.

—¿Qué te hace pensar que Booth Watson no se da cuenta de que su cliente sigue vivo y que ha vuelto a la cárcel? —preguntó William.

—¿Puede ser, por un casual —respondió *sir* Julian—, que yo haya averiguado algo que a mi inteligentísimo hijo se le ha escapado?

—¿Y de qué se trata? —preguntó el Halcón, cuyos ojos seguían clavados en el yate.

—No lo entiendo —dijo William, perplejo de verdad—. Si Booth Watson no cae en la cuenta de que Faulkner ha vuelto a Belmarsh, ¿dónde cree que está?

—Encerrado en una caja de seguridad cuya única llave está en manos de Miles —sugirió Christina al hablar por primera vez—. Y por eso ellos creen que está muerto. Asfixiado.

El Halcón bajó los prismáticos y miró a William.

—Eso explicaría por qué Booth Watson no se ha puesto en contacto con Scotland Yard para exigir su liberación.

—Si supiera que Miles se las había apañado para salir de la caja de seguridad —continuó Christina—, Booth Watson habría embarcado en el primer avión a Londres, en lugar de volver en el yate de Miles.

—*Chapeau* —dijo *sir* Julian inclinándose respetuosamente ante su cliente.

William no parecía convencido.

—Muy pronto lo sabremos —dijo Christina—, porque, si no me equivoco, habrá algo a bordo que a Miles jamás se le habría pasado por la cabeza volver a traer a Inglaterra.

—¿De qué se trata? —preguntó el comandante.

—Ciento noventa y un cuadros al óleo que hace muchísimo tiempo que no veo —dijo Christina—, pero con los que me encantaría retomar el contacto, ya que la mitad de ellos me pertenece.

—¿Qué es lo que se me escapa? —preguntó Booth Watson a una gaviota que se limitó a graznar a modo de incomprensible respuesta—. ¿Por qué estarán esperándome esos cuatro ahí, en el muelle? Y ¿cómo habrán descubierto hacia dónde se dirigía el yate? ¿Sabrán que Miles ha muerto? —preguntó, por último, pero la gaviota siguió sin dar una respuesta clara.

—Si no saben que ha muerto —dijo el capitán Redmayne—, supondrán que está a bordo, y sospecho que es a él a quien esperan.

—Si fuera así —dijo Booth Watson—, *sir* Julian y la señora Faulkner no estarían ahí. Ella debe de pensar que los cuadros están a bordo. —Continuó sopesando todas las alternativas posibles, pero tuvo que reconocer que no entendía nada.

Al final, repitió «¿Qué es lo que se me escapa?» sabiendo que no tardaría mucho en descubrirlo.

El grupo del muelle no se movió hasta que por fin amarró el yate y bajaron la pasarela.

Sir Julian observó cómo su viejo adversario bajaba a zancadas por la pasarela, y, por el aire de confianza en sí mismo que desprendía, *sir* Julian comprendió que había tenido tiempo de sobra para preparar el argumento de la defensa.

William le saludó diciendo:

—Soy…

—Sé perfectamente quién es, inspector jefe —dijo Booth Watson—. Lo único que no acabo de entender es qué hace usted aquí.

—Quiero hacerle unas preguntas sobre Miles Faulkner, ya que tenemos motivos para pensar que…

—Está claro que debo recordarle que mi distinguido cliente ha fallecido, inspector.

—Lamento llevarle la contraria —respondió el comandante—, y sospecho que usted no sabe que el presidiario fugado ha vuelto a Belmarsh, que es donde tiene que estar.

Sir Julian miró con detenimiento a su viejo rival, y no pudo por menos de admirar la expresión como de esfinge que asomó al rostro de Booth Watson, su rostro imperturbable, mientras sopesaba las alternativas. Este último miró al comandante en primer lugar, y después a William y a *sir* Julian. Cuando sus ojos se posaron sobre la señora Faulkner, entendió por fin cuál era la única razón que podía explicar su presencia en el muelle.

Aunque *sir* Julian prácticamente veía a Booth Watson elaborando sus pensamientos, incluso él se llevó una sorpresa cuando vio que se volvía hacia Christina y decía:

—He seguido sus instrucciones al pie de la letra, señora Faulkner, y me he traído de España la colección de arte de su marido. De camino a Londres, quizá deberíamos hablar de dónde quiere que se entreguen los cuadros, ¿le parece?

Un golpe maestro, reconoció *sir* Julian, si bien solo lo reconoció para sus adentros.

Todos se volvieron a mirar a la señora Faulkner, sin saber por dónde iba ella a salir.

Christina también se tomó su tiempo en considerar las alternativas antes de volverse hacia su asesor legal y decirle dulcemente:

—No voy a necesitar más sus servicios, *sir* Julian.

Y, sin decir una palabra más, se acercó al coche que la estaba esperando y Booth Watson también fue al coche y se sentó a su lado en el asiento de atrás.

Mientras el Mercedes se alejaba lentamente, *sir* Julian se volvió hacia el comandante y dijo:

—¿Me puede llevar a Londres?

Capítulo 5

Las paredes de la sala de consultas jurídicas de la prisión de Belmarsh eran de cristal. La mesa del centro estaba clavada al suelo y también era de cristal. Las sillas blancas de plástico se hallaban atornilladas al suelo con el fin de garantizar que el prisionero y su abogado guardasen las distancias. Tal vez los guardias no pudieran oír nada de lo que se decía allí dentro, pero podían observar todos los movimientos que tenían lugar durante la hora asignada para el encuentro, incluido cualquier posible intento de pasar droga, contrabando e incluso armas a un recluso.

Aquella mañana, Booth Watson se presentó más temprano que de costumbre en las puertas de la prisión, y no solo porque llevaba treinta y seis horas sin dormir. Después de que le cacheasen y registrasen su maletín, que iba abarrotado de documentación legal, firmó la inevitable autorización antes de que un policía de alto rango le acompañase al ala de las entrevistas. Ninguno abrió la boca. Se despreciaban mutuamente.

Mientras se acercaban a la jaula de cristal, Booth Watson vio que su cliente, que llevaba la camisa reglamentaria a rayas azules y blancas y unos vaqueros raídos, ya estaba sentado frente a la mesa de cristal, esperándole. No pudo deducir nada de su rostro imperturbable.

Miles se puso en pie cuando Booth Watson entró y, como no se les permitía darse la mano, esbozaba una sonrisa a modo de saludo.

Booth Watson sintió que se relajaba por vez primera desde hacía muchos días.

—Como solo disponemos de una hora, Miles —dijo quitándose el Rolex de la muñeca, el cual dejó sobre la mesa, entre los dos—, no podemos desperdiciar ni un segundo. —Faulkner asintió con la cabeza mientras su abogado tomaba asiento—. Primero voy a ponerte al día de todo lo que ha pasado desde la última vez que te vi.

El consejero de la reina se inclinó y sacó varias carpetas del maletín.

—Volé a Barcelona para nuestra consulta mensual y al llegar me encontré con que ya te habían detenido y te habían vuelto a traer a Londres contra tu voluntad, en tu propio *jet*.

—Supongo que te lo diría Collins, ¿no?

—No —dijo Booth Watson, que había previsto la pregunta—. Fue tu abogada española, la señora Martínez. Me informó en detalle de lo que habían hecho Warwick y Hogan antes de que yo llegara.

Booth Watson cogió un documento de una de las carpetas que tenía delante antes de continuar.

—La señora Martínez ya ha presentado una denuncia oficial a las autoridades españolas, porque privar a un ciudadano de libertad sin juicio previo contraviene el Convenio Europeo de Derechos Humanos de 1953.

—¡De poco me va a servir eso a mí! —dijo Miles.

—Normalmente te daría la razón —respondió Booth Watson—, pero gracias a ello podemos solicitar que el teniente Sánchez, de la Policía Nacional española, acuda a cualquier futuro juicio y explique al tribunal por qué no se hizo cargo del caso, sino que dejó que el inspector jefe Warwick asumiera el mando.

—No has podido tardar más que unas pocas horas en enterarte de esto, así que ¿por qué no volviste a Londres al día siguiente?

Otra pregunta para la que Booth Watson venía perfectamente preparado.

—Tomé la decisión de quedarme en Barcelona y recabar toda la información posible para defender tu caso antes de volver a Inglaterra.

Faulkner no parecía convencido.

—Información que no solo contribuirá a que salgas antes en libertad, sino que, además, gracias a la misma, a la policía no le quedará más remedio que detener a Warwick y Hogan y acusarlos de secuestro y robo.

Faulkner sonrió por primera vez.

—En cuanto hube reunido toda la información que necesitaba, volví a Londres e inmediatamente solicité a la fiscalía una consulta de emergencia con mi cliente, consulta que me negaron sin más.

—¿Por qué?

—No puedo demostrarlo, pero sospecho que, una vez que comprendieron que dos de los agentes de mayor rango de la Policía Metropolitana corrían peligro de ser detenidos, hicieron todo lo que estaba en sus manos para impedir que yo te viera. No obstante, insistí, hasta que por fin me concedieron una cita de una hora esta mañana. Conque no podemos permitirnos perder más tiempo.

Booth Watson miró a Miles, pero no tenía modo de saber si le creía.

—Sin embargo, antes de continuar tengo que preguntarte si todavía quieres que siga siendo tu representante legal.

—¿Por qué lo preguntas? —dijo Faulkner con tono cada vez más receloso.

—Porque desde que te fugaste de Belmarsh hace dos años no te he vuelto a ver…, o al menos eso fue lo que le conté a la fiscalía cuando a comienzos de esta semana me preguntaron por nuestra relación.

Pasaron unos instantes antes de que Faulkner comprendiera la importancia de lo que acababa de decirle Booth Watson.

—Supongo que habrá habido que romper muchos papeles…

—Es más eficaz quemarlos, ahora que la policía tiene una máquina que puede volver a juntar las tiras de papel. Pero, si quieres que siga siendo tu abogado, tendrás que confirmarlo —dijo Booth Watson sacando otra hoja de una de las carpetas—. He preparado la declaración necesaria.

Faulkner leyó atentamente el documento.

—¿Y si no firmo? —preguntó con un deje de amenaza en la voz.

—Entonces los dos tendremos que buscarnos un representante legal.

Faulkner hizo un gesto con la mano, aceptó el bolígrafo de oro que le ofrecía y firmó sobre la línea de puntos.

—¿Y qué hay de Christina? —preguntó, y se guardó el bolígrafo en el bolsillo—. Podría hacer volar por los aires nuestras versiones.

—Ya le he informado de las consecuencias que acarrearía cometer semejante insensatez, y hemos llegado a una especie de acuerdo.

—¿Cuánto me va a costar ese acuerdo?

—Diez millones.

—Me parece excesivo —gruñó Faulkner.

—No te lo parecerá si lees las subcláusulas del contrato que debería garantizar que tu condena actual no se duplica.

—¿Cómo puedes impedirlo?

—Ni la policía ni la fiscalía querrán que Warwick y Hogan suban al estrado, pues, en caso de que tuvieran que declarar, tendrían que reconocer que tomaron medidas extremas para volver a traerte a Inglaterra. Corren un riesgo demasiado grande.

—Soy todo oídos —dijo Miles.

—En primer lugar, Warwick tendría que explicar, bajo juramento, por qué te secuestró de tu casa de España sin el visto bueno del Gobierno español y te llevó después a Londres en avión contra tu voluntad expresa.

—¿Cómo puedo demostrar que no volví a Londres por voluntad propia? Al fin y al cabo, Warwick señalará que era mi avión.

—Tu piloto confirmará que, cuando llegaste a Londres, Warwick y Hogan te sacaron literalmente a rastras del avión y te metieron en un coche patrulla que estaba esperando, a pesar de que él hizo todo lo posible por impedírselo. Y será aún más bochornoso para la policía que yo les indique que ni siquiera se esforzaron por mantenerte en España el tiempo necesario hasta que obtuvieran una orden de extradición por los canales oficiales, orden de extradición que, ironías de la vida, tu abogada española, la señora Martínez, cree que las autoridades no habrían tenido ningún inconveniente en concederles.

Sus palabras fueron recibidas con un asentimiento de cabeza y una sonrisa.

—En segundo lugar, y también de modo irrefutable, le pediré a Warwick que explique cómo pudo desaparecer de tu casa española un valioso autorretrato de un maestro holandés y aparecer varios días más tarde en las paredes del Museo Fitzmolean de Londres. Sospecho que viajaba en el mismo avión.

—Christina sostendrá que el Hals le pertenece a ella y que se lo ha prestado al museo para la exposición.

—No, no lo hará —dijo Booth Watson—. Porque esa es una de las subcláusulas de su contrato de cinco millones de libras.

Sacó otro documento legal, en cuya última página había una firma que Miles reconoció al instante. Sonrió de oreja a oreja después de leer la cláusula.

—¿Y qué hay del resto de mi colección? ¿Sigue a buen recaudo en mi casa española?

—Está al cuidado de Collins —confirmó Booth Watson.

—Un buen hombre, ese Collins —dijo Faulkner—. Encárgate de que reciba una gratificación. Se la ha merecido.

—No podría estar más de acuerdo —dijo Booth Watson, y escribió una nota con un bolígrafo de oro idéntico a aquel que su cliente se había guardado en el bolsillo.

—Bueno, y, después, ¿qué?

—Solicitaré una reunión *sub iudice* con *sir* Julian Warwick, que sigue representando a la Corona en tu caso. Le dejaré bien claro que sería una lástima que la prensa se hiciera con la verdadera historia, que sería muy embarazoso tanto para la policía de aquí como para la española, y que, dadas las circunstancias, tal vez haría bien en aconsejar a la fiscalía que retire los últimos cargos a cambio de tu silencio.

—¿Cómo crees que reaccionará la fiscalía a esta sugerencia?

—No creo que estén en posición de elegir, a no ser que quieran que la historia acabe en la portada de todos los periódicos con el titular de «Inspector jefe implicado en secuestro y robo».

—¿Y las probabilidades? —dijo Miles yendo al grano.

—Más de un cincuenta por ciento, en mi opinión. Por muchas ganas que *sir* Julian tenga de que te dupliquen la condena, no a costa de que a su único hijo lo encierren en la celda contigua a la tuya en lugar de ascenderle, que he oído que...

Llamaron bruscamente a la puerta y un guardia asomó la cabeza.

—Cinco minutos, señor.

Booth Watson no estaba seguro de a cuál de los dos había llamado «señor».

—¿Hay algo más en lo que tenga que pensar antes de que volvamos a vernos? —preguntó Miles.

—Sí... He recibido una oferta para tu participación accionaria del cincuenta y uno por ciento en la compañía de té de Malasia que le compraste a uno de mis clientes.

—Un traficante de drogas que ya no está entre nosotros. ¿Cuánto?

—Dieciséis millones.

—Eso tiene que ser el precio de salida. Una compañía de importación y exportación con la facturación de Marcel and Neffe debe de valer casi el doble.

—Las acciones han bajado desde que te cambiaste de dirección.

—Pide veinticuatro millones y acepta veintidós —dijo Miles a la vez que llamaban otra vez a la puerta.

Booth Watson cogió sus papeles y volvió a meterlos en el maletín Gladstone, con la sensación de que no podían haberle salido mejor las cosas. Mientras se levantaba, dijo:

—Tienes derecho a una consulta privada con tu representante legal una vez a la semana. ¿Te parece bien que nos veamos los viernes a las diez de la mañana?

—Por mí, perfecto. No voy a irme a ningún sitio durante una temporada larga.

—Espero conseguir que sea una temporada corta —dijo Booth Watson— para que podamos volver a disfrutar de nuestros desayunos en el Savoy.

—Eso espero yo también —dijo Miles.

Booth Watson se dirigió hacia la puerta.

—Gracias, agente —dijo colocándose delante de él para que Miles pudiera coger el Rolex de la mesa y ponérselo en la muñeca.

El guardia acompañó al prisionero 0249 a su celda del bloque A mientras Booth Watson se alejaba en sentido contrario, hacia la recepción, pensando que las cosas no podían haber salido mejor. Aun así, sabía que tendría que seguir vigilando de cerca a Christina para asegurarse de que cumplía con su parte del trato.

Capítulo 6

—No tengo ni idea de adónde vamos —admitió William a un guardia que llevaba la tablilla portapapeles de rigor.

—Entonces supongo que será su primera visita, señor —respondió el guardia, a continuación echó un vistazo a la tarjeta de identificación de William y puso una marca al lado de su nombre.

William asintió con la cabeza y se guardó la tarjeta en el bolsillo.

—Si sigue por esta calle, verá una casa blanca muy grande a su derecha. Llamaré para avisarles de que usted va de camino.

—Gracias —dijo William.

La barrera se alzó y Danny continuó por una amplia entrada de coches sin superar en ningún momento los quince kilómetros por hora…, una velocidad desconocida para él.

Cuando la magnífica mansión de los Wren apareció ante sus ojos, Danny aminoró la marcha y rodeó una gran rosaleda antes de detenerse.

Como por arte de magia, la puerta de la calle se abrió en el mismo instante en que William se apeaba del coche.

—Buenos días, inspector jefe —dijo un hombre vestido con una chaqueta negra corta, camisa blanca, corbata gris, pantalón de raya diplomática y zapatos negros que brillaban como los de un soldado de la Guardia Real—. Su alteza real le está esperando.

William y Ross entraron en la casa detrás del mayordomo y subieron a la primera planta por una majestuosa escalinata. William estaba tan nervioso que ni siquiera echó un vistazo a los cuadros que adornaban las paredes. Y entonces la vio, a un lado de la entrada al salón.

—Me alegra volver a verle, William —dijo la princesa a la vez que William hacía una reverencia.

Le sorprendió que le llamase por su nombre de pila, aunque la agente de protocolo de Scotland Yard le había dicho que solía hacerlo para que sus invitados se sintieran cómodos. Por otra parte, le había recordado con tono firme que, aun así, no se tomase demasiadas confianzas y que siempre se dirigiese a ella como «su alteza real» o «señora».

—Señora, permítame que le presente al inspector Hogan.

—Coincidimos en Scotland Yard, inspector, aunque muy fugazmente —dijo Diana—, cuando acompañó usted a mi dama de compañía por el Museo Negro. De hecho, fue Victoria la que sugirió que podía ser usted la persona adecuada para encargarse de mi protección personal.

Ross no hizo ningún comentario mientras el mayordomo entraba con una bandeja de té muy cargada y la dejaba en la mesa que tenían delante. William contempló maravillado el servicio de té de porcelana Herend decorado con insectos y flores, a sabiendas de que Beth esperaría de él que, como buen detective que era, recordase hasta el último detalle.

—Siéntense, por favor —dijo Diana—. Ya sirvo yo el té. ¿Chino o indio, inspector?

La agente de protocolo les había indicado cómo había que inclinarse —desde el cuello, no desde la cintura como una cabaretera—, pero no había mencionado nada sobre tés chinos o indios.

—Indio —dijo William mientras Ross se limitaba a asentir con la cabeza.

—He leído con interés su hoja de servicios, inspector —continuó Diana al tiempo que le pasaba una taza a Ross—. Dos Medallas de la Reina a la Valentía y un sinfín de distinciones. Parece usted un cruce entre Sydney Carton y Raffles. Impresionante.

—Se parece más a Raffles, señora —dijo William—. A usted le hemos ahorrado lo de las tres amonestaciones oficiales, así como lo de la suspensión temporal. —Diana se rio mientras Ross seguía callado—. El inspector Hogan no es muy locuaz, señora —añadió William acudiendo en auxilio de su compañero.

—Eso no es lo que me ha contado Victoria —dijo Diana, y dejó una porción de *plum cake* delante de Ross, quien no tocó el pastel—. También he leído acerca de usted, William, y de su fulgurante ascenso —añadió mientras William cogía unas pinzas de plata y se echaba un terrón de azúcar en el té—. Pero, después de conocer a Artemisia, no puedo decir que me sorprenda. —Volvió a dirigirse a Ross—: Tengo entendido que usted también tiene una hija, ¿no?

A lo largo de los años, William había visto a Ross ligar con mujeres a las que no le habían presentado, y, sin embargo, en ese momento se había quedado mudo y tieso como un palo mientras el té se le enfriaba y el pastel seguía intacto en el plato.

—Un Frith magnífico —dijo William, de nuevo acudiendo en auxilio de Ross mientras miraba un cuadro que había encima de la chimenea.

—Sí, es uno de mis favoritos —dijo Diana, sin mirar en derredor—. *El Día de las Damas en Ascot.* No forma parte de la colección real —susurró—; es un regalo de mi abuelo, que ya falleció. Dígame, William, ¿qué tal está mi nueva amiga del alma, Artemisia?

—Va por ahí contándole a todo el mundo que la ha conocido a usted, y la historia se va alargando cada vez más. Me ha pedido que le diga que está deseando volver a verla cuando inaugure usted la exposición de Frans Hals en el Museo Fitzmolean. Me temo que le va a regalar otro ramo de flores...

—Lo cual me recuerda —dijo Diana— que tengo un regalito para ella. —Se inclinó para coger un paquetito con una cinta de seda de la repisa de debajo de la mesa, y se la dio a William—. Y no me he olvidado de Jojo —añadió, y, acto seguido, sacó un segundo regalo.

—Gracias, señora —farfulló Ross trastabillando.

—¡Vaya, conque sabe hablar! —bromeó Diana.

William se echó a reír mientras el rostro de Ross se teñía de un rojo intenso, otra cosa que William no había visto nunca.

—Sin duda —prosiguió Diana—, ya les habrán informado en detalle de lo que implica ser mi guardaespaldas. Pero seguro que solo les han contado la mitad de la historia, y no precisamente la mejor mitad.

Ni siquiera William supo qué responder a eso.

—No hay ni un instante de aburrimiento —continuó Diana—, pero me temo que el horario es impredecible. En cierta ocasión desayuné con la madre Teresa, comí con Mijaíl Gorbachov y cené con Mick Jagger, todo en el mismo día. Sobra que les diga con quién me lo pasé mejor.

—¿Mick Jagger? —aventuró Ross.

—Creo que nos vamos a llevar de maravilla...

Ross no respondió.

—¿Le sirvo otro té, inspector? —se ofreció la princesa al ver su taza, cuyo contenido no se había tocado.

—No, gracias, señora. Pero ¿me permite que le pregunte si tiene usted algún problema en concreto del que crea que debo estar informado?

—Pues, ahora que lo dice, la verdad es que me gustaría poder ir al gimnasio, nadar, o incluso salir alguna vez de compras, sin que me acosen los *paparazzi*.

—Me temo que no siempre va a ser fácil, señora. Al fin y al cabo, es usted la persona más fotografiada del planeta —le recordó Ross—. Pero, menos matarlos, haré todo lo que pueda.

Diana esbozó la tímida sonrisa que tan bien conocía la gente a esas alturas y dijo:

—Yo también tengo amigos a los que no les hace ninguna gracia ver sus caras en las portadas de todos los periódicos del país, sus caras acompañadas de artículos sobre su pasado.

Ross asintió con la cabeza, pero no hizo ningún comentario.

—Y tengo algún que otro amigo que viene a verme... —Hizo una pausa—. ¿Cómo lo diría? Fuera del horario de oficina.

—¿Por qué iba a suponer eso un problema —dijo William—, con lo protegida que está aquí dentro? Nadie puede cruzar la barrera sin su permiso expreso, como acabamos de ver.

—Le aseguro, William, que hay como mínimo cinco o seis fotógrafos aparcados día y noche frente a la verja de entrada, y ni siquiera se toman un respiro para almorzar. Hay dos en particular que no acaban de comprender que tengo vida privada y que me gustaría que siguiera siéndolo, si es posible.

—Entendido, señora —dijo Ross—. Le aseguro que la única otra mujer que hay en mi vida tiene dos años, y no pienso compartir los secretos de usted con ella.

—Estoy deseando conocerla.

—No la entretenemos más, señora —dijo William cuando el reloj de la repisa de la chimenea dio la media—. Esta noche tiene usted una cena muy importante.

La agente de protocolo también le había informado al respecto.

—Un banquete de gala en honor del rey de Arabia Saudí —dijo Diana—. Tengo entendido que el rey apenas habla inglés, y, como su majestad la reina no habla árabe, promete ser muy divertido. Por lo que a mí respecta, me sentaré al lado del embajador de Arabia Saudí, que según me han dicho tiene cuatro esposas…, conque no creo que ande escaso de temas de conversación triviales.

William y Ross se rieron educadamente.

—Espero que considere la posibilidad de incorporarse a mi equipo, inspector —dijo Diana volviéndose hacia Ross—. Nos lo pasamos mucho mejor —hizo una pausa— que el resto de miembros de la familia real todos juntos.

Ross esbozó una sonrisa mientras el mayordomo volvía.

—Ha llegado su siguiente cita, señora.

—No, no ha llegado nadie —dijo Diana. Dirigiéndose hacia William, admitió—: Es un mensaje en clave para librarnos de ustedes, pero prefiero mil veces tomar el té con ustedes dos que cenar con el rey de Arabia Saudí. Sin embargo…

William se levantó al instante.

—Creo que es hora de que nos marchemos, señora. Muchísimas gracias por recibirnos.

—Espero volver a verlos, inspector —dijo Diana, y los acompañó por la ancha escalera hasta el recibidor.

William se alegró al ver a Ross charlando con la princesa mientras él se quedaba rezagado mirando unos cuadros que quizá no volvería a tener la oportunidad de ver, incluida una marina del pintor Henry Moore. Seguro que al regresar a casa Beth le sometía a un tercer grado acerca de los pintores favoritos de la princesa. Como no podía tomar notas, iba a ser un interesante reto ver cuántos conseguía recordar.

Mientras volvían al recibidor, se detuvo a admirar un Turner, un Millais y un Burne-Jones. Le habría gustado disponer de más tiempo para verlos bien. La princesa los acompañó hasta el coche, donde volvió a sorprender a William al pararse a charlar largo y tendido con Danny. Cuando arrancaron, la princesa esperó a que el coche se perdiera de vista para volver a entrar.

William esperó hasta que doblaron por Kensington High Street antes de decir:

—Bueno, parlanchín, ¿aceptas el empleo?

—Pues claro —dijo Ross, sin vacilar—. Pero tengo un problema.

* * *

—¿Alguna cosa más, señor Booth Watson? —preguntó su secretaria a la vez que cerraba el bloc de dictados.

Booth Watson se recostó en la silla y se preguntó cómo iba a lidiar con el doble problema de Miles Faulkner y su exmujer Christina. Aunque había visto a ambos recientemente, aún no sabía a ciencia cierta si Miles habría aceptado su explicación de lo sucedido en España, mientras que Christina, sin duda, había adivinado los chanchullos que había hecho, y sabía que no vacilaría en pedir consejo a *sir* Julian si le convenía. Pero también conocía a la persona perfecta para vigilarlos a los dos e informarle de todo exclusivamente a él: un hombre con contactos en Belmarsh, tanto entre rejas como en los pasillos, que además vigilaría de cerca a Christina Faulkner y le mantendría al tanto de con quién se veía esta y de qué se traía entre manos. Aunque Booth Watson aborrecía al antiguo comisario que había dejado la Policía Metropolitana bajo la sombra de la sospecha, estaba de acuerdo con lo que había comentado en cierta ocasión Lyndon Johnson, cuando, después de resignarse al inconveniente de despedir a J. Edgar Hoover, dijo: «Probablemente sea mejor dejarle dentro del tiesto meando hacia fuera, que fuera y meando hacia dentro».

—Sí, señorita Plumstead —dijo al fin—, quiero que organice una reunión urgente con el excomisario Lamont.

—Claro, señor. Pero permítame recordarle que en estos momentos tiene usted una agenda muy apretada: esta semana va a comparecer dos veces ante los tribunales, y además…

—Y que sea en las próximas veinticuatro horas —la interrumpió Booth Watson.

Capítulo 7

William dio rápidamente la vuelta a la llave en la cerradura con la esperanza de llegar a tiempo para leerles a los niños un cuento de buenas noches. Se alegró mucho al oír alegres vocecillas infantiles en el cuarto de estar. Colgó el gabán en el perchero y sacó dos paquetitos de los bolsillos interiores antes de encaminarse hacia el bullicio.

Nada más abrir la puerta, Artemisia cruzó corriendo la habitación y se abrazó a sus piernas.

—¿Es verdad —preguntó sin darle tiempo siquiera a abrir la boca— que has tomado el té con la princesa Diana?

—La princesa de Gales —le corrigió Beth.

—La respuesta es sí —dijo William—, y me ha pedido que te salude de su parte y que te dé un regalo.

Artemisia extendió las manos mientras Peter preguntaba:

—¿Y para mí también hay un regalo?

—Sí, claro —dijo William, y sacó las dos cajitas que tenía detrás de la espalda.

Se las dio a los mellizos —esperaba que no se fijasen en que uno de los regalos estaba mucho mejor envuelto que el otro—. No tenía motivos para preocuparse: Peter rasgó el papel de envolver inmediatamente, impaciente por descubrir qué había dentro, mientras que Artemisia se tomó su tiempo en desatar la cinta de seda y quitar el papel rosa con la idea de concederles un lugar de honor en su mesilla de noche.

—Guau —dijo Beth al ver la pequeña diadema de cuentas brillantes que le mostraba Artemisia.

—¿Es de verdad? —preguntó la niña, estrujándola.

—Si te la ha dado una princesa, tiene que serlo —dijo su madre, y le puso la diadema en la cabeza a su hija.

Artemisia salió corriendo a mirarse en el espejo de la entrada mientras Peter empezaba a desabrocharse la camisa del pijama.

—¡Si hasta sabe de qué equipo soy y que Kerry Dixon es mi futbolista favorito! —exclamó, y se puso una camiseta del Chelsea con dorsal del número nueve.

—Y lo más sorprendente —susurró Beth— es que se sabe la talla de Peter…

Artemisia volvió y, con la cabeza bien alta, empezó a pasearse con pompa regia por la habitación, sonriendo y saludando al gato con el dorso de la mano. Al pasar por delante de Peter, dijo con tono imperioso:

—Tienes que hacer una reverencia.

—Los seguidores del Chelsea no hacen reverencias a nadie —dijo Peter a la vez que echaba a andar en dirección contraria, presumiendo de su nueva equipación ante el público de la grada.

A duras penas consiguieron sus padres mantener la seriedad.

—¿Me lo puedo dejar puesto para dormir? —suplicó Peter después de completar varias vueltas a la habitación.

—Sí, claro que puedes, cielo —dijo su madre, y, antes de que Artemisia pudiese pedirle lo mismo, le respondió a la niña con un segundo «sí»—. Pero mañana por la mañana tendréis que escribirle a la princesa para darle las gracias.

—Mi carta va a ser larga y muy interesante, porque tengo muchas cosas que contarle desde la última vez que la vi —dijo Artemisia mientras se acercaba la niñera.

—Hora de acostarse —dijo Sarah con firmeza.

—Soy una princesa. Pero me puedes llamar Artemisia.

—Gracias, señora —dijo Sarah, e hizo una ligera reverencia—, pero incluso las princesas necesitan un descanso reparador.

Artemisia le dio un abrazo a su padre, y Peter y ella salieron charlando por los codos con Sarah los dos a la vez.

—Eres un hombre bueno, William Warwick —dijo Beth. Se inclinó y le besó en la frente—. Lo de la diadema me lo creo, pero lo de la camiseta del Chelsea, no. —William sonrió—. Y ahora quiero que me cuentes con pelos y señales tu visita al palacio de Kensington. ¿Cómo iba vestida?, ¿qué habéis tomado?, y, lo más importante, ¿qué cuadros que jamás veré había en las paredes?

William empezaba a lamentar no haberse rezagado más tiempo en la escalinata mientras su alteza real charlaba con Ross.

—Todo a su debido tiempo. Primero tenemos que hablar de un tema más urgente. —Titubeó unos instantes antes de preguntar—: ¿Qué te parecería tener otro hijo?

Beth no respondió de inmediato, y al final preguntó:

—¿Qué es lo que ha cambiado? Al fin y al cabo, hemos hablado del tema hasta la saciedad, y siempre llegamos a la misma conclusión: sencillamente, no nos lo podemos permitir.

William se puso cómodo, dispuesto a escuchar un discurso que ya había oído varias veces.

—Somos una típica pareja moderna —le recordó Beth—. Los dos tenemos trabajos a tiempo completo, y no nos gustaría que fuera de otro modo. Tú trabajas en lo que siempre has querido, y sobra que te recuerde lo afortunada que me siento de estar empleada en el Fitzmolean. No solo eso, sino que al ser inspector jefe ni siquiera puedes cobrar las horas extras, a pesar de que tu carga de trabajo no se ha reducido. Para colmo de males, cobro una miseria en comparación con los hombres que hacen un trabajo equivalente; es el destino de las mujeres que trabajan en el mundo del arte, en la industria editorial o en el teatro. Pero eso no va a impedir que continúe luchando por que se produzca un cambio en el futuro —añadió con vehemencia—. Se seguirán aprovechando de las mujeres mientras siga habiendo un excedente de candidatos ansiosos rivalizando por cada puesto, sobre todo cuando no se atreven a quejarse del sueldo. E, incluso entonces, a menudo acaban eligiendo para el mismo puesto a un hombre mucho menos cualificado ¡porque no tendrá que pedirse la baja de maternidad!

William no la interrumpió. Había observado el mismo prejuicio en el cuerpo de Policía, donde, a la hora de los ascensos, una y otra vez se pasaba por alto a las mujeres para concedérselos a hombres menos aptos, a menudo justificándolo con un «es que tiene mujer e hijos que mantener». Decidió dejar que Beth siguiera estallando y que se fuera tranquilizando antes de formular la siguiente pregunta.

—Y no olvides —continuó Beth— que tenemos que contratar a una niñera, y que cobra casi tanto como yo. No me malinterpretes: Sarah vale su peso en oro; gracias a ella puedo trabajar en lo que me apasiona. Pero, cada vez que se coge la noche libre, tenemos que pagar a una canguro si queremos salir al teatro o a cenar.

La lava seguía bajando de manera ininterrumpida hacia él por la montaña.

—Era distinto en tiempos de nuestros padres, cuando se daba por hecho que las mujeres estaban en el mundo para criar hijos, limpiar la casa, guisar y apoyar las carreras profesionales de sus maridos. «Ama, honra y *obedece*» —subrayó—, por si acaso lo habías olvidado, cavernícola.

William recordó una vez más por qué adoraba a aquella mujer.

—Te aseguro que mi padre no sabe cuántos minutos tarda un huevo en cocerse, y el tuyo apenas si se las apaña para trinchar el pavo de Navidad.

—Pero antes dedica un buen rato a afilar el cuchillo… —dijo William intentando relajar el ambiente.

—Lo cierto —continuó Beth, ignorando el chascarrillo— es que tanto tu madre como la mía habrían sido perfectamente capaces de mantener unos empleos exigentes si se les hubiera dado la oportunidad.

—Tu madre estaba en el Consejo de Administración de la empresa de tu padre —le recordó William.

—Pregúntale cuánto cobraba cuando llevaba impecablemente la contabilidad a la vez que me criaba. Se lo advierto, inspector jefe, está a punto de estallar una revolución en la que el *Homo sapiens* será sustituido por la *Femina sapiens*. Pronostico que va a tener lugar en un futuro no muy lejano, aunque la mayoría de los hombres no la vean venir.

Su voz sonaba más tranquila, pero igual de resuelta. William no le señaló que se había saltado la parte de su discurso relativa a los cazadores recolectores.

—Reconozco —continuó Beth— que gracias a la generosidad de mis padres somos lo bastante afortunados como para tener nuestra propia casa, pero aun así nos cuesta llegar a fin de mes, y eso que tu padre ha creado un fondo fiduciario para la educación de los niños. Sin embargo, mi saldo bancario sigue siendo de color rojo desde el día en que salí de la universidad, y el tuyo solo es positivo hasta el día siguiente del día que cobras. No, William, la respuesta a tu pregunta es simplemente que no podemos permitirnos otro hijo, por mucho que lo deseemos.

—Pero ¿y si pudiéramos permitírnoslo?

—A mí me encantaría tener seis hijos. Los mellizos son la alegría de mi vida.

—Yo me conformaría con tres —dijo William—. Y puede que haya encontrado una solución.

—¿Te ha tocado la quiniela, cavernícola? ¿O es que vamos a atracar un banco, como Bonnie y Clyde? —preguntó Beth intentando imitar a Warren Beatty.

—No hará falta ni lo uno ni lo otro. Podemos tener un tercer hijo sin gastos adicionales, y ni siquiera tendrás que cogerte la baja de maternidad.

—Estoy deseando saber cómo —dijo Beth, y suspiró de forma exagerada.

—El agente de protección personal de la princesa se jubila a comienzos del año que viene, y la princesa le ha ofrecido el puesto a Ross.

—¿Así que es por eso por lo que os ha invitado a tomar el té?

—Sí, pero Ross no se ve capaz de asumir la responsabilidad de criar a Jojo al mismo tiempo. Las madres solteras se las apañan en circunstancias similares, pero los padres solteros son mucho menos adaptables.

—Sobre todo, los padres solteros que son adictos al trabajo —dijo Beth—. No tengo la menor duda de que, si Ross asumiese la responsabilidad, su horario no iba a ser lo que se puede decir normal. Todo el mundo sabe que Diana no es una persona a la que le guste quedarse tranquilamente en casa por las noches. Pero, aunque me encantaría ayudar a Ross, no veo cómo iba a resolver el problema de...

—Del descubierto de nuestra cuenta —dijo William—. No olvides que Josephine dejó a Ross el dinero suficiente para garantizar que no tuviese que trabajar nunca más, lo cual no deja de ser curioso porque cuando más feliz es Ross es cuando está trabajando a todo trapo, y la princesa le ha ofrecido la oportunidad de aprovechar todas las aptitudes y la experiencia que ha adquirido a lo largo de los años. Sinceramente, no conozco a nadie que esté mejor capacitado para el puesto.

—Pero seamos prácticos por un momento —dijo Beth con aire pensativo—. ¿Cómo lo haríamos?

—Jojo se vendría a vivir con nosotros como un miembro más de la familia. Ross la visitaría siempre que pudiera y se la llevaría los días que librase. Por supuesto, se irían juntos de vacaciones una vez al año. A cambio, él pagaría a Sarah y nos daría a nosotros cien libras a la semana para cubrir cualquier posible gasto. También aportaría un tercio de los pagos al fondo educativo, para que Jojo disfrute de los mismos privilegios que los mellizos.

—¿Además de pagar el sueldo de Sarah? Decir que es generoso se queda corto.

—El aspecto negativo es que tendríamos que cuidar no a dos sino a tres niños.

—Ese es el aspecto positivo —dijo Beth, incapaz de ocultar su entusiasmo por la propuesta—. Pero ¿cómo crees que reaccionarán los mellizos cuando se lo digamos?

—Artemisia mimará a Jojo como una madre, sobre todo cuando sepa que así Ross puede cuidar de la princesa. Peter fingirá no darse cuenta de Jojo, hasta que esta tenga edad para jugar al fútbol. —William se recostó en el asiento y esperó por si Beth iba a responder, antes de añadir—: Ya le he advertido a Ross de que quizá necesites un poco de tiempo para pensártelo.

—¿Basta con un nanosegundo? —contestó Beth.

Desde su lado del escritorio, Booth Watson escudriñó al antiguo comisario, un hombre al que aborrecía, y sospechaba que el sentimiento era mutuo. Aun así, no había nadie mejor capacitado para hacer el trabajo que tenía en mente. Lamont llevaba un traje que, aun siendo elegante, le estaba un poco apretado, clara muestra de lo mucho que había engordado desde que se salió de la Policía Metropolitana.

—Tengo una tarea delicada en grado sumo que necesito que lleve a cabo —empezó diciendo Booth Watson. Lamont asintió bruscamente con la cabeza—. Como sabrá, Miles Faulkner ha vuelto a la cárcel, y seré yo quien le defienda cuando su caso se vea en el Old Bailey. Tengo que asegurarme de que puedo confiar en mi principal testigo, la señora Christina Faulkner, si decido llamarla al estrado.

Otro gesto de asentimiento. Lamont sabía cuándo no convenía interrumpir a su principal fuente de ingresos.

—Usted ha tenido trato con ella en el pasado —continuó Booth Watson—, así que sabrá perfectamente que no es de fiar. No le sorprenderá saber que necesito que alguien la vigile de cerca día y noche.

—¿Hay algo en particular a lo que deba estar atento?

—Necesito saber con quién tiene un trato habitual; sobre todo, con cuánta frecuencia ve a la señora Beth Warwick. Y, lo que es todavía más importante, si alguna vez se pone en contacto con el marido de dicha mujer.

La expresión que asomó al rostro de Lamont indicaba que, para él, el inspector jefe Warwick entraba en la categoría de asuntos pendientes. Booth Watson era perfectamente consciente de que Warwick había sido el responsable de que Lamont tuviese que abandonar el cuerpo pocos meses antes de que se fuera a jubilar con la pensión íntegra. No constaba nada en acta, por supuesto, pero nadie albergaba la menor duda de por qué había tenido que dimitir Lamont, y tampoco había duda alguna —y esto quizá era más importante— de quién era el responsable de su repentina partida.

—Por último —dijo Booth Watson—, sé que ha trabajado para la señora Faulkner, pero a partir de ahora solo va a trabajar para mí. Si llego a descubrir que está pluriempleado, ocurrirán dos cosas. La primera, que ese mismo día se le cerrará el grifo de los ingresos.

¿Y la segunda?, quería preguntar Lamont, pero no hizo falta.

—Y la segunda, que yo me vería obligado a informar a mi cliente de su traición. —Booth Watson dejó que la amenaza subyacente quedase flotando en el ambiente antes de añadir—: ¿Queda claro?

—Como el agua.

Booth Watson asintió con la cabeza, abrió el cajón superior del escritorio y sacó un grueso sobre marrón. Lo deslizó lentamente por la mesa para indicar que la reunión había terminado.

—Y que ni se le ocurra hacer trampas con sus gastos. —Fueron las palabras de despedida de Booth Watson mientras Lamont se levantaba y se daba la vuelta para marcharse—. Porque, si lo hace, acabará teniendo que vivir de su exigua pensión tan solo. Y sí, estoy enterado de los gastos que acostumbra a hacer su mujer.

El excomisario se alegró de estar de espaldas a su pagador, pues así este no pudo ver la cara que puso.

Capítulo 8

Aunque William no veía el momento de zambullirse en la investigación del caso Milner, el prolongado retraso le permitió conocer mejor a Jo júnior mientras observaba, al principio con cierto temor, cómo se iba adaptando al resto de la familia. No había motivos para preocuparse, porque Artemisia, como había pronosticado Beth, no tardó en acoger bajo su ala a su nueva hermanita, y Peter, aunque fingía ignorar a Jojo, era el primero en alzarse en su defensa cada vez que la pequeña se metía en algún lío. El dúo se convirtió rápidamente en un trío, y todo aquel que los veía juntos daba por hecho que eran una familia. En cuanto al «par de abuelos consentidores», en palabras de Beth, se les caía la baba con la recién llegada, y las dos abuelas chocheaban por ella.

William dio por válida la transición y concluyó que había culminado con éxito cuando una colega del museo que había ido a visitarlos le dijo a Beth:

—Jojo es clavadita a ti.

—Me halaga que lo digas —contestó Beth, al recordar lo guapa que era Josephine, la mujer de Ross.

Ross iba a ver a su hija siempre que podía, pero, como había tenido que hacer un largo curso de entrenamiento antes de empezar a trabajar como guardaespaldas de Diana, las visitas eran menos frecuentes de lo que habría deseado. En Navidad consiguió escaparse unos días, y llegó a casa la mañana del día 25 cargado de regalos para la única otra mujer de su vida.

Jojo le dio un abrazo enorme a su padre, que entregó tres grandes paquetes a tres niños ilusionados que no esperaron a preguntar si podían abrirlos.

—¿Por qué hace tanto tiempo que no te veo, papá? —preguntó Jojo mientras rasgaba el papel del envoltorio.

—¿Se lo digo? —preguntó Ross volviéndose hacia William.

—Sí, claro —dijo Beth antes de que William pudiese responder—. Pero más vale que tengas una buena excusa, porque a las jovencitas no les hace ninguna gracia que les den plantón sin una explicación.

—He estado haciendo un curso intensivo de guardaespaldas —dijo Ross, y cruzó las piernas para sentarse en el suelo al lado de su hija—. *Top secret* —susurró.

—¡Queremos detalles! —exigió Artemisia imitando a su abuelo.

—Llevo seis semanas aprendiendo a conducir marcha atrás con lluvia y a hacer giros en jota antes de arrancar otra vez a toda pastilla.

—¿Qué es un giro en jota? —preguntó Peter a la vez que sacaba de la caja y daba cuerda a un coche patrulla a escala, que salió disparado con las luces lanzando destellos y las sirenas sonando a todo volumen.

—Tienes que ser capaz de hacer medio giro con la marcha atrás para ponerte mirando en dirección contraria y alejarte rápidamente —explicó Ross.

—¿Es ahí donde vive la princesa Diana? —preguntó Jojo, que miraba la foto del palacio de Buckingham de su caja de LEGO.

—Pues claro que no —dijo Artemisia mientras Jojo volcaba el contenido en el suelo—. Mi amiga vive en el palacio de Kensington con el príncipe de Gales, y con Ross, que la cuida.

—¿Tú tienes pistola? —preguntó Peter señalando a Ross con el dedo índice.

—Sí, pero mi antecesor en el cargo no tuvo que sacar el arma ni una sola vez en todo el tiempo que trabajó para la princesa.

—Y ojalá tú tampoco tengas que hacerlo —dijo Beth.

—¿Qué significa «antecesor»? —preguntó Artemisia y encajó una gran piedra angular del LEGO.

—La persona que ocupó el puesto antes que Ross —explicó Beth.

—¿La princesa tiene un coche de policía como el mío? —preguntó Peter antes de darle cuerda otra vez.

—Desde luego que sí —dijo Ross—. Yo voy en el asiento del copiloto, y la princesa va sentada atrás con su dama de compañía.

—¿Qué es una dama de compañía? —preguntó Jojo a la vez que cogía una ventana y echaba un vistazo a la foto de la tapa; el hecho de que el palacio tuviera setecientas sesenta ventanas no facilitaba las cosas.

—Alguien que acompaña a la princesa cada vez que asiste a un acto oficial —explicó Ross—. Por lo general, alguna amiga íntima.

—A mí me gustaría ser una dama de compañía —dijo Artemisia.

—¿Y qué hay del protocolo? —preguntó Beth con una sonrisa burlona—. ¿Te han enseñado a comportarte delante de un miembro de la familia real?

—Tienes que inclinar el cuello, no la cintura, y asegurarte de que siempre te diriges a ellos por el título que les corresponde —dijo Ross alzando la vista—. Y a los miembros de la familia real no se les puede hacer ninguna pregunta.

—Vamos, que las conversaciones son bastante unilaterales... —insinuó Beth.

—¿Cómo tengo que llamar a la reina si me la encuentro por la calle? —preguntó Jojo.

—Harías una genuflexión, no una reverencia, y la llamarías «su majestad» —dijo Ross mientras Artemisia encajaba un arco en la fachada del palacio.

—¿Y a la amiga de Arti, la princesa Diana?

—Cuando te la presentan, «su alteza real», y después, durante la conversación, «señora», y luego, cuando la conversación se acaba y se marcha, otra vez «su alteza real».

—Buenos días, su alteza real —dijo Artemisia levantándose y haciendo una genuflexión.

—Pero si eres amiga suya, como Arti —dijo Jojo—, la podrás llamar Diana, ¿no?

—¡Desde luego que no! —dijo Ross fingiendo horrorizarse—. Ni siquiera su dama de compañía la llama por su nombre de pila.

—Y, entonces, ¿quién la llama así? —preguntó Beth.

—Otros miembros de la familia real y sus amigos más cercanos, y solo en privado.

—¿Y a la reina también le afectan estas normas? —preguntó Beth—. ¿Hay alguien que la llame Elizabeth?

—Sospecho que solo la reina madre, la princesa Margarita y el duque de Edimburgo, que la llaman Lilibet, aunque jamás en público.

—¿También le hacen reverencias y genuflexiones?

—En ceremonias de Estado, sí, y tengo entendido que nada más levantarse por la mañana y justo antes de acostarse por la noche.

—Dudo mucho que el duque de Edimburgo haga una reverencia antes de meterse en la cama —dijo Beth.

—Tienen dormitorios separados —dijo Ross, y echó un vistazo a Artemisia y a Jojo, que seguían construyendo el palacio.

Era una maravilla ver lo bien que se había adaptado su hija, y que estaba claro que se la aceptaba ya como un miembro más de la familia.

Ross se levantó del suelo mientras Peter probaba a dar marcha atrás al coche y a hacerle dar medio giro antes de que saliera disparado.

—No encuentro palabras para agradecerte... —le dijo Ross a Beth mientras ella le daba una copa de ponche.

—La queremos como si fuera hija nuestra —dijo Beth—. Conque ni se te ocurra llevártela.

—No lo veo muy posible mientras siga trabajando para Diana —respondió Ross.

—¡Princesa Diana! —dijo Artemisia con firmeza.

Beth se rio.

—¿Qué tal si os ponéis los dos al día —dijo volviéndose hacia William— mientras yo le echo un ojo al pavo? Porque no creo que se vaya a asar él solo...

Ross se dejó caer en la silla que había al lado de William e inmediatamente preguntó:

—¿Booth Watson ha asomado la cabeza por encima del parapeto en mi ausencia?

—No lo suficiente como para que yo le pudiera pegar un tiro —reconoció William, y brindó con aire burlón—. No obstante, lo que sí sabemos es que desde hace unas semanas celebra en Belmarsh, cada viernes por la mañana, reuniones de carácter legal con su cliente. De hecho, empiezo a preguntarme si no será que ha decidido que no se nos va a echar encima.

—¿Por qué no iba a hacerlo —dijo Ross— cuando no tiene nada que perder?

—Quizá sí tenga algo que perder —respondió William—. Porque no estoy del todo convencido de que Faulkner sepa siquiera que su preciada colección de arte ya no cuelga de las paredes de su casa de España, sino que está guardada en un almacén que hay cerca del aeropuerto de Gatwick.

—Lo cual confirmaría —sugirió Ross— que cuando Booth Watson zarpó para Inglaterra en su yate no sabía que Faulkner seguía vivo. Aunque es demasiado suponer.

—Hasta que le sumas el hecho de que la casa de Faulkner en España se puso a la venta más o menos por esas fechas, y que después ha sido retirada de la venta.

—¿Qué estará tramando? —rumió Ross.

—Sospecho que, al igual que a nosotros, le encantaría que su cliente siguiese entre rejas por una larga temporada. Cuando el gato no está, bailan los ratones…

—No acabo de decidirme respecto a cuál de los dos es el mayor granuja.

—La cosa está muy reñida —observó William—, pero no tardaremos en descubrirlo cuando el caso llegue a juicio.

—Y, cambiando de tema, ¿qué ha estado haciendo el equipo local en mi ausencia?

—Preparándose para lo que sospecho que va a ser un duro encuentro con el comisario Milner y sus compinches en cuanto descubran cuál es nuestro verdadero objetivo.

—¿Cuándo va a ser el primer asalto?

—Rebecca y yo nos personaremos en Buckingham Gate el martes que viene, y al mismo tiempo Jackie y Paul se presentarán en el castillo de Windsor.

—Dudo que os reciban con los brazos abiertos, y puede que ese no sea el menor de vuestros problemas. —Ross bajó la voz—. La semana pasada me llegó un informe confidencial acerca de un posible atentado terrorista contra un miembro de la familia real.

William asintió con la cabeza.

—El comisario Holbrooke ha estado en contacto continuo con el Halcón, y, después del atentado de Lockerbie, puedo asegurarte que a cualquiera que aterrice en Heathrow con un pasaporte libio se le somete a varias horas de interrogatorio antes de que llegue a la zona de recogida de equipajes, y a la mayoría la mandan de vuelta a casa en el primer vuelo disponible.

—Al Halcón le alegrará saberlo…; al izquierdismo en general, seguro que no —observó Ross—. Y ¿qué tal está el viejo cascarrabias, si puede saberse? —dijo mientras Jojo encajaba una puerta de dos hojas y empezaba a aplaudir.

—Tan guerrero y gruñón como siempre, aunque últimamente habla de jubilarse.

—Será porque ha encontrado a la persona adecuada para sustituirle…

—Eso, suponiendo que Booth Watson no esté planeando meternos a ti y a mí en chirona mucho antes —dijo William mientras Beth entraba en la sala y hacía una genuflexión antes de anunciar:

—La comida está servida, señores.

—¡Pero si no hemos acabado de construir el palacio! —dijo Artemisia.

—Lo terminaremos juntas después de comer —prometió Beth—, mientras tu padre y Ross friegan los cacharros.

—Puede que tenga que hacer otro cursillo intensivo para enfrentarme a eso —dijo Ross. Se levantó y cogió a Jojo de la manita.

—¿Puedo ir contigo al cursillo? —le preguntó Jojo mientras Beth hacía salir a todos con rumbo a la cocina, donde se encontraron a William afilando el cuchillo de trinchar.

—Se me ocurre una idea aún mejor —susurró Ross mientras se sentaban a la mesa—. ¿Qué tal si te llevo mañana al zoo de Londres? Podríamos…

—Solo si Arti y Peter vienen también.

Fue entonces cuando a Ross no le quedó más remedio que reconocer que Jojo realmente formaba parte de la familia.

Capítulo 9

El martes por la mañana muy temprano, William y Rebecca llegaron al número 4 de Buckingham Gate sin saber muy bien qué tipo de recibimiento iban a dispensarles allí. En palabras de Rebecca, estaban frescos como una lechuga y tenían las pilas cargadas para empezar su nueva misión.

William llamó a la puerta con los nudillos, ya que no disponía de la contraseña del pequeño teclado numérico del muro. Nadie respondió. Llamó un poco más fuerte, pero, de nuevo, no hubo respuesta. A punto estaba de intentarlo por tercera vez cuando la puerta se entreabrió y se asomó un hombre que los miró por encima de la cadena del pestillo. Parecía como si le hubieran sacado del más profundo de los sueños y no le hubiese dado tiempo a afeitarse.

—¿Qué quieren? —preguntó bruscamente.

—Entrar —dijo William.

—¿Quiénes son?

—Inspector jefe Warwick —dijo William, y sacó su tarjeta de identificación—. ¿Y usted?

—Sargento Jennings. ¿Qué puedo hacer por usted, inspector?

—Inspector jefe —le soltó William—. Puede empezar por abrir la puerta y llevarme a mi despacho.

Jennings desenganchó la cadena y abrió a regañadientes para dar paso a los dos desconocidos. Los llevó en silencio por un largo y oscuro pasillo, encendiendo las luces a medida que avanzaba. Bajaron por una escalera hasta un sótano que, a juzgar por la pestilente humedad, casi nunca debía de recibir visitas. Se detuvieron delante de una puerta que había al fondo, donde Jennings tardó un rato en encontrar la llave.

—Su despacho —anunció cuando por fin consiguió abrirla. Saltaba a la vista que jamás había estado allí, y se estremeció antes de hacerse a un lado para dejarles pasar.

Había una bombilla pelada colgando del techo; debajo, una mesita de madera contrachapada que se tambaleaba al tocarla, dos sillas de plástico y unas cuantas baldas de madera cubiertas del polvo del año anterior, además de un anuario policial de 1984.

—¿Puedo hacer algo más por ustedes? —preguntó Jennings con un tono que sugería que le estaban distrayendo de quehaceres más importantes.

—¿Acierto si digo que anoche estuvo de guardia, sargento?

—Sí —respondió este con tono avergonzado.

—Sí, señor —le corrigió William.

—Sí, señor —dijo Jennings chocando los tacones.

—Lo primero que puede hacer —dijo William— es ir a afeitarse, ponerse una chaqueta y una corbata y, después, personarse ante mí.

—Mi turno está a punto de acabar.

—Estaba a punto de acabar —volvió a corregirle William. Jennings se dio la vuelta y se marchó, mascullando incoherencias.

—Los he visto peores a primera hora de la mañana —dijo Rebecca una vez que Jennings hubo salido—. Pero no desde mi época de estudiante.

—¿Te refieres al sargento o a esta habitación?

—A los dos —dijo ella, mirando en derredor—. Pero estoy segura de que puedo mejorar al menos a uno de los dos a corto plazo.

—Es su manera de hacernos saber qué opinan de que unos intrusos interfieran con el modo de vida al que creen que tienen derecho. Más vale que cuentes con que seguiremos en el sótano hasta que se den cuenta de que no somos unos pringados.

—No se preocupe, jefe. Ya me encargo yo de que haya un Renoir, un Picasso y un Matisse en la pared mucho antes de que aparezca el comisario.

—Preferiría un teléfono, un archivador y una papelera —dijo William al abrir los cajones del escritorio y encontrarse con que estaban vacíos.

Rebecca sacó un cuadernito y un bolígrafo de su maletín y se los dio a William mientras Jennings entraba de nuevo tranquilamente en la habitación.

—Vuelva a salir, sargento —dijo William—. Llame a la puerta y espere a que se le invite a entrar. Y, cuando lo haga, acuérdese de traer su propia silla.

A Rebecca le habría gustado grabar la mirada de Jennings para recordar su primer día de trabajo en el Servicio de Protección de la Casa Real. Esta vez, Jennings salió sin rechistar.

—Sospecho que se lo está pasando usted en grande, jefe —aventuró Rebecca.

—Si podemos guiarnos por Jennings, esto va a ser un desafío mayor de lo que me esperaba.

Llamaron a la puerta.

—Pase —dijo William.

Jennings abrió y volvió a entrar con una silla cómoda.

—Puede sentarse, sargento —dijo William.

Jennings dejó la silla delante de la mesa y se sentó. William permaneció en pie, mientras que Jennings se inclinó hacia delante como si estuviera sobre un taburete en el rincón de un *ring* de boxeo, esperando a que sonase la campana del primer asalto.

—¿Nombre y rango?

—Ya se lo he dicho —contestó Jennings.

—Como vuelva a dar otra muestra de insubordinación, sargento, sacaré el bolígrafo rojo y le pediré la agenda.

—¿Por qué?, ¿qué he hecho?

—Es por lo que no ha hecho. Anoche le tocó hacer guardia, pero al abrirnos la puerta de la calle era evidente que le habíamos despertado, porque estaba sin afeitar y bostezando.

Jennings se removió inquieto en la silla.

—¿Nombre y rango? —repitió William.

—Sargento Ray Jennings.

—¿Cuánto tiempo lleva en el cuerpo de Policía, sargento?

—Seis años

—Seis años, señor.

—Seis años, señor.

—¿Qué cargo ocupa?

—Soy el tercer agente del servicio de protección del equipo personal del príncipe de Gales, señor.

—¿Quiénes son los otros dos agentes? —preguntó William mientras tomaba notas.

—El comisario Milner, que está al mando del Servicio de Protección de la Casa Real —hizo hincapié en la palabra «mando»—, y el inspector Reynolds, su número dos.

—¿Cuándo puedo contar con que hagan acto de presencia?

—Los martes por la mañana, el inspector Reynolds suele venir en torno a las diez.

—¿En torno a las diez?

—Si se ha pasado el fin de semana trabajando y su alteza real no tiene ningún compromiso antes del mediodía, no tiene mucho sentido que venga más temprano. Además, vive en el campo.

—¿Y el comisario Milner?

—Nunca se sabe con certeza si está en Buck House o en el castillo de Windsor, pero le diré que está usted aquí en cuanto llegue.

—¿Y usted?

—Esta semana tengo guardias —dijo Jennings conteniendo otro bostezo—. Estaba a punto de irme a casa.

—Antes de marcharse, quiero que me dé una copia de su registro del día, y el nombre del agente que le da el visto bueno. Si vuelvo a verlo vestido de forma incorrecta y sin afeitar, sargento, se le degradará inmediatamente al rango de agente. —Jennings se incorporó de golpe a la vez que se le borraba la expresión hosca—. Y ahora, sargento, puede usted retirarse.

Jennings se levantó, cogió la silla y se dirigió hacia la puerta.

—Deje aquí la silla, Jennings.

Por la mañana, Jackie y Paul habían quedado a la entrada de la estación de Windsor y se habían sumado a un pequeño grupo de viajeros, ninguno de los cuales se dirigía hacia el castillo. Paul estaba más callado que de costumbre, presa de un ligero nerviosismo que ambos compartían. Minutos antes de las ocho llegaron a las puertas del castillo, donde un miembro de la Guardia Real que estaba claro que no los esperaba les dio el alto.

Cuando Jackie sacó su tarjeta de identificación, él abrió las puertas de mala gana y los dejó pasar. Se encaminaron hacia las dependencias de los agentes de protección, que Jackie había localizado en una de sus visitas turísticas.

Jackie se fue derecha hacia la oficina central, donde se encontró con una joven elegantemente vestida que estaba enfrascada en un libro de contabilidad detrás del mostrador. Pareció todavía más sorprendida de verlos que el guardia.

—¿Puedo ayudarles?

Jackie volvió a sacar su tarjeta, contenta de ver que nadie los esperaba.

—Soy la agente Smart —dijo la joven, levantándose en el acto, pero se notaba que se preguntaba qué hacían allí los dos.

—¿Es usted la única agente que se encuentra de servicio esta mañana? —preguntó Jackie.

—Sí —contestó ella, a la defensiva—. Los martes, los demás casi nunca aparecen hasta poco antes del almuerzo, a no ser que uno de los miembros de la realeza tenga un compromiso a primera hora —añadió tratando de disimular su indiscreción.

A Jackie no le pasó desapercibido el tono de desagrado de su voz, y se dijo que la agente Smart quizá podría ser, con el tiempo, una aliada útil.

—¿Le traigo un café, sargento? —preguntó educadamente la agente.

—Gracias —dijo Jackie. Se sentó a su lado y le dio la espalda a Paul.

Paul captó la indirecta y se fue en busca de algún despacho que pudieran ocupar, pero al final tuvo que resignarse con un escritorio sobrante y un armario para las escobas. Aun así, cuando volvió, se alegró de ver a Jackie disfrutando de una segunda taza de café con la agente Smart.

El inspector Hogan llamó al timbre a las ocho menos diez. Pocos instantes después le abrió un hombre recién afeitado, elegantemente vestido y que era evidente que le estaba esperando.

—Bienvenido al palacio de Kensington, inspector —dijo el mayordomo—. Adelante, por favor. La princesa está desayunando en su habitación. No creo que pueda recibirle antes de las nueve, de manera que, si le parece, le enseño todo esto ahora que se nos presenta la oportunidad. Empecemos por la planta superior, que es donde están sus dependencias.

—En mi tierra —dijo Ross—, a eso lo llaman «ático».

Burrows se rio mientras subían por las escaleras.

—Reconozco que sus dependencias no son muy amplias, pero si no acaba de sentirse cómodo siempre puede venir a verme a la cocina. —Abrió una puerta que daba a una habitación de mayor tamaño que cualquiera de las del piso de Ross. Al fondo, en un rincón, había una cama individual—. Por si llega tarde alguna noche y tiene un compromiso a primera hora de la mañana —explicó Burrows—, lo cual es bastante habitual. No tardará en descubrir que su alteza real tiene más de lechuza que de alondra.

Ross asintió con la cabeza mientras echaba un vistazo a la habitación, sorprendido por lo bien amueblada que estaba. Sobre el escritorio había una tarjeta en la que ponía tan solo «Bienvenido», escrito a mano.

—¿Cómo me dirijo a usted? —preguntó educadamente Burrows.

—Con Ross vale —dijo, y abrió un armario que estaba lleno de perchas.

—No, quiero decir si debo llamarle inspector o señor.

—Y yo quiero decir que me llame Ross.

—Gracias, Ross. Yo soy Paul. Pero no delante de la princesa. En el escritorio encontrarás una copia de los compromisos de la princesa para esta semana. Hoy va a un almuerzo de una organización benéfica para las enfermedades cardiacas en el hotel Dorchester. El recinto ya ha sido registrado por una avanzadilla. Esa será una de tus responsabilidades de aquí en adelante. No obstante, cuando estés encerrado en casa, como dice ella, puedes tomarte un descanso. —Abrió uno de los cajones del escritorio y le dio una gruesa carpeta—. Aquí tienes tus deberes, Ross. Intentaré responder a cualquier pregunta que tengas, pero no antes de que los hayas hecho. ¿Me permites que te diga que para ser policía vistes muy bien?

—La culpa es de mi difunta esposa —dijo Ross—. Jo era francesa, y no tenía muy buena opinión del gusto británico en cuestión de moda, por no hablar de nuestra incapacidad a la hora de apreciar la alta cocina o el buen vino…, y, en lo que se refiere a cómo hay que tratar a una dama, se había dado por vencida.

—No me extraña que le cayeras en gracia a la princesa.

Se echaron a reír. Era la risa de dos hombres que se estaban empezando a conocer.

—Tendrás que tener una muda extra para cambiarte —continuó Burrows—. Un traje para las ocasiones formales, chaqué para bodas o funerales y un esmoquin para por la noche. A veces necesitarás los tres en un mismo día.

—¡Socorro!

—No temas. Por muy vacío que tengas el armario, puedo indicarte adónde tienes que ir para llenarlo. Si te presentas en Cassidy and Cassidy, en Savile Row, el señor Francis Cassidy se encargará de equiparte. Y sabe adónde tiene que enviar la factura.

—¿De veras es necesario? —preguntó Ross—. Ya tengo un par de trajes decentes y un esmoquin, y…

—Me temo que no es apropiado. No podemos permitirnos que desentones. Tienes que mimetizarte con el entorno, para que nadie se fije en ti. Debemos evitar que salte a la vista que eres su guardaespaldas.

Ross se sentó ante su nuevo escritorio y abrió una carpeta en la que ponía: «CONFIDENCIAL».

—Tengo que ir a recoger la bandeja del desayuno y a ayudar a su alteza real a decidir qué se pone para su primera salida. Le gusta que le den una segunda opinión. Le haré saber que ya has llegado.

—¿El príncipe de Gales está ahí arriba, con ella?

—Pronto descubrirás, Ross, que hay preguntas que simplemente no se hacen.

El teléfono del escritorio de William sonó, y nada más cogerlo oyó una voz que gritaba:

—¡Preséntese en mi despacho inmediatamente!

No hizo falta que nadie le dijese a William quién estaba al otro lado de la línea, como tampoco que el despacho del comisario Milner no estaría en el sótano. Después de preguntar un par de veces por el camino, acabó ante una puerta del segundo piso en la que había un letrero con una gran inscripción dorada:

COMISARIO BRIAN MILNER
JEFE DEL SERVICIO DE PROTECCIÓN DE LA CASA REAL

Llamó y esperó a oír «adelante» antes de entrar en una habitación grande y cómodamente amueblada que no habría estado fuera de lugar en el palacio de Buckingham. Las paredes estaban llenas de fotografías de Milner con distintos miembros de la familia real, con lo que daba la impresión de una estrecha amistad.

—Siéntese, Warwick —dijo el comisario, sin rastro alguno de tono de bienvenida en la voz. William ni siquiera se había sentado cuando añadió—: Tengo entendido que ha reprendido a uno de mis agentes cuando el mismo estaba fuera de servicio.

—Si se refiere al sargento Jennings, señor, esta mañana llegué a las ocho menos dieciséis minutos y me lo encontré sin afeitar y vestido de manera inapropiada, a pesar de que todavía estaba de guardia. No le reprendí. Pero sí le dejé bien claro lo que pensaba acerca de que un agente en el ejercicio de sus funciones tuviese la actitud y el aspecto que él ofrecía.

La expresión del rostro de Milner sugería que no estaba acostumbrado a que un subalterno se dirigiese a él de semejante manera.

—Procure recordar, Warwick, que todavía están bajo mis órdenes, no bajo las suyas. —Le miró con dureza durante un rato antes de añadir—: A no ser, inspector jefe, que lo que quiera usted sea sustituirme en el cargo, claro está.

—No tengo ningún interés por ocupar su cargo, comisario. Me limito a hacer mi trabajo.

—Francamente, Warwick, no acabo de entender en qué consiste su trabajo.

—El comisario general me ha encargado que haga un informe exhaustivo del funcionamiento de esta unidad con el fin de ver si se puede llevar a cabo alguna mejora.

William se sacó un sobre del bolsillo interior y se lo entregó al comisario.

—Estoy convencido, inspector jefe —dijo Milner una vez que hubo leído las instrucciones—, de que descubrirá que en este grupo todo funciona de modo impecable y dentro de la legalidad. —William se preguntó por qué habría añadido sin necesidad «dentro de la legalidad». «Espera siempre a que el sospechoso pronuncie esa frase, de la que habrá de arrepentirse más adelante», le había enseñado el Halcón—. Tenga la plena seguridad de que, si está en mi mano ayudarle, lo haré con muchísimo gusto —continuó Milner—. Pero, sinceramente, creo que está usted perdiendo el tiempo.

—Ojalá tenga usted razón, señor —dijo William—. En cualquier caso, ¿sería posible que la detective Pankhurst y yo tuviéramos un despacho que no haga pensar que somos los porteros?

—En estos momentos no dispongo de ninguna habitación de sobra.

—Quizá alguno de sus agentes podría…

—Y quizá no podrían —le cortó Milner.

—También voy a necesitar una secretaria —contraatacó William— que, además de escribir a máquina, no cometa faltas de ortografía, porque vamos a entrevistar a los sesenta y tres integrantes de su plantilla que hay en Buckingham Gate, y también a los que están estacionados en Windsor.

—¿De veras lo considera necesario? —preguntó Milner con voz más suave—. Tenga en cuenta que mis muchachos tienen horarios agotadores, y no creo que haga falta que le recuerde que la familia real no cumple un horario de oficina que se diga.

—Procuraré no interferir con sus obligaciones cotidianas —le aseguró William—, pero si quiero completar un informe serio para el comisario general...

—Quiero ver ese informe antes de que lo entregue —interrumpió Milner.

—Por supuesto, señor. Le mantendré informado del desarrollo de la investigación en todo momento, y estoy seguro de que los miembros de su plantilla también lo harán.

—¿Algo más, Warwick, antes de que me permita continuar con mi trabajo? —preguntó secamente el comisario.

—Sí, señor. Dos miembros de mi equipo, el subinspector Adaja y la subinspectora Roycroft, van a instalarse en el castillo de Windsor mientras dure nuestra investigación. Espero que esta mañana les hayan dispensado una bienvenida más cálida que la mía.

—Si nos hubiera avisado de cuándo venía, inspector jefe, yo mismo habría estado aquí para darle la bienvenida —dijo Milner, sin hacer ningún esfuerzo por ocultar su irritación.

—Habría frustrado el objetivo, señor —dijo William sin inmutarse.

—Y ¿en qué consiste el objetivo, si puede saberse?

—Simplemente, en demostrar que su sección, como rezan las instrucciones del comandante, cumple con su cometido.

—Estoy seguro de que comprobará que así es. No obstante, ha de entender desde el principio que el Servicio de Protección de la Casa Real es un cuerpo especial, al que no le afectan las normas habituales. Procure no olvidar, Warwick, que solo rendimos cuentas a la familia real; a nadie más.

—Todos somos servidores de la Corona, comisario. Pero yo, además, rindo cuentas al comandante Hawksby, que a su vez es responsable ante el comisario general.

Se veía en la mirada de Milner que conocía perfectamente la reputación del Halcón.

—Estoy seguro de que seremos capaces de llevarnos bien —dijo Milner; de repente dejó de ser bravucón y pasó a ser adulador—. Su nombre de pila es William, ¿no?

—Soy el inspector jefe Warwick, señor.

—Intente comprender, Warwick, los desafíos a los que tengo que enfrentarme a diario.

—Haré todo lo posible por garantizar que todo el mundo tiene oportunidad de explicar esos desafíos en detalle, señor.

—Si esta es su actitud, Warwick, haría bien en recordar que mi jefa tiene un rango superior al del comandante Hawksby —dijo Milner, a punto de perder los estribos.

—Y no digamos al del comisario general, señor —dijo William—. Me aseguraré de informar a mi jefe de cuál es su opinión al respecto.

—Creo que ya es hora de que se marche, Warwick. —Milner descolgó el teléfono—. Voy a hablar con su comandante, así que no se moleste en ponerse cómodo. Algo me dice que esta misma tarde volverá usted a Scotland Yard. Póngame con el comandante Hawksby, de Scotland Yard —vociferó al auricular a la vez que despachaba a William con un gesto desdeñoso de la mano.

—Gracias, señor —dijo William antes de salir y cerrar la puerta silenciosamente.

Al volver a la habitación del sótano se encontró con que Rebecca había conseguido varias cajas llenas de papel, una máquina de escribir e incluso un mueble archivador.

—¿Qué tal ha ido?

—No podría haber ido peor —respondió William después de contarle la conversación.

—¿Significa eso que volveremos a Scotland Yard a tiempo para el almuerzo?

—Sabes perfectamente que el Halcón no ve con buenos ojos que paremos para comer —dijo William, y se sentó ante su escritorio a esperar a que sonase el teléfono.

Capítulo 10

—En teoría, este caso debería ser sencillo —observó *sir* Julian mientras se paseaba por su despacho agarrándose las solapas de la chaqueta como si se dirigiera a un jurado—. En la práctica, sin embargo —hizo una pausa—, hay un par de anomalías que la fiscalía no puede pasar por alto.

Ni Grace ni Clare interrumpieron a su jefe mientras tomaban apuntes.

—Comencemos por los hechos. El acusado, Miles Faulkner, escapó de la custodia policial durante el funeral de su madre, y, meses después, organizó su propio funeral para convencer a la policía de que estaba muerto.

—La señora Faulkner incluso se ofreció a entregar sus cenizas —dijo Clare—, pero le expliqué que hoy por hoy aún no podemos identificar el ADN de una persona a partir de sus cenizas.

—Seguro que Faulkner era consciente de esto. Si no, no las habría ofrecido en bandeja de plata —dijo *sir* Julian—. Sin embargo, con lo que seguro que no contaba era con una agente de policía a la que no se le escapa ni una. —Hizo una pausa y bajó la vista a las notas que había sobre el escritorio para comprobar el nombre—. La detective Rebecca Pankhurst, que vio al abogado de Faulkner, el señor Booth Watson, esperando en una sala de embarque de Heathrow a que saliera su vuelo para Barcelona. La detective Pankhurst interrumpió sus vacaciones para poder acompañarle en ese vuelo sin que él advirtiera su presencia. Gracias a la colaboración de la Policía española —dijo *sir* Julian, sin dejar de pasearse por el despacho—, Scotland Yard consiguió localizar a Faulkner, que se alojaba en una enorme y recóndita mansión situada a varios kilómetros de la capital catalana.

»Tal vez habría vuelto a dar esquinazo a la policía, de no ser por un inspector que no le iba a la zaga en lo que a ingenio se refiere y que, ironías de la vida, acabó salvándole la vida a Faulkner. Pero, llegados a este punto, el caso deja de ser sencillo. Quedas encargada de ponernos al día, Clare —dijo, y a continuación, volviéndose hacia su hija, añadió—: Y tú, Grace, en calidad de auxiliar mía, harás de abogado del diablo y tratarás de pensar como pensaría Booth Watson.

—Supongo que te refieres a que tengo que ser taimada y amoral a la vez que me dirijo al jurado desprendiendo un encanto untuoso…

—Ni yo mismo lo habría expresado mejor.

—Ya he entrevistado al inspector jefe Warwick —intervino Clare, evitando decir «a su hijo»— y al inspector Hogan. Hogan sostiene que, cuando Faulkner intentaba darse a la fuga, se quedó encerrado en su caja de seguridad y se habría asfixiado de no haber acudido él en su auxilio.

—Hasta ahí, me lo creo —dijo *sir* Julian—. Pero me temo que el resto de la historia de Hogan es menos verosímil. De todos modos, continúa, por favor.

—El inspector Hogan declaró a continuación que Faulkner seguía vivo, pero inconsciente cuando le sacó de la caja de seguridad. Con la ayuda de un tal teniente Sánchez de la Policía Nacional de España, que le hizo la respiración boca a boca, Faulkner volvió en sí y pidió que lo trasladasen a Londres para que lo viera su médico. Después se desmayó.

—Esa es la parte que me parece menos convincente —dijo *sir* Julian—, y estoy seguro de que Booth Watson encontrará unos cuantos cables sueltos en el testimonio del inspector Hogan cuando le haga subir al estrado…, y después se envalentonará y preguntará cómo fue posible que Hogan se apropiase del *jet* privado de Faulkner y lo llevase de vuelta a Londres sin su consentimiento expreso.

—Pero el inspector Hogan fue capaz de facilitarnos el nombre del médico de Faulkner, que pasa consulta en la calle Harley —dijo Grace.

—Sospecho que Hogan es aficionado a correr riesgos; apostó por la calle Harley y tuvo suerte.

—Por desgracia, ni el teniente Sánchez ni el inspector jefe Warwick presenciaron el diálogo entre Faulkner y Hogan —prosiguió Clare—, y en su momento dieron por buena la versión de Hogan. El inspector jefe Warwick no empezó a pensar en las consecuencias de sus acciones hasta después de trasladar a Faulkner a Inglaterra y meterlo otra vez entre rejas.

—No perdamos de vista —dijo Grace— que Faulkner fue el responsable de la trágica muerte de la esposa de Hogan, así que es de todo punto posible que el discernimiento del inspector estuviera, por utilizar un término legal, temporalmente afectado.

—En cuanto haga subir a Hogan al estrado, Booth Watson no se va a detener en lo de «temporalmente» —dijo *sir* Julian—. Lo primero que hará será sacar el tema del secuestro, que dudo que se encuentre entre los procedimientos recomendados por el manual de la Policía Metropolitana.

—Y después se centrará en el robo del autorretrato de Frans Hals —añadió Grace—, que, como poco, debe de valer medio millón de libras y que el público tendrá la oportunidad de ver en una exposición que inaugurará la princesa de Gales.

—En el Museo Fitzmolean —dijo Clare—, cuya conservadora de pintura es, casualmente, la esposa del inspector jefe Warwick.

—Booth Watson no lo va a considerar una casualidad; no dudes de que repetirá hasta la saciedad las palabras «conservadora de pintura» cuando se dirija al jurado —dijo *sir* Julian—. ¿Hay alguna noticia buena?

—Que es muy posible que el problema se resuelva solo, porque el juicio no empieza hasta después de que se haya clausurado la exposición —dijo Clare—, y el cuadro ya habrá sido devuelto a su legítimo dueño.

—Quienquiera que sea… —dijo *sir* Julian, el ceño surcado por profundas arrugas—. Pero ¿cómo ayuda eso a nuestra causa?

—La señora Christina Faulkner ha firmado una declaración jurada en la que afirma que el cuadro le pertenece —respondió Clare—, y que, por tanto, tiene derecho a prestarlo a quien le plazca.

—Por desgracia —dijo Grace—, no vamos a descubrir de parte de quién está esa mujer hasta que suba al estrado, y yo no correría el riesgo de llamarla a declarar mientras Booth Watson tenga algo mejor que ofrecerle que nosotros. En cualquier caso, puede que para entonces sea demasiado tarde.

—Me temo que tienes razón —dijo *sir* Julian—. Bastante inestable es ya la defensa de nuestra postura, como, sin duda, observará Booth Watson cuando nos reunamos para la consulta preliminar. —Echó un vistazo a su reloj de pulsera—. Dentro de veinte minutos aproximadamente.

—Tengo la sensación —dijo Grace— de que estará encantado de hacer un trato que le permita sacar del apuro a Faulkner, teniendo en cuenta que se mantuvo en contacto con él después de que se fugara de la cárcel y que incluso orquestó su falso funeral.

—Ojalá tengas razón —dijo *sir* Julian—. Pero ¿bastará para impedir que hable de secuestro y robo? —Hizo una breve pausa antes de coger una hoja de papel del escritorio—. Ya he preparado la lista de deseos que podría presentarnos.

—Yo también —dijo Clare, y sacó una hoja de papel rayado amarillo del pliego de condiciones.

—Bien, entonces intercambiemos impresiones —dijo Grace.

—En primer lugar —empezó *sir* Julian—, Booth Watson exigirá que el caso se vea en sesión abierta para que todas las pruebas condenatorias del inspector jefe Warwick sean de dominio público. Y con ello me refiero a que salgan en las portadas de todos los periódicos amarillistas, porque si hay algo de lo que la prensa disfruta más que de meter a un delincuente entre rejas es de atacar a la policía.

—La prensa amarillista no influye en los jueces —dijo Grace.

—Pero en los jurados, sí —contestó *sir* Julian—. Y no olvides que no hay muchos jurados que lean el *Guardian*.

—Pero...

—Por tanto —prosiguió, interrumpiendo a su hija antes de que pudiese dar su opinión—, que no te sorprenda si Booth Watson aconseja a Faulkner que se declare culpable de un delito menor a cambio de una suspensión de condena.

—Es poco probable —dijo Grace—. Si esto ocurriera, la prensa querría saber por qué motivo se ha ido tan de rositas.

—En segundo lugar —continuó *sir* Julian—, a cambio de no hablar de un cuadro robado, exigirá que la condena actual de su cliente se reduzca a la mitad, a cuatro años, de modo que, con buena conducta, le soltarían más o menos en un año.

—Hogan debería haberle dejado dentro de la caja de seguridad —murmuró Clare, y marcó otro «visto» en su lista.

Sir Julian pasó por alto el comentario y procedió a recapitular:

—Sigamos. Lo que contemplamos es la posibilidad de que la fiscalía le pida al juez que doble la condena de Faulkner a dieciséis años por fugarse de la cárcel, mientras que la defensa nos presionará para que retiremos los últimos cargos a cambio de no sacar el tema del secuestro y el robo y propondrá que, si Faulkner está dispuesto a declararse culpable, se le reduzca la condena a la mitad. De este modo, nada se filtraría a la prensa. Bueno, y ¿qué podemos ofrecer nosotros para impedir que esto suceda? Porque en este momento, sinceramente, no se me ocurre gran cosa.

—Como ya he dicho —dijo Grace—, Booth Watson tiene un par de problemillas propios que seguro que no querrá que salgan a la luz en una sesión abierta.

—Ensaya tu razonamiento como si te estuvieras dirigiendo a un jurado —le dijo *sir* Julian agarrándose las solapas de la chaqueta antes de empezar de nuevo a pasearse.

—Si Booth Watson asistió al funeral ficticio de Faulkner en Ginebra, como confirmará el inspector jefe Warwick, y después cogió un vuelo a Barcelona para verle, según el testimonio de la detective Pankhurst, debe de haber sabido desde el principio que Faulkner seguía vivo, lo cual significa, según la Ley de Derecho Penal de 1967, que era cómplice de un fugitivo. Si conseguimos demostrarlo, la policía no tendrá más remedio que abrir una investigación preliminar sobre la conducta de Booth Watson, investigación cuyos resultados se trasladarían a la fiscalía del Reino Unido y al Colegio de Abogados. La consecuencia podría ser que a Booth Watson le suspendieran de empleo y sueldo e incluso que le detuvieran por delito de conspiración criminal, lo cual le inhabilitaría para defender a Faulkner o, más aún, para defender a ningún otro.

Sir Julian reflexionó unos instantes antes de decir:

—A pesar de la antipatía que le tengo a este hombre, esperemos que no tengamos que caer tan bajo.

—Por bajo que cayésemos —dijo Clare—, estoy segura de que Booth Watson caería aún más bajo.

Ross se sentó en silencio en el asiento del copiloto del Jaguar mientras la princesa y *lady* Victoria Campbell charlaban tan contentas en la parte de atrás. Intentó disimular lo nervioso que estaba; al fin y al cabo, era su primera salida oficial con la princesa.

Esa misma mañana se había pasado ya por el hotel Dorchester para colaborar con el agente encargado del reconocimiento previo. Con el fin de que su alteza real no diera ni un solo paso que él no hubiera previsto, había recorrido con dicho agente las instalaciones, y después los perros rastreadores habían seguido su propio método de vigilancia.

El agente encargado del reconocimiento previo avisó al gerente del hotel de que iba a recibir la visita de una persona muy importante, sin decir de quién se trataba, y le advirtió de que, si se filtraba algún detalle, el evento se cancelaría o se trasladaría inmediatamente a otro lugar. Por lo general, esto garantizaba que todos los implicados mantuvieran la boca cerrada.

Ross se había sumado al equipo de reconocimiento y juntos habían revisado la ruta de su alteza real tanto dentro como fuera del edificio, y habían pensado en alternativas disponibles en caso de emergencia. También había pedido que reservasen una habitación del hotel con teléfono fijo, por si la princesa quería hacer alguna llamada privada, y con un cuarto de baño para su uso exclusivo.

Una vez que hubo recorrido todo a su gusto, le había preguntado al gerente si en los últimos tiempos se había producido algún despido, alguien que tuviese alguna queja y quisiera airearla en público para arruinarles la velada. Lo último de lo que se encargó Ross de confirmar fue de que hubiera un vehículo preparado rondando por la parte trasera del edificio, con un médico a bordo y un conductor amigo de tomar atajos, por si acaso se veían obligados a salir de allí rapidito.

Después de irse Ross, una segunda avanzadilla lo debió de repasar todo otra vez, y se suponía que llevaban en el lugar desde primera hora de la mañana, aunque nadie se habría fijado en aquellos agentes que miraban con desconfianza a cualquier persona o cosa que pareciera fuera de lugar. En cuanto a la gente de a pie, nadie podía atravesar la puerta principal sin tarjeta de invitación, sin el carné de identidad y una fotografía actualizada, lo cual, según sabía Ross de fuentes fidedignas, en cierta ocasión le había impedido a Billy Connolly almorzar con su alteza real.

A pesar de todos los preparativos, sabían que siempre quedaba la posibilidad de que surgiese algún imprevisto, en cuyo caso habría que prescindir del protocolo habitual. Ross tendría que tomar lo que los profesionales llamaban una «decisión relámpago». Era la peor de las pesadillas de los agentes de protección, porque la totalidad de su carrera profesional podía ser juzgada por esa única decisión. El guardaespaldas de la princesa Ana había tomado una decisión relámpago cuando unos terroristas atentaron contra el coche real en la avenida Mall, pero por suerte para él, y para ella, había acertado, había tomado la decisión correcta. Le concedieron la Cruz de Jorge, fue ascendido y acabó convirtiéndose en el agente de protección personal de la reina. Ross tenía la esperanza de que jamás ocurriera nada semejante mientras estuviese él de guardia.

A medida que el coche se acercaba al Dorchester, Ross empezó a ver a la muchedumbre que se había congregado en la acera y esperaba entusiasmada la llegada de la princesa. El coche se detuvo a la entrada del salón de baile, y Ross se bajó de un salto y abrió la puerta trasera para que saliera su protegida. Nada más poner el pie en el suelo, Diana fue recibida con vítores y destellos de *flashes*.

A Ross lo había advertido su predecesor en el cargo de que los siguientes minutos, cuando la princesa se paraba a hablar con la gente, eran siempre los más tensos para un agente de protección. Ross recorrió la multitud con la mirada. El noventa y nueve por ciento sería inofensivo, pero a él lo que le interesaba era el uno por ciento restante: alguien que no estuviese saludando con la mano o gritando hurras; alguien que le sonase de las fotos policiales de Scotland Yard, que estaban indeleblemente grabadas en su memoria; alguien deseoso de salir en las portadas del día siguiente. Ese manojo de personas clasificadas como «individuos obsesionados» —los fanáticos, los delirantes, incluso algún ferviente republicano ansioso de expresar su opinión a un público cautivo—.

La princesa fue recibida en la acera por *sir* Magdi Yacoub, el eminente catedrático de Cirugía Cardiotorácica del Imperial College, cuya labor llevaba apoyando desde hacía muchos años.

Después de recibir a la princesa, *sir* Magdi la acompañó al hotel, donde una larga cola de simpatizantes y voluntarios seleccionados con esmero llevaba media hora esperando pacientemente. Diana se tomó su tiempo en charlar con cada uno mientras avanzaba por la cola, hasta que al final una joven enfermera le ofreció el ramo de flores de rigor, que aceptó con una sonrisa cortés antes de dárselo a su dama de compañía. Los siguientes veinte minutos los dedicó a charlar con algunas de las personas que no habían sido seleccionadas para hacer cola.

Ross siguió atento por si alguien se cruzaba en su camino o la agarraba de la mano más tiempo del debido. Aunque había hecho el reconocimiento previo del lugar esa misma mañana, sabía que no podía bajar la guardia ni medio segundo.

Sonó un gong justo antes de la una. El maestro de ceremonias dio un paso al frente y, con voz tonante digna de un sargento mayor, invitó a los presentes a dirigirse hacia el comedor. El almuerzo estaba a punto de servirse.

La princesa se rezagó mientras salían todos menos *sir* Magdi, que estaba esperando las siguientes palabras del maestro de ceremonias.

—Por favor, pónganse en pie para su alteza real la princesa de Gales, acompañada por el presidente, *sir* Magdi Yacoub.

Cuatrocientos invitados se levantaron y aplaudieron a la princesa hasta que llegó a la cabecera de la mesa, y no tomaron asiento hasta que ella hubo ocupado su sitio. No por primera vez, Ross pensó que tenía que ser muy difícil que una adoración tan arrebatada no se te subiese a la cabeza.

Sus ojos siguieron recorriendo sin descanso la habitación abarrotada de invitados parlanchines que no podían disimular su emoción por hallarse allí. Varias veces le preguntaron si quería sentarse a comer algo, pero rehusó cortésmente porque prefería seguir entre bastidores, a pocos pasos de su protegida. Esperaba no tener que salir nunca al escenario a representar un papel protagonista.

Mientras Diana disfrutaba del salmón ahumado y charlaba con los comensales de la mesa principal, Ross no perdía de vista a los camareros. Si estuvieran en Rusia, serían la mayor amenaza.

Una vez hubieron retirado el último plato y servido el café, el presidente dio paso a los discursos con una presentación de la labor de la organización benéfica, y a continuación dio la bienvenida a la invitada de honor. El maestro de ceremonias colocó un pequeño atril en la mesa, delante de la princesa, y la dama de compañía le entregó el texto escrito del discurso. Lo había visto por primera vez esa misma mañana, justo a tiempo para añadir un par de comentarios personales.

Los invitados escuchaban embelesados las palabras de Diana, se reían con sus chistes y, cuando se sentó, se levantaron al unísono para dedicarle una ovación que ya quisieran para sí la mayoría de los políticos. No por primera vez, Ross se preguntó si ella pensaría en alguna ocasión en lo distinta que habría sido su vida de no haberse casado con el príncipe de Gales.

Por fin llegó el momento en que el subastador de la organización benéfica intentó sacar dinero a los invitados. Les ofreció de todo, desde un palco en el Royal Albert Hall para la última noche de los *proms* hasta un par de abonos para las semifinales femeninas de Wimbledon. Una vez que se hubo subastado el último artículo, anunció que se habían recaudado 160 000 libras esterlinas, lo cual fue recibido con otro fuerte aplauso. La princesa se inclinó para susurrar algo al oído del subastador.

—Damas y caballeros —dijo este volviendo al micrófono—, su alteza real ha aceptado firmar los manteles para aquellos generosos comensales que deseen donar mil libras a la organización.

Inmediatamente se alzaron varias manos, y Ross acompañó a la princesa mientras iba de mesa en mesa firmando las telas de lino blanco y algunas servilletas —a quinientas libras— con un rotulador negro que le había dado su dama de compañía.

Cuando por fin volvió a la mesa principal, el subastador anunció que, con las 42 000 libras que acababa de recaudar, la organización había obtenido un gran total de 202 000 libras que se iban a destinar a niños desfavorecidos que necesitaban una intervención de cirugía cardiaca.

De nuevo, el público se puso en pie, señal de que había llegado el momento de que se marchase la princesa. Ross dio un paso al frente y despejó el camino para garantizar que ella pudiera regresar a la entrada principal sin sufrir interrupciones. Al pasar por delante del subastador, la princesa susurró: «Gracias, Jeffrey; nunca falla». El subastador inclinó la cabeza, pero no hizo ningún comentario. En todo el tiempo que llevaba sirviendo en la Policía Metropolitana, Ross a menudo había presenciado trapacerías clamorosas, pero nunca a un nivel regio. En cuanto la princesa puso el pie en la calle, los *flashes* empezaron de nuevo a dispararse mientras Ross seguía escudriñando la multitud, algunos de cuyos miembros llevaban horas esperando a verla por segunda vez.

Y de repente Ross fue testigo de uno de esos toques personales de Diana a los que ella debía en gran medida su popularidad. La princesa reconoció a una persona que había estado allí a su llegada, y se detuvo a hablar con ella. Ross no se relajó hasta que la princesa, por fin, se subió a la parte de atrás del coche, donde la estaba esperando Victoria.

El Jaguar se alejó despacio, lo que le permitió a Diana seguir saludando con la mano hasta que perdieron de vista al último admirador, momento en el que soltó un hondo suspiro de alivio.

—Doscientas dos mil libras, señora. No está mal —dijo Victoria mientras el coche cogía velocidad y dos motociclistas de escolta, emitiendo destellos y pitando estridentemente en cada cruce, despejaban el camino para que volviese sin percances al palacio de Kensington.

—¿Y ahora qué toca? —preguntó Diana.

—Por hoy, nada más, señora —dijo Victoria—. Esta tarde puede relajarse y ver *Cita a ciegas*.

—Quizá debería participar en el concurso… ¿Tú qué crees? —dijo Diana con aire pensativo.

Ross no había tardado en comprender que Diana nunca quería relajarse. El subidón de adrenalina que experimentaba en estos actos públicos era lo que la ayudaba a seguir adelante. Ross aún no le había dicho a William que todavía no había conocido al príncipe de Gales.

—Le agradezco que haya venido, Booth Watson —dijo *sir* Julian después de que el abogado llegase a la reunión con unos minutos de retraso, cosa que no le sorprendió a nadie—. Creo que ya conoce a mi auxiliar, que me ayudó cuando usted y yo sacamos las espadas en el primer juicio de Faulkner.

—No se ilusione pensando que esta vez el desenlace va a ser el mismo, jovencita —dijo Booth Watson. Sonrió a Grace con condescendencia y a cambio obtuvo un seco movimiento de cabeza.

—Y mi abogada instructora para este caso —continuó *sir* Julian, haciendo caso omiso de la pulla— es Clare Sutton. —Booth Watson la saludó con indiferencia antes de tomar asiento al otro lado de la mesa—. He pensado que sería útil tener una conversación preliminar, ahora que ya está puesta la fecha del juicio.

—Completamente de acuerdo —dijo Booth Watson, tomando por sorpresa a la fiscalía—. Eso, suponiendo que pueda usted darme algo que merezca la pena que yo le traslade a mi cliente para que lo considere.

—Poca cosa —admitió *sir* Julian, poco dispuesto a enseñar sus cartas—. Vamos a recomendar que el juez doble la actual condena del señor Faulkner a dieciséis años, lo cual, supongo, no le sorprenderá. Sin embargo —prosiguió, antes de que Booth Watson pudiera responder—, el juez Cummings ha accedido a rebajar dos años de la condena si su cliente se declara culpable, lo cual ahorraría mucho tiempo y gastos al tribunal.

Los tres se quedaron esperando a que el volcán entrase en erupción, pero no salió lava por ningún sitio.

—Le comunicaré su oferta a mi cliente —dijo Booth Watson— y les haré saber su respuesta.

—Llegados a este punto, ¿hay alguna circunstancia atenuante que quiera usted que consideremos? —preguntó Grace, pregunta que llevaba muy preparada.

—En este momento no se me ocurre nada, señorita Warwick —respondió Booth Watson al instante—. Pero, si surgiese algo durante mi reunión con el señor Faulkner, será usted la primera en saberlo.

De nuevo, *sir* Julian se quedó descolocado, y pasaron unos instantes antes de que respondiera:

—Pues entonces, si no hay nada más que decir, Booth Watson, esperaremos a tener noticias suyas cuando llegue el momento.

—Es usted muy amable, Julian —dijo Booth Watson levantándose de la silla—. Veré a mi cliente a finales de esta semana, y volveré en cuanto haya recibido instrucciones.

Sir Julian se levantó a regañadientes y estrechó la mano de su rival como si fueran viejos amigos antes de acompañarlo a la puerta, donde dijo:

—Quedo a la espera de su respuesta, Booth Watson.

Clare esperó a que se cerrase la puerta antes de decir:

—¿Qué estará tramando?

—Una de dos —dijo *sir* Julian—: o se está reservando para después de su reunión con Faulkner, que me parece la explicación más probable...; a no ser que... —Las dos esperaron a que terminase la frase—. No —dijo al fin—. Me niego a pensar que ni siquiera Booth Watson pueda caer tan bajo...

Capítulo 11

William fue el segundo en llegar a la reunión aquella mañana, y se preguntó si el comandante se habría ido en algún momento a la cama.

El resto del equipo estaba sentado en torno a la mesa mucho antes de la hora fijada, y, en vista de que todos habían dejado una gruesa carpeta encima de la mesa, estaba claro que ninguno se había ceñido a un horario de oficina.

—Bienvenidos de nuevo —dijo el Halcón—. Como no he estado sobre el terreno en esta operación concreta, le voy a pedir al inspector jefe Warwick que nos ponga al día.

William hizo un resumen detallado de cómo los habían recibido a Rebecca y a él al llegar a Buckingham Gate, después se volvió hacia Jackie y Paul para averiguar si habían corrido mejor suerte en Windsor.

A nadie le sorprendió que Paul fuera el primero en expresar su opinión.

—Nadie diría que servimos todos en la misma unidad —les dijo—. El otro día, nada más conocerme, Milner se dirigió a mí llamándome «subinspector Moreno», conque a saber cómo me llama a mis espaldas.

—Ojalá pudiera decir que me sorprende —dijo William, incapaz de disimular su rabia.

—Además de racistas, son un hatajo de machistas —dijo Rebecca—. En opinión de Milner, las mujeres solo sirven para dos cosas, y ninguna de las dos consiste en ser agente del Servicio de Protección de la Casa Real.

—Al menos tú tienes despacho —dijo Jackie—. A mí me han puesto en un pabellón que debió de ser un cobertizo antes de que llegara yo. No tengo ni escritorio; solo una carretilla y una maceta.

Nadie se rio.

—Me alegro de oírlo —dijo el Halcón, para sorpresa de todos—. Porque no hace sino confirmar mi sensación de que tienen algo que ocultar. Nuestra tarea consiste en descubrir qué es ese algo.

—Para empezar, pregunte en administración —dijo Ross—. El jueves cogí un taxi desde mi casa hasta el palacio de Kensington y lo cargué en gastos, a pesar de que el autobús cincuenta y dos me habría dejado justo a la puerta del palacio. Milner ni siquiera me pidió explicaciones.

—Menos mal que te tenemos dentro —dijo William—, porque los demás seguimos en la línea de salida.

—Y yo estoy harto de que me digan que, si tengo quejas, se las cuente al príncipe de Gales —dijo Paul.

—Sospecho —dijo el comandante— que la familia real no tiene ni idea de lo que está sucediendo a su costa.

—Y, para colmo —dijo William—, cuando me dieron la oportunidad de hablar con Milner de un posible ataque terrorista, este lo descartó sin más. Me dijo que yo estaba exagerando y que, con el tiempo, acabaría viendo que él lo tenía todo controlado.

—Hasta que llegue el día en el que algo falle —intervino de nuevo el comandante—. Entonces será él quien vea que es demasiado tarde para remediarlo.

—Mientras tanto —dijo William—, lo único que hacemos es darnos de cabezazos contra un muro de ladrillo.

—Es posible, señor —dijo Jackie—, que me haya encontrado con un ladrillo suelto en ese muro, y, si pudiese sacarlo, quizá el edificio entero se desmoronaría.

Hizo una breve pausa. Se notaba que disfrutaba del momento.

—Tómese su tiempo, detective —bromeó William.

—Hay una agente, una tal Jenny Smart, que trabaja en administración y está pensando en pedir un traslado.

—¿Por qué? —preguntó el Halcón.

—Creo que Milner le ha prometido en demasiadas ocasiones que será la siguiente en incorporarse a un equipo de protección de la Casa Real, y que trabajará a las órdenes directas de su jefe —dijo Jackie—. Pero los tres últimos agentes que se jubilaron fueron sustituidos por hombres, uno de ellos, un joven agente que solo llevaba tres años en el puesto y que, casualmente, es hijo de un agente que acaba de jubilarse. La agente Smart continúa en el banquillo mientras se invita a otros colegas con menos experiencia a salir al terreno de juego. Como pase por encima de ella una vez más, puede que Milner acabe tirando piedras sobre su propio tejado. En fin, hay que tener paciencia. Puede que no tengamos que esperar mucho para que el viento empiece a soplar a nuestro favor.

—¿Y eso por qué? —preguntó William.

—El agente de protección personal de la princesa Ana se jubila a finales de mes, y por lógica la agente Smart debería ocupar su lugar.

—Si no consigue el empleo —dijo William—, puede que sea nuestra oportunidad para convertirla en una informante.

—No tengo ninguna duda de que conoce todos los entresijos —dijo Jackie—. Así que seguiré trabajándomela.

—Tú insinúale de vez en cuando que es obvio que le corresponde ser la próxima guardaespaldas —sugirió el comandante—, y de paso le cuelas que haría el trabajo de maravilla. Sigue sembrando las semillas de la duda en su cabeza, y empezará a pensar que por fin hay alguien que está de su parte.

—Pero recoge el sedal lentamente —dijo William—, porque no le va a ser fácil romper filas después de tantos años. Mientras tanto, volvamos todos a nuestros escritorios, o a nuestras carretillas, y centrémonos en recoger todo el estiércol que podamos para que Milner no pueda encontrar ningún resquicio, ninguna explicación creíble, ni ningún otro modo de irse de rositas.

—Pero no olvidéis —dijo Ross— que Milner tiene enchufe con el príncipe de Gales. Lleva ocupándose de él desde que dejó la Marina Real, así que puede que sea prácticamente imposible destituirle.

—Los tipos de su calaña siempre se creen que están por encima de la ley —dijo el comandante—. Pero Ross ya ha identificado su talón de Aquiles.

—El dinero —dijo William.

—Ni más ni menos —dijo el Halcón—. De manera que no perdamos de vista la vieja máxima: si persigues a un delincuente, sigue el rastro del dinero.

—Pero tened cuidado con dónde ponéis el pie —dijo William—, porque esos tipos no dudarán en poner minas terrestres en vuestro camino. Y, si pisáis una, saltaremos todos por los aires.

Después de una larga pausa, el comandante dijo:

—Tal vez haya llegado la hora de cambiar de táctica. —Vaciló unos instantes mientras sopesaba las consecuencias de lo que estaba a punto de decir—: ¿Qué tal si por ahora les seguís todos el juego e, igual que Ross, hacéis como si os hubierais apuntado a beneficiaros de la gallina de los huevos de oro? Y tú, Ross, mira a ver hasta qué punto puedes sacar tajada sin que Milner te pida explicaciones de tus gastos.

—Estaba pensando en invitar a la dama de compañía de la princesa a cenar este fin de semana —dijo Ross. Todos se rieron, menos William.

—Estará acostumbrada a platos y vinos de primera —intervino el comandante—, así que intenta que la cuenta sea bien alta y después mira a ver si Milner te pone pegas. Pero vamos a necesitar más ejemplos de flagrante incumplimiento de la práctica policial normal antes de que podamos dar un paso. Sed cautos y haceos los tontos (esto a Paul no creo que le cueste mucho).

La chanza provocó más risas, que William sabía que no harían sino incitar a Paul a lucirse.

—Y, Jackie —dijo el comandante—, sigue trabajándote a tu nueva amiga la agente... —echó un vistazo a su cuaderno—, la agente Smart, porque puede que resulte ser nuestra mejor opción. Buena suerte a todos.

Jackie siguió el consejo del comandante, y durante el fin de semana Jenny Smart y ella salieron de discotecas por el West End. Aunque William le había aconsejado que tuviera paciencia —una virtud de la que Jackie no andaba precisamente sobrada—, un sótano a media luz y algunos vodkas de más le habían soltado la lengua a la agente Smart lo suficiente para que Jackie saliera de allí con toda la información necesaria.

Al volver a casa, pasadas las dos de la mañana, estuvo una hora anotando sus observaciones. Sí, le había dicho a Jenny que estaba segura de que le darían aquel trabajo, tan merecido, de guardaespaldas de la princesa Ana, pero para sus adentros esperaba que volvieran a pasar por encima de ella, pues, de suceder así, Jackie estaba convencida de que sería la gota que colmara el vaso de la agente Smart, que ya no iba a necesitar un oscuro sótano de discoteca para revelarle todo lo que sabía acerca de Milner y de sus actividades extraoficiales.

La mañana siguiente, de camino al trabajo al bajar del autobús, Jackie vio al inspector Reynolds y al sargento Jennings entrando en el Pride of Plaice, que Jennings le había dicho que era el mejor local de *fish and chips* de Windsor.

A punto estaba de cruzar la calle para unirse a ellos cuando vio que Reynolds hacía un aparte con el propietario y hablaba discretamente con él. Jackie entró en una tienda para ver sin que la vieran, y poco después aparecieron de nuevo los dos agentes y, con el almuerzo envuelto en papel de periódico, empezaron a comer mientras volvían al castillo. Una vez que hubieron doblado la esquina, Jackie cruzó la calle y entró en el local de *fish and chips*.

—Una ración de bacalao con patatas fritas —dijo Jackie cuando llegó su turno.

—Marchando, cielo —dijo el dependiente.

—Esto debe de estar muy rico —comentó Jackie—, porque acabo de verle servir a un par de colegas míos.

—¿Trabaja en el Servicio de Protección de la Casa Real? —preguntó él mirándola más de cerca.

—Así es —respondió Jackie mientras el hombre seleccionaba con esmero su pescado.

—Entonces espero verla por aquí a menudo, como al resto de los muchachos del castillo. ¿Sal y vinagre?

—Sí, por favor.

Envolvió la ración, la metió en una bolsa y dijo, a la vez que se la daba:

—Tres libras.

Jackie pagó con un billete de cinco y esperó al cambio.

—¿Quiere el recibo?

—Sí, por favor.

El hombre asintió con la cabeza a la chica de la caja registradora, quien le devolvió dos libras en calderilla y un recibo que Jackie se guardó en el bolso. Una vez fuera, abrió el inesperado almuerzo y dio un bocado al suculento bacalao mientras caminaba despacio hacia el castillo. La fama del Plaice resultó ser merecida, aunque oía a su madre decir: «No hay nada malo en comer *fish and chips*, tesoro, pero no vayas por la calle comiendo de un papel de periódico». No era la primera vez que Jackie se alegraba de que su madre estuviese a más de cien kilómetros de distancia.

Cuando llegó a su mesa ya había devorado el último cachito, y tiró a la papelera la portada del *News of the World* de la semana anterior antes de ir a lavarse las manos. Después dejó el bolso encima de la mesa, sacó el recibo y lo miró por primera vez. Marcaba «9,50 £».

* * *

El preso ya estaba esperando a su abogado en la cámara acristalada mucho antes de que este llegara. En otros tiempos habría sido al revés.

Booth Watson entró en el sanctasanctórum y se sentó enfrente de su cliente.

—Buenos días, Miles —dijo, como si estuvieran reunidos en su despacho en lugar de en una jaula de cristal donde les observaba un par de carceleros—. Perdona que haya tardado tanto en venir a verte —continuó, y dejó el maletín Gladstone en el suelo—, pero quería esperar a tener algo interesante que contarte. Para ello, me he reunido varias veces con *sir* Julian, que sigue representando a la fiscalía en este caso, además de a tu exesposa. Teniendo en cuenta que solo disponemos de una hora, vamos a despachar primero a Christina y luego te cuento la reunión con *sir* Julian.

—¿Cuánto espera obtener Christina a cambio de mantener el pico cerrado?

—Treinta millones —dijo Booth Watson sin pestañear.

—¡No lo dirá en serio! —dijo Miles a voz en grito, lo cual hizo que los guardias empezasen a vigilarles con más atención.

—A Christina no se la conoce precisamente por su sentido del humor —le recordó Booth Watson—. Y no olvides que estuvo casada contigo diez años, así que conoce a la perfección el valor de tu colección de arte. Aunque puede que desconozca cuánto tienes guardado en tus cuentas suizas, bastará con que le mencione Suiza a su amiga Beth Warwick para que el marido de esta última pida a la agencia tributaria que emprenda una investigación exhaustiva. Y está claro que eso no es lo que necesitas en estos momentos.

Miles estaba a punto de responder cuando Booth Watson levantó la mano.

—No obstante, estoy convencido de que puedo conseguir que se conforme con veinte millones... —hizo una pausa—, en metálico, si le explico que de esta manera se ahorraría el impuesto de plusvalía. Y tiene la ventaja añadida de que así Christina no podrá arriesgarse a informar a nadie del resto de tus actividades.

—¿Cuánto tengo en mis cajas de seguridad del banco?

—Veintidós millones y pico —dijo Booth Watson, que había previsto la pregunta.

—Vamos, que me quedaría sin blanca.

—Si le ofreces el apartamento de Mayfair, además de la villa de Montecarlo, puede que al final solo tengas que desprenderte de diez millones en efectivo.

—Y no hay nada que me impida hipotecar al máximo ambas propiedades y dejarle a ella los pagos… ¿Crees que puedes lograrlo, Booth Watson?

—Es todo un reto —admitió el interpelado—, pero imposible no es.

—Entonces, consigue que firme el trato cuanto antes.

—Hemos quedado en vernos en el banco el viernes por la tarde. Yo llevaré dos grandes maletas vacías. Me da la impresión de que, cuando vea diez millones en efectivo, Christina se va a quedar completamente convencida.

—¿Y no podrían recuperarse las maletas antes de que lleguen al banco de Christina? —sugirió Miles, y dejó que sus palabras quedasen flotando en el aire.

Booth Watson no tomó apuntes mientras su cliente le explicaba lo que esperaba que sucediese, con la ayuda del excomisario Lamont, poco después de que Christina saliera del banco.

—Y si lo logras —finalizó Miles—, puedes quedarte con un millón. —No era la cifra que Booth Watson tenía en mente—. Pero todo esto será en vano si no consigues sacarme de aquí para que disfrute de las ganancias. Así que cuéntame, ¿qué tal fue la reunión con *sir* Julian Warwick?

—Mejor imposible. Pero júzgalo tú mismo.

Miles se puso cómodo, se cruzó de brazos y se dispuso a escuchar.

—Le recordé a *sir* Julian que el secuestro es un delito grave y también le señalé que robar un cuadro valorado en más de un millón de libras podría abrirle el apetito a la prensa, sobre todo si su hijo acaba en el banquillo de los acusados. No tardó mucho en decidir qué era más importante, si prolongar tu estancia en la cárcel o salvar a su hijo de idéntico destino al tuyo.

Una sonrisita fugaz asomó al rostro de Faulkner.

—De todos modos, seguía queriendo venganza.

—Sin derramar sangre, espero.

—Como mucho, un arañazo —prometió Booth Watson—. Eso, siempre y cuando estés dispuesto a declararte culpable de haberte fugado mientras estabas detenido.

—Lo dirás en broma.

—No tengo un pelo de bromista, Miles, como bien sabes. Si te declarases culpable, *sir* Julian recomendaría a la fiscalía una suspensión de la pena.

—¿Por qué iban a acceder a ello? —preguntó Miles, incrédulo.

—Lo último que querría la fiscalía es que el lamentable incidente de España se hiciera público. Bastantes problemas tiene ya la Policía Metropolitana en estos momentos, y, si el juicio se suspendiera, *sir* Julian podría acabar teniendo que defender a su hijo en lugar de procesarte a ti. No, estoy bastante seguro de que querrán mantener el caso al margen de los tribunales. Así que, si me dices que comunique a la parte contraria que tal vez aceptemos sus términos, siempre que sean sometidos a un acuerdo por escrito… —hizo una pausa—, acuerdo que yo redactaré, informaré a *sir* Julian al respecto.

—¿Cuánto tiempo llevará hacer todo eso?

—Ya he preparado un borrador, así que unos cuantos días a lo sumo. Una vez que hayas firmado el acuerdo, me pondré con el asunto de tu excarcelación anticipada, lo cual significa que vas a tener que ser un preso modélico durante los próximos meses. Y, Miles, cuando digo «modélico», quiero decir «modélico». —Booth Watson se inclinó y volvió a meter el archivador en el maletín—. ¿Qué es lo primero que vas a hacer cuando salgas?

—Invitarte a una comilona en el Savoy, regada con un buen vino para celebrar que no terminaré la velada en mi celda.

—Lo estoy deseando —dijo Booth Watson, pues sabía que si conseguía que Miles firmase el acuerdo no tendría que molestarse en reservar su mesa de siempre en el Savoy… durante los próximos catorce años.

Capítulo 12

Faulkner sacaba provecho a la pausa diaria para hacer ejercicio.

Tulip había organizado una reunión con la única persona que podía conseguirlo: Reggie el Proxeneta, condenado a cinco años por acosar a chicos jóvenes para su beneficio personal.

—¿En qué puedo ayudarle, señor Faulkner? —preguntó Reggie mientras se paseaban por el patio de ejercicios.

Dos presos fornidos que iban delante y otros dos a unos pasos por detrás se encargaban de que nadie interrumpiese al jefe.

—Necesito a un prostituto para el viernes por la tarde —dijo Faulkner—. Tiene que ser un adonis y también inteligente.

—Veo difícil colar a uno en la cárcel, señor Faulkner, incluso con sus contactos.

—No es para mí, imbécil, es para mi mujer.

—Perdón, jefe, le he entendido mal. Bueno, y ¿qué tiene que hacer mi muchacho?

—Mi mujer va al club Tramp todos los viernes por la noche a ligar con alguien y llevárselo a casa. Necesito que uno de tus donjuanes más experimentados responda a sus expectativas y se asegure de que ella le invita a pasar la noche en su casa.

—Conozco a uno al que no podrá resistirse —dijo Reggie—. Se llama Sebastian.

—Vale, esa era la parte de lo del adonis —dijo Miles—. Vayamos ahora a lo de la inteligencia, que quizá sea un poco más complicado. Si cumple como es debido con la primera parte de su misión, después tendrá que esperarse quietecito hasta que mi mujer se duerma. Será entonces cuando de verdad empezará a ganarse el sueldo. En algún lugar del apartamento de mi mujer habrá dos maletas negras TUMI. Son bastante grandes, así que no le será difícil encontrarlas. Una vez que las tenga, verá que hay un hombre esperándole a la entrada del apartamento para recogerlas. Bueno, ¿cuánto me vas a clavar?

—¿Qué le parece dos mil, señor Faulkner?

Faulkner asintió con la cabeza y se dieron la mano. En la cárcel ese era el único modo de cerrar un trato, y que Dios ayudase a quien pensara siquiera en incumplir un contrato no escrito.

—Delo por hecho —dijo Reggie mientras empezaba a sonar estruendosamente la sirena, la señal para que los presos volvieran a sus celdas—. ¿Puedo preguntar qué hay en las maletas? —añadió mientras salían del patio.

—No. Pero, como tu chico no las entregue, más te vale no ir a ducharte solo.

Booth Watson esperó a que su secretaria saliera de la habitación antes de buscar el número de teléfono y empezar a marcar.

—Warwick al habla. —Oyó al otro extremo de la línea.

—Julian, soy Booth Watson. Solo quería que supiera que he consultado con mi cliente y, para mi sorpresa, ha aceptado sus términos.

—¿Está dispuesto a declararse culpable de todos los cargos a cambio de que le quiten dos años de condena? —dijo *sir* Julian, pero no añadió «No me lo creo».

—Se lo desaconsejé, claro; no creo que le sorprenda, ¿no?

Sir Julian se sorprendió, pero se mordió la lengua.

—Hice todo lo que estaba en mi mano para disuadirle, pero él ya lo había decidido. —Demasiadas explicaciones… Lo que faltaba para convencer a *sir* Julian de que Booth Watson no estaba diciendo la verdad—. De modo que, si redacta usted un acuerdo, yo me encargaré de que lo firme. Qué lástima. Me hacía ilusión enzarzarme otra vez con usted.

Esto *sir* Julian sí se lo creyó.

—Volveré a ponerme en contacto con usted en cuanto la fiscalía dé el visto bueno.

—Quedo a la espera de sus noticias, Julian. A ver si comemos juntos algún día. En el Savoy, quizá.

Otra frase innecesaria que le delataba, pensó *sir* Julian mientras su secretaria entraba en la habitación.

—Dígame, señorita Weeden, ¿estoy soñando? —preguntó a la vez que colgaba.

—Creo que no, *sir* Julian —dijo ella, desconcertada.

—En ese caso, haga el favor de pedir a la señorita Warwick y a la señorita Sutton que vengan inmediatamente a reunirse conmigo. Es urgente.

—La señora Faulkner y yo saldremos del banco a eso de las cinco de la tarde —dijo Booth Watson—. Ella llevará dos grandes maletas, y su chófer, con toda seguridad, las meterá en el maletero del coche, un Mercedes azul oscuro, matrícula J423 ABN. —Lamont lo anotó—. Como todos los bancos habrán cerrado ya, seguramente volverá directa a casa.

—¿Y qué pasa si el chófer la deja en casa y la señora deja las maletas en el maletero para que él se encargue de ellas?

—No es probable. No creo que esté dispuesta a perder de vista el dinero. No se sentirá segura hasta que lo tenga dentro de su apartamento.

—¿Qué le parece si agarro las maletas cuando las estén sacando del maletero? —preguntó Lamont.

—No podemos arriesgarnos. Tendremos que ser más sutiles. Seguramente, el chófer meterá las maletas en el edificio, y no olvide que el conserje estará plantado en la entrada. Y he comprobado que mide uno noventa y tiene la nariz rota, así que mejor lo descartamos.

—Entonces, ¿cómo echo el guante a las maletas?

—Lo más probable es que la señora Faulkner vuelva al piso alrededor de la medianoche, después de pasar la velada en el Tramp. Vendrá acompañada del que pensará que es su última conquista, un tipo llamado Sebastian, que en realidad será nuestro infiltrado. Usted estará esperando fuera, en el coche, hasta que él salga de madrugada con las maletas, que entregará a cambio de esto.

Booth Watson deslizó por la mesa un grueso sobre marrón.

—¿Y qué hago con las maletas?

—Traerlas directamente aquí, a mi despacho.

—Pero lo mismo son las tres o las cuatro de la madrugada… —dijo Lamont.

—Me importa un bledo la hora. Limítese a traerlas lo antes posible. Su pago va a ser estrictamente contrarreembolso.

Lamont cogió el paquete y se levantó para marcharse, dando por hecho que la reunión había terminado.

—Y que ni se le ocurra mirar a ver qué hay dentro de las maletas —le advirtió Booth Watson—. Ni tampoco engañar al hombre que se las entregue, porque somos tres los que sabemos exactamente cuánto hay dentro de ese sobre, y uno de los tres es Miles Faulkner.

—Creo que he descubierto lo que está tramando Booth Watson —dijo *sir* Julian en cuanto su hija y Clare se hubieron sentado.

—Pues has llegado más lejos que yo —dijo Grace.

—Primero tenéis que preguntaros por qué iba a estar dispuesto Faulkner a aceptar nuestra propuesta de que si se declara culpable lo único que obtendrá a cambio será una reducción de dos años de una condena de dieciséis. ¿Habéis entendido por qué?

Clare alzó la mano como una empollona en primera fila. *Sir* Julian la invitó a hablar con un gesto con la cabeza.

—Booth Watson sabe que si el caso llega a los tribunales el juez podría hacerle una pregunta que no solo haría que le expulsaran del Colegio de Abogados, sino que además podría dar con sus huesos en la cárcel.

—Y ¿qué pregunta es?

—¿Cuándo se enteró usted de que el señor Miles Faulkner seguía vivo?

—Se tiraría un farol y se andaría con rodeos —dijo *sir* Julian—, y afirmaría que no lo supo hasta después de que detuvieran a Faulkner, y que se quedó tan sorprendido como el que más.

—Booth Watson es perfectamente capaz de dejar a Faulkner en la estacada —dijo Grace— si con ello salva el pellejo.

—Pero ¿cómo explicará qué hacía en la casa de Faulkner de las afueras de Barcelona el día que le arrestaron? —preguntó Claire.

—Representaba los intereses de su clienta la señora Faulkner haciendo un inventario de los bienes de su difunto esposo —sugirió *sir* Julian.

—Pero ¿y si el tribunal solicita que se presente la agenda de Booth Watson a modo de prueba? —dijo Clare.

—Puedes estar segura de que Booth Watson tiene, como poco, dos agendas —dijo *sir* Julian—. Y, ya que sois tan listas, quizá podáis decirme cómo va a lograr que Faulkner firme un acuerdo que garantiza que va a pasar los próximos catorce años en la cárcel…

—Eso nos tiene desconcertadas —admitió Clare—. Me encantaría ver por un agujerito qué pasa la próxima vez que Booth Watson vaya a la cárcel a ver a Faulkner.

—Hay otra pregunta aún más intrigante —dijo Grace—: ¿Por qué quiere Booth Watson que Faulkner pase los próximos catorce años en la cárcel?

—Porque sabe dónde están enterrados todos los cadáveres, supongo —dijo *sir* Julian.

—¿Los cadáveres?

—Rembrandt, Vermeer, Monet, Manet, Picasso, Hockney…

Capítulo 13

Booth Watson sabía que si quería que todo saliera bien tenía que hacer cada cosa en el momento exacto. Tendría que estar atento al reloj para asegurarse de que eran las 10:56 antes de dar un paso.

Entró en el recinto acristalado del abogado a las diez y un minuto, se sentó enfrente de su cliente y, sonriendo, dejó el maletín Gladstone en el suelo, junto a la silla.

—Buenos días, Miles. ¿Comenzamos por la buena noticia? —Se agachó, sacó el primer contrato y se lo pasó a su cliente deslizándolo por la mesa para que lo estudiara—. Estoy convencido de que este acuerdo garantizará que Christina no te cause problemas en el futuro. Pero, aun así, deberías revisarlo con cuidado, y no dudes en preguntar cualquier cosa de la que no estés seguro.

Faulkner se puso las gafas y empezó a leer el documento renglón por renglón, moviendo la cabeza o sonriendo de vez en cuando mientras Booth Watson miraba fijamente el reloj. No estaba en su mano conseguir que el minutero avanzara más deprisa.

Al llegar a la última página, una sonrisa de satisfacción asomó al rostro de Faulkner.

—No veo qué más podría haber pedido. Eso, suponiendo que Lamont haya sido informado en detalle de lo que tiene que hacer cuando nuestro pequeño *playboy* aparezca de nuevo con las maletas, ¿no?

—Lamont las llevará directamente a mi despacho en cuanto se las entregue.

—¿Y si decide no presentarse? Así podría pasar el resto de sus días a todo lujo, mientras que yo tendría que gastarme una fortuna en intentar localizarle.

—Ya he contemplado esa eventualidad, y me he encargado de que le siga un refuerzo.

—Hoy en día no puede fiarse uno de nadie —comentó Miles—. Y menos de un expoli corrupto con antecedentes de apostar por caballos perdedores. —Se apresuró a cambiar de estrategia—. ¿Y qué hay del contrato más importante, el que decide si volveré a disfrutar de mi vida de antes?

Booth Watson echó un vistazo al reloj de la pared: 10:25. Había esperado que le hiciera varias preguntas más antes de pasar a ese tema.

—Es importante —subrayó, y sustituyó el primer contrato por otro— que leas este otro contrato con más atención todavía, porque de él depende el resto de tu vida.

Faulkner miró el documento, que estaba escrito a máquina en papel de la fiscalía, papel que Booth Watson se había metido sigilosamente en el maletín durante una visita a la sede fiscal de la calle Petty France a comienzos de la semana.

—Me cuesta creer que la fiscalía haya accedido a unos términos tan favorables —dijo mucho antes de llegar a la última página.

—Le di permiso al director para que leyera mi discurso preliminar para el jurado —dijo Booth Watson—. Le ayudó a concentrarse bien en las alternativas.

—Parece que lo has cubierto todo —dijo Faulkner echando otro vistazo al último párrafo.

Eso espero, pensó Booth Watson.

—¿Alguna pregunta antes de que firmes?

—Solo una. ¿Me puedes explicar la importancia de la cláusula de confidencialidad, y las repercusiones que tendría que no la cumpliera?

—Hablando claro, si en algún momento se te ocurriera mencionar lo que pasó en tu casa de España el pasado mes de septiembre, el acuerdo se invalidaría y te arrestarían, volverías a la cárcel, tendrías que llevar a término tu condena inicial y seguramente te enfrentarías a nuevos cargos. Conque, hagas lo que hagas, Miles, no le cuentes ni una palabra a nadie hasta que el juez dicte sentencia. —Hizo una pausa para asegurarse de que la amenaza había hecho mella—. ¿Algo más? —preguntó, otra vez mirando de refilón el reloj. Las 10:51. Aún quedaba tiempo por matar de alguna manera.

—El lunes estuve charlando un rato con mi agente de libertad condicional —dijo Faulkner— y en ningún momento dijo nada de una reducción de condena.

—No le pondrán al corriente hasta que hayas firmado el acuerdo. Una vez firmado, se limitará a cumplir las órdenes de sus superiores.

—¿Dónde firmo?

—No firmas. Esto solo es una copia para que te la quedes. Te aconsejo que la mantengas lejos de los fisgones.

Llamaron a la puerta con firmeza, y al volverse vieron al oficial de guardia.

—Cinco minutos, señor.

—Señor Harris —dijo Booth Watson—, ¿sería tan amable de prestarnos sus servicios? Mi cliente está a punto de firmar un importante documento legal y necesito que alguien sea testigo de su firma.

—Con mucho gusto —dijo Harris.

Booth Watson sacó tres nuevos contratos de su maletín Gladstone y los dejó sobre la mesa. Después buscó la última página de cada uno. A Faulkner le alegró comprobar que *sir* Julian ya había firmado los tres. El oficial de guardia esperó a que Faulkner añadiera su rúbrica antes de garabatear su nombre y profesión sobre la línea de puntos.

Una vez que ambos hubieron firmado los tres documentos, Booth Watson volvió a guardarlos en el maletín sin esperar a que la tinta se secara.

—Gracias, señor Harris —le dijo al inocente testigo. Volviéndose hacia Faulkner, añadió—: Por hoy, ya hemos terminado.

Booth Watson cogió su maletín y se hizo a un lado para dejar que el guardia acompañase a su prisionero a la celda mientras él se alejaba en dirección contraria.

—¡Buena suerte! —gritó Faulkner mientras se lo llevaban. Booth Watson se volvió nervioso, sin saber a qué se refería su cliente—. Acuérdate de darle recuerdos a Christina de mi parte cuando la veas esta tarde.

Esa tarde, cuando el coche la dejó en el banco, Christina se encontró con que Booth Watson ya la estaba esperando en la puerta. El maletín Gladstone había sido sustituido por dos grandes maletas negras vacías.

Después de un breve intercambio de saludos, Booth la llevó a los ascensores que había al fondo del vestíbulo. Era evidente que sabía exactamente adónde iba. No hablaron entre sí durante el corto trayecto hasta el sótano. Cuando se abrieron las puertas del ascensor, fueron recibidos con las palabras:

—Buenos días, señor Booth Watson. Soy Bradshaw. El agente de seguridad del banco. Por favor, permítanme que los acompañe hasta la cámara acorazada.

Sin decir una palabra más, encabezó la marcha por un pasillo luminoso hasta que llegaron a la entrada de la cámara del banco. Bradshaw tecleó un código de ocho cifras en un panel de la pared y esperó unos instantes antes de abrir la enorme puerta circular de acero para que sus dos clientes pasasen al recinto privado. Una gran mesa de madera dominaba el centro de la sala, y Christina vio que las paredes estaban cubiertas, del suelo al techo, con cajas numeradas: una biblioteca de banco.

Bradshaw echó un vistazo a su portapapeles antes de seleccionar una llave de un gran llavero, se arrodilló delante de dos de las cajas más grandes de la sala y giró la llave dentro de la cerradura del banco. A continuación, Booth Watson sacó su llave y abrió la cerradura del cliente. Bradshaw sacó dos pesadas cajas, las subió con esfuerzo a la mesa y dijo:

—Les dejo solos, señor. Cuando haya terminado, pulse el botón verde que hay junto a la puerta y se abrirá automáticamente. Le estaré esperando al otro lado.

Booth Watson esperó a que saliera Bradshaw y se cerrase la inmensa puerta para levantar las tapas de las cajas, en cuyo interior había una hilera tras otra de billetes de cincuenta libras recién acuñados y pulcramente agrupados en fajos de cinco mil libras. Veinte minutos más tarde, habían completado la tarea de trasladar el dinero en efectivo de las cajas fuertes a las dos maletas.

Una vez que hubo comprobado que Christina no había cobrado de más, Booth Watson cogió un sobre de un bolsillo interior y sacó un contrato. Christina, que pensó que lo había leído el día anterior, firmó las tres copias del acuerdo sin pensárselo dos veces.

Booth Watson se guardó los contratos, pero no sin antes decir:

—Ahora es dueña del piso de Londres y de la villa de Montecarlo. —No mencionó las elevadas hipotecas que acababa de adquirir en nombre de su cliente, y que acababan de convertirse en responsabilidad de la señora Faulkner—. No obstante, debo advertirle que, si por lo que sea incumple su parte del trato, no vacilaré en informar a la Agencia Tributaria del dineral que de forma tan inesperada le ha caído del cielo.

—Usted me aseguró que no tendría que pagar ni un penique de impuestos —le recordó Christina.

—Y así es, siempre y cuando nadie más se entere de nuestro pequeño acuerdo.

Sin más palabras, Booth Watson pulsó el botón verde de la pared, y la puerta se abrió lentamente. Una vez fuera, Bradshaw la cerró y encabezó la marcha por el pasillo en dirección al ascensor. Booth Watson iba tirando de uno de los maletones, y Christina, siguiéndole los pasos, del otro.

Cuando llegaron a la planta baja, Booth Watson le entregó la segunda maleta a Christina, y esta a su vez arrastró las dos maletas despacio hasta la entrada. Hasta ese momento no tenía ni idea de lo que podían pesar diez millones de libras.

Booth Watson se apartó a un lado y vio que un Mercedes azul se detenía a la entrada del banco. Salió el chófer, abrió el maletero y guardó las dos maletas antes de sentarse de nuevo al volante. Al mismo tiempo, Christina abrió la puerta de atrás y se subió, momento en el que el Mercedes arrancó y se incorporó al tráfico de media tarde. En total, la operación no había durado ni un minuto, y era evidente que había sido planeada meticulosamente, puede que incluso ensayada. Booth Watson sonrió para sus adentros: no era el único plan que había sido ensayado a conciencia.

Salió con toda tranquilidad del banco mientras un Volvo negro, con un excomisario al volante, se pegaba por detrás al Mercedes. Booth Watson cruzó la calle, paró un taxi y se alejó en sentido contrario.

Cuando el Mercedes se detuvo delante del apartamento de Christina, en Eaton Square, Lamont estacionó a pocos metros, en un aparcamiento para residentes situado en la acera de enfrente. El chófer abrió el maletero, sacó las dos maletas y acompañó a la señora Faulkner a la puerta principal. Un conserje vestido de librea la mantuvo abierta mientras pasaban.

Lamont solo tuvo que esperar unos minutos a que el chófer saliera y se marchase. Misión cumplida. Bueno, no del todo.

Capítulo 14

Cuando era agente secreto de Scotland Yard, Lamont se acostumbró a esperar durante horas a que apareciera su presa. Esa tarde tuvo que tragarse el telediario de las seis, un programa de humor, un episodio de *Los Archers* y un programa de actualidad sobre las Malvinas antes de que Christina resurgiera vestida con lo que Lamont habría dicho que eran sus mejores galas: una cazadora tachonada, una blusa holgada desabrochada un poco más de la cuenta, vaqueros desgastados y calculadamente rasgados y, completando un conjunto que, sin duda, esperaba que la rejuveneciera diez años, unos taconazos.

Paró un taxi y Lamont lo siguió, asegurándose de mantener las distancias. Ya sabía adónde iba Christina. Cuando el taxista dobló por la calle Jermyn, Lamont aparcó en la acera de enfrente de su objetivo. Sabía que no podía permitirse echar una cabezada porque sería justo entonces cuando Christina volviera a salir. Se puso cómodo y sintonizó las noticias de la radio mientras su objetivo bajaba por los escalones metálicos que desembocaban en uno de los clubs nocturnos de Londres que más de moda estaban.

El *maître* la recibió con los brazos abiertos y la acompañó a la mesa de su reservado favorito. No tuvo que repasar la lista de cócteles, ya que a los pocos instantes apareció una copa de champán. Christina empezó a mirar en derredor, posando la mirada sobre varios hombres jóvenes que iban acompañados de mujeres aún más jóvenes.

Estaba bebiendo a sorbos la segunda copa cuando le vio en la barra. El hombre podría haber elegido a cualquier mujer del local, pero ambos sabían que ella tenía algo de lo que las demás carecían. Sus miradas se cruzaron, y Christina subió la copa simulando un brindis. Él le devolvió el cumplido, se bajó del taburete y se acercó tranquilamente.

* * *

Ross, medio oculto en su mesa de siempre por una columna, observaba a Diana a una distancia prudencial. Ella bebía de una copa de champán con un hombre al que él no conocía, pero de cuya vida y milagros pensaba enterarse a la mañana siguiente con solo una llamada telefónica. No debía de hacer mucho tiempo que el hombre la conocía, porque, de lo contrario, se habría dado cuenta de que era abstemia y solo alzaba la copa cuando alguien proponía un brindis. Ross no podía negar que era un tipo apuesto, aunque no le gustaba su cola de caballo. También tenía que reconocer que jamás había viso a su alteza real tan relajada y feliz…, pero oía a su anciana madre irlandesa decir: «Hazme caso: esto acaba en lágrimas». Entre plato y plato la pareja salía un ratito a la pista de baile, y Ross recordó que Diana le había dicho una vez que habría preferido ser bailarina profesional antes que princesa, pero que su profesor de baile le había dicho que tenía un problema: «¡Eres demasiado alta! Podrías bailar en los circuitos de cruceros, pero no en el West End». Ahora, Diana frecuentaba los dos sitios.

Ross echó un vistazo a la sala y vio a Christina Faulkner sentada en la otra punta de la pista de baile. No era difícil deducir lo que esperaba obtener su joven acompañante a cambio de pasar la noche con una mujer madura que se sentía sola. Ross se preguntó cuál sería su tarifa habitual.

Sus ojos se posaron de nuevo en su protegida y en su pareja de baile, que estaban cogidos de la mano por debajo de la mesa, y después se fijó en que el último ligue de la señora Faulkner ya le había plantado la mano en el muslo a esta. Mientras comía una ensalada de la casa y bebía un vaso de agua —un agua muy cara—, Ross no pudo evitar pensar en Jojo, a la que le había prometido que pasarían juntos el fin de semana. Cuando el DJ pasó del pop a una balada, Diana y su acompañante volvieron a la pista. A Ross no le gustó lo que vio. Apartó la mirada y vio la cabeza de Christina apoyada en el hombro de su conquistador, el cual iba bajando cada vez más la mano por la espalda de ella.

Ross se tomó un café solo y se dijo que preferiría mil veces estar compartiendo un helado de chocolate con nueces con Jojo en el zoo. Sus ojos volvieron a recorrer aquel otro zoo, en el que los animales tenían una única cosa en la cabeza, mientras se acordaba de la madre de Jojo, la única mujer a la que había amado, y no envidió ni a Diana ni a Christina.

Inevitablemente, Lamont vio a la princesa de Gales salir del club justo después de medianoche rodeada de un enjambre de fotógrafos. El inspector

Hogan intentaba contenerlos mientras abría la puerta del coche para ayudarla a escapar. Dios, cómo odiaba a los *paparazzi*.

Ross se subió al asiento del copiloto, aliviado al no ver por ningún sitio al acompañante de la princesa. Los fotógrafos siguieron soltando *flashes* hasta que el coche dobló la esquina, momento en el que salieron todos disparados a Fleet Street con la esperanza de llegar a tiempo para la segunda edición.

Transcurrió otra hora antes de que Christina apareciera con su joven acompañante, que había desplazado una mano hasta el trasero enfundado en tela vaquera a la vez que paraba un taxi con la otra. Lamont se mantuvo a una distancia prudencial mientras los seguía en coche hasta el apartamento de Christina, y, una vez que desaparecieron en su interior, se preparó para otra larga espera..., lo bastante larga como para pensar en todo lo que podría hacer cuando les pusiera la mano encima a aquellas dos maletas. No tenía ni idea de qué contenían, pero la amenaza de Booth Watson sugería que igual merecía la pena...

El inspector Hogan dejó a la princesa en el palacio de Kensington y volvió a casa dando un paseo. Quería tener la cabeza despejada para pensar en las posibles consecuencias de lo que había presenciado aquella noche.

Al pasar por delante del Albert Hall vio un Porsche de color rosa que venía en dirección contraria. Estaba pensando que era una auténtica horterada cuando vio al conductor, que claramente se dirigía hacia el palacio. Tomó nota de la matrícula. ¿Era responsabilidad suya informar al comandante de todo lo que había visto, o más valía que no se metiera donde nadie le llamaba?

Para cuando llegó a su pisito —al pisito de Jo—, ya se había resuelto a contarle a William todo lo que había visto y que fuera él quien decidiera si convenía comunicárselo o no al Halcón; al fin y al cabo, era una iniciativa que excedía con creces sus competencias. Se dio una ducha fría antes de acostarse, y a los pocos minutos se quedó dormido.

Sebastian retiró la sábana muy despacio, se levantó sigilosamente de la cama y plantó los pies en el suelo. Después de comprobar que seguía oyéndose una respiración regular al otro lado de la cama, se vistió a oscuras, algo a lo que estaba acostumbrado.

No le había costado localizar los dos maletones negros, que no estaban muy bien escondidos debajo de la cama. Se arrodilló y los sacó poco a poco, e hizo una breve pausa para asegurarse de que no la había despertado. Después, sin apartar los ojos de la cama, esperó unos instantes antes de arrastrarlos con cuidado por la moqueta. Pesaban mucho más de lo que se había imaginado, y se preguntó qué habría dentro. Se levantó y abrió la puerta del dormitorio con mucha cautela... para que no se produjera ni un crujido, y ella no encendiera la lamparita de la mesilla. Ni siquiera se arriesgó a soltar un suspiro de alivio.

Una vez hubo sacado del dormitorio las maletas, cerró la puerta silenciosamente tras de sí. Evitó encender la luz, y, al cruzar la habitación, se dio en la espinilla contra una mesita baja de cristal y se desplomó sobre un sofá, conteniendo un grito a duras penas. No apareció ninguna luz por debajo de la puerta del dormitorio, pero aun así permaneció un rato inmóvil. El único ruido que acompañaba a su respiración era el implacable tictac de un reloj de pared. Volvió a ponerse en marcha, avanzando con más cautela todavía mientras arrastraba las dos maletas hacia la puerta de la calle. Quitó la cadena de seguridad, abrió lentamente el pestillo y se asomó al pasillo en penumbra; después de mirar a un lado y a otro, sacó las maletas al pasillo y cerró la puerta discretamente. Tan solo se oyó un breve clic.

Empujó las dos maletas hacia el ascensor, sin atreverse a soltar el hondo suspiro de alivio hasta que las puertas se cerraron. Cuando se abrieron de nuevo, en la planta baja, ya había ensayado lo que respondería en caso de que el conserje de noche le hiciera alguna pregunta: «La señora Faulkner bajará en unos minutos. Nos vamos a su casa de Surrey».

Lamont le había dicho dónde tenía la casa de campo.

Sebastian cruzó el vestíbulo y vio que el conserje, reclinado sobre la mesa y roncando plácidamente con un ejemplar del *Racing Post* abierto a su lado, no estaba para hacer preguntas. En la calle, unos faros de coche lanzaron un par de destellos antes de que el conductor saliera y se fuera a la parte de atrás. Sebastian cruzó la calle vacía arrastrando los dos maletones, y Lamont le ayudó a meterlos en el maletero.

Lamont cerró el maletero de golpe, se sacó un grueso sobre del bolsillo de la chaqueta y se lo entregó a Sebastian. Instantes después estaba otra vez al volante, y arrancó antes de abrocharse siquiera el cinturón de seguridad.

Pasó un rato hasta que el joven por fin pudo parar un taxi. Pero no podía quejarse: no era frecuente que le pagasen dos veces por el trabajo de una sola noche. Mientras el taxi arrancaba, miró a la ventana del dormitorio, que seguía sumido en la oscuridad, y pensó que le habría gustado desayunar con Christina.

Lamont no paraba de hacer conjeturas acerca de lo que podría haber en las maletas que estaban ahora a buen recaudo en su maletero. Pensó que tal vez…, pero se lo quitó de la cabeza al ver que le seguía un coche.

Veinte minutos más tarde, cuando el guardia hubo comprobado que la matrícula llevaba el número que le había dado el señor Booth Watson, se alzó la barrera de entrada a Middle Temple. Mientras cruzaba la plaza lentamente, bache tras bache, vio una luz en el despacho del consejero de la reina. Detuvo el coche y echó un vistazo por el espejo retrovisor. En efecto, ya no le seguían, de manera que se bajó, abrió el maletero y sacó los maletones; después, entró en el edificio y los subió con esfuerzo, peldaño a peldaño, por la escalera de piedra. Cuando por fin llegó al segundo piso, se encontró a Booth Watson esperándole en el descansillo.

Lamont llevó las maletas a su despacho, pero, antes de que pudiera hacer ninguna pregunta, Booth Watson le entregó un grueso sobre marrón y dijo: «Buenas noches, comisario». No hizo falta que añadiera: «No voy a necesitar más sus servicios».

Nada más salir Lamont, Booth Watson echó el cerrojo, se acercó a la ventana y comprobó que el Volvo negro cruzaba de nuevo la plaza. No se apartó hasta que la barrera bajó y el coche desapareció de su vista.

Se sentó en su silla y se relamió los labios mirando las dos maletas. Ya había decidido lo que iba a hacer con los diez millones, y había planeado su propia desaparición como si fuera una operación militar. Había aprendido mucho de Miles Faulkner a lo largo de los años.

Tenía reservado un taxi para que le llevase a Heathrow a las seis de la mañana. Se miró el reloj. Faltaba poco más de una hora. En el aeropuerto, embarcaría en un *jet* privado con destino a Hong Kong. No había sido lo que se puede decir barato, pero reducía las probabilidades de toparse con algún conocido ahora que llevaba un equipaje que no podía perder de vista. Cuando aterrizase en el protectorado, iría a recibirle un alto directivo de un banco privado que no recogía a clientes después de la medianoche..., no por menos de diez millones de libras. Un furgón blindado entregaría las dos maletas al banco mientras el alto directivo dejaba a Booth Watson en un hotel absolutamente *demodé*.

Una vez depositado el dinero, cogería un vuelo de South African Airways —en clase preferente— a Ciudad del Cabo, donde pasaría la noche en un hotel de aeropuerto. Pero solo esa noche, porque a la mañana siguiente American Airways le llevaría a San Francisco, donde cogería el puente aéreo a Seattle, su destino final. Allí nadie le encontraría, y, menos aún, un hombre que iba a pasar los catorce años siguientes en la cárcel.

Al fondo de la plaza, un taxi se detuvo junto a la barrera. Echaría un vistazo, uno solo, al interior de las maletas antes de pedirle al taxista que las bajase. Abrió una cremallera y sintió que el corazón se le iba a salir del pecho mientras miraba atónito los pulcros montoncitos. No cabía ni un libro de bolsillo más. Abrió torpemente la cremallera de la segunda maleta, y se encontró con que estaba llena de libros de tapa dura. Encima de los libros había un sobre con la palabra «Personal» dirigido a «Miles Faulkner, preso n.º 0249». Lo rasgó y leyó la breve nota manuscrita:

Queridísimo Miles:

Seguro que tienes tiempo de sobra para leértelos todos. Yo he disfrutado especialmente con *La gran evasión*; no veas cómo engancha. Por cierto, el joven con el que me arreglaste una cita era fantástico; mereció la pena cada penique que me costó.

No espero verte pronto... No voy a ir a visitarte a la cárcel. No está entre mis planes a largo plazo.

Con cariño,

CHRISTINA X

Booth Watson cayó de rodillas y vomitó mientras el taxi aparcaba en la puerta del número 5 de Fetter Chambers. El taxista apagó el motor y se puso a esperar a su pasajero.

—¿A qué hora te presentaste en el banco? —preguntó Grace.

—Unos minutos después de las cinco —dijo *sir* Julian, sus ojos iluminándose mientras Clare le dejaba sobre la mesa de la cocina un plato de huevos, beicon, tomates, champiñones y salchichas.

—Pensaba que los bancos cerraban a las cuatro los viernes por la tarde.

—Y así es —dijo *sir* Julian, y abrió la tapa de un frasco de salsa HP—. Pero, como llevo más de cuarenta años con Barclays y no me he quedado en números rojos ni una sola vez —ninguna de las dos lo dudaba—, no me han puesto ni la más mínima pega a la hora de hacer una excepción.

—¿Qué hicieron —preguntó Clare— cuando les diste las dos maletas?

—Las metieron en una cámara acorazada para que pasaran allí el fin de semana y me dieron un recibo a nombre de la señora Christina Faulkner.

—¿No tuviste la tentación de echar un vistazo a ver qué había dentro? —preguntó Clare.

—Desde luego que no —dijo *sir* Julian, y le hincó el diente al desayuno—. Eso no entraba dentro de mi competencia.

—Me cuesta imaginarte con uniforme de chófer, papá —dijo Grace.

—¡Gorra de visera incluida! —intervino Clare.

—Pues lo peor no es eso —dijo *sir* Julian—. Tuve que aparcar en línea amarilla doble a la entrada del banco, y me pusieron una multa.

—Seguro que la señora Faulkner tendrá mucho gusto en reembolsártela —dijo Clare, e hizo una anotación en el apartado de gastos.

—Prométeme que no le vas a contar nada de esto a tu madre.

—¿Te refieres a este trabajito extra que te has buscado? —dijo Grace, y sonrió.

—No, me refiero a este desayuno.

Capítulo 15

—Así que, durante las últimas semanas —dijo William—, Jackie ha estado engatusando a la agente Smart, y si al final decide colaborar con nosotros tendremos pruebas sobradas para empurar a Milner y sus secuaces por un fraude de proporciones gigantescas.

—¿Y el subinspector Adaja? —preguntó el Halcón—. ¿Qué ha estado haciendo en Windsor?

—Ha reunido pruebas sobradas de prejuicios raciales, pero no hay nada que Milner no pueda despachar aduciendo que se trata de humor chabacano sin más.

Hawksby frunció el ceño.

—Es un problema que va a tener que resolver el cuerpo si queremos atraer a gente tan valiosa como Paul en el futuro.

—Y también cree que quizá esté sobre la pista de algo a lo que Milner no podrá hacer caso omiso —añadió William—. Pero no quiere decir nada hasta tener las pruebas suficientes para que el jurado no pueda dudar de su culpabilidad.

—La idea de que un joven inmigrante de Ghana hunda al jefe del Servicio de Protección de la Casa Real tiene su gracia —dijo el comandante con una sonrisa burlona.

—Eso es lo malo de los prejuicios raciales —dijo William—. A Milner ni se le habrá pasado por la cabeza que Paul pueda ser tan listo como él.

—Y tú ¿qué? —preguntó el Halcón—. ¿Eres tan listo como Milner?

—He conseguido reunir montones de pruebas circunstanciales, pero nada que se sostenga ante un tribunal.

—Recuerda que vas a necesitar montones de pruebas irrefutables para hundir a Milner, porque el tipo ha dado un nuevo significado a las palabras «amigos en las altas esferas». ¿Tú a quién piensas que creerá la Casa Real instintivamente, a un hombre que lleva sirviendo a la familia real desde hace más de una década, o a un inspector jefe del que nunca ha oído hablar? En fin, me parece que Jackie y Paul son los que más posibilidades tienen de desbaratar el tinglado de la gallina de los huevos de oro de Milner.

—Sobre todo, teniendo en cuenta que este apenas para en Windsor, y, cuando el gato no está…

—Bailan los ratones —dijo el Halcón—. Bueno, y ¿qué sabemos de Ross? ¿Ha seguido mis instrucciones?

—Al pie de la letra.

—¡Quiero detalles! —ordenó el Halcón.

—Hace poco llevó a su hija al zoo de Londres y lo cargó todo en la cuenta de gastos, helado de chocolate con nueces incluido, y, cuando presentó el recibo, Milner no puso ninguna pega.

—¿Cuál será el helado de chocolate con nueces de Milner? ¿Ha encontrado Ross algo más que debamos saber?

—Al parecer, la princesa Diana mantiene relaciones con un joven…

—*Gigolò* —añadió el Halcón—. Sí, leí los detalles en la columna del periodista Dempster. En fin, solo nos cabe esperar a que entre en razón.

—Ross me ha dicho que la cosa va cada vez más en serio.

—En cuyo caso el problema se le irá de las manos, pero quizá le convenga dejar constancia de todo porque, si al final la cosa se desmanda, buscarán a alguien a quien culpar, y él será el chivo expiatorio perfecto —dijo el Halcón mientras sonaba el teléfono de su escritorio.

—Se lo haré saber, señor.

—Tengo a Geoff Duffield en espera —dijo su secretaria—. Llama desde Heathrow. Dice que es una emergencia.

—Para Duffield, todo es una emergencia —dijo el Halcón—. Pásemelo.

Pulsó el botón del altavoz para que William pudiese oír la conversación.

—Buenos días, comisario —dijo Hawksby—. La última vez que me llamó fue cuando secuestraron un avión. ¿Qué me tiene reservado esta vez?

—Algo peor, me temo —dijo Duffield—. Un *jet* privado ha hecho un aterrizaje no programado en Heathrow para repostar y cambiar de tripulación antes de continuar hacia Moscú. Pensamos que es posible que a bordo vaya Mansour Khalifah.

—En ese caso —dijo el Halcón—, desde luego que cabe hablar de emergencia.

Se puso a teclear en el ordenador y descubrió que Khalifah tenía veintiséis órdenes de busca y captura en casi el mismo número de países, y que estaba entre los primeros de la lista de los más buscados de la Interpol.

—Tendremos que asegurarnos de que es él antes de dar ningún paso. Lo que nos faltaba ahora era provocar un incidente diplomático de gran magnitud cuando nos acusen de haber arrestado a un hombre inocente. Empezad por preguntar a la tripulación entrante.

—Ya lo he hecho, señor. Lo único que supieron decirme fue que es un vuelo procedente de Libia, y que solo hay tres pasajeros a bordo.

—Libia podría considerarse una prueba —sugirió William.

—Pero no una prueba concluyente —respondió el comandante.

—¿Cuánto tiempo tenemos antes de que el avión reciba el visto bueno para despegar? —preguntó William.

—Como mucho, una hora —dijo Duffield—. Pero aún no les hemos asignado un hueco para despegar. La tripulación de reemplazo está esperando para embarcar.

—Impídaselo —dijo William—. Enciérrelos a cal y canto si es necesario.

—No sé si tengo autoridad para hacer eso…

—Ahora ya lo sabe.

—¿Tienen listo un equipo de Operaciones Especiales? —preguntó William.

—Sí, a las órdenes de un tal inspector Roach. Están a la espera.

—Que se pongan los uniformes de la tripulación de reemplazo, y dígales que de la azafata nos encargamos nosotros. Calculo que llegaremos en unos cuarenta minutos.

—¿En quién ha pensado para que haga de azafata? —preguntó el Halcón en cuanto William colgó.

—Por favor, Victoria, repíteme el programa una vez más —dijo la princesa de Gales mientras su coche entraba en Prince's Gardens.

—Es una comida especial, señora. De tan solo cien comensales, pero todos y cada uno de ellos han pagado mil libras para asistir, así que la organización benéfica ya lleva recaudadas cien mil libras.

—¿Sin contar gastos?

—No supondrán un problema, señora. El anfitrión del acto es Asprey, y asumirá todos los gastos como un modo de celebrar el ciento treinta aniversario de la autorización que les concedió la reina Victoria para ser proveedores de la Casa Real. De hecho, el presidente, David Carmichael, que se sentará a su derecha, me dijo que van a exponer su exclusiva colección de plata en su honor, incluida una estatua de la reina Victoria que es el orgullo de la colección.

—Muy generoso de su parte —dijo Diana mientras el coche pasaba por delante de Harvey Nichols, que, como le había dicho a Ross en cierta ocasión, era su tienda favorita—. Que no se me olvide darle las gracias.

Añadió a su discurso una frase sobre la colección de plata.

Ross iba callado en el asiento del copiloto, pensando en el gentío que estaría esperando para saludar a la princesa. Cuando llegasen, no habría mucha gente, ya que, por motivos de seguridad, el nombre de la invitada de honor no figuraba en la tarjeta de invitación. Pero la alfombra roja y los elegantes invitados, todos los cuales se dirigían hacia el mismo lugar, atraerían inevitablemente a los curiosos. Para cuando salieran, habría gente asomada a las ventanas, agarrada a las farolas e invadiendo la calzada para verla solo un momento. Sería entonces cuando necesitaría tener ojos hasta en el cogote.

Su alteza real interrumpió sus pensamientos.

—¿Cree que va a haber problemas, Ross?

—Tenemos a un chalado que ha venido a los tres últimos actos oficiales y afirma que está casado con usted.

—¿Y eso es delito? —preguntó Diana.

—Mientras siga usted casada con el príncipe de Gales, sí —bromeó Ross, arrepintiéndose al punto de sus palabras.

—¿Y qué hay de la lista de invitados? —dijo Victoria cambiando de tema para echarle un cable.

—En su mayoría, la flor y nata, salvo un par de excepciones.

—¿Más chalados todavía? —preguntó Diana.

—No, señora, aunque lo cierto es que dos de los invitados tienen un historial delictivo.

—Cuéntelo todo —dijo Victoria.

—Robo y fraude. Voy a tener que asegurarme, señora, de que no la fotografían a su lado, porque no le quepa la menor duda de que mañana sería la foto de todas las portadas.

Cuando el coche dobló por Bond Street, una nube de fotógrafos saltó a la calzada, momento en el que se oyó una voz que gritaba: «¡Diana!».

—Mansour Khalifah —dijo William—, sin lugar a dudas, es uno de los terroristas más buscados del planeta. No sabemos siquiera a cuánta gente ha matado, ni de cuántas muertes es responsable. Si está en ese avión y se nos escapa, los americanos, por no mencionar a los israelíes, quizá tengan algo que decir al respecto. Pero, como aún no estamos seguros de que sea él el que va a bordo, tendremos que andar con pies de plomo.

Pasó otra fotografía de Khalifah a Jackie, que la estudió atentamente mientras el coche camuflado en el que iban por la autopista alcanzaba los ciento sesenta kilómetros por hora.

—¿Tiene algún rasgo distintivo? —preguntó Jackie.

—Una marca de nacimiento en el cuello, justo debajo de la oreja izquierda. Dice, y sus adeptos se lo creen, que es una cicatriz que le dejó un francotirador estadounidense. Pero, si lleva una túnica y un turbante al modo tradicional, estará tapada.

—¿Cómo voy a subirme al avión? —preguntó Jackie mientras escudriñaba la portada de un viejo *Newsweek* en la que salía Mansour Khalifah blandiendo una cimitarra momentos antes de decapitar a un soldado americano.

—Te vas a incorporar a un grupo de la brigada antiterrorista que sustituirá a la tripulación que se suponía que iba a llevarle a Moscú. Harás de azafata, así que serás tú la que más oportunidades tenga de identificarle. Pero deja que se encarguen de sacarle los de Operaciones Especiales, porque este hombre —dijo William dando unos golpecitos a la portada de la revista— sería capaz de matar a su madre sin pestañear.

Al dejar la autopista, Danny redujo la velocidad y se dirigió hacia una puerta sin marcar que daba acceso directo a la principal pista de aterrizaje.

Era obvio que el agente que estaba en la puerta los estaba esperando, porque se limitó a mirar por encima la tarjeta de identificación de William antes de indicarle un edificio aislado que había al otro extremo de la pista. Danny no levantó el pie del acelerador hasta que vio al comisario Duffield. Estaba solo. No había ni un solo agente uniformado a la vista.

* * *

Ross se situó a unos pasos por detrás de la princesa, que estaba charlando con el presidente de Asprey mientras se servía el primer plato a los invitados. Volvió a recorrer la sala con la mirada y fue entonces cuando la vio.

Estaba sentada al fondo, echándose más sal de la cuenta en el plato. De repente, echó un vistazo en derredor y dejó caer el salero de plata en el bolso abierto que reposaba en su regazo. Cerró el bolso y siguió comiendo. En circunstancias normales, Ross se habría acercado discretamente a ella y le habría sugerido que volviese a dejar el salero encima de la mesa a fin de ahorrarse una situación embarazosa. Pero estas no eran circunstancias normales, y las órdenes eran estrictas: que nada te distraiga en ningún momento de tu responsabilidad fundamental, que es proteger a tu señora. Sin embargo, no pudo evitar distraerse por segunda vez al ver que un hombre de la mesa central deslizaba un servilletero de plata en su pañuelo fingiendo que se sonaba la nariz. Después, el servilletero desapareció en un bolsillo de su pantalón.

Para cuando su alteza real se levantó a pronunciar su discurso, al final de la comida, habían desaparecido seis saleros, cuatro pimenteros, tres servilleteros y una mostacera —llena de mostaza—, y no había nada que Ross pudiese hacer al respecto. Diez o doce de las cien personas más ricas del país eran rateros a los que Fagin habría dado empleo con mucho gusto.

El presidente de Asprey escuchó el discurso de la princesa con una sonrisa de satisfacción grabada en el rostro. Ross no estaba dispuesto a ser la persona que le dijera que su exclusiva colección de plata Asprey iba a volver a la caja fuerte con unas cuantas piezas de menos.

La ovación cerrada que siguió al discurso de la princesa concedió a dos o tres invitados más la oportunidad de elegir a su antojo: entre el botín había una cuchara de plata y otro pimentero. A Ross no le costó detectar a los ladrones —eran los únicos que no aplaudían—.

Una vez que la princesa hubo firmado varias cartas de menú, el presidente la acompañó de vuelta al coche. Por el camino, la invitada de honor se detuvo a charlar con varias personas de la multitud, incluida una anciana en silla de ruedas que le dijo que en una ocasión había estrechado la mano de la reina madre. Diana la abrazó y la mujer se echó a llorar.

—¿A cuántos ha pillado, señor Hogan? —dijo una voz a sus espaldas.

Ross se volvió y vio a un joven al que recordaba haber detenido por robo cuando era un joven agente.

—Doce, puede que más —dijo Ross—. Me alegró ver que no estabas entre ellos, Ron.

—No soy un cazador de *souvenirs*, inspector. De todos modos, lo único que merecía la pena robar era la estatua de la reina Victoria, y para lograrlo habría tenido que causar una distracción. —Ross contuvo la risa—. Eso sí, señor Hogan, si hubiera sabido que iba a estar usted en la sala, no me habría molestado.

Ross se permitió una sonrisa y, dando un paso hacia delante, abrió la puerta del coche para que su alteza real se sentase junto a Victoria en el asiento de atrás.

—Salude al comandante de mi parte —dijo Ron mientras Ross cerraba la puerta y se sentaba al lado del chófer.

Mientras el equipo se ponía los uniformes de la tripulación rusa —un bonito detalle, pensó William—, el inspector Roach siguió dando instrucciones. El tiempo no corría a su favor.

—Vale, muchachos —dijo Roach, delatando su formación militar—. No olvidéis que nos vamos a ver las caras con tres terroristas despiadados entre cuyos objetivos no está el de hacer prisioneros. Pero tenemos un arma secreta —dijo, y a continuación les presentó a la subinspectora Jackie Roycroft—: Mientras la subinspectora Roycroft reparte revistas y sirve café, nosotros estaremos en la cabina, preparados para entrar en acción en cuanto ella nos dé luz verde.

—¿Y no sospecharán algo cuando embarquemos y no nos reconozcan a ninguno? —preguntó Jackie.

—Es poco probable —dijo Roach—. El avión no está registrado a nombre de Khalifah y fue fletado por terceros. En cualquier caso, cuando vean a Chiquitín les parecerá un alfeñique... Eso sí, no tardarán en descubrir por qué es el campeón de boxeo de la policía en la categoría de peso ligero, y también por qué al sargento Pascoe le apodamos Coscorrón.

—Entonces, cuando Jackie diga la palabra «cinturones» —dijo Pascoe—, será la señal para que entremos en acción. Se supone que todo se resolverá en cuestión de segundos.

—Eso espero —dijo Chiquitín—, porque esta noche me toca a mí bañar a los críos.

Todos rieron menos William y Jackie, que no estaban acostumbrados al humor que se gastaba el SO19, la Unidad de Operaciones Especiales, antes de una operación.

—Venga, muchachos —dijo Roach después de echar un último vistazo a los uniformes rusos—, vamos allá.

Desde el interior del edificio, William vio a Roach dirigiendo a su pequeña brigada hacia el *jet* por la pasarela. Todos eran conscientes de unos ojos que seguían cada uno de sus movimientos desde una de las ventanillas de la cabina.

Roach y sus dos acompañantes subieron la escalerilla del avión y desaparecieron en la cabina de vuelo sin echar siquiera un vistazo a los pasajeros.

Jackie los siguió muy de cerca. Al entrar en el avión dejó el bolso en la mesita plegable que había a la entrada de la cabina. Se puso de espaldas a los pasajeros, abrió el bolso, sacó el pintalabios y comprobó que iba bien maquillada en un espejito. Sus ojos se posaron en un hombre que llevaba un largo *thawb* blanco y una kufiya ceñida por un cordón dorado. Estaba leyendo el *Financial Times*, y lo último que habría pensado nadie era que se trataba de un terrorista. Jackie ajustó un poco el espejito para enfocarlo en dos hombres más jóvenes que iban sentados detrás de él. Uno de ellos tenía la mano derecha apoyada en una pistola, y el otro no le quitaba la vista de encima a Jackie. Esta guardó el pintalabios en el neceser y sacó un botecito de laca antes de mirar otra vez el espejo. No acababa de estar segura de que aquel hombre de aspecto relajado que acababa de pasar la página del periódico fuera Khalifah.

Jackie se metió la laca en un bolsillo de la chaqueta, y al volverse vio que el segundo guardaespaldas continuaba mirándola. Decidió correr el riesgo y le sonrió, y, para su sorpresa, él le devolvió la sonrisa. Jackie se ciñó a sus planes y empezó a alinear las revistas del estante, la señal convenida para que Coscorrón pasase a la cabina de pasajeros. La sorprendió ver tres ejemplares antiguos de la revista *Newsweek* con la foto de Mansour Khalifah en portada. Se había dejado llevar por la vanidad. Coscorrón pasó de largo y Jackie esperó unos segundos antes de seguirle por el pasillo.

—Buenos días, señor —dijo Coscorrón al detenerse al lado de Khalifah.

El primer guardaespaldas le miraba de hito en hito mientras el otro no apartaba la vista de Jackie. Khalifah, en cambio, apenas se dignó mirarlos.

—Señor, la torre de control nos ha dado permiso para despegar —dijo Coscorrón—, si le parece bien.

Khalifah bajó el periódico y asintió secamente con la cabeza.

—Gracias, señor —dijo Coscorrón.

Jackie dio un paso hacia delante y dijo «Caballeros, por favor, abróchense los cinturones» en el mismo instante en que Chiquitín aparecía con una botella de champán en una bandeja de plata.

Dos de ellos fueron a echar mano de los cinturones de seguridad, lo que le concedió a Coscorrón el medio segundo que necesitaba para dejar fuera de combate a Khalifah con un solo golpe en el cuello. Al mismo tiempo, Jackie le echó laca en los ojos al primer guardaespaldas y le asestó un golpe que el hombre no se esperaba. Pero el segundo guardaespaldas había visto el champán, y, sin dar tiempo a Chiquitín de blandir la botella para darle en la cabeza, se había levantado de un salto y había agarrado a Jackie del brazo, y se lo retorcía por la espalda a la vez que le hincaba el cañón de la pistola en la sien.

Chiquitín comprendió inmediatamente que había cometido un error.

—Un paso en falso —dijo el guardaespaldas de Khalifah— y le reviento los sesos.

Chiquitín no dudaba de que lo haría, y lentamente bajó la botella de champán mientras Coscorrón daba un paso atrás.

—Vosotros dos —dijo el guardaespaldas señalando con la cabeza a Chiquitín y a Coscorrón— vais a bajar ya mismo del avión.

Titubearon unos instantes, pero cuando el guardaespaldas encajó el cañón de la pistola en la boca de Jackie, retrocedieron a regañadientes por el pasillo y bajaron por la escalerilla.

El hombre armado ordenó a Jackie que subiera la escalerilla, la metiera en el avión y cerrase la puerta. Mientras le obedecía, vio a William quieto en la pasarela, con aire indefenso, y a Coscorrón y Chiquitín mirándola. Sabía que en el tejado de la terminal había un rifle de largo alcance apuntando a la entrada del avión, pero el agente no se arriesgaría a apretar el gatillo mientras ella siguiera en su línea de fuego. Una vez que Jackie hubo cerrado la puerta, el guardaespaldas la empujó hacia la cabina de mando, donde el inspector Roach estaba sentado en el asiento del comandante; todo esto formaba parte del plan B, previsto por si el plan A salía mal. Y había salido fatal.

—¡Venga, en marcha! —gritó el guardaespaldas a Roach, sin apartar el cañón de la pistola de la nuca de Jackie.

Roach pensó que no era el momento de comunicarle que era un agente de la SO19 y que no había pilotado un avión en su vida. Se puso los auriculares y empezó a rezar. Una voz respondió a sus plegarias desde las alturas:

—Siga al pie de la letra mis instrucciones —dijo el auténtico piloto—. Encienda los motores pulsando los interruptores de arranque que hay en el centro del panel superior.

Roach obedeció. Giró los dos interruptores y los motores aceleraron, quedándose al ralentí en cuestión de segundos.

—Ahora tiene que activar el freno automático. El interruptor está en el panel delantero central. Póngalo en RTO. Pulse las dos palancas de propulsión que tiene al lado de la pierna derecha, más o menos hasta la mitad, y el avión empezará a acelerar. Conduzca con los pies..., tendrá que aflojar los pedales con suavidad si quiere mantenerse en línea recta.

Roach miró a ambos lados antes de aflojar tímidamente las palancas de propulsión unos centímetros. El avión empezó a moverse hacia delante.

—La pista ha sido completamente despejada, inspector —dijo la voz—. Ahora quiero que empuje las palancas un poco más, pero no de golpe. El avión cogerá velocidad, hasta llegar a los ciento cuarenta kilómetros por hora, más o menos.

¿Y luego qué?, le habría gustado preguntar a Roach. El pistolero apoyó una mano a un lado de la puerta de la cabina de mando para recuperar el equilibrio mientras el avión ganaba velocidad.

—Ahora, prepárese para bajar de golpe las palancas de propulsión, inspector. Los frenos entonces se activarán de manera automática y muy brusca. Será como chocarse contra un muro de ladrillos. El pistolero perderá el equilibrio, y esa será su oportunidad para desarmarlo.

—Entendido —dijo Roach, que veía que el final de la pista estaba cada vez más cerca.

—Ahora —dijo la voz con firmeza.

Roach bajó las dos palancas de golpe, y al activarse los frenos la pistola se disparó. Lo siguiente que vio fue un cuerpo que se desplomaba sobre el suelo.

* * *

—Que han hecho ¿qué? —dijo la princesa mientras el Jaguar doblaba a la derecha desde Bond Street para entrar en Piccadilly, flanqueado por dos motoristas encargados de detener el tráfico hasta que el coche cruzase sin incidentes la intersección.

Mientras el coche seguía avanzando sin interrupciones, Ross le contó a S. A. R. lo que había visto durante la comida y por qué no había sido capaz de hacer nada al respecto.

—Pobre señor Carmichael —dijo Diana—. Pero algo podré hacer yo para ayudar, ¿no?

—A menos que se cachee a cada invitado a la salida, nada. Y con esto lo único que conseguiría sería avergonzar a algunos de los mejores clientes de Asprey, cosa que al señor Carmichael no le haría mucha gracia.

—¡Con lo amable que ha sido, y con lo que se ha esforzado por que fuera una velada memorable! Ahora solo va a tener un mal recuerdo. ¿Y si intento compensarle encargando cien marcos de plata de Asprey para regalárselos a todos aquellos a los que les envíe una foto después de un acto oficial?

—Eso solo empeoraría las cosas —intervino Victoria—. La última vez que hizo eso, señora, Asprey no le envió la factura.

La princesa se quedó un rato en silencio antes de decir:

—Se me ocurre algo que le devolverá la sonrisa al señor Carmichael. Le voy a pedir a su majestad que le conceda la medalla MVO.

—Pero solo se suele dar a personas que han servido durante años a la familia real —le recordó Victoria.

—Precisamente —dijo Diana—. No olvides que Asprey lleva más de cien años sirviendo a la Corona.

—Perdone que le pregunte, señora —dijo Ross—, pero ¿qué significa «MVO»?

—«Miembro de la Real Orden Victoriana» —contestó Victoria—. Es el equivalente de una Medalla del Imperio Británico, pero menos frecuente, porque su concesión está en manos de su majestad.

—Conque, si me sigue cuidando durante los veinte próximos años, Ross, hasta puede que reciba una —dijo Diana.

Qué ilusión, se dijo Ross mientras el coche se detenía a la entrada del palacio de Kensington, pero se reservó el comentario.

William vio a cuatro paramédicos que bajaban dos camillas por la escalerilla del avión. Cruzaron despacio la pista en dirección a una ambulancia que a todo el mundo le habría gustado que no hubiese hecho falta, y las colocaron con cuidado la una al lado de la otra. Uno de los cuerpos tenía una sábana tapándole la cabeza.

Instantes después, dos hombres esposados fueron trasladados rápidamente y sin ceremonias desde el avión a dos coches patrulla que los estaban esperando con las puertas de atrás abiertas.

—Una chica valiente —dijo el inspector Roach cuando se alejaba la ambulancia—. Habría encajado a las mil maravillas en nuestro equipo.

William no hizo ningún comentario, pero si en aquel momento hubiese llevado una pistola le habría descerrajado un tiro a Khalifah sin pensárselo dos veces, y habría sido necesario algo mucho más fuerte que el inspector Roach para impedírselo.

Capítulo 16

Booth Watson se recuperó bastante pronto de lo que intentó convencerse de que no era más que un contratiempo pasajero, pero tuvo que resignarse a posponer su viaje a Seattle unos meses. Mientras Faulkner siguiera en la cárcel, sin posibilidad de una reducción de condena, simplemente tendría que esperar el momento propicio. Y el tiempo corría a su favor.

Iba a tener que reunirse pronto con Miles para enseñarle la carta manuscrita que había dejado Christina en la maleta. De este modo se aseguraría de que Miles volcaba su ira en otra dirección, y de que no sospecharía lo que había estado tramando su abogado mientras él estaba ausente. Recomendaría a Miles que una fuente anónima le diese el chivatazo a Hacienda del dinero que le había caído del cielo a Christina, y así mataría dos pájaros de un tiro.

A pesar de la prestidigitación de Christina, Booth Watson pensaba que no todo estaba perdido. Todavía había doce millones en metálico en la cámara acorazada del banco, y él era la única persona a la que Miles había confiado una llave de la caja fuerte. Bastaba con que hiciera unas cuantas visitas más al banco en las próximas semanas. Además, cumpliría las instrucciones de Miles al pie de la letra, y aceptaría una oferta de veintiséis millones de libras por su participación del cincuenta y uno por ciento en Marcel and Neffe, dinero que ingresaría después en su cuenta de cliente para que estuviese a buen recaudo. Y allí se quedaría hasta que se dictase sentencia; después, el dinero sería trasladado a Hong Kong en cuanto Miles estuviese cómodamente instalado en la cárcel de Belmarsh... para pasar allí los próximos catorce años.

Pero esto era una fruslería en comparación con lo que iba a ganar Booth Watson cuando vendiese la colección de arte de Miles, junto con el Raphael, el Rembrandt y el Frans Hals que reclamaría al Fitzmolean una vez clausurada la próxima exposición. A la esposa de Warwick no le iba a hacer ninguna gracia, lo cual le parecía un plus.

Por tanto, al margen de que tuvo que pagar un taxi que al final no cogió y que había reservado para que le llevase a Heathrow, así como la fianza de un *jet* que no llegó a despegar, no había sido un desastre del todo. Simplemente, iba a tener que esperar un poco más para pedir la jubilación anticipada. No obstante, todavía quedaba un misterio por resolver: ¿quién era aquel hombre que iba vestido con uniforme de chófer? Entonces recordó que, fuera quien fuera, no le había abierto la puerta del coche a Christina cuando esta salió del banco, de manera que el de chófer no debía de ser su empleo habitual.

—¿Por qué habrá cedido tan fácilmente *sir* Julian Warwick? —dijo Miles nada más sentarse enfrente de Tulip, tras coger el humeante café solo y el ejemplar del *Times* de manos de un guardia.

—Porque, de no haberlo hecho —sugirió Tulip—, su adorado hijito quizá habría acabado desayunando aquí con nosotros en lugar de estar codeándose con princesas.

Miles frunció el ceño.

—Hay algo que se me escapa —dijo al mismo tiempo que un preso le servía un plato de huevos con beicon.

—Pero Booth Watson le dio a usted una copia del acuerdo, y hasta vio la firma de *sir* Julian en el original.

—Sí, la vi en el original —repitió Miles—, pero en mi copia no está su firma.

—No estará insinuando que Booth Watson le daría una puñalada trapera, ¿no? Lleva siendo su abogado desde que nos conocemos. Además, ¿qué puede ganar?

—Unas doscientas mil libras —dijo Miles mientras se le iba enfriando el café—. Sospecho que hasta tú me darías una puñalada trapera por esa cantidad, sobre todo si supieras que estoy a buen recaudo en la cárcel.

Tulip guardó silencio unos instantes antes de decir:

—Pero piense en lo mucho que podría perder cuando usted lo descubriera.

—Y tú piensa en lo mucho que podría ganar si no lo descubro.

—Mientras esté aquí en chirona, ¿cómo va a confirmar sus sospechas?

—Quizá haya llegado la hora de que contrate una póliza de seguros con el excomisario Lamont de beneficiario.

—Pero si nunca ha confiado en él… —dijo Tulip—. Y, en cualquier caso, lo más seguro es que ya esté trabajando para Booth Watson.

—Entonces tendremos que doblarle el sueldo y dejarle bien clarito lo que le sucederá si decide traicionarme.

Miles apartó a un lado el desayuno intacto y echó un vistazo a una foto de Mansour Khalifah de la portada del *Times*.

—Ahí tiene usted a un hombre al que mataría con mucho gusto —dijo Tulip señalando la fotografía.

—Quizá nos convenga más mantenerle con vida —dijo Miles mientras un guardia le servía una segunda taza de café.

—¿Por qué, jefe? ¿Qué sacaríamos nosotros?

—Khalifah tendrá información que a la policía, y no digamos al Ministerio de Asuntos Exteriores, le encantaría saber. Información que podría convencer a un juez para que me redujese todavía más la sentencia.

—Pero Khalifah jamás compartiría esa información con infieles como nosotros, jefe.

—Puede que no, así que necesitamos convertir a algún devoto creyente a nuestra causa. ¿Cuántos hay aquí en Belmarsh?

—Diez, doce…; tal vez más. Pero todos consideran a Khalifah un héroe, y jamás se les pasaría por la cabeza contrariarle.

—¿Hay alguno que beba o que tenga problemas con las drogas?

—Ni uno —dijo Tulip, que conocía bien a sus clientes—. Por esa vía no entraremos en contacto con él.

—Diez o doce, dices. Entonces tenemos que encontrar a un judas entre ellos; tendré mucho gusto en darle mucho más que treinta monedas de plata.

—Ninguno le traicionará por dinero —dijo Tulip—. Por mucho que ofrezca.

—Entérate de qué les llevaría a traicionarle, y contrataré dos pólizas de seguros.

Miles Faulkner leyó la nota de Christina por tercera vez antes de hablar.

—Debería haber matado a esa zorra hace años —dijo y, acto seguido, dio un puñetazo en la mesa.

—Eso no lo digas ni en broma hasta que acabe el juicio —replicó Booth Watson—. A ver si vamos a echar a perder la posibilidad de una excarcelación temprana.

Esperó a que su cliente se calmase para continuar con el resto de la agenda.

—Hay un par de papeles más que tendrás que firmar si queremos que esté todo listo para cuando te suelten.

Miles asintió con la cabeza.

—En primer lugar, siguiendo tus instrucciones, he vendido tu participación accionaria de Marcel and Neffe.

—¿Cuánto has sacado?

—Veintiséis millones... Cuatro millones más de lo que pedías.

—¿Dónde has depositado el dinero?

—Ahora mismo está en tu cuenta de cliente, pero lo puedo transferir a cualquier banco que quieras. Basta con que me des el nombre y el número de cuenta.

—Mételo todo en mi cuenta del banco de Zúrich. No tengo la menor intención de quedarme en Inglaterra cuando salga de este lugar, y, desde luego, no estoy dispuesto a pagar un cuarenta por ciento de impuestos a la gente que me ha metido aquí.

Booth Watson tomó nota de las instrucciones de su cliente, a pesar de que no tenía la menor intención de seguirlas.

—Puedes deducir un uno por ciento para ti —dijo Miles, y añadió—: De los cuatro millones.

Booth Watson no le recordó que inicialmente le había prometido un millón —¿para qué molestarse, cuando iba a cogerlo de todos modos?—.

—Gracias, Miles —dijo Booth Watson, y le pasó dos documentos más para que los firmase.

No cayó en la cuenta de que la suma total acabaría transfiriéndose a una cuenta privada que no estaba en Zúrich, sino en Hong Kong. Booth Watson no se molestó en mencionar que la preciada colección de arte de su cliente estaba guardada en un almacén que había cerca del aeropuerto de Gatwick y que ya había concertado una cita con un posible comprador que había mostrado interés por adquirir la colección entera.

—¿Algo más? —preguntó Miles al echar un vistazo a su reloj de pulsera y ver que solo les quedaban quince minutos.

—Una cosa más. Dentro de unas semanas se inaugurará la exposición de Frans Hals en el Fitzmolean, y, con tu permiso, cogeré el autorretrato cuando se clausure.

—Sí, ni un día más tarde. Y puedes informar al Fitzmolean de que cuento con que también me devuelvan mi Raphael y mi Rembrandt, porque, para empezar, solo los tienen en préstamo.

—En préstamo permanente —le recordó Booth Watson—. Pero tengo la plena confianza de haber encontrado en el contrato un resquicio legal que ellos no habrán considerado y que convertirá el «permanente» en «provisional».

—Entonces podrás enviar los tres cuadros de vuelta a España para que se reúnan con el resto de la colección.

Booth Watson tenía plena intención de garantizar que los cuadros se reunieran con el resto de la colección, pero no en España.

—¿Qué novedades hay sobre el juicio?

—La fiscalía por fin ha puesto fecha: el 14 de septiembre. Conque, mientras sigas dispuesto a declararte culpable, calculo que saldrás por Navidad.

—O quizá antes.

—¿Estás pensando en fugarte otra vez? —preguntó Booth Watson, a quien no gustaban las sorpresas.

—No. Lo que tengo en mente requiere que me quede aquí dentro —dijo Miles. Pero no tenía intención de contarle a Booth Watson lo que había planeado para Khalifah.

—¿Se puede saber qué es? —dijo Booth Watson intentando mantener la calma.

—Hasta que no tenga cogido a Hawksby por los huevos y no me suplique que le dé una explicación, no.

Booth Watson estaba a punto de preguntar… cuando llamaron a la puerta con fuerza.

—Se acabó el tiempo —dijo el guardia de turno plantándose en el umbral.

Booth Watson no supo qué decir, y hasta se olvidó de pedirle al señor Harris que fuese testigo de la firma de Miles en los tres documentos que le habrían permitido reservar un billete de ida a Hong Kong.

Al otro lado de la mesa, Miles se levantó y se marchó sin decir una palabra más. Al salir de la cámara acristalada, Harris le estaba esperando para acompañarle a la celda.

—Maldita sea —dijo Miles después de dar unos pasos. Se volvió, pero Booth Watson ya no estaba.

—¿Pasa algo, señor Faulkner? —dijo el agente de seguridad Harris mientras trancaban a sus espaldas una puerta de barrote doble.

—Nada que no pueda esperar hasta la semana que viene.

Capítulo 17

William calculó que tardaría treinta minutos en cubrir aquel corto trayecto.

No le había sorprendido que le llamasen para invitarle a la ceremonia del palacio. El comandante ya le había informado en detalle del papel que tenía que jugar, y le había dicho que, en cuestión de condecoraciones al valor, su majestad no permitía que la sustituyera ningún otro miembro de la familia real en la ceremonia de entrega. Al fin y al cabo, la medalla llevaba su nombre.

Salió de Scotland Yard y enfiló hacia Whitehall. En Trafalgar Square dobló a la izquierda, pasó por el Arco del Almirantazgo y salió a la avenida Mall. Cuando el último semáforo de la avenida se puso en verde, rodeó la estatua de la reina Victoria y se detuvo delante de la puerta norte central del palacio de Buckingham.

Un guardia marcó su nombre en un portapapeles y a continuación le indicó que pasara por la arcada izquierda a un enorme patio. Siguiendo sus instrucciones, William aparcó el Mini al lado del Jaguar del comandante. De nuevo, el Halcón le había ganado por la mano.

Se bajó del coche, sin saber bien hacia dónde dirigirse, hasta que vio al comisario general de la Policía Metropolitana, que, vestido con traje de gala, iba dando zancadas por delante de él; un hombre que tenía muy claro adónde iba.

Cuando William llegó a los inmensos portalones de dos hojas que precedían la entrada de ceremonias del palacio, su nombre fue anotado una vez más antes de que un caballero ujier, engalanado con adornos dorados y que parecía salido de otro siglo, le acompañase a la primera planta por una amplia escalera alfombrada en rojo.

—Si atraviesa la galería, señor —dijo el caballero ujier—, verá el salón del trono a su derecha.

William se miró el reloj. Como aún faltaban doce minutos para el inicio de la ceremonia, echó a andar muy despacio por la parte central de la galería, que tenía el ancho de un camino vecinal y altísimas paredes abarrotadas de cuadros. Se detuvo a contemplar un montón de obras que hasta ese momento solo había visto en *Los cuadros de la reina*, un libro que le había regalado su padre cuando era pequeño. Se paró en seco al llegar a *Carlos I y Henrietta Maria*, de Van Dyck. Al dar un paso atrás para apreciar en detalle el enorme retrato, casi se choca con otro invitado.

—Buenos días, señor —dijo el subinspector Adaja.

—Buenos días, Paul —dijo William sin darse la vuelta—. ¡Qué envidia le voy a dar a Beth! —añadió, incapaz de disimular una sonrisita de satisfacción.

—Si estuviese aquí, no llegaría al salón del trono —dijo Paul—. Y, como no nos movamos, nosotros tampoco.

William le siguió a regañadientes, intentando abarcar con la mirada un Canaletto y un Van Dyck antes de pasar al salón del trono. La frase «Te corta la respiración» le pareció insuficiente para calificar lo que vio ante sus ojos. Se detuvo unos instantes a admirar la enorme araña de cristal que colgaba del altísimo techo en el centro de la estancia, pero enseguida se le fue la vista al fondo, a los dos tronos rojos de respaldo alto que estaban encaramados sobre un estrado y en los que solo dos personas tenían derecho a sentarse. La inmensa habitación estaba llena de largas filas de sillas de oro en las que calculó que podrían sentarse varios cientos de invitados, pero en esta ocasión solo iban a ocuparse las de la primera fila. Avanzó lentamente hacia los tronos por la alfombra roja del pasillo. Al llegar a la primera fila, vio al comisario general y al Halcón enfrascados en una conversación. Se sentó en la silla que se le había asignado, al fondo de la fila, al lado de Rebecca, que le saludó con otro «Buenos días, señor». Al ver a Ross, que estaba sentado a la derecha de Rebecca, William le sonrió, y a punto estaba de hacerle una pregunta cuando se hizo un silencio y todo el mundo se puso en pie. Miró a su izquierda y vio entrar a su jefa, la reina.

Es diminuta, pensó mientras la reina pasaba por delante de la fila. William se preguntó si se sentaría en su trono, pero hizo un alto en el peldaño que subía al estrado y se volvió para ponerse de cara al público.

Un ujier les indicó que se sentasen con un discreto gesto de la mano, mientras otro le entregaba a la reina el texto de su discurso. William se quedó de pie.

—En primer lugar, permítanme darles la bienvenida y expresarles lo felices que estamos de que hayan podido acompañarme todos en esta ocasión tan especial.

William no pudo evitar preguntarse quién podría tener algo más importante que hacer.

—Nos hemos reunido aquí hoy para agradecer los servicios prestados por una persona excepcional, una mujer fuera de lo común. —Hizo una pausa para pasar la hoja del guion—. Cuando le pidieron que cumpliera con su deber, no vaciló en arriesgar su vida, y, como resultado de su extraordinario valor, un despiadado terrorista ha sido llevado ante la justicia. —La reina alzó la mirada y sonrió—. Por todo esto, es para mí un gran placer concederle a la subinspectora Jacqueline Michelle Roycroft la Medalla de la Reina a la Valentía, con la que se convierte en la primera mujer que ingresa en el selecto grupo de agentes que han recibido este honor.

Su majestad cogió de manos del caballero ujier una caja azul de cuero y la abrió mientras William empujaba la silla de ruedas de Jackie y se detenía delante de la reina.

Los colegas de Jackie prorrumpieron en un aplauso espontáneo a la vez que la reina se inclinaba y le prendía la medalla en el uniforme. Hasta ese momento, Jackie se había mantenido bastante serena, agarrando con firmeza los brazos de la silla de ruedas y empeñada en disimular los nervios. Enfrentarse a un terrorista armado era una cosa; enfrentarse a la monarca, otra bien distinta. Daba lo mismo que supiera lo de la medalla desde hacía varias semanas.

Tiempo después empezaría a circular entre los miembros del equipo la leyenda de que al Halcón se le había escapado una lágrima, aunque, salvo a su esposa, él siempre lo negaba en redondo.

Durante la recepción que siguió al acto, la reina estuvo un rato charlando con Jackie, aunque fue William quien le contó que la bala había desgarrado el pecho de la subinspectora cuando el avión frenó de golpe y que por apenas unos milímetros no le había dado en el corazón.

Su majestad cerró el discurso diciendo:

—Tenemos suerte de contar con agentes de su categoría en el cuerpo de Policía.

Cuando su majestad se acercó a hablar con otros miembros del equipo, William hizo un aparte con el inspector Roach y le agradeció el papel que había jugado su unidad en la captura de los tres terroristas.

—Aunque he de confesarle —añadió— que me confundió cuando dijo que Jackie habría encajado a las mil maravillas en la brigada antiterrorista, porque di por supuesto que…

—Perdón, lo siento mucho —dijo Roach, que era evidente que no estaba arrepentido—. Simplemente quise señalar que no hay mujeres en nuestra sección del servicio, y que después de trabajar con Jackie no puedo por menos de pensar que es una lástima, y que me gustaría ficharla.

—Pues más vale que se vaya olvidando de ello —dijo William—. En cuanto se recupere, Jackie tendrá que retomar una misión que también supone un gran reto, y, para colmo de males, esta vez el sospechoso es uno de los nuestros.

—¿Puedo ayudar en algo?

—Me temo que no. Vamos a tener que ser un poco más sutiles que ustedes. Lo único que puedo decirle es que mi próxima reunión con un miembro de la familia real quizá no sea tan agradable como esta.

—¿Qué prefieres oír primero, la buena noticia o la mala? —preguntó Beth cuando William llegó a casa esa noche.

—Casi empieza por la mala —dijo William cerrando la puerta.

—Tim Knox deja el Fitzmolean. Le han ofrecido el cargo de supervisor de cuadros de la reina.

—Vaya, lo siento. Será difícil sustituirle. ¿Y la buena noticia?

—Me ha sugerido que solicite el puesto —dijo Beth mientras entraban en la cocina, donde los mellizos y Jojo le estaban hincando el diente a una enorme *pizza* bajo la atenta mirada de Sarah.

—¿Nunca paran de comer? —preguntó William, al tiempo que se sentaba a la mesa con ellos.

—Cree que tengo bastantes posibilidades de que me ofrezcan el puesto de directora; varios miembros de la junta han dejado claro que me apoyarían, y si hubiese una votación él no dudaría en votarme.

—Para ellos sería una suerte ficharte —dijo William a la vez que le echaba el ojo al último triángulo de *pizza*, pero no fue lo bastante rápido.

—La junta tendrá que anunciar públicamente la vacante, así que me enfrentaría a una oposición férrea.

—Que Dios ayude a la persona que ose enfrentarse a ti.

—Papi malo —dijo Artemisia entre bocado y bocado—. Mi profe de catequesis dice que nunca tomarás el nombre del Señor en vano.

—Nunca —dijo Peter.

—Nunca —repitió Jojo.

—Tenéis razón. Lo que quería decir es: que el cielo ayude a aquel que se atreva a enfrentarse a vuestra madre.

—Al baño, niños —dijo Sarah con firmeza.

—¿Nos lees antes de que nos vayamos a dormir, papi? —preguntó Peter al levantarse de la mesa.

—Claro que sí. ¿Seguimos con *El viento en los sauces*?

—No, ese lo acabamos hace siglos —dijo Artemisia—. Ahora estamos leyendo *Alicia en el País de las Maravillas.*

William se sintió culpable por las innumerables ocasiones en que había vuelto a casa después de que los niños se durmieran. Su padre le había advertido a menudo de que estos años pasaban como una exhalación.

—Puede que haga una pequeña jugada maestra —dijo Beth mientras Sarah subía a bañar a los niños—, que no perjudicaría a mis oportunidades de conseguir el empleo.

—Estás planeando sobornar al comité de selección.

—No tengo suficiente dinero para eso. Pero he localizado un cuadro de Jan Steen que va a subastarse en una sala de Pittsburgh y que a lo mejor puedo conseguir a un precio razonable…, aunque es muy posible que haya pujas más altas, porque aparece en la cubierta del catálogo.

—¿Y eso cómo te ayudaría a conseguir el trabajo?

—No me ayudaría. Pero en el mismo catálogo me topé con un dibujo a lápiz de un artista desconocido que estoy convencida de que es un boceto para la lámpara de *La ronda de noche.*

—¿Cuál es el precio estimado?

—Doscientos dólares. Puede que sea una copia de algún contemporáneo de Rembrandt, pero, a ese precio, es un riesgo que merece la pena correr.

—¿Y si resulta que realmente es de Rembrandt?

—Entonces, podría alcanzar cuarenta mil libras.

Y su venta supondría una aportación providencial a las empobrecidas arcas del museo.

—De ninguna manera. La junta jamás aprobaría vender un dibujo de Rembrandt. Lo expondrían de forma permanente, a pesar de que su venta cubriría el sueldo de un año del director.

—Estoy seguro de que encontrarás un modo sutil de hacérselo saber.

—Solo si resulta que tengo razón.

—Y habrás sido la única persona que lo ha reconocido —dijo William antes de señalar al piso de arriba—. Y, ahora, pasemos a lo verdaderamente importante: ha llegado el momento de reunirme con el Sombrerero y descubrir por qué está tomando el té con la Reina de Corazones.

—¿Qué te apetece cenar? —dijo Beth mientras William se levantaba de la mesa.

—¿Por casualidad no habrá *pizza*? —preguntó él clavando los ojos en el plato vacío.

—Has tenido suerte, cavernícola. Hace tiempo que acepté que en esta familia hay cuatro niños, así que he pedido una *pizza* de más. Cuando bajes, me cuentas qué tal te ha ido el día.

—Una jornada de oficina como otra cualquiera... Aunque la verdad es que tuve una conversación interesante con la reina...

A la mañana siguiente, William se presentó tarde en Buckingham Gate, y volvió a casa a tiempo para leerles el siguiente capítulo a los niños antes de que se durmieran. A finales de mes habían terminado *Alicia en el País de las Maravillas* y habían llegado al capítulo 5 de *A través del espejo*, y todo gracias a que su dejadez respecto a la puntualidad encajaba con el plan a largo plazo que tenía el equipo para convencer a Milner de que se sumaban encantados a explotar a la gallina de los huevos de oro.

Durante las seis últimas semanas habían seguido un programa estricto. Llegaban tarde todas las mañanas, disfrutaban de largos descansos para comer y cargaban el almuerzo a la cuenta de gastos, y, para rematar, terminaban la jornada antes de tiempo —todo formaba parte de una pantomima bien dirigida por William—.

Él se dio cuenta de que la operación Clavada estaba saliendo bien cuando Milner empezó a llamarle Bill. El comisario Milner habría hecho bien en recordar que al agente William Warwick no le habían apodado en vano el Monaguillo al poco tiempo de incorporarse al cuerpo de Policía.

Las reuniones que celebraba el equipo en Scotland Yard a las ocho de la mañana se volvieron más frecuentes a medida que se acercaba la gran oportunidad: los diez días de gira por el extranjero del príncipe Carlos y Diana. El comisario Milner, el inspector Reynolds y el sargento Jennings, al que acababan de ascender a agente de protección personal saltándose a la agente Jenny Smart, iban a viajar con ellos al otro lado del Atlántico. Y el inspector Ross Hogan iba a poder vigilarlos a todos de cerca.

—¿Cómo te las has apañado? —preguntó Faulkner a Tulip mientras paseaban juntos por el patio.

—Encontré a un judas que ni siquiera quería treinta monedas de plata para traicionarle —respondió Tulip—. Se llama Tareq Omar.

—Y ¿por qué está dispuesto a correr semejante riesgo?

—Khalifah fue el responsable de la muerte de su hermano durante el golpe de Estado que se produjo hace poco en Argelia, de manera que, para él, la venganza es suficiente recompensa en sí misma.

—¿Qué podemos hacer para que se encuentren?

—Me he encargado de que trasladen a Omar a tareas de limpieza en el ala de Khalifah, así que coincidirán a menudo, y Omar se hará pasar por un devoto seguidor de la causa. Mi único temor es que pueda matarle.

—Nos conviene mantener a Khalifah con vida mientras haya la más mínima posibilidad de que sea mi pasaporte de salida de la cárcel.

—Pensaba que todo eso estaba controlado.

—Y yo también —dijo Miles—, hasta que vino Booth Watson a nuestra reunión semanal y me dijo que había ido a ver a *sir* Julian Warwick para confirmar nuestro acuerdo.

—¿Qué le hace pensar que no se vieron? —preguntó Tulip.

—Lamont dice que no se han visto desde que se reunieron en el despacho de Booth Watson poco después de que este volviera de España.

—¿A cuál de los dos cree usted?

—A Lamont, porque, si hubiese estado trabajando en exclusiva para Booth Watson, habría confirmado su versión. Así que puede que tenga que cobrar una de mis pólizas de seguros si quiero tener alguna esperanza de salir de aquí. —Tulip sabía cuándo no había que interrumpir al jefe—. De una cosa no cabe duda —continuó Miles—: yo no me puedo arriesgar a reunirme con Omar, y ¿cómo te va a comunicar cualquier información interesante que obtenga sin provocar chismorreos en el patio?

—Mi celda está en el mismo rellano que la suya, así que puede venir a verme de vez en cuando sin levantar sospechas. Pero quizá aún tenga que pasar un tiempo hasta que Khalifah se fíe de él lo suficiente para hacerle confidencias.

—No me queda mucho tiempo —dijo Miles, sin entrar en detalles—. Si al final Omar se entera de algo que merezca la pena, dímelo inmediatamente, porque ya he concertado una cita con el comandante Hawksby.

Tulip no daba crédito a lo que acababa de oír.

A la mañana siguiente, William llegó a Buckingham Gate justo antes de las ocho y se encontró a Rebecca esperándole en el umbral. En cuanto se marchó el agente del turno de noche, William cerró la puerta principal: había que evitar a toda costa que los interrumpieran mientras Milner y el equipo de salida estaban en el extranjero velando por sus jefes.

Paul había salido de casa poco antes de las siete de la mañana, y solo hizo una parada de camino a Windsor, para recoger a Jackie. La subinspectora tenía derecho a una baja de seis meses, pero no había tardado en descubrir que las visitas que le hacía Rebecca para ponerla al día no eran lo que se puede decir estimulantes, y, además, ya estaba aburrida de pasarse las tardes viendo la tele.

La pieza clave del rompecabezas se había colocado fácilmente cuando, en vista de la cantidad de veces que habían pasado por encima de ella a la hora de conceder ascensos, la agente Jenny Smart había decidido dimitir y solicitar el traslado a otra sección de la unidad. No hizo falta que Paul y Jackie entraran por la fuerza en el edificio de administración, porque Jenny dejó la puerta abierta de par en par.

Durante la semana estuvieron día y noche escudriñando un archivo tras otro, y encontraron pruebas más que de sobra para convencer al Halcón del estilo de vida que Milner y sus secuaces llevaban diez años disfrutando a costa del dinero de los contribuyentes.

Como la noche del viernes solo habían llegado hasta la mitad de las pruebas condenatorias, no volvieron a casa. Pero, a pesar de que el fin de semana durmieron en catres, para cuando Milner acompañó a los príncipes en el avión de vuelta a Heathrow todavía les quedaban dos archivos más por revisar.

De vuelta en Buckingham Gate, William utilizó una llave maestra para entrar en el despacho de Milner. Rebecca se encontró con que la puerta del inspector Reynolds no estaba cerrada con llave; evidentemente, daba por hecho que en su ausencia nadie osaría irrumpir en su santuario. El despacho del agente Jennings estaba cerrado a cal y canto: tendría que dejarlo para más tarde, pero, teniendo en cuenta que acababan de ascenderle, sus pecados no serían tan condenatorios.

Los cuatro trabajaron las veinticuatro horas del día durante los diez días siguientes, y para cuando el vuelo real aterrizó en Inglaterra habían reunido pruebas suficientes como para asegurarse de que Milner no se retiraría al campo en un par de años como le había prometido a su mujer (que en ningún momento disimuló su deseo de ser *lady* Milner), sino que sería despedido sumariamente, y sin pensión, del cuerpo de Policía.

El lunes siguiente, Milner apareció en Buckingham Gate a tiempo para el almuerzo y no se preocupó al enterarse de que el inspector jefe Warwick estaba disfrutando de sus vacaciones anuales, el subinspector Adaja estaba en un curso de entrenamiento en Mánchester, la detective Pankhurst había asistido al funeral de su abuela en Cornualles y la subinspectora Roycroft no iba a volver al trabajo antes de tres meses, como poco. Tampoco le preocupó que la carta de dimisión de la agente Smart le estuviese esperando encima de la mesa.

Si Milner no hubiese estado tan convencido de que era intocable, habría descubierto que, en realidad, los cuatro estaban escondidos en Scotland Yard dando los últimos toques a un informe que iban a presentarle al comandante Hawksby a finales de semana.

Capítulo 18

—No me pase ninguna llamada en lo que queda de mañana, Angela —dijo el comandante—. Interrúmpame solo si se incendia el edificio —añadió antes de colgar.

Miró a los miembros de su equipo, que estaban sentados alrededor de la mesa.

—¿Empezamos por ti, William?

—Como todos saben, señor —dijo William—, estos diez últimos días hemos aprovechado que el comisario Milner, el inspector Reynolds y el sargento Jennings han estado en la otra punta del mundo con los príncipes.

—Que no con sus principios… —interrumpió el Halcón.

—También le hemos sacado partido al hecho de que la agente Jenny Smart esté a punto de abandonar la unidad —continuó William—. Sin su ayuda, puede que hubiésemos tardado meses en rastrear las pruebas documentales.

—Pero supongo que tendría un mínimo de lealtad hacia las personas con las que había trabajado los seis últimos años —dijo el comandante—. Entonces, ¿por qué estuvo tan dispuesta a sumarse a un hatajo de intrusos a los que apenas conocía?

—Porque está de acuerdo con nosotros en que un poli corrupto es tan malo como cualquier otro delincuente, si no peor —dijo Jackie—. Y Milner, Reynolds y Jennings son de lo peorcito que me he encontrado. Al final, pude convencerla de que la mayoría de sus colegas aplaudirían la postura que ha tomado.

—Tengo la sensación —dijo William— de que no se te podría haber concedido la Medalla de la Reina a la Valentía en mejor momento.

—Desde luego, se mostró más dispuesta a colaborar una vez que me volví a incorporar al trabajo —dijo Jackie.

—¿Qué más descubrió mientras los gatos no estaban, subinspectora Roycroft? —preguntó el Halcón yendo al grano.

—Lo primero que hice fue comprobar los gastos de cada agente de protección personal en los últimos cinco años, y me encontré con cobros que jamás habría imaginado.

—¿Por ejemplo?

—Milner se alojó tres noches en el Ritz cuando fue a París en misión de reconocimiento para la visita de Estado de la reina del año siguiente. Fue tan descarado que hasta se llevó a su mujer y a su hija, y alegó que la habitación contigua estaba ocupada por su secretaria, que en aquel momento estaba en su casa de Potters Bar. Y, además, cuando sale a cenar —añadió Jackie—, no empieza precisamente por la parte superior de la lista a la hora de escoger el vino.

—¿Tienes un cálculo aproximado de lo que han gastado entre los tres en estos cinco años? ¿Y dispones de todos los recibos necesarios para confirmarlo? —preguntó el Halcón.

—Un total de 442 712 libras —dijo Jackie, que, como era de esperar, se había imaginado que se lo iba a preguntar.

—Que se deben a...

—Sobre todo a gastos de viaje, cenas, ropa y horas extras, a pesar de que, como son policías de alto rango, no tienen derecho a cobrarlas.

—¿Detalles?

—Cuando la familia real se va a veranear a Balmoral, Milner pasa casi todo su tiempo en los páramos del urogallo (dicen que el año pasado cazó más faisanes que el duque de Edimburgo), mientras que Reynolds prefiere pescar en el Dee. Sus obligaciones prácticamente se reducen a acompañar a la reina a los Highland Games. Pero cuando regresan a Londres solicitan el cobro de «horas intempestivas» y «gastos de viaje», por no hablar de las horas extras.

—Si me decido a emprender una investigación a fondo —dijo el Halcón—, ¿cuánto margen de maniobra tienen? Y, lo que no es menos importante, ¿qué porcentaje de las acusaciones crees que puede sostenerse ante un tribunal?

—Más o menos la mitad —dijo Jackie—. Pero ya he reunido pruebas más que sobradas para llenar mi carretilla hasta arriba. —Siguió hablando una vez que cesaron las risas—. Mi prueba favorita es una gabardina y un paraguas de la marca Burberry que Milner compró en las Bermudas en plena ola de calor. El recibo demuestra que, mira tú por dónde, la talla de la gabardina coincide con la de su mujer.

—No podemos permitir que esto salga de aquí —dijo el Halcón—. La prensa se iba a poner las botas.

—Reynolds y Jennings no le van a la zaga —intervino William—. Pero fue Milner quien consiguió que se salieran con la suya, al no cuestionar nunca sus declaraciones de gastos. Lo cual sugiere que actuaban en comandita.

—¿Qué argumentarán en su defensa? —dijo el comandante, casi para sus adentros.

—Milner dirá que el príncipe de Gales estaba al cabo de la calle de todo y que le parecía bien. Pero yo estoy convencido de que su alteza real no tenía ni idea de lo que estaban haciendo en su nombre.

—¿Estás de acuerdo, Ross?

—Sí, señor. La princesa Diana no tiene modo de saber qué gastos pido que se me retribuyan, y nunca ha salido el tema. Milner da el visto bueno a todas mis solicitudes sin comprobarlas, y, en cuanto garabatea sus iniciales al pie del pagaré, el departamento de contabilidad paga sin rechistar. Es una gallina de los huevos de oro que ni se molesta en mirar cuántas manos se acercan a llevarse los huevos.

—Puede que también le interese saber —dijo Jackie— que en los años que lleva al mando del Servicio de Protección de la Casa Real Milner tiene acumuladas más de un millón de millas aéreas a su nombre. Todas legales y sin rebozo.

—Lo mismo tiene que acabar viviendo en pleno vuelo cuando se percate de que vamos a por él —dijo el comandante, e hizo una pausa antes de añadir—: Estas pruebas que has reunido, Jackie, son, cuando menos, convincentes. Pero, si queremos derrocar al jefe del Servicio de Protección de la Casa Real, voy a necesitar muchísimo más que eso. Bueno, Rebecca, te toca contarnos qué has estado haciendo estos últimos meses.

—El comisario Milner nunca viaja en transporte público cuando está de servicio —dijo Rebecca—, a pesar de que tiene una tarjeta de transportes autorizada que le da derecho a ello.

—Probablemente use su propio coche y pida una asignación de gasolina —dijo el Halcón haciendo de abogado del diablo.

—Jamás utiliza su coche. Siempre coge un taxi y lo carga a gastos.

—Entonces, la única persona que se beneficia es el taxista, y seguro que Milner tiene las facturas que lo demuestran.

—Pero ¿por qué iba a coger un taxi para ir al palacio de Buckingham o a York House —preguntó Rebecca— cuando están a un paso de su oficina de Buckingham Gate?

—Milner argumentaría que no puede arriesgarse a que le sigan cuando lleva encima documentos confidenciales —dijo el Halcón.

—También tiene la costumbre, no precisamente barata, de ir y venir a Windsor en taxi, cuando podría coger el tren en la estación de Victoria, que está a menos de medio kilómetro de la oficina.

Estas palabras silenciaron por un instante al Halcón, y Rebecca lo aprovechó:

—Si comprueba atentamente sus reclamaciones de gastos —dijo, y, acto seguido, abrió una carpeta y pasó el dedo por una lista de cifras—, tan solo el año pasado Milner hizo ciento setenta y un viajes en taxi, que le costaron más de 33 000 libras al contribuyente.

—Y, si escarba un poquito más, como hicimos nosotros con la ayuda de la agente Smart —intervino Paul, sin necesidad de comprobar las cifras—, verá que en los últimos once años el comisario Milner ha reclamado 434 720 libras solo de viajes en taxi... Creo que hasta la BBC lo tacharía de excesivo.

—Aunque lo cierto es que Milner nunca coge un taxi cuando está de servicio —dijo Rebecca.

—Más vale que seas capaz de respaldar esta afirmación con hechos incontestables, detective Pankhurst —dijo el Halcón—. De lo contrario, será tu palabra contra la suya.

—Tenía la sensación de que iba a decir esto mismo, señor, de manera que, con el permiso del inspector jefe Warwick, me tomé una semana libre de mis obligaciones habituales para trabajar como agente encubierta.

—¿Con qué objetivo?

—El de hacer un seguimiento de una semana de la vida de nuestro agente del Servicio de Protección de la Casa Real de mayor rango.

William se permitió una sonrisa mientras Rebecca abría una carpeta aún más gruesa que tenía delante.

—Cada mañana, en torno a las ocho, u ocho y cuarto, Milner sale de su casa de Barnes y coge el tren rumbo a Victoria con su pase de policía.

—Está en su derecho —dijo el Halcón.

—Al llegar a Victoria —continuó Rebecca, sin inmutarse—, recorre a pie el kilómetro que hay hasta Buckingham Gate. Si tiene una cita con el príncipe, cruza hasta York House, a menudo acompañado por el inspector Reynolds, el guardaespaldas de su alteza real. En cuanto su alteza sale de York House, Milner vuelve corriendo a Buckingham Gate. Aquella semana cogió el tren en dos ocasiones distintas de Paddington a Windsor con su tarjeta de transportes autorizada. Al llegar, fue andando desde la estación hasta el castillo y se metió en su despacho. No se le volvió a ver hasta que se marchó, a eso de las cuatro y media, cuando cogió el tren de vuelta a Barnes. No tomó ni un solo taxi en toda la semana, pero eso no le impidió reclamar 529 libras de gastos —dijo Rebecca, y le pasó al Halcón catorce reclamaciones de gastos—. No solo están reclamando gastos de viajes que nunca tuvieron lugar, sino que él y sus secuaces se están embolsando en torno a 250 000 libras al año, sin que nadie los controle.

El comandante estuvo un rato estudiando los documentos de reclamación antes de decir:

—Un trabajo excelente, detective Pankhurst. Pero todavía no es suficiente. ¿Qué más puedes ofrecerme?

—Nada más, señor. Pero el jefe encontró algo que precisa de una explicación.

Todos los presentes se volvieron a mirar a William.

—Encontré esto guardado con llave en el cajón superior del escritorio de Milner —dijo William, y dejó un resguardo de gastos delante del comandante.

—¿Y esto qué demuestra? —preguntó el Halcón después de revisar con atención varias reclamaciones de gastos.

—Que en lo que deberíamos fijarnos no es en las reclamaciones que hizo Milner —dijo William—, sino en el libro de gastos medio vacío con su firma escrita en cada página, donde solo queda por rellenar los detalles. Es como un jugador de ruleta que sabe en qué número caerá la bola. Ha perfeccionado un sistema que siempre da beneficios, incluso cuando cae en el cero.

—Hazme caso —dijo el Halcón—: ese hombre todavía podría escaquearse tirándose un farol. No, lo que necesito es una bala de plata que Milner no sea capaz de volver a meter en la recámara.

El comandante se fijó en la sonrisa que asomaba al rostro del subinspector Adaja.

—Has estado más callado que de costumbre, Paul. ¿Me equivoco si digo que estás a punto de enseñarnos esa bala?

—Y la pistola con la que dispararla —dijo Paul—. Pero no se va a creer lo que voy a contarle, señor, y eso que se ha enfrentado usted a algunas de las mentes criminales más astutas que hay sobre el terreno de juego.

—Venga, no me hagas perder el tiempo —dijo el Halcón.

—Durante todo este mes, he dedicado una atención particular a un tal sargento Nigel Hicks.

—Y ¿qué tiene de especial el sargento Hicks?

—Desde hace once años, es el oficial de enlace del Servicio de Protección de la Casa Real.

—Fascinante —dijo el comandante, y contuvo un bostezo.

—Lo sería, señor…, si el sargento Hicks existiera.

La expresión que asomó al rostro del Halcón no era propia de un curtido jugador de póquer.

—Detalles —exigió, y se incorporó de golpe en la silla.

—El sargento Hicks se jubiló hace once años…, y murió un par de años después. Fue enterrado en la iglesia de Sevenoaks.

—Tendrás pruebas, ¿verdad?

Paul sacó una foto de la lápida de Hicks y se la dio al comandante.

NIGEL HICKS
1918-1981

—No irás a decirme que…

—Que sigue cobrando el sueldo completo, y el año pasado, no sé cómo, consiguió que le devolvieran 70 000 libras de gastos sin aparecer por la oficina.

—Pero ¿se salieron con la suya?

—Es posible que Hicks estuviera implicado —sugirió William.

—Pero si está muerto.

—Según el libro de registros, no.

—Pero seguro que alguien… —empezó a decir el Halcón.

—Esa es la cuestión, señor —interrumpió William—. Milner, Jennings y Reynolds estaban todos metidos en el ajo, y encantados de sacar tajada. De hecho, Hicks todavía tiene su propio despacho en Windsor, con su nombre en la puerta.

—Y ¿cómo explicaba Milner que nadie más le viera?

—Era el oficial de enlace, señor, así que siempre estaba en el extranjero, comprobando la seguridad de los lugares que iba a visitar algún miembro de la familia real en futuros viajes a otros países. Pedía el reembolso de los gastos de viajes a ciudades a las que jamás iba, una asignación para alojarse en hoteles que ni pisaba, y el cobro de horas extras y de horarios intempestivos. De hecho, en los últimos once años el sargento fantasma ha cobrado más de 270 000 libras de sueldo, con un complemento de 700 000 libras de gastos. Por no hablar del millón de millas aéreas que reclamó sin haberse subido jamás a un avión.

—¿Qué pasó con los billetes para esos vuelos que nunca hizo?

—Algunos se cobraron, otros se utilizaron cuando alguno de los tres se iba de vacaciones. Todos han ido a lugares bastante exóticos en estos once años: Río, Ciudad del Cabo, México, San Petersburgo...

—¿Cómo lo descubriste? —vociferó el Halcón, que se esforzaba por mantener la calma.

—Al final, señor, forcé la entrada del despacho del sargento desaparecido..., y resultó que estaba completamente vacío.

—El perro que no ladró en mitad de la noche... —dijo el comandante—. Bravo, Paul. De todos modos, todavía necesito la guinda del pastel antes de informar al comisario general. Cuéntame cómo se deshicieron de sus ganancias ilícitas, porque, al final, a un delincuente siempre se le pilla por su manera de gastarse el dinero.

—Dispara, Jackie —dijo William.

—Una vez que Paul y Rebecca hubieron aportado pruebas suficientes para demostrar qué era exactamente lo que se traía entre manos Milner —dijo Jackie—, hice lo que usted me aconsejó y seguí el rastro del dinero.

—¿Y con qué te encontraste? —preguntó el Halcón.

—Milner, en efecto, tiene un coche, un Mercedes SI último modelo, que pagó en metálico porque en su cuenta corriente no hay más movimientos que los de su sueldo de comisario. De manera que alguien podría estar tentado de preguntar cómo es posible que sea propietario de una casa de tres plantas en la zona comunal de Barnes, una casa de campo con dos hectáreas de terreno en Berkshire y un importante inmueble en Ibiza del que queda todo dicho con añadir que se encuentra «en primera línea de playa».

Sus palabras fueron recibidas con un silencio aún más largo, que fue interrumpido por el Halcón.

—¿Cómo ha conseguido salirse con la suya durante tanto tiempo?

—Eso fue lo más fácil —dijo William—. La respuesta es que hasta que aparecimos nosotros no había nadie que le cuestionase, y, si la agente Jenny Smart no hubiese considerado que era su deber señalarle a Jackie la dirección correcta a la que teníamos que apuntar, tal vez habríamos tardado años en pillarle. Pero con su ayuda —continuó William— el equipo ha conseguido recopilar pruebas que, junto con la bala de plata de Paul, son suficientes para garantizar que Milner no disfrute de su jubilación en Ibiza, sino en la cárcel de Belmarsh, como residente a cargo de la Corona.

—Otra modalidad distinta de protección de la Casa Real... —observó Paul.

El comandante sonrió por primera vez aquella mañana.

—En cuanto haya entregado su informe, inspector Warwick, informaré al comisario general para que tenga toda la munición que va a necesitar cuando lo reciba en audiencia el príncipe de Gales. Mientras, felicidades a todos por un trabajo bien hecho. No obstante, si al final nos sale el tiro por la culata, me temo que el subinspector Adaja tendrá que pagar el pato.

—¿Y si se demuestra que tengo razón? —preguntó Paul cuando las risas remitieron.

—Entonces —respondió el Halcón—, me encargaré yo mismo de despedir a Milner y a sus dos compinches, me llevaré todo el mérito, ascenderé al inspector jefe Warwick a comisario y le pondré al frente del Servicio de Protección de la Casa Real, y dejaré que el subinspector Adaja nos siga recordando a todos que él fue el cerebro, el artífice, de la operación Clavada.

El resto del equipo se puso en pie, y, mientras aplaudía calurosamente a Paul, sonó el teléfono de la mesa del comandante. El Halcón lo cogió.

—Angela, le he dicho que no me pase ninguna llamada a no ser que el edificio esté en llamas.

—Es el comisario Milner, señor. Dice que necesita hablar urgentemente con usted.

—Dígale que por la boca muere el pez —dijo el Halcón, y acto seguido colgó y miró a William—. Sospecho que se ha dado cuenta de que su libro de gastos ha desaparecido.

Capítulo 19

—Es un gran placer para mí —anunció el nuevo director del Fitzmolean— darles la bienvenida a esta extraordinaria colección de la obra de Frans Hals. Ahora, me complace invitar a su alteza real la princesa de Gales a inaugurar la exposición.

La princesa se acercó al micrófono. El aplauso continuó mientras ella echaba un vistazo a la entradilla de su discurso.

—Permítanme que empiece expresando la alegría que supuso para mí que me invitasen a esta exposición tan esperada, que ya ha sido objeto de reseñas entusiastas. El crítico de arte del *Times* nos ha recordado esta mañana que las grandes obras de arte trascienden todos los prejuicios y todas las barreras sociales. Cuando contemplamos un cuadro, no estamos pensando en el color de la piel del artista, ni en sus creencias religiosas, ni en sus opiniones políticas. Hasta que leí esta reseña, no había reparado en que muchos historiadores del arte consideran que Frans Hals está a la misma altura que Rembrandt y Vermeer, ni tampoco en que, si bien en su larga vida jamás le faltaron encargos, murió prácticamente arruinado. Tal vez porque tuvo once hijos… —La princesa esperó a que las risas amainaran antes de proseguir—. No obstante, dejó un legado que todos podemos admirar y que, sin duda, perdurará durante muchas generaciones. A este gran maestro de la edad de oro del arte holandés le habría encantado saber que este museo ha honrado su memoria con una muestra tan exhaustiva de su obra. Y todo gracias a Beth Warwick, la comisaria de esta exposición. Su energía, su esfuerzo y su erudición son más que notables.

Sus palabras fueron acogidas con una calurosa ovación, y Beth inclinó la cabeza.

Al inspector Ross Hogan le habría gustado sumarse al aplauso, pero no podía porque estaba de servicio. Recorrió la sala con la mirada mientras su alteza real continuaba con su discurso. Se fijó en su propio jefe, el comandante Hawksby, que estaba al fondo del grupo de los invitados, observando el acto; ni siquiera en una ocasión como aquella era capaz de dejar de ser policía.

Sus ojos se posaron sobre la hermana de William, Grace, y su compañera, Clare. La extraordinaria pareja estaba cogida de la mano, sin temor a expresar en público lo que sentía la una por la otra; Ross no pudo evitar preguntarse cómo se lo tomaría *sir* Julian. A su derecha estaban los orgullosos padres de Beth Warwick, el señor y la señora Rainsford, a los que estaría eternamente agradecido por haber acogido a Jojo en la familia como a una segunda nieta.

Ross contuvo una sonrisa cuando su mirada se cruzó con la de Victoria Campbell, que, un poco apartada, desempeñaba su papel anónimo de dama de compañía. Ross tuvo que reconocer que le seguía gustando, pero no hacía falta que nadie le recordase que ella no estaba a su alcance.

En la primera fila de los asistentes estaba Christina Faulkner, cogida de la mano del joven que Ross había visto por última vez en el Tramp. Había supuesto que Sebastian sería un rollo de una sola noche, pero evidentemente no lo fue. A continuación, se fijó en otro hombre al que no esperaba ver en la inauguración. Tenía los ojos clavados en un cuadro, y no parecía que estuviese escuchando el discurso.

Ahora que apenas faltaban unas semanas para el juicio de Miles Faulkner, a Ross le desconcertaba que nadie le hubiese preguntado aún por el cuadro que estaba contemplando Booth Watson, ni por cómo había acabado formando parte de la exposición. Y, lo que era aún más sorprendente, el abogado de Faulkner no había formulado una queja oficial sobre el hecho de que a su cliente le hubiesen sacado a la fuerza de su casa española y se lo hubiesen llevado a Inglaterra para que se enfrentase a un segundo juicio.

Igual de desconcertante era la decisión de Faulkner de declararse culpable a cambio de una reducción de condena de dos años. No tenía sentido: Faulkner tenía fama de ser un negociador muy avispado, pero esto no era ninguna ganga. Tenía que haber algo que tanto a él como a William se les escapaba. ¿Lograría averiguar qué era? Se volvió a mirar a Booth Watson; seguro que este tenía las respuestas a todas estas preguntas.

La princesa pasó a la última página.

—Tengo la certeza de que, al igual que nosotros, el público disfrutará enormemente con esta excepcional exposición. Y tengo el gusto de declararla inaugurada.

A continuación, estalló otra ronda de aplausos. La princesa abandonó el escenario, acompañada por el director del museo, y fue derecha a felicitar a la comisaria de la muestra. Artemisia, con la pequeña diadema bien sujeta a la cabeza, se las apañó para apretujarse entre las dos.

Cuando Diana y el nuevo director pasaron a charlar con otros invitados, Beth tuvo que agarrar con firmeza la mano de Artemisia para impedir que se convirtiera en una dama de compañía supernumeraria. El comandante eligió ese momento para salir de la sombra y hablar discretamente con William.

—Mira —susurró.

—Ya le he visto —dijo William.

—¿Por qué está tan interesado en ese cuadro en particular?

—*El Descendimiento* de Caravaggio —dijo William sin volver la cabeza— fue donado con carácter permanente al museo por Miles Faulkner después de su primer juicio, a cambio de una reducción de condena.

—La verdad, me parece que la mirada de Booth Watson tiene un aspecto más temporal que permanente... —dijo el Halcón, pensativo.

—Me pregunto qué estaría dispuesto a ofrecer Faulkner esta vez a cambio de una reducción de condena —dijo William.

—Aunque nos ofreciera toda su colección, no me imagino al juez dejándose influir.

—A no ser que fuese Beth la juez... —respondió William.

—Ni siquiera Faulkner podría amañar eso. Pero yo quería hablarte de otra cosa. Esta tarde, cuando estaba a punto de salir de Scotland Yard, he recibido una llamada del comisario general. Me ha dicho que está citado con el príncipe de Gales el lunes por la mañana a las doce, y piensa informarle en detalle de las actividades extraoficiales del comisario Milner.

—Milner ha pasado la tarde de hoy con el príncipe de Gales, señor —dijo William—. El príncipe ha visitado la Royal Geographical Society. Milner habrá tenido tiempo de sobra para presentar su versión de los hechos mucho antes de que el príncipe vea al comisario general.

—Me temo que a lo más que podemos aspirar es a una discreta dimisión por motivos de salud.

—A ese tipo habría que colgarlo, arrastrarlo por el suelo y descuartizarlo —dijo William—, y después dejar su cabeza clavada en una estaca en el Puente de la Torre mientras a Reynolds le ponen el cepo en Ludgate Hill y le arrojan tomates.

—Da gusto comprobar que, después de tantos años en el cuerpo, en tu pecho sigue latiendo el corazón de un monaguillo, William —dijo el Halcón mirando a la otra punta de la sala, donde *sir* Julian Warwick estaba enfrascado en una conversación con Beth Warwick.

—¿Te llevaste una decepción muy grande cuando no te dieron el puesto de directora? —preguntó *sir* Julian a su nuera.

—Sí —reconoció Beth—. Y no fue ningún consuelo que Tim Knox me dijera que la junta había elegido a Gerald Sloane con siete votos a favor y cinco en contra. Para colmo de males, el presidente le dijo a Tim que, si hubiese habido empate a seis, él me habría dado a mí el voto de calidad.

—¿Qué me puedes contar de Sloane? —preguntó *sir* Julian mirando al nuevo director del museo.

—Ha sido el director del museo municipal de Mánchester durante los últimos siete años, y, según me han dicho, considera el Fitzmolean como un trampolín para cosas más importantes. Yo, en cambio, quería fortalecer el prestigio del museo para que nadie pudiera considerarlo nunca un trampolín.

—Si quieres un consejo, jovencita, tiempo al tiempo. Puede que te ofrezcan el puesto antes de lo que piensas. Pero a la vez mantén los ojos bien abiertos, porque Sloane te verá como una rival: o se hará amigo tuyo, o tratará de desautorizarte. Posiblemente ambas cosas.

—Piensas como un delincuente, Julian.

—Para eso me pagan.

—Ya sé que no debería hacer caso de los cotilleos —susurró Beth—, pero sé de buena tinta que a su fiesta de despedida en Mánchester solo se presentó la mitad del personal.

—Razón de más para que seas cauta. Es un secreto a voces que, si el personal del Fitzmolean hubiese podido votar, habrías ganado por goleada.

Beth asintió con la cabeza.

—Sé que no es el momento —dijo—, pero necesito que me aconsejes sobre un asunto privado.

—¿Qué tal si venís todos a comer a Nettleford este domingo? Así tendremos tiempo de sobra para hablar detenidamente —dijo *sir* Julian mientras se acercaba su mujer.

—Me sorprende ver aquí al señor Booth Watson —dijo *lady* Warwick.

—A lo mejor es un admirador de Frans Hals —sugirió Beth, que sabía perfectamente por qué estaba Booth Watson allí.

—El señor Booth Watson no es un admirador de nadie —dijo *sir* Julian—, a no ser que haya alguna posibilidad de que ese alguien sea un potencial cliente. Y Frans Hals, desde luego, no entra en esa categoría. Aunque no sería el primer cliente muerto al que ha representado Booth Watson.

—Mira que eres desconfiado, Julian —dijo su mujer.

—Qué remedio, cuando te pasas la vida profesional batiéndote en duelo con los Booth Watsons de este mundo —respondió él.

En ese mismo instante, Artemisia se soltó de la mano de su madre y cruzó corriendo la sala.

—¿Qué estará tramando esta granujilla? —dijo *sir* Julian.

—Yo diría que quiere despedirse de su amiga —dijo Beth al ver que Artemisia cogía de la mano a Ross.

La última persona de la que se despidió la princesa, después de elogiar su diadema y darle un beso, fue Artemisia..., cosa que no le hizo ninguna gracia al nuevo director.

Capítulo 20

Ross se subió al asiento del copiloto del Jaguar una vez que la princesa se hubo sentado detrás. Echó un vistazo al espejo retrovisor de la ventanilla y vio que Victoria no estaba, así que debía de haberse marchado a su casa. Aunque ella jamás habría sacado el tema delante de él, era evidente que no veía con buenos ojos la otra vida de Diana.

En la calle Jermyn, solo había un *paparazzi* esperándolos. Se plantó de un salto en medio de la calzada nada más ver el coche. Ross se preguntó si habría ido por si las moscas o si alguien le habría dado el chivatazo. De buena gana lo habría atropellado.

La princesa se valió del bolso para taparse la cara mientras corría escaleras abajo y entraba en la discoteca. Todas las cabezas se volvieron mientras, acompañada por el *maître*, cruzaba la pista de baile en dirección a su mesa de siempre, donde Jamil la estaba esperando de pie. La besó en ambas mejillas y, una vez sentados, se cogieron abiertamente de la mano por encima de la mesa, sin intentar ya disimular su relación.

Ross se retiró a su discreta mesa de siempre, detrás de una columna. Cuando poco después la pareja salió a la pista de baile, cualquier observador habría notado a primera vista que eran amantes. La cola de caballo de Jamil seguía irritando a Ross. No anotó nada, pero pensaba darle todos los detalles a William por la mañana. Sabía que el inspector jefe mantenía al comandante al tanto de todo para que nadie estuviese desinformado.

Una vez más, Diana se marchó justo después de medianoche. Nada más salir a la acera se encontró con varios fotógrafos. Ross hizo todo lo que pudo por protegerla de los más insistentes mientras Diana subía con dificultad al coche, pero siguieron persiguiéndola entre destellos de *flashes* hasta que el Jaguar dobló la esquina de St. James. Al bajar la velocidad en lo alto de

Piccadilly, uno de ellos los estaba esperando junto al semáforo. Ross se fijó en que era el mismo que había estado esperándola a la puerta del Tramp.

—¿Sabes cómo se llama ese fotógrafo, Ross?

—Sí, señora. Alan Young.

—Pobre hombre, esperando ahí fuera solo por si aparezco.

—No merece que le compadezca, señora. Es el *paparazzi* mejor pagado de Fleet Street, y solo le saca fotos a usted.

Continuaron el trayecto en silencio, y al cabo de un rato dijo la princesa:

—Voy a pasar el fin de semana con Jamil en su casa de Sussex. No figura en la agenda oficial, claro, pero espero que tengas la amabilidad de organizarlo todo como siempre.

—Por supuesto, señora —dijo Ross sin vacilar, a pesar de la ilusión que le hacía pasar el fin de semana con Jojo.

Había planeado llevarla al cine a ver *La sirenita* y después a su heladería favorita. Menos mal que estaban William y Beth, pensó mientras el coche viraba para entrar en los jardines del palacio de Kensington.

—Pensaba que Jojo iba a pasar el fin de semana con Ross —dijo Beth mientras les ponía los cinturones de seguridad a los tres niños.

William se sentó al volante.

—Cambio de planes. Parece que la princesa le necesita para una misión especial.

—¿Qué puede haber más especial que Jojo? —preguntó Beth, que no pensaba dejarle escapar así como así.

—Bueno, es que no va a pasar el fin de semana con el príncipe Carlos —se limitó a responder William.

—¿Me estás diciendo que Diana tiene un *affaire*? —susurró Beth mientras salían rumbo a Nettleford.

—No te estoy diciendo nada.

Beth estaba a punto de protestar cuando Artemisia dijo:

—¿Qué es un *affaire*?

William y Beth enmudecieron, pero se salvaron gracias a Peter, que, cuando no habían llegado ni al primer semáforo siquiera, preguntó:

—¿Cuánto falta para llegar?

—Una hora más o menos —dijo William—. ¡Siempre te lo pasas bomba con tus abuelos!

—Y el abuelo ¿por qué no tiene tele? —preguntó Peter.

Beth y William estaban buscando una respuesta adecuada cuando Jojo preguntó con tono lastimero:

—¿Papá va a estar allí?

—No, no va a estar —dijo Artemisia—. Va a pasar el fin de semana con mi amiga, la princesa de Gales.

—Pero sé que el próximo fin de semana lo tiene libre —dijo William—, y que sigue en pie el plan de llevarte a ver *La sirenita*. Y, si te portas muy bien, a lo mejor hasta puedes pedirte tu copa de helado favorita, la doble de chocolate.

Jojo palmoteó.

—Y tú ¿qué vas a hacer la semana que viene —preguntó Beth—, aparte de fisgonear a la princesa?

—Mejor que ni preguntes —contestó William bajando la voz—. El comisario general se reúne mañana por la mañana con el príncipe de Gales, y ninguno de nosotros tiene ni idea de cómo reaccionará cuando se entere de lo que viene haciendo su agente de protección más veterano desde hace once años.

—Querrán asegurarse de que no se filtra a la prensa nada que pueda avergonzar a la reina. Aunque me da que el príncipe de Gales sabe perfectamente que Diana está jugando un partido en otro campo…

—La princesa Diana —subrayó Artemisia corrigiendo a su madre.

—Bueno, al menos tú estarás esperando esta semana con ilusión —dijo William—. Seguro que el museo va a atraer a multitudes después de todas las reseñas de cinco estrellas que le han hecho a la exposición de Frans Hals en la prensa de esta mañana.

—Estaría ilusionada si el nuevo director no dedicase tanto tiempo a intentar desautorizarme ante el resto del personal.

—Tú tranquila; seguro que se le acaba pasando.

—Lo dudo. Apenas hemos cruzado una palabra amable desde el día que asumió el cargo, y no parece que haya nada que pueda hacer yo para contemporizar con él.

—¿Qué significa «contemporizar»? —preguntó Artemisia.

—Aceptar las opiniones de otra persona para que esté contenta —dijo Beth volviendo la cabeza. Peter y Jojo se habían dormido.

—Te compadezco —dijo William—. Sobre todo, porque recuerdo lo bien que te llevabas con Tim Knox.

—Ni me lo recuerdes. Y no ayuda mucho que Sloane me haya convocado para mañana a primera hora, lo que me condena a pasar el fin de semana angustiada, dándole vueltas a qué le habrá enfadado esta vez.

—¿No será que quiere felicitarte por el éxito de la inauguración?

—Yo no estaría tan segura. Mucho más probable es que haya encontrado algún motivo nuevo de queja.

—No te obsesiones con ese hombre. No lo merece.

—¿Qué significa «obsesiones»? —preguntó Artemisia.

Por nada del mundo iba a llegar tarde a esta reunión. Booth Watson nunca había estado en el hotel Connaught, pero conocía bien su reputación: clásico, lujoso, alta cocina, siempre al completo con meses de antelación. Habían descubierto que los americanos se desprendían gustosos de su dinero siempre que fuera en aras de la tradición, y a fin de cuentas el hotel era casi tan viejo como su país.

En cierta ocasión, Miles se había quejado a Booth Watson de que este no consiguiera reservar una mesa en el restaurante del hotel a pesar de haberlo intentado varias veces. Su abogado no le explicó por qué no le habrían ofrecido una mesa ni siquiera, aunque hubieran estado todas disponibles.

Booth Watson dio su nombre a la recepcionista, que, sin molestarse en comprobarlo, dijo:

—El señor Lee le está esperando, señor. Si sube en el ascensor a la última planta, habrá alguien esperándole.

—¿Cuál es el número de la habitación?

—En el último piso solamente hay una *suite*, señor —dijo la recepcionista con su imborrable sonrisa cortés.

Booth Watson cruzó el vestíbulo en dirección al ascensor, todavía más convencido que antes de que había encontrado al hombre adecuado. Una semblanza de la revista *Forbes* había descrito a Lee como un exitoso empresario chino con intereses en los sectores financiero e inmobiliario, y cuyos pasatiempos incluían, entre otros, el coleccionismo de arte y los vinos selectos. Unos años antes, en la sala de subastas Bonhams, había pujado más alto que Miles por un Picasso de la época azul.

Booth Watson entró en un ascensor que solo tenía un botón, y llegó sin interrupciones al último piso. Nada más abrirse las puertas le saludó una joven vestida con un *cheongsam* rojo de seda, que le hizo una profunda reverencia y dijo:

—Por favor, sígame, señor Booth Watson.

Sin decir una palabra más, le acompañó por un pasillo cubierto por una gruesa alfombra hasta una puerta con entrepaños de madera de roble que abrió antes de hacerse a un lado.

Booth Watson pasó a una habitación grande y amueblada en un estilo recargado; en casi todas las superficies libres había un arreglo de flores recién cortadas. Pero lo que más le impresionó fueron los magníficos cuadros que adornaban las paredes. Miles habría admirado y envidiado la colección. Era evidente por qué no estaba permitido reservar esta *suite* a nadie más.

—¿Desea que le traiga un té mientras espera? —preguntó la joven.

—Sí, gracias —dijo Booth Watson en el mismo instante en que se abría una puerta al fondo y un hombre alto y canoso vestido con traje cruzado, camisa blanca y corbata de seda se acercaba a saludar a su invitado.

La primera impresión de Booth Watson fue que se trataba del típico hombre de negocios de Hong Kong para el que no existen las fronteras internacionales.

—Disculpe que le haya hecho esperar, señor Booth Watson —dijo Lee mientras se daban un apretón de manos—. El teléfono tiene la manía de ponerse a sonar siempre que está a punto de llegar un invitado.

—Tiene una colección de arte verdaderamente espléndida —dijo Booth Watson a la vez que la joven regresaba con una bandeja de té bien cargada que dejó sobre la mesa antes de arrodillarse y servir a los dos hombres.

—Es usted muy amable —dijo Lee—. Confieso que lo que empezó como un pasatiempo se ha convertido, con los años, en una especie de obsesión.

—¿Leche y azúcar? —preguntó la joven.

—Sí, gracias —dijo Booth Watson.

—Nunca he llegado a dominar la costumbre inglesa de charlar de naderías —dijo Lee—. De manera que voy a intentar formularlo con toda la delicadeza posible. ¿Acierto al pensar que, dadas sus circunstancias actuales, el señor Miles Faulkner está considerando la posibilidad de desprenderse de su legendaria colección de arte?

—Correcto. Pero yo subrayaría —añadió Booth Watson— que solo lo está considerando.

—Yo también pasé un par de años en un establecimiento de ese tipo —dijo Lee, cosa que cogió a Booth Watson por sorpresa—. Fue durante la Revolución; yo era un estudiante rebelde.

—¿Qué pasó?

—Me soltaron, pero solo porque ganaron los míos.

Los dos hombres se rieron mientras la joven volvía con un plato de sándwiches de salmón y pepino y los dejaba sobre la mesa.

—Confieso —continuó— que casi he aprendido tanto en la cárcel como en la Escuela de Negocios de Harvard. De hecho, los contactos que hice allí han resultado ser igual de útiles.

Booth Watson se sirvió un sándwich antes de volver al tema que ambos querían tratar.

—¿Conoce usted la colección del señor Faulkner?

—Desde luego que la conozco. Hace unos años, cuando puso en venta su villa de Montecarlo, fui a ver la casa en calidad de posible comprador. Saqué fotos de todos y cada uno de los ciento setenta y tres cuadros, y también de las veintiuna esculturas del jardín, cuya autenticidad pude comprobar más tarde en sus correspondientes catálogos razonados. Me gustó especialmente el desnudo yacente de Henry Moore.

—En realidad hay ciento noventa y un cuadros y veintiséis esculturas en la colección —dijo Booth Watson después de escoger otro sándwich.

—Entonces, alguien ha debido de comprar dieciocho cuadros y cinco esculturas después de que el señor Faulkner se mudase a su casa más reciente, justo a las afueras de Barcelona —dijo Lee como de pasada, de nuevo tomando a Booth Watson por sorpresa—. En cualquier caso, estoy seguro de que el señor Faulkner debe de tener una idea de lo que vale su colección.

—Según los expertos —dijo Booth Watson—, unos trescientos millones, aproximadamente.

—Todos contamos con expertos que nos aconsejan, señor Booth Watson, y suelen saber si su cliente es un comprador o un vendedor. Según mi experto, cien millones es una suma más ajustada a la realidad.

—Creo que el señor Faulkner consideraría que doscientos millones son un precio justo, dadas sus circunstancias actuales —dijo Booth Watson.

—Entonces no le haré perder más tiempo —dijo Lee levantándose—. Seguro que tiene usted otros postores que estarían dispuestos a extender un cheque de doscientos millones sin hacer demasiadas preguntas.

—Si mi cliente acabase considerando su oferta de cien millones —dijo Booth Watson intentando recobrar la calma—, ¿sería posible que el dinero se ingresara en un banco de Hong Kong?

—Tengo una participación de control en dos bancos del protectorado —dijo Lee mientras la joven volvía para recoger la mesa.

—¿Y podría ofrecer una garantía de que ninguna pieza de la colección saldrá a la venta en un futuro próximo? Porque podría poner al señor Faulkner en una situación muy incómoda.

—Mire a su alrededor, señor Booth Watson —dijo Lee sentándose de nuevo—, y verá que soy un coleccionista, no un tratante. Le puedo asegurar que, mientras yo viva, ninguna de las obras se pondrá en venta.

—Antes de que consulte con mi cliente, señor Lee, ¿puedo confirmar también que cien millones de libras es su oferta final?

—De dólares, señor Booth Watson. Yo no hago transacciones en libras. No es una divisa con la que me sienta seguro.

—Le haré saber la respuesta de mi cliente en cuanto le haya consultado —dijo Booth Watson incorporándose con esfuerzo.

—Como voy a estar en Londres las próximas semanas, no dude en llamarme cuando desee —dijo Lee—. Bastará con un simple sí o no; no quisiera hacerle perder el tiempo.

Se levantó y, una vez más, la joven apareció como si la hubiese convocado con una varita mágica. Lee hizo una profunda reverencia, pero no tan profunda como la que hizo la mujer antes de salir con Booth Watson y acompañarle al ascensor.

Mientras se cerraban las puertas, se inclinó por última vez y volvió a la *suite*.

—¿Qué te ha parecido nuestro invitado, Mai Ling? —preguntó Lee al verla entrar.

—Yo no me fiaría de él.

—Estoy de acuerdo contigo. De hecho, ni siquiera estoy seguro de que el señor Faulkner esté informado de esta reunión.

—¿Qué te haría salir de dudas?

—Si Booth Watson acepta mi oferta de cien millones de dólares, puedes estar bastante segura de que no está representando a su cliente, sino a sí mismo, porque no creo que al señor Faulkner se le pase por la cabeza desprenderse de una colección que ha tardado toda la vida en reunir a cambio de una suma tan insignificante.

—Se me ocurre otra manera de que descubras si está diciendo la verdad, padre —dijo Mai Ling.

—Audrey es tan buena cocinera —dijo Beth— que, cada vez que venimos a veros, me siento culpable de mis pobres intentos en la cocina. Aunque William nunca se queja, la verdad.

—Tienes otras dotes —dijo *sir* Julian— que Audrey admira muchísimo, te lo aseguro. Entre otras cosas, lo bien que te va en el museo.

—Puede que por poco tiempo más.

—Vaya, lo siento. ¿Es por eso por lo que querías verme?

Beth asintió con la cabeza.

—Me temo que sí. No puedo fingir que esté disfrutando de trabajar a las órdenes del nuevo director, y, aunque no creo que él piense en despedirme, a no ser que me pillase robando, me estoy planteando seriamente dimitir.

—¿Podrías encontrar un puesto equivalente en algún otro museo?

—No sería fácil. No se presentan demasiadas oportunidades. Ironías de la vida, la Tate se puso en contacto conmigo hace unos meses para preguntarme si me interesaría el cargo de directora adjunta. Desde luego, me habría pensado la oferta si Tim Knox no me hubiese dicho que ya me había recomendado a la junta para que le sustituyese.

—¿Sigue disponible el puesto de la Tate?

—No. La plaza fue cubierta por una candidata magnífica del Victoria and Albert, que, según me han dicho, lo está haciendo de maravilla.

—Entonces te aconsejo que te quedes hasta que surja otra oportunidad. No te iba a gustar quedarte en paro, por no hablar de la pérdida de ingresos que ello conllevaría.

—Esa es la verdadera razón por la que necesito que me aconsejes, Julian. Me gustaría aprovechar una oportunidad que se me ha presentado, pero me plantea cierto dilema moral.

—Detalles, detalles —le apremió Julian, como si estuviese tratando con uno de sus clientes.

—Creo que he encontrado un dibujo a lápiz de Rembrandt que va a salir a la venta en una pequeña casa de subastas de Pittsburgh.

—Bueno, ¿y cuál es el dilema moral?

—El dibujo no está registrado como un Rembrandt, sino como obra de un artista anónimo. A decir verdad, tampoco yo estoy segura del todo. Pero, si tengo razón, podría llegar a valer cuarenta mil libras, y el precio en el que la casa de subastas ha estimado el dibujo es de tan solo doscientos dólares.

—A eso se le llama tener experiencia y erudición, y además demuestra que estás dispuesta a tirarte a la piscina. Tú no tienes la culpa de que la casa de subastas no se haya documentado bien.

—Estoy completamente de acuerdo —dijo Beth—. Pero ¿debería hablarle de mi posible descubrimiento a Sloane, o debería arriesgar doscientos dólares de mi bolsillo con la esperanza de ganar una fortuna?

—¿Qué habrías hecho si Tim Knox fuese todavía el director?

—Decírselo inmediatamente —dijo Beth sin vacilar— para que el Fitzmolean se pudiese beneficiar de ello.

—Entonces, ya te has respondido tú misma. Tu principal responsabilidad es con el museo, no con su director, sea quien sea. Los museos permanecen, y los directores están de paso.

—¿Aun en el caso de que Sloane le dijese a la junta que el descubrimiento es suyo, y se llevase el mérito?

—Te cae mal de verdad, ¿eh?

—Sí, muy mal —dijo Beth, sin intentar disimular sus sentimientos.

—Por mucho que te desagrade ese hombre, no permitas que te nuble el juicio, ni te rebajes a su nivel.

—Sí, tienes razón. Le contaré lo del dibujo mañana por la mañana, nada más llegar.

—Harás bien. Al menos, quizá sirva para que vuestra relación mejore, aunque solo sea eso.

—No cuentes con ello.

—Venga, volvamos antes de que William empiece a preguntarse qué estamos tramando.

—No tengo secretos para William. Ya he hablado de este problema con él, así que no te sorprenderá saber que está de acuerdo contigo.

—Es un hombre afortunado —dijo Julian levantándose; a continuación, abrió la puerta del estudio y se apartó para dejar pasar a Beth.

—Artemisia nos estaba contando su última conversación con la princesa de Gales —dijo Audrey cuando volvieron a la sala de estar.

—Palabra por palabra —dijo William.

—Sí, se la he contado —explicó Artemisia—. Me muero de ganas de volver a verla, porque quiero hacerle una pregunta muy importante.

—¿Y qué pregunta es? —preguntó Julian.

—En el coche, mamá le ha dicho a papá que Diana estaba jugando un partido en otro campo, y quería saber de qué deporte.

Sir Julian no respondió a la pregunta de su nieta; no estaba seguro de qué información debía darle a la más joven de sus clientes.

Capítulo 21

«Radiante» fue la palabra que le vino a Ross a la cabeza nada más verla esa mañana.

—Buenos días, alteza —dijo manteniendo abierta la puerta de atrás del coche.

—Buenos días, Ross —contestó ella al subir—. Has sido muy amable al renunciar a tu fin de semana libre. Espero que Jojo no esté demasiado enfadada conmigo.

—Lo entendió, señora.

Ambos sabían que no era verdad.

Salir de Londres un sábado por la mañana sin escolta policial era una experiencia poco habitual para ambos. Tener que detenerse en semáforos que no cambiaban a verde al instante, esperar para ceder el paso en las rotondas y dejarse adelantar por otros coches le brindaban a Diana una rara ocasión de vislumbrar el mundo real.

Ross echó un vistazo al espejo retrovisor y la vio charlando por teléfono. Saltaba a la vista que le hacía mucha ilusión pasar el fin de semana en el campo con su... —no se le ocurría la palabra adecuada—.

No por primera vez, Ross agradeció que los cristales traseros estuvieran tintados: así se evitaba el incesante flujo de mirones que intentaría sacar fotos desde otros coches, algunos incluso mientras conducían.

Aunque no es que estuviese deseando pasar un fin de semana en el campo con «su alteza el trepa», como le llamaba William, Ross tenía curiosidad por ver cómo era la casa de Jamil Chalabi. Ostentosa y vulgar, suponía. Diana interrumpió sus pensamientos:

—¿Cuánto falta, Ross?

Echó un vistazo a su reloj.

—Unos cuarenta minutos más o menos, señora, conque llegaremos con un poco de retraso.

Y entonces le pilló por sorpresa que le preguntara:

—No te cae bien Jamil, ¿verdad?

A Ross no se le ocurrió una respuesta apropiada.

—Me lo imaginaba —dijo ella mientras entraban en Guildford.

Mientras avanzaban lentamente por la calle principal, Diana pronunció la palabra que más temía Ross.

—Para —dijo con firmeza. Era más una orden que una petición.

El anterior guardaespaldas le había advertido a Ross que siempre sucedía cuando menos se lo esperaba uno.

Redujo la velocidad y aparcó en línea amarilla. Se desabrochó el cinturón de seguridad, pero, cuando fue a abrir la puerta de atrás, Diana ya se había escabullido. A Ross le bastó con un solo vistazo para saber adónde iba exactamente. La siguió deprisa hasta la tienda y la encontró mirando en derredor, sus ojos iluminados como los de un borracho que ha encontrado el único bar del pueblo.

Dondequiera que uno mirase, había bolsos de todas las formas, tamaños y colores posibles, que habían ido a parar desde todos los rincones del mundo a aquella *boutique* de Guildford. Se notaba que su alteza real se sentía en el paraíso.

Ross comprobó aliviado que no había nadie más en la tienda, aparte de una joven que estaba detrás del mostrador con la boca abierta, aunque no le salía ninguna palabra. Su alteza real estaba disfrutando del festín que la rodeaba, sin saber aún qué iba a elegir de primer plato.

Ross giró rápidamente el cartelito de ABIERTO a CERRADO y se plantó de espaldas a la puerta…, aunque se dijo, resignado, que en pocos minutos Guildford entero sabría quién acababa de llegar.

Su alteza real se tomaba su tiempo; estudió varios bolsos que le gustaban de manera especial, mirando en su interior para asegurarse de que satisfacían las necesidades de una princesa; entre ellas, algún bolsillo en el que meter «el discurso del día».

A punto estaba de completar la inspección preliminar cuando salió un hombre mayor de una oficinita que había al fondo de la tienda. La miró y la remiró antes de tartamudear «Buenos días, majestad», e hizo una profunda reverencia de cintura para arriba.

—¿La puedo ayudar en algo?

—Gracias. Me está costando decidirme entre estos dos —dijo Diana, y dejó los bolsos sobre el mostrador.

—Este —dijo el hombre cogiendo el primero— es un modelo clásico de Le Tanneur, una firma francesa casi centenaria. Y este es un Burberry. Su majestad ya conoce la marca; sé que es una de sus favoritas.

Diana se dirigió a Ross:

—Si tuvieras que elegir uno de estos para Josephine, ¿cuál crees que le habría gustado más?

Ross abandonó su puesto en la puerta y se acercó al mostrador. Miró detenidamente los bolsos antes de decir:

—Recuerde, señora, que Jo era francesa, y, en lo que respecta al estilo, pensaba que los británicos estaban todavía aprendiendo…, así que no hay ninguna duda de cuál habría elegido.

—Coincido con ella —dijo Diana, después de mirar los bolsos por tercera vez—. Me voy a llevar este —dijo dándole el Le Tanneur a la joven, que todavía no había dicho esta boca es mía.

—Una decisión excelente, su majestad, si me permite que se lo diga —observó el propietario mientras empezaba a envolver el bolso.

La siguiente petición de S. A. R. no pilló desprevenido a Ross.

—No llevo dinero, Ross. ¿Podrías…?

—Por supuesto, señora.

Sacó el monedero y, no por primera vez, dio su tarjeta de crédito.

Una vez envuelto el bolso, el propietario salió corriendo a abrir la puerta, dijo «Esperamos volver a verla, majestad» y se despidió con una reverencia todavía más profunda que la anterior.

Al salir, a Ross no le extrañó ver una muchedumbre congregada en la acera. Empezaron todos a aplaudir y a sacar fotos en el mismo instante en que apareció Diana; una madre dotada de especial iniciativa había comprado un ramo de flores en la tienda de al lado, y su hija se lo ofreció. Diana se inclinó, aceptó el ramo y le dio un abrazo a la niña. La madre consiguió la foto que quería.

Mientras acompañaba a S. A. R. de vuelta al coche, Ross le pidió algo a un joven agente que se había hecho cargo de la situación.

Diana saludó con la mano mientras el coche arrancaba y se abría paso lentamente entre la entusiasta multitud que invadía la calzada. Cuando por fin pudo acelerar, Ross comprobó en el espejo retrovisor que el joven policía había seguido sus instrucciones: había parado el tráfico para asegurarse de que nadie los persiguiera, la peor pesadilla de un agente de protección.

A medida que se alejaban y Ross empezaba a dar gracias por que hubieran salido ilesos, oyó un gritito procedente del asiento de atrás.

—¡Ay, socorro! Vamos a tener que volver.

—¿Por qué, señora? —preguntó Ross, que no pensaba volver, por mucho que fuera una orden real.

—Me ha dado los dos bolsos.

—No me sorprende, señora.

—¿Cuánto pone en la factura?

—No hay factura, señora.

—Entonces, ¿cómo voy a pagarlos?

—Ya lo ha hecho, señora.

—No te entiendo, Ross.

—Cuando Frank Sinatra fue a Nápoles el año pasado, entró en una pizzería con sus guardaespaldas y pidió una margarita, a la que han bautizado con el nombre de Sinatra. Según dicen, desde entonces no ha dejado de haber cola a la puerta del local. Pronostico que esta misma tarde, cuando la tienda en la que acaba de estar usted eche el cierre, no quedará ni un solo bolso en los estantes..., y el propietario podrá ahorrarse invertir en publicidad el resto de sus días.

—Deberíamos entrar en tiendas como esa más a menudo.

—No, gracias, señora.

—Lo mínimo que puedo hacer es enviarle una nota para agradecérselo. ¿Te has enterado de su nombre, por un casual?

—Sí. Aloysius.

—Estás de broma.

—No, señora. Al parecer, sus amigos le llaman Al.

—¿Y la joven del mostrador? —preguntó Diana anotándolo.

—Es su hija Susan.

—¿Cómo te has enterado?

—Fui agente secreto durante doce años, señora.

—Qué suerte tengo de que ahora trabajes para mí, Ross —dijo Diana con coquetería mientras volvía a guardar la agenda en el bolso.

Ross no era distinto al resto de los hombres. Aunque intentó parecer indiferente, se derritió por dentro.

Al salir de la carretera principal, Ross echó otro vistazo para confirmar que no los seguían. En efecto, no había nadie. Solo habían recorrido un par de kilómetros más cuando entraron en la pintoresca aldea de Chalfordbury, e instantes más tarde se encontraban ante dos ornamentadas verjas de hierro que daban paso a una enorme finca. Cuando el coche aún estaba a cien metros de distancia las verjas empezaron a abrirse poco a poco. Al pasar, un guarda los saludó.

Al final de una serpenteante avenida que atravesaba un espeso bosque y bordeaba un gran lago, una grandiosa mansión del arquitecto Lutyens se alzó ante sus ojos; habría impresionado a cualquier princesa. Por último, rodearon una rosaleda en plena floración y se detuvieron ante la casa.

Jamil Chalabi los estaba esperando en el último escalón. Teniendo en cuenta que llegaban con más de una hora de retraso, Ross se preguntó cuánto tiempo llevaría allí plantado. Al apearse del coche la invitada real, Chalabi bajó a saludar.

—Perdona —dijo Diana dejándose besar en las mejillas.

—No pasa nada —contestó él, y subió con ella las escaleras de la casa—. Lo importante es que ya has llegado, así que estoy feliz y contento.

Al entrar, a Ross le sorprendió ver que era todo lo contrario de una casa ostentosa y vulgar. Beth y William habrían admirado la colección de arte, que habría honrado a cualquier museo. ¿Habría juzgado mal a aquel hombre…?

Un asistente de mayordomo le despegó del grupo principal y le llevó por un camino largo y enrevesado hasta el ala oeste, donde le soltó en una habitación abarrotada y fría que no podía ser otra cosa más que parte de las dependencias del servicio. Ross tuvo que aceptar que Chalabi pensaba en él exactamente en esos términos.

Una vez deshecha la maleta, inspeccionó la zona. Empezó por recorrer el perímetro de la finca, lo cual le llevó casi cuarenta minutos. El muro de pedernal circundante, de casi tres metros de grosor, habría bastado para disuadir, no ya a un ladronzuelo de poca monta, sino incluso al profesional más intrépido.

Ross se presentó al guarda de la verja, al que creyó reconocer. El guarda le aseguró que durante el fin de semana en ningún momento habría menos de tres guardas de servicio a tiempo completo, uno en la verja y otros dos patrullando el terreno. Después de confirmar que no había más entradas a la finca, Ross volvió a la casa, deteniéndose tan solo a admirar el enorme lago ovalado que estaba poblado de carpas *asagi*. Había leído que las *asagi* estaban tan cotizadas que una sola podía llegar a costar mil libras. Ross renunció a calcular cuántas harían falta para llenar un lago de ese tamaño; era otra manera más de recordar sutilmente a sus invitados lo rico que era.

Al volver a la casa, no vio a S. A. R. ni a su anfitrión por ningún sitio. Había tantos empleados trajinando que pensó que quizá la pareja se estaría preparando para un banquete y no para una cena íntima, como le habían dado a entender.

Pasó al comedor y lo primero que vio fue una larga mesa de madera de roble puesta para veinticuatro comensales, con una exquisita vajilla de porcelana Wedgwood, un despliegue de copas de vino Baccarat y una cubertería de plata que ocupaban prácticamente todo el espacio disponible. Un estilizado florero con orquídeas blancas dominaba el centro de la mesa.

En las tarjetas de los comensales leyó varios nombres de personas famosas, además de unos cuantos que le resultaban vagamente familiares, pero en su mayoría le eran desconocidos. Sospechaba que todos tenían algo en común: se los había invitado para impresionarlos con la presencia de S. A. R. en la mesa, y así en el futuro podrían ser de utilidad. No por primera vez, reflexionó con tristeza que, con lo sofisticada que era Diana para algunas cosas, para otras era tremendamente ingenua. Pero aceptaba que poco podía hacer él al respecto.

Ross dedicó el resto de la tarde a estudiar a conciencia la distribución de la casa y a identificar todas sus entradas y salidas. Cuando el reloj del vestíbulo dio las seis, volvió a su habitación, se duchó y se puso un esmoquin. Se plantó discretamente en una esquina del vestíbulo veinte minutos antes de que llegase el primer invitado, y se mantuvo a distancia el resto de la velada. Cada pocos minutos pasaban por delante de él los vinos más selectos y suculentos platos, uno tras otro, y, a juzgar por el bullicio y las risas, se notaba que todo el mundo estaba disfrutando, aunque sospechaba que no era la idea que tenía su alteza de una noche de juerga. Ross no volvió a su habitación del ala oeste hasta que se hubo marchado el último invitado.

Descorrió las cortinas y dejó la ventana entornada para que el coro del alba se asegurase de que era uno de los primeros en despertarse.

Se metió en la cama poco antes de la una y enseguida se durmió.

* * *

Ross se había duchado y afeitado, y estaba a punto de bajar a desayunar cuando una discreta luz roja empezó a parpadear en el teléfono que había al lado de la cama. Lo cogió, sorprendido de que S. A. R. estuviese ya despierta, pero antes de que pudiese decir una palabra reconoció la voz de Chalabi, y guardó silencio.

—Les han dicho que te esperen en la verja, pero, en cuanto estés en la finca, esfúmate, porque andará por ahí el agente de protección de Diana. Nada podría apetecerle más que echarte a patadas, y yo no podría impedírselo.

—Conozco perfectamente a ese capullo —dijo una segunda voz que Ross reconoció al instante—. Una vez me dio un rodillazo en los huevos, y si vuelvo a toparme con él tendrá mucho gusto en lanzarme por encima del muro.

—¿Crees que saldremos en las portadas de mañana? —preguntó Chalabi.

—Y también en unas cuantas páginas interiores —aseguró la voz—. Pero, si quiere evitarse problemas, le recomiendo que no deje que Di las lea en el desayuno.

—Tranquilo, se habrá marchado mucho antes.

—¿Cuándo es la próxima cita?

—El jueves a las ocho, en Harry's Bar. Asegúrate de estar allí a esa hora —dijo Chalabi antes de colgar.

Cuando se apagó la lucecita, de repente Ross tenía un objetivo: impedir a toda costa que salieran fotos del fin de semana en los periódicos de la mañana.

Bajó por las escaleras de atrás y desayunó a la carrera en la cocina. Aunque recibió alguna que otra mirada inquisitiva, nadie le preguntó por qué llevaba un chándal negro y deportivas negras.

Después de beberse el zumo de naranja de un trago, salió con disimulo por la puerta trasera y fue rápidamente a la linde del bosque. Desde su escondrijo veía a S. A. R. disfrutando del desayuno en el porche con su anfitrión. Aunque no era difícil calcular dónde estaría la línea de fuego de un asesino a sueldo o de un *paparazzi*, iba a tener que hacer un alarde de virtuosismo para sorprender a ese fotógrafo ahora que Chalabi le había avisado de su presencia.

Ross cruzó sigilosamente el césped hasta llegar a un roble centenario que había en el otro extremo del lago, y trepó por él como un colegial hasta que encontró una rama lo bastante grande como para encaramarse a ella. Sacó el monocular y recorrió el ángulo de tiro. Tardó un rato en localizar al *paparazzi*, porque estaba bien camuflado y había elegido un buen escondrijo. Aunque se había ennegrecido la cara y las manos y llevaba un gorro de lana verde y marrón, le delató un rayo de sol que se reflejó en el largo objetivo que sobresalía por debajo de un arbusto.

—Te pillé —murmuró Ross.

Se guardó el monocular en el bolsillo, bajó del árbol y avanzó paso a paso hacia el muro, asegurándose de que no se le veía. Con los cinco sentidos en alerta máxima, bordeó el perímetro hasta que por fin vio un pie asomando por debajo de unos matorrales.

Ross se agachó y fue acercándose más despacio, con cuidado de no hacer ni un ruido; el chasquido de una mera ramita sonaría como un disparo. Cuando estaba a unos diez metros de distancia, se tumbó bocabajo y, como un depredador que acaba de divisar su próxima comida, avanzó todavía más despacio hacia él, sin apartar ni un momento los ojos de su objetivo.

Se detuvo al oír el clic de un obturador. Clic, clic, clic. Ross se adelantó un par de metros más, clic, clic, y por último unos centímetros, clic, antes de ponerse a cuatro patas. Respiró hondo, dio un salto y agarró a su presa por los tobillos, y luego, sin más preámbulos, lo sacó de un tirón de su escondrijo.

Cuando el hombre vio quién era, dijo:

—Váyase a la mierda, inspector. A mí me han invitado, no como a usted.

—¿Quieres que vayamos a averiguar si es verdad? —dijo Ross retorciéndole un brazo por la espalda—. Si, como dices, Chalabi te ha invitado a sacar fotos suyas con la princesa para que se las vendáis a la prensa sin el permiso de esta, me huelo que, como san Pedro, Chalabi te negará, como poco, tres veces. Pero, claro, también es posible que tú lo conozcas mucho mejor que yo, así que tú decides: ¿la puerta principal o la verja de entrada?

Ross le dio unos segundos para que sopesase la alternativa antes de agarrarlo del otro brazo y arrastrarlo hacia la verja.

—¿Y qué pasa con mi material? —preguntó el fotógrafo.

—¿Qué pasa con él?

—Vale miles de libras.

—Pues has hecho el tonto al dejarlo por ahí tirado, ¿no?

—Le voy a demandar.

—Si te matase en este mismo instante —dijo Ross cuando llegaron a la verja—, no hay ni un solo jurado en todo el país que fuese a condenarme.

Le subió un poco más el brazo y el fotógrafo gimió.

—Se marcha ya —le anunció Ross con tono firme al guarda de servicio, que abrió de mala gana una de las dos hojas de la verja. Ross arrojó al intruso al camino y le dijo al guarda—: Asegúrese de que no vuelve, a no ser que quiera que compruebe con más cuidado qué referencias tiene usted.

El guarda puso la cara de arrepentimiento que exigía la ocasión.

Ross volvió a las afueras del bosque y cogió la cámara, pero dejó el resto del equipo. De camino a la casa, hizo una pausa junto al lago. Había varias carpas *asagi* asomando la cabeza con las bocas bien abiertas, a todas luces esperando alimento. Ross se sentó y estuvo unos minutos examinando la carísima cámara Leica, incluso sacó varias fotos de las carpas... Luego se le escurrió entre los dedos y... se cayó al agua. Las carpas se dispersaron en todas las direcciones, y la cámara se hundió bajo la superficie.

—Qué lástima —dijo Ross al verla desaparecer.

Antes de volver a la casa, Ross llamó a la policía municipal y le dio al sargento que estaba de guardia el nombre del fotógrafo y el número de matrícula de su Porsche. Le pidió que no le permitiese acercarse a menos de diez kilómetros de la finca durante el resto del día.

—Con mucho gusto —se limitó a decir el sargento.

El resto de la mañana, Ross estuvo vigilando para asegurarse de que el fotógrafo no volvía, y después regresó a la cocina y disfrutó de un banquetazo dominical, como diría su madre. Dio las gracias a la cocinera y se preparó para llevar a S. A. R. de vuelta a Londres.

Cuando el coche arrancó, Ross se fijó en que a Chalabi se le había borrado la sonrisa presuntuosa con la que los había recibido la víspera.

—Espero que el fin de semana no haya sido tan terrible como te temías —dijo Diana mientras pasaban por la verja y ponían rumbo a Londres.

—Gracias, señora —dijo Ross—. Al final ha sido mucho más agradable de lo que pensaba que sería.

Capítulo 22

A la mañana siguiente, a William le sorprendió ver al inspector Reynolds plantado a la entrada del número 4 de Buckingham Gate, entre otras cosas porque aún no eran las ocho, una hora que William no asociaba normalmente con Reynolds. No tardó en descubrir por qué estaba allí.

—El comisario Milner quiere verle en su oficina ahora mismo —dijo Reynolds subrayando la palabra «ahora».

—Gracias, inspector —dijo William, y pasó de largo sin detenerse—. La verdad es que yo también tenía la esperanza de hablar con él, así que acaba de ahorrarme la molestia de concertar una cita.

Cuando llegó al segundo piso, llamó a la puerta del despacho del comisario y esperó a oír «adelante» antes de entrar. Milner le hizo un gesto para que tomase asiento frente a su escritorio, sin hacer el más mínimo ademán de saludarle.

—Warwick —escupió, sin darle tiempo siquiera a sentarse—. Me he enterado de que, mientras yo estaba acompañando a sus altezas los príncipes de Gales en su gira oficial, entró usted a la fuerza en mi despacho, rebuscó en mis archivos y se llevó varias cosas, incluida mi agenda, sin mi conocimiento ni mi permiso. ¿Estoy en lo cierto?

—Sí, señor —dijo William, sin inmutarse.

—¿Quién le ha autorizado a llevar a cabo esta injustificada intromisión?

—El comandante Hawksby, señor.

—Hawksby no tiene autoridad sobre el Servicio de Protección de la Casa Real. Yo solo rindo cuentas ante el príncipe de Gales.

—Y ante el comisario general de la Policía Metropolitana, que hoy a las doce va a ver a su alteza real.

—En ese momento, el comisario general será informado, en términos inequívocos, de quién está al mando de este departamento.

—Si usted lo dice, señor…

—Lo digo, Warwick; es más, pienso recomendarle al comisario general, que no solo es un colega, sino también un viejo amigo mío, que se le suspenda a usted con efecto inmediato a la espera de una investigación exhaustiva de su vergonzoso comportamiento, tan poco profesional. Esta recomendación incluirá también a sus cómplices, el subinspector Adaja, la subinspectora Roycroft y la detective Pankhurst.

—Ellos se limitaron a cumplir mis órdenes —dijo William, e hizo una pausa antes de añadir—: Señor.

—No se ponga fanfarrón conmigo, Warwick —dijo Milner mirándole a los ojos—; tal y como están las cosas, ya está metido en un buen berenjenal. El inspector Reynolds también me ha contado que la detective Pankhurst, pese a que dijo que se iba a Cornualles al funeral de su abuela, entró a la fuerza en su despacho.

—No le hizo falta entrar a la fuerza en el despacho de Reynolds, señor: no estaba cerrado con llave.

—Aun así, no tenía ningún derecho a entrar sin su permiso —replicó Milner—. Y me han dicho que la subinspectora Roycroft también estuvo implicada en esta maniobra ilícita, a pesar de que estaba de baja.

—Sí, señor. Reconozco que no procedía que volviese al trabajo mientras seguía convaleciente después de haber arriesgado su vida para detener a uno de los terroristas más peligrosos del mundo. No en vano le concedieron la Medalla de la Reina a la Valentía, aunque para abrir sus archivadores e inspeccionar sus reclamaciones de gastos de los últimos once años no le hizo falta ser valiente.

—Me alegro de que haya mencionado los gastos, Warwick, porque su colega el subinspector Adaja va a tener que enfrentarse a una investigación exhaustiva por haber presentado reclamaciones falsas por valor de 4332 libras.

Con aire triunfal, soltó un grueso fajo de reclamaciones sobre la mesa.

—Devolvió hasta el último penique de esos gastos, que usted mismo había autorizado sin pedirle explicaciones —dijo William.

—No se moleste en intentar sacarle del apuro; al fin y al cabo, ¿qué espera si ese tipo de gente ingresa en el cuerpo?

—¿A qué tipo de gente se refiere usted, señor?

—Bueno, Warwick, seamos realistas: no es como nosotros. No sé si me entiende…

—Será por eso por lo que se llevaba tan bien con el oficial de enlace del Servicio de Protección de la Casa Real, el difunto sargento Nigel Hicks. —Milner se puso blanco como el papel, y William continuó—: Con el que tengo entendido que el comisario general quiere hablar esta misma mañana, antes de ir a ver al príncipe de Gales. —A Milner le empezó a temblar todo el cuerpo—. Si me permite que le dé un consejo, yo iría redactando ya mi carta de dimisión, y asegúrese de que se entrega en el despacho del comisario general antes de mediodía. De este modo, este último podrá cancelar su cita con el príncipe de Gales y evitará tener que contarle a S. A. R. el verdadero motivo de su dimisión. —Milner, la frente perlada de grandes gotas de sudor, empezó a resoplar—. Y también le sugiero que aconseje al inspector Reynolds y al sargento Jennings que procedan del mismo modo. A no ser, claro, que estén dispuestos a someterse a una investigación exhaustiva, cuya consecuencia sería, sin duda, que también a ellos los darían de baja en el servicio. Tengo la sensación de que no vacilarían en arrastrarle a usted con ellos si creyeran que así pueden salvar el pellejo.

—Sí, siempre he sospechado que esos dos andaban trapicheando con sus gastos —dijo con calma Milner—, y estaba a punto de hacer un informe detallado sobre sus tejemanejes. Se lo entregaré a mediodía, Bill. Y, después, lo mismo podría hablarle usted de mí a su amigo el comandante…

—Y ¿qué le digo, señor? —dijo William—. ¿Que es usted un delincuente? ¿Un malversador? ¿Un ladrón? De hecho, si yo fuera el comisario general, promovería una investigación a fondo, al estar seguro de que iba usted a pasar la jubilación en Belmarsh y no en una casita en los Cotswolds. Sin embargo, me temo que el comandante Hawksby hará todo lo posible por evitarlo, ya que sin duda considera que la reputación de la Policía Metropolitana es bastante más importante que la de usted, señor.

William echó un vistazo a las fotos que adornaban las paredes del despacho y añadió:

—Y no digamos la reputación de su amigo íntimo, el príncipe de Gales. Esa reputación sí que es importante. Así que lamento decir que seguramente se irá usted de rositas, a no ser, claro, que decida negar las alegaciones. Confieso que me encantaría que lo hiciera; entre otras razones, porque así el subinspector Adaja recibirá los elogios que merece por haber identificado la lápida del difunto sargento Hicks… No sé si me entiende.

* * *

—¿Qué tal ha ido la reunión con Milner? —preguntó Rebecca mientras salían de Buckingham Gate en dirección a Scotland Yard.

—Tengo que reconocer que el muy capullo me ha sacado de quicio, y puede que me haya pasado —dijo William mientras cruzaban la calle Victoria—. Como decida esperar a que el comisario general haya visto al príncipe de Gales, a saber cuál de nosotros acaba pagando el pato.

—Pero usted no ha hecho más que seguir las instrucciones del Halcón.

—Me temo que no. No seguí su consejo de limitarme a exponer los hechos sin perder la calma.

—Creo que no tiene por qué preocuparse, señor —dijo Rebecca.

—¿Por qué lo dices? —preguntó William.

—El inspector Reynolds y el sargento Jennings estaban en el pasillo escuchándolo todo, y cuando salió usted no entraron corriendo a ver a su pagador, sino que se escabulleron a sus respectivos despachos. En fin, seguro que en estos momentos están los tres escribiendo sus cartas de dimisión, y que antes del mediodía las entregan.

—¿Y eso cómo lo sabes?

—Los abusones siempre son unos cobardes —respondió Rebecca.

Beth llamó a la puerta del director poco antes de que dieran las nueve y esperó a oír la palabra «Adelante».

Cuando pasó, Sloane le indicó con un gesto de la mano que se sentase en la silla que había enfrente de su escritorio, como si Beth fuese una principiante.

—He pensado que te gustaría saber, Gerald…

—Señora Warwick, creo que en horario de trabajo sería más adecuado que se dirigiese a mí como «director» o «señor».

—Como quiera, señor, pero es que pensé que le alegraría saber que…

—Déjelo para más tarde —insistió Sloane—. En estos momentos tengo otros asuntos más urgentes de los que hablar con usted. —Beth calló—. En el correo de esta mañana me ha llegado una carta de un tal Booth Watson, consejero de la reina, en la que me comunica que, en cuanto se clausure la exposición de Frans Hals, se llevará el autorretrato que, según dice, pertenece a su cliente el señor Miles Faulkner, y que fue sacado de su casa sin su permiso.

La escudriñó como si Beth estuviera en el estrado.

—No es propiedad de Faulkner —protestó Beth—. Pertenece a su esposa, Christina.

—Al parecer, no —dijo Sloane—. El señor Booth Watson me asegura que su amiga, la señora Faulkner, le devolvió el cuadro a su exmarido en cumplimiento de su reciente acuerdo de divorcio.

Beth habría insistido de no ser porque de repente comprendió que, para variar, Christina no le había contado toda la historia.

—Nuestros abogados me han aconsejado que no intente rebatirlo. Y, por si fuera poco —dijo Sloane volviendo a la carta—, el señor Booth Watson dice a continuación que su cliente también va a reclamar su Raphael y su Rembrandt, que usted me hizo creer que eran préstamos de carácter permanente.

—Y lo son —protestó Beth—. No deberíamos dudar en rebatir su reclamación...

—En este punto, los abogados sugieren que nosotros pisamos un terreno más firme —reconoció Sloane—. No obstante, si, como amenaza Booth Watson, el señor Faulkner decide demandarnos, podríamos ganar el caso, pero a costa de pagar un precio muy elevado, tanto en términos económicos como de reputación. Si perdiéramos, y me han advertido de que tenemos un cincuenta por ciento de posibilidades de hacerlo, el museo se quedaría prácticamente sin recursos. —Sloane hizo una pausa antes de añadir—: Estoy seguro de que no querrá ser usted la responsable de que esto suceda.

—Por supuesto que no. Pero creo que a lo mejor he encontrado un modo de cubrir el coste de...

—Francamente, señora Warwick, creo que debería haber leído el contrato con más atención antes de inducir a la junta al error de pensar que el cuadro nos pertenece.

—Pero todavía podríamos conservarlo si...

—Dadas las circunstancias, me pregunto si no debería plantearse usted renunciar al cargo de conservadora de cuadros del museo. Porque salta a la vista que, si hay un trabajo que no está usted desempeñando, señora Warwick, es ese.

Beth tuvo que agarrarse a los brazos de la silla para evitar decirle a Sloane lo que pensaba de él. Sabía que lo que William le aconsejaría sería que mantuviese la calma y diese tiempo al tiempo, de manera que pronunció una frase a la que estaba segura de que incluso *sir* Julian le habría dado su aprobación.

—Sí, tiene usted razón, señor director.

A Sloane, que había dado por hecho que este no era más que el primer asalto de un combate que prometía ser largo, la reacción de Beth lo pilló por sorpresa. Pero enseguida se recuperó.

—Sabia decisión, señora Warwick. —Le dedicó una cálida sonrisa antes de añadir—: Había otro asunto del que quería hablar, ¿no?

—No, no era importante, señor director. Sobre todo, porque no estaré aquí para llevarlo a término.

Beth volvió a su despacho, se sentó y escribió su carta de dimisión, y le sorprendió lo aliviada que se sintió cuando, una hora más tarde, se la entregó a la secretaria del director. Pasó la tarde despidiéndose de viejos amigos y colegas con los que llevaba muchos años trabajando, y después se dedicó a recoger su mesa y a guardar ocho años de recuerdos en tres grandes cajas de cartón.

A las cinco y un minuto, salió del museo, paró a un taxi y, después de darle su dirección al taxista, se instaló en la parte de atrás rodeada de cajas y se echó a llorar sin disimulo.

Nada más llegar a casa, Beth se fue derecha a su estudio, buscó un número de teléfono y llamó a una pequeña sala de subastas de Pittsburgh. Hizo constar su interés por el lote 71, y dijo que su tope eran quinientos dólares. No mencionó que, si su puja tenía éxito, se le vaciaría la cuenta corriente.

William volvió a tiempo para ayudar a bañar a los niños. Antes de que Beth pudiese darle la noticia, dijo:

—Milner, Reynolds y Jennings han presentado su dimisión. Para el comisario general ha sido un alivio no tener que contarle al príncipe de Gales el verdadero motivo por el que ha tenido que prescindir de ellos.

—Yo también he dimitido hoy —dijo Beth. Hizo una pausa antes de añadir—: A Sloane le ha costado disimular su alegría.

William la abrazó.

—Cuánto lo siento, cariño; no me había dado cuenta de...

Artemisia tiró el jabón al suelo, a todas luces molesta porque no le hacían suficiente caso.

—No solo me he quedado sin trabajo —dijo Beth cogiendo el jabón—, sino que además he arriesgado hasta el último penique que tengo en un dibujo que lo mismo al final no tiene ningún valor. Así que, por favor, ¡dame alguna buena noticia! —añadió mientras William sacaba a Artemisia de la bañera.

—A Paul Adaja le han ascendido a inspector, y a la agente Smart por fin la van a...

—¿A ascender a agente del Servicio de Protección de la Casa Real?

—No se te escapa ni una, ¿eh? —dijo William con una sonrisa.

—Christina sí se me ha escapado. ¿Cuándo se me va a meter en la cabeza que no puede uno creerse ni una palabra de lo que diga esa mujer?

Sonó el teléfono del rellano. William dejó caer la toalla y fue a cogerlo mientras Beth acostaba a los niños. Estaba a punto de leerles un cuento cuando volvió William.

—Es para ti. Conferencia. El lote 71 va a salir a subasta dentro de unos minutos —dijo acomodándose al pie de la cama—. ¿Por qué página vais?

—Por la ciento cuarenta y tres —dijo Artemisia—. ¡Peter y los Niños Perdidos están rodeados de piratas sanguinarios!

—¡Sé lo que se siente! —dijo William a la vez que Beth salía apresuradamente del dormitorio.

Quince minutos más tarde, William cerró el libro pensando que el capitán Hook, una versión muy mejorada tanto de Milner como de Sloane, le caía bastante simpático. Apagó la luz y se fue con Beth al rellano.

—No, no lo envíen al Fitzmolean —dijo Beth, y acto seguido le dio a la casa de subastas su dirección particular. Colgó el teléfono y se volvió hacia William—. Acabo de gastarme cuatrocientos veinte dólares que no tengo.

—No pasa nada. Me han ascendido provisionalmente a comisario con sueldo completo, mientras Milner disfruta de una suspensión de empleo y sueldo para dedicarse a arreglar su jardín... Además, tiene un jardín enorme.

—Lo malo es que voy a necesitar más dinero aún si quiero tener éxito con este negocio nuevo.

—Bueno, pues entonces tendré que abrir un servicio de taxis... en Windsor.

Capítulo 23

El único requisito para el puesto de bibliotecario de la prisión era saber leer y escribir. Te pasabas el día en una habitación grande y caldeada, no te molestaban demasiados presos y, si no mirabas por la ventana, ni siquiera te acordabas de que estabas en la cárcel.

La mayoría de los presos preferían trabajar en la cocina, algunos en el gimnasio y unos pocos en el servicio de limpieza de los pabellones. Pero el puesto de bibliotecario satisfacía todas las necesidades inmediatas de Miles Faulkner.

Además, podía seleccionar a su ayudante, y eligió a uno cuyas aptitudes para la lectura y la escritura no hacían de él un candidato obvio para el puesto.

Faulkner estaba leyendo la columna *Lex* del *Financial Times* cuando Tulip, como cada mañana, volvió de recorrer las celdas para recoger los libros cuyo plazo de préstamo había vencido. Esta tarea le daba la oportunidad de pasarse a ver a cualquier prisionero con el que Faulkner tuviese que hacer algún negocio, y le garantizaba seguir siendo la persona mejor informada de la cárcel, incluido el director.

Mansour Khalifah jamás se pasaba por la biblioteca, así que Tulip tenía que recurrir a Tareq Omar, el limpiador de su pabellón, para que le pasase cualquier información que pudiera ser de utilidad. Hasta ahora no le había llegado nada que mereciera la pena, aparte de que Khalifah estaba planeando algo gordo, pero Tulip aún no tenía ni idea de qué podía ser. Aquella mañana, sin embargo, volvió corriendo a la biblioteca para informar a su jefe de un importante descubrimiento.

Faulkner soltó el periódico, encendió el hervidor de agua y se recostó en la silla más cómoda de toda la cárcel para oír las novedades que le traía Tulip. No presionó a su ayudante para que fuese al grano, ya que ninguno de los dos tenía gran cosa que hacer el resto del día.

—Puede que la espera haya sido larga —arrancó Tulip—, pero Omar por fin ha conseguido la mercancía.

El hervidor pitó, y Tulip se levantó de la segunda silla más cómoda de la cárcel y sirvió dos tazas de café. Faulkner echó un terrón de azúcar en la suya, pero nada de leche, y sacó una sola galleta de un paquete de galletas de mantequilla. Y no porque les quedasen pocas, sino porque quería perder seis kilos antes de que lo soltasen.

—Omar —continuó Tulip después de dar un sorbo— ha conseguido convencer a Khalifah de que es un creyente devoto.

Faulkner se reclinó y cerró los ojos, almacenando cada detalle en la agenda de su cabeza.

—Tenía razón, jefe: Khalifah planea hacer algo gordo. —Tulip dio otro sorbito al café, que seguía estando demasiado caliente—. El Albert Hall —anunció con tono triunfal.

—¿Qué pasa con el Albert Hall?

—Al parecer, cada año celebran una serie de conciertos, los *proms*...

—Dime algo que no sepa.

—Las entradas para la llamada «última noche de los *proms*» se agotan siempre con meses de antelación.

—Venga, desembucha —dijo Miles; por primera vez, sonó irritado.

—Pero ¿sabía usted que quitan todos los asientos del patio de butacas para un grupo de fans que se hace llamar «los *promenaders*», y que se pasan el concierto entero de pie? —Faulkner asintió, esperando a que Tulip pasase la página—. Uno de los contactos de Khalifah en el exterior ha conseguido una entrada de reventa, a un precio desorbitado.

—Mierda —dijo Miles, que ya había saltado al último capítulo—. ¿Quieres decir que está pensando en enviar a un terrorista suicida para que haga saltar el lugar por los aires?

—Sí, cuando los *promenaders* estén cantando «Tierra de esperanza y gloria», para que les quede bien clara la letra.

—Y así se garantiza titulares en las portadas de todos los periódicos del mundo.

—Pero, si usted pudiese advertir a la policía de lo que trama Khalifah...

—Entonces, el mismísimo ministro del Interior me besaría el culo.

—Y saldría de aquí en menos que canta un gallo.

—Tengo que ver a Hawksby cuanto antes —dijo Miles a la vez que llamaban a la puerta—. ¿Quién es? —gruñó.

La puerta se abrió y apareció el guardia de las visitas.

—Perdone que le moleste, señor Faulkner, pero alguien ha pedido verle el sábado.

—Eso sí que es una novedad —dijo Tulip.

—Seguro que es Christina, que querrá que le devuelva sus cuadros. Dile que se vaya al carajo.

—La firmante del formulario no se llama Christina —dijo el guardia—. Señorita Mai Ling Lee, pone.

—No conozco a nadie con ese nombre, conque también puede irse al carajo.

—Pero así podría salir una hora de su celda —dijo Tulip—, y además le darían té con galletas…

—Casi nunca estoy en mi celda, Tulip, por si no te habías dado cuenta. Y mis galletas te las estás comiendo tú.

—A lo mejor es guapa.

—También podría ser vieja y fea.

—Tiene veintiséis años —dijo el guardia—. Y, por exigencia de la normativa, ha tenido que entregar una foto.

Bastó un solo vistazo para que Tulip dijera:

—Si quiere, voy yo en su lugar, jefe.

Pero Miles ya estaba firmando el formulario, aunque no por el motivo que pensaba Tulip.

Christina le pidió a Beth que quedasen en el salón de té Palm Court del hotel Ritz, propuesta que prácticamente se bastó sola para tentar a Beth a verla de nuevo.

—Te agradezco que hayas venido —dijo Christina una vez que hubieron pedido.

—Estaba deseando saber qué excusa se te ocurriría esta vez —dijo Beth, sin esforzarse por disimular su enfado.

—No tengo ninguna excusa. Solo quería que supieras lo mucho que siento que te hayan dado la patada.

—Dimití —dijo Beth con firmeza a la vez que les servían una tetera y una bandeja de tres pisos llena de pasteles, panecillos y unos sándwiches muy finitos.

—No fue eso lo que me contó el director cuando fui al museo la semana pasada.

—¿Y tú para qué querías ver a Sloane?

—Para decirle que voy a cancelar mi donación anual de diez mil libras. Se arrastró a mis pies, claro, pero también insistí en que se borre mi nombre de la lista de patrocinadores. Le dejé bien claro que mi único motivo para financiar al Fitzmolean eras tú.

Beth sintió que empezaba derretirse, pero no pudo evitar preguntarse si Christina habría visto siquiera al director.

—También le dije —continuó mientras le servía una taza de té a Beth— que doblaría mi donación anual si te ofrecía otra vez tu puesto.

—No quiero recuperar el puesto. Bueno, al menos, no mientras Sloane siga de director.

—Pero tienes que ganarte la vida, Beth. Y sé que tú no eres de las que van mendigando por ahí.

—He conseguido una pequeña victoria en ese frente —dijo Beth, muerta de ganas de contárselo a alguien—. Compré un pequeño boceto en una subasta de Pittsburgh por cuatrocientos veinte dólares. El experto en maestros antiguos de Christie's ha autentificado que es un Rembrandt, y lo ha valorado en, más o menos, entre veinte y treinta mil libras. Así que podría ganar más en un día como marchante de lo que gané en un año como conservadora de cuadros del Fitzmolean. Y eso es solo el aperitivo —añadió después de escoger un sándwich de salmón ahumado de la bandeja.

—¿A qué te refieres? —preguntó Christina.

—Aunque este tipo de oportunidades no se da a menudo, con la de salas de subastas pequeñas que hay por todo el mundo, de vez en cuando pasan desapercibidas obras importantes. Por ejemplo, un cuadro de un artista muy afamado en un país puede venderse muy por debajo de su precio de mercado en un país distinto. ¿Te suena Hercules Brabazon Brabazon?

—La verdad es que no.

—Es un acuarelista inglés del siglo XIX, y uno de sus paisajes se va a subastar en Fráncfort la semana que viene con un precio de salida de veinticinco mil marcos. Sé de varios museos de Londres que estarían dispuestos a pagar el doble sin pensárselo dos veces.

—Entonces, doblarías tu inversión, ¿no?

—No, nunca es tan sencillo. Después de descontar la comisión de la sala de subastas, de alrededor de un veinte por ciento, y el margen de beneficio del museo, suerte tendría si acabo ganando un veinticinco o un treinta por ciento, y eso, suponiendo que nadie más haya reconocido el cuadro, porque en ese caso seguramente escaparía a mis posibilidades.

La mirada de Beth se posó en un petisú de chocolate, pero resistió la tentación.

—¿Qué te parece que sea tu fiadora? —dijo Christina—. Así podrías negociar a un nivel más alto, y a mí me ayudaría a quitarme el sentimiento de culpa.

Sin apartar la vista del petisú, Beth guardó silencio unos instantes mientras Christina seguía hablando.

—Si vieras algo que sabes que está por debajo de su precio y pudieras sacar un beneficio considerable de ello, yo estaría encantada de poner el capital. Entre tu experiencia y mis recursos, podríamos ganar una fortuna.

—Es muy generoso por tu parte, Christina, pero las salas de subastas exigen que pongas el diez por ciento del precio de salida el mismo día de la subasta, y que pagues el resto antes de dos semanas. Si no lo hiciera, no solo perdería el cuadro, sino que no volverían a negociar conmigo.

—¿Y qué problema hay?

—Que hasta ahora no has sido lo que se dice digna de fiar —le recordó Beth con tono brusco.

Christina, como era de esperar, puso la cara de arrepentimiento que requería la ocasión antes de decir tranquilamente:

—¿Serviría de algo que te diera cien mil por adelantado?

Beth se negaba a creer que la oferta fuera seria, pero consiguió decir:

—¿Qué esperarías a cambio?

—El veinticinco por ciento de los beneficios.

—Tiene que haber trampa —dijo Beth, que seguía sin estar convencida.

—La hay —dijo Christina, y abrió su bolso. Sacó la chequera y extendió un cheque por valor de cien mil libras a nombre de Beth Warwick—. Me vas a dar una tercera oportunidad (¿o vamos ya por la cuarta?) para que pueda demostrarte de parte de quién estoy.

Beth se quedó mirando los ceros, pero salió de su ensimismamiento cuando Christina empezó a coger los pasteles de la bandeja y a envolverlos uno a uno con su servilleta.

—¿Qué haces? —exclamó Beth, horrorizada.

—Para que los compartas con los niños cuando llegues a casa —dijo Christina y le dio la servilleta.

—Pero ¿qué van a pensar los empleados?

—Ya están acostumbrados —dijo Christina y acto seguido hizo una seña al camarero para que trajese la cuenta.

El prisionero no apartaba los ojos de la joven que se acercaba lentamente hacia él.

Había sido la foto de Mai Ling lo que había llevado a Miles Faulkner a considerar la posibilidad de que se tratase de la hija de su coleccionista de arte rival, el señor Lee, un hombre que había pujado más alto que él en varias ocasiones. Por eso había accedido a verla.

Mai Ling se sentó al otro lado de la mesa.

—Buenas tardes, señor Faulkner —dijo como si se estuviera sentando a tomar el té con él en el Savoy y no visitándole en una prisión de primer grado, con guardias en lugar de camareros repartidos por las mesas.

Faulkner asintió con la cabeza.

—A mi padre le han ofrecido su colección de arte por cien millones de dólares, y quiere asegurarse de que el vendedor cuenta con su consentimiento —dijo Mai Ling. Al igual que su padre, no era dada a hablar del tiempo.

Pasó un rato hasta que Miles se recuperó lo suficiente para responder.

—«Consentimiento» no es la palabra que yo habría elegido. Como sé que su padre es hombre de pocas palabras, le puede decir que ni hablar. Pero me gustaría saber quién dice representarme.

—Mi padre pensó que podría usted hacerme esta pregunta y me dijo que no respondiera.

Miles entendió que el soborno no iba a funcionar con esta joven y que una amenaza, por velada que fuera, sería contraproducente. Se limitó a decir:

—¿Fue Booth Watson, o fue mi exmujer?

Mai Ling se levantó, le dio la espalda y se alejó sin volver la vista atrás.

El agente que se encontraba de guardia pareció sorprenderse cuando la invitada del señor Faulkner salió de la sala de visitas tan solo unos minutos después de que empezara la hora que había reservado, y los lectores de labios de la galería se quedaron aún más perplejos.

De camino a su celda, a Faulkner solo le ocupaba un pensamiento. Su próxima visita iba a tener que ser el excomisario Lamont.

Nada más entrar por la puerta de casa después de su cita con Christina, Beth oyó el teléfono sonando en el vestíbulo. Al responder, le sorprendió que la saludase una voz conocida que hacía tiempo que no oía.

—¡James! ¡Qué alegría saber de ti!

Beth recordó cómo habían conocido a James Buchanan a bordo del buque de vapor Alden, durante unas vacaciones. Tanto a William como a ella les había caído simpático aquel joven americano listo y precoz que había ayudado a William a resolver el caso del asesinato de su abuelo, Fraser Buchanan. Beth dio por hecho que querría hablar con William.

—Lo siento: William no está. Pero volverá sobre las…

—No quería hablar con William —dijo James—. Tengo un problema que no sé cómo resolver, y creo que tú eres la persona ideal para ayudarme.

—¡Me halagas!

—En su última carta, William me explicaba por qué te habías marchado del Fitzmolean. Es una lástima, pero también me dijo que habías emprendido tu propio negocio.

—Que todavía está en pañales y, me temo, funciona con un presupuesto limitado. Pero, si puedo ayudarte en algo, lo haré con mucho gusto.

—¿Estás especializada en algo en particular?

—Representamos a compradores y vendedores de arte, y de vez en cuando yo misma compro obras si veo algo cuyo valor creo que puede subir rápidamente. Pero, repito, tengo un presupuesto limitado.

—Pero tu cabeza no está limitada, y eso es lo que necesito.

—Está claro que has heredado el encanto de tu abuelo —bromeó Beth.

—No es lo único que he heredado, y por eso necesito tu consejo.

—Suena de lo más intrigante.

—En eso tienes razón —dijo James—. Pero también es demasiado delicado para hablarlo por teléfono, así que estaba pensando en ir a Londres para informarte en persona.

—Pues entonces, si vienes, te quedas con nosotros. Aunque te advierto que el cuarto de los invitados tiene más o menos el tamaño de un camarote bajo cubierta de un crucero Buchanan.

—Perfecto, porque estás hablando con un marinero de cubierta.

—¿Cuándo pensabas venir?

—El lunes que viene.

—Mira, otra cosa que has heredado de tu abuelo, que no pierdes el tiempo.

Capítulo 24

—¿A qué se debe esa cara de satisfacción? —preguntó Beth mientras William aparcaba el coche en la otra punta del campo de críquet.

—Para empezar, no hay ni una nube en el cielo, así que es bastante probable que el partido dure todo el día.

—No se me ocurre mejor manera de pasar una tarde de domingo que ver un partido de críquet de cinco horas.

—Da gracias de que no es un *test match* de esos que pueden durar hasta cinco días.

William se bajó del coche y abrió la puerta trasera para soltar a tres niños enjaulados.

—Papá —dijo Artemisia agarrándole de la pernera del pantalón—. ¿Podemos comernos un helado?

—Ni hablar —dijo Beth con firmeza—. Acabáis de comer, así que tendréis que esperar a la pausa del té.

—Ya te dije que mamá no nos iba a dejar —dijo Peter, y salió disparado a ver cómo calentaban los jugadores en las redes.

—Vaya, una nube —dijo William mientras rodeaban la banda.

Beth se quedó desconcertada, porque el cielo estaba despejado y el sol caía a plomo sobre una multitud satisfecha. Entonces vio a Christina. Estaba sola.

—¿Por qué no te coges la tumbona que hay al lado de la suya? —sugirió William—. Así podrás averiguar qué ha estado tramando últimamente (nada bueno, seguro).

—¿Alguna vez dejas de pensar como un policía? —suspiró Beth.

—No mientras esté ahí sentada como una mantis religiosa, porque no me creo que haya venido a ver el partido.

—A los jugadores, quizá... —dijo Beth al ver a Paul charlando con Christina.

—Eso que estás pensando no va a suceder nunca —dijo William. Miró en derredor hasta que sus ojos se posaron en Ross y Jackie, que, sentados el uno al lado del otro, estaban enfrascados en una conversación.

—¿De quién ha sido la idea? —preguntó Jackie mirando en torno suyo. Prácticamente todas las tumbonas estaban cogidas, y había gente sentada en el césped.

—Del Monaguillo, cómo no —dijo Ross—. Le pareció que había un cisma entre los agentes de protección de la Casa Real y la sección uniformada.

—La verdad es que tampoco ayuda mucho el hecho de que los agentes de protección de la Casa Real puedan seguir protegiendo durante muchos años a su patrón, mientras que los agentes que protegen a los ministros del Gabinete suelen tener una vida útil de tres o cuatro años, menos que un entrenador de fútbol promedio.

—Por eso, el jefe pensó que un partido de críquet podría echar abajo algunas de las barreras.

—¿Quién es ese que se dirige hacia la mitad del campo con William? —preguntó Jackie haciendo visera con la mano para protegerse del sol de media tarde.

—El inspector jefe Colin Brooks. Estaba en el equipo de seguridad de la primera ministra hasta que el Halcón le puso al frente del Servicio de Protección de la Casa Real, en sustitución de Milner.

—Mejor que Milner seguro que es.

—Lo único en lo que se parece a él es en que lo ha sustituido en el cargo. Brooks es un poli de la vieja escuela que se considera una pequeña pieza de un gran mecanismo. Milner había empezado a creerse que él era el mecanismo. —Ross frunció el ceño—. Parece que la moneda ha caído a favor del otro equipo.

—¿Cómo es que un irlandés sabe tanto de críquet?

—No olvides que de joven estuve en un internado de Belfast —dijo Ross—, antes de que me expulsasen.

—¿Qué hiciste para merecerlo? —preguntó Jackie en el momento en que los dos capitanes salían del campo charlando tan amigos.

—Falté al sexto mandamiento por primera vez.

—¿Quién fue la afortunada?

—La mujer del maestro que estaba a cargo de mi residencia. A decir verdad, fue ella quien me sedujo a mí, pero, como no podían expulsarla, tuve que irme yo —dijo Ross mientras William se acercaba.

—Nos toca recoger. Empiezas tú los lanzamientos, Ross, así que más vale que vayas calentando.

Ross se levantó y vio que había una personita tirándole de la pernera.

—¿Me puedo comer un helado? —preguntó Jojo.

—Se dice «por favor» —le recordó Ross.

—¿Me puedo comer un helado, por favor?

Ross se sacó una libra del bolsillo y se la dio.

—Y también para Artemisia y Peter, ¿eh?

—Sí, papá —dijo Jojo, y salió corriendo.

—Eso de la baba que se cae será un cliché —dijo Jackie—, pero en tu caso se cumple con creces.

—Me declaro culpable de todos los cargos imputados —dijo Ross mientras veía cómo Jojo se acercaba, moneda en alto y con gesto triunfal, a Artemisia y Peter, que la estaban esperando junto al carrito de los helados.

Jackie sonrió.

—Menos mal que tiene a Beth para ayudarla a mantener los pies en la tierra.

—Desde luego. La verdad es que no habría podido aceptar este trabajo sin su ayuda.

—¿Adónde te vas a llevar a Jojo de vacaciones este verano?

—A Belfast. Vamos a pasar una semana con su abuela. Si sobrevive a eso, la apuntaré al Servicio Aéreo Especial.

—¿Y qué hay de la otra mujer de tu vida?

—Con ella me iré de vacaciones en cuanto vuelva de Belfast, pero confieso que no me hace mucha ilusión.

—¿Por qué no? —preguntó Jackie, sorprendida—. A medio mundo le gustaría veranear con la princesa Diana.

—No me cae demasiado bien su actual… —vaciló unos instantes— amante. Es un *playboy* que saborea las mieles del éxito de Diana.

—¿Alguna vez le has dicho a la princesa lo que opinas de él?

—No forma parte de mis competencias —dijo Ross expresándose con una formalidad rara en él—. Aunque no se me da muy bien disimular

—reconoció mientras William volvía y le lanzaba la pelota—. Vamos allá, jefe. A estos no pienso protegerlos. Los voy a mandar de vuelta a la caseta en un pispás.

—No te pases —susurró William—. Acuérdate de nuestro plan a largo plazo.

El padre de Beth, Arthur Rainsford, y *sir* Julian estaban sentados en la caseta esperando a que empezase a lanzarse la primera serie. A lo largo de los años se habían hecho amigos íntimos, y eso que *sir* Julian no hacía amigos con facilidad. Los dos llevaban elegantes chaquetas de *sport* azules (la de *sir* Julian, una chaqueta cruzada con botones de bronce del Colegio de Abogados de Lincoln's Inn; no paraba de trabajar ni en sus ratos de ocio), camisa blanca y corbata del Club de Críquet de Marylebone, como si fuera el primer día de un *test match* en el estadio Lord's y no un encuentro organizado de forma atropellada entre dos ramas del cuerpo de Policía.

—¿Quién abre los lanzamientos? —preguntó Arthur enfocando los prismáticos en un hombre alto que se estaba frotando la pelota contra el pantalón para sacarle lustre.

—El inspector Ross Hogan —respondió *sir* Julian—. Tiene intereses en ambos bandos porque actualmente es el agente de protección de la princesa de Gales. A William le viene de perlas, porque así ha tenido información desde dentro desde el principio.

—En estos momentos no es un trabajo fácil —se limitó a decir Arthur.

—Ya verás cómo Ross está a la altura de las circunstancias. Disfruta coqueteando con el peligro.

—Según Beth, no es lo único con lo que le gusta coquetear —dijo Arthur mientras veían a Ross medir su carrerilla, y a William distribuir las posiciones—. Qué orgulloso debes de estar de William, ¡el flamante comisario más joven del cuerpo!

—Le tuve que recordar que a los cuarenta y tres años Nelson ya era vicealmirante —dijo *sir* Julian—. Y Eisenhower solo era coronel cuando los Estados Unidos entraron en la Segunda Guerra Mundial, pero dos años más tarde era el comandante en jefe de los aliados en Europa.

—Bueno, y ¿dónde crees que acabará William?

—Desde luego, presidente de los Estados Unidos no va a ser —dijo *sir* Julian, y echó un vistazo a su nuera—. ¿Qué tal está Beth, después de lo mal que la ha tratado Sloane?

—Parece que está bien —dijo Arthur—. Christina Faulkner y ella se traen algo entre manos, pero no sé qué es.

—Espero que Beth sepa lo que hace. Yo no confiaría en la señora Faulkner.

—¡Buen tiro, sí señor! —gritó Arthur al ver que la pelota salía lanzada hacia la cuerda del perímetro—. Los uniformados han empezado con buen pie.

—Pasando a cosas más serias, Arthur —dijo *sir* Julian—, ahora que los niños ya van al colegio, creo que tendríamos que aumentar su fondo fiduciario.

—Por mí, perfecto. Ross Hogan ha cumplido con creces desde que Jojo se sumó al redil.

—Sí, ha salido todo muy bien, sobre todo, ahora que Beth ha dimitido y puede pasar más tiempo con los niños.

—¡Bien lanzada! —dijo Arthur al ver que el tocón central de uno de los bateadores era arrancado de cuajo y los fildeadores se acercaban corriendo a felicitar al lanzador.

—Me da la impresión —dijo Christina al tiempo que señalaba con un gesto de la cabeza a ambos caballeros— de que esos dos están hablando de nosotras. ¿Saben que somos socias?

—Pues claro que no —dijo Beth—. Y no pienso decírselo hasta que hayamos ganado las primeras cien mil libras.

—Seguro que Julian se entera mucho antes —dijo Christina. Abrió una botella pequeña de champán y sirvió dos copas—. ¿Qué, algún golpe maestro últimamente?

—Hemos sacado un beneficio de unas dos mil libras cuando vendí el Brabazon Brabazon a la galería Chris Beetles de Mayfair.

—*Chapeau* —dijo Christina con la copa en alto—. Bueno, ¿y qué más hay en tu lista de éxitos?

—¿Te suena de algo la escuela de Newlyn?

—Pues no, la verdad —admitió Christina.

—Un grupo de artistas que trabajaban en Cornualles a finales del siglo pasado, y que justo ahora vuelven a estar de moda. Tengo el ojo puesto en un cuadro de Albert Chevallier Tayler que va a salir a subasta en Cheffins, en Cambridge. Si consigo llevármelo por unas tres mil libras, sería un pequeño golpe maestro —dijo Beth a la vez que Ross pegaba un bote y gritaba: «¡*Howzat*!». Un hombre vestido con una larga chaqueta blanca reflexionó unos instantes y acto seguido subió el dedo índice para señalar la caída del segundo palo.

—Parece que al equipo de William le va bastante bien —dijo Christina—. Aunque reconozco que no tengo ni idea de lo que estoy diciendo.

—Eso es algo que nunca te ha preocupado… —bromeó Beth mientras el bateador que había marcado un medio siglo abandonaba el campo entre gritos de «Buen partido», «Bravo» y «Magníficas entradas»—. No había caído —continuó Beth— en que podía ganar dinero aprovechando todos los contactos y los conocimientos que he adquirido en los últimos diez años. Además, estoy más relajada y tengo más tiempo libre para estar con los niños.

—¿Cómo se llama eso? —preguntó Christina al ver una pelota que se elevaba muy por encima de la cuerda del perímetro entre clamorosos vítores del público.

—Es un seis —dijo Beth—. Ocurren a menudo cuando William se pone a lanzar. La verdad es que he ganado más en los tres últimos meses de lo que gana un comisario de policía en un año.

—No se lo digas a William.

Beth pensó que no era el momento de decirle a Christina que ella se lo contaba todo a su marido.

—Es la hora del té —se limitó a decir—. Y que ni se te pase por la cabeza robar sándwiches —añadió mientras se iban con William, los dos equipos y los invitados a la carpa del té, aunque, de robar algo, más se temía Beth que fuera a uno de los jugadores más jóvenes.

—¿Vais ganando? —preguntó Beth cuando William le ofreció un sándwich de pepino.

—Ni idea. Muchas veces no se sabe quién va a ganar hasta la última pelota del día. Forma parte del encanto del juego.

—Yo creo que podéis sacar los ciento sesenta y tres que necesitáis para ganar el partido —dijo el comandante mientras se servía una taza de té.

—Todo un reto —dijo William—. Vamos a tener que batear bien.

— No habría sido un reto tan grande si no te hubieras puesto tú a batear —dijo Beth.

—Mantengo la esperanza —dijo William ignorando la pulla—, siempre y cuando Paul haga sus cincuenta de siempre.

Miró al fondo de la carpa y vio a su primer bateador charlando con Christina.

—Más vale que vayas a rescatar al pobrecillo —dijo Beth al ver que Christina empezaba a enredar a Paul en su telaraña—, no sea que no llegue nunca a la línea de bateo.

William se acercó tranquilamente a Paul, que no podía apartar la mirada del fruto prohibido.

—Ponte los protectores, Paul; abres tú el turno de bateo.

—Pero si suelo batear el cuarto o el quinto, jefe —protestó.

—Hoy, no. Abrís Ross y tú.

Paul se fue a regañadientes a ponerse los protectores.

—¿Nos vemos más tarde? —dijo Christina.

—Mucho más tarde, espero —murmuró William.

—¿A qué te refieres, William? —preguntó Christina, incapaz de disimular una sonrisita.

—Necesito que mi mejor bateador esté atento a la pelota, no a ti. Si quieres ayudar, intenta ligarte a ese tipo de ahí —dijo señalando a un hombrón de barriga cervecera que se estaba zampando un pastelillo de crema.

—¿Por qué a él?

—Es el primer lanzador del otro equipo. Se le conoce por el apodo del Diablo Vicioso, así que, cuanto más mala seas, mejor.

—No es mi tipo —dijo Christina mientras veía cómo se ponía Paul las almohadillas.

Lamont se puso a la cola en la tienda de las visitas. Cuando llegó su turno, escogió dos KitKats y un cartón de zumo de naranja. Pagó con el vale de dos libras que le habían dado en recepción a cambio de efectivo antes de pasar a la cárcel.

A la hora señalada, se incorporó a un nutrido grupo de esposas, niños y delincuentes varios a los que dirigían a la sala de visitas, y recibió una chapa de plástico con el número 18, que indicaba la mesa que le habían asignado.

Se sentó en la silla azul y se puso a esperar… y a esperar… y a esperar. Nada transcurre deprisa en una cárcel, a no ser que haya un motín.

Por fin, el prisionero 0249 hizo acto de presencia y se sentó en la silla roja que había enfrente de Lamont.

—Antes de que diga usted nada —comenzó Lamont—, solo quiero asegurarme de que sabe que la mitad de los agentes que nos están mirando desde la galería están ahí con el único fin de detectar si hay algún intercambio entre las visitas y los presos (drogas, cuchillos…). Recuerdo que en una ocasión incluso una pistola, y que la visita acabó con una condena aún más larga que la del interno al que había ido a ver.

—¿Y la otra mitad? —preguntó Miles.

—Esos son mucho más peligrosos —dijo Lamont mientras Miles abría el envoltorio de su KitKat y seguía escuchando—. Lectores de labios cualificados. Han ayudado a resolver varios delitos incluso antes de que se cometieran, simplemente gracias a la información que captaban durante las visitas. Vas a tener que hacer de ventrílocuo, a no ser que quieras que le repitan nuestra conversación palabra por palabra al comandante Hawksby.

—Llevo un tiempo preguntándome cómo podría hacerle llegar un mensaje a Hawksby —dijo Miles, sin apenas mover los labios.

Echó un vistazo a la galería y enseguida localizó al agente que estaba encargado de vigilar su mesa, luego miró al otro extremo y vio al lector de labios… Ya se encargaría él de que fuese una hora desperdiciada.

—Pedí verle porque sé que le hace algún trabajillo que otro a Booth Watson —dijo Miles, y al hacerlo descubrió que pronunciar la «b» era un problema.

—Así es —dijo Lamont. Dos palabras que podían pronunciarse sin mover los labios.

—¿Cuánto le paga?

—Veinte libras la hora.

—Ni siquiera acerca de eso es él capaz de decirme la verdad —dijo Miles—. A partir de ahora, se le pagará el doble. Pero bajo ningún concepto debe él descubrir que usted también trabaja para mí. ¿Queda claro?

—Clarísimo —dijo firmemente Lamont. Una palabra que también se podía pronunciar sin mover los labios.

—Eso espero, Lamont, porque, si no, será el último trabajo que hagas para mí… —Hizo una pausa—. O, ya puestos, para nadie.

Lamont pareció convencido.

—Quiero que averigüe si Booth Watson...

Los labios de Miles apenas se movieron durante los diez minutos siguientes, mientras Lamont asentía con la cabeza.

—Si tiene que ponerse en contacto conmigo —dijo Faulkner para finalizar—, puede llamarme a la cárcel cualquier tarde a las cuatro y cinco.

Lamont intentó disimular su sorpresa.

—Conozco a un agente muy servicial que está a cargo de la centralita a esa hora, y estará esperando su llamada. Limítese a decir la palabra «biblioteca» y le pasará directamente conmigo. Pero no esté al teléfono más tiempo del necesario.

—Comprendido.

—Le aviso: si Booth Watson se entera de que está usted trabajando para los dos, prescindirá de usted, y, lo que es más importante, comprenderá que le hemos calado. Si eso ocurre, se habrá quedado usted sin sus dos pagadores.

Lamont pilló el mensaje.

Se oyó un fuerte timbrazo, el aviso de que faltaban cinco minutos para que los presos volvieran a sus celdas.

Miles se bebió el zumo de naranja de un trago y se metió en el bolsillo el segundo KitKat antes de decir:

—Si cumple con su trabajo de manera satisfactoria, Bruce —era la primera vez que le llamaba por su nombre de pila—, podrá pasar el resto de sus días bebiendo piña colada en Mallorca. Si fracasa, podría acabar compartiendo celda conmigo.

Miles se levantó y, sin decir una palabra más, cruzó despacio la sala y se fue con los guardias que estaban esperando. Pero, antes, echó un vistazo a la galería, miró a su lector de labios y articuló con claridad: «Necesito ver al comisario Warwick urgentemente».

Se volvió hacia el otro lado y repitió el mismo mensaje.

—Comprendo que en estos momentos tienes otras cosas en la cabeza —dijo el Halcón cuando William se acercó al dispensador de té—, pero acabo de recibir una llamada urgente de Belmarsh que tendremos que comentar después del partido.

—Por supuesto, señor, pero si queremos ganar el partido primero tengo que marcar un medio siglo.

—Los comisarios no me llaman «señor» cuando están fuera de servicio —dijo el Halcón con una sonrisa burlona.

—Pues en mi caso lo veo difícil, señor —respondió inmediatamente William.

—Por cierto, si el inspector jefe Brooks dirige el Servicio de Protección de la Casa Real tan bien como está capitaneando hoy a su equipo, al menos uno de nuestros problemas se habrá resuelto —dijo el Halcón a la vez que un árbitro salía al terreno de juego y tocaba una campana para avisar a los jugadores de que quedaban cinco minutos para que el partido volviera a comenzar.

—Buena suerte, amigos —gritó el Halcón mientras Ross y Paul se dirigían hacia el centro del campo.

Ross alineó su bate.

—Palo central y palo de pierna —le dijo al árbitro.

—Si me disculpa, señor —dijo William—, tengo que ocuparme de un partido todavía más importante.

Les dio la espalda a Ross y a Paul y se puso a ver un partidito improvisado que estaba teniendo lugar a un lado de la caseta. Peter se estaba enfrentando a unos lanzamientos bastante hostiles.

—*¡Howzat!* —gritó el lanzador al dar a Peter en la espinilla.

—¡Fuera! —gritó otro niño, y Peter se echó a llorar mientras Beth acudía corriendo a su rescate. Pero Peter, con idéntica rapidez, la apartó a un lado.

William sonrió a su hijo, hasta que oyó el sonido del cuero contra la madera y un viva a sus espaldas. Se giró y vio a Paul, que, cabizbajo, volvía desalentado a la caseta porque no había marcado un tanto.

Paul ignoró los murmullos de «Mala pata, amigo» y «Mala suerte», que sabía que no eran ciertos. Simplemente, no se había concentrado. Se desabrochó los protectores, cogió un sándwich y se fue en busca de una tumbona vacía.

—¿Quién es esa que está sentada al lado de Paul? —preguntó Arthur.

Sir Julian miró a su izquierda.

—Rebecca Pankhurst. Es miembro del equipo personal de William, y la acaban de ascender a subinspectora.

—Debe de ser difícil llevar ese apellido.

—Dice William que es de armas tomar, tanto como su antepasada sufragista, y que suele eclipsar al resto del equipo, incluido él.

—Soy imbécil —dijo Paul.

—Eso no es información confidencial, precisamente —bromeó Rebecca.

—Estaba decidido a marcar cincuenta, impresionar al jefe y dejarnos en buena posición para ganar.

—Quizá deberías haber dedicado más tiempo a las sesiones de práctica y menos a ligarte a Christina Faulkner.

—*Touché.* Aunque creo que tengo alguna posibilidad.

—Con ella, hasta los árbitros tienen posibilidades —dijo Rebecca con desdén, aunque dio la impresión de que Paul se sintió aún más esperanzado por sus palabras—. Me han dicho que pasaste la semana pasada con los agentes de protección personal de la primera ministra —añadió Rebecca, con intención de cambiar de tema.

—Sí. Ahora que Colin Brooks se ha trasladado a Buckingham Gate para ponerse al frente del Servicio de Protección de la Casa Real, el jefe me ha pedido que vigile al tipo nuevo que ha ocupado su puesto.

—¿Qué tal es?

—Lo estaba haciendo bien hasta que un coche se puso a petardear mientras la primera ministra paseaba por su distrito electoral el sábado por la mañana. Los dos guardaespaldas agarraron a la Dama de Hierro, prácticamente la metieron de un empujón en la parte de atrás de su coche y arrancaron.

—Pero ¿no es ese el procedimiento estándar si un agente piensa que su protegido corre algún tipo de peligro?

—Sí, pero dejaron a Denis Thatcher plantado en medio de la acera.

Rebecca soltó una risotada.

—Me disculpé con él, y me dijo que no me preocupase, que no era la primera vez que pasaba y que sospechaba que no sería la última. Maldita sea —dijo Paul al ver que caía otro palo—. No pinta bien para nuestro equipo. El siguiente en salir es el jefe, y como de joven fue velocista seguramente eliminará a Ross, que es nuestra única esperanza. Cierra los ojos y ponte a rezar.

—¿Igual que hiciste tú cuando estabas en la línea de bateo?

Paul se repantigó en la tumbona, miró a su izquierda y vio que Christina le estaba sonriendo.

* * *

—Ya puedes ir olvidándote de Paul —dijo Beth mientras seguía la mirada de Christina—. Está rigurosamente prohibido.

—¿Por qué? Está como un tren.

—Puede, pero, mientras exista la posibilidad de que tengas que comparecer como testigo principal en el juicio de tu exmarido, no se arriesgará a que le vean contigo a no ser que sea en presencia de otro agente.

—¿Puedo elegir yo al otro agente? —dijo Christina al ver a Ross enarbolando el bate para agradecer el aplauso de la multitud a su medio siglo.

—Pensaba que ya tenías novio.

—El último se está acercando a marchas forzadas a su fecha de consumo preferente. —Christina suspiró—. Así que vas a tener que buscarme a otro que me distraiga hasta que acabe el juicio.

—¿Qué te parece Hans Holbein?

—No tengo el gusto de conocerle.

—No me sorprende, porque lleva muerto más de cuatrocientos años. De todos modos, está fuera de tu alcance; si no, a lo mejor ya te lo habría presentado.

—¿Hay algo que se me escape?

—A no ser que tengas doce millones de libras de sobra, no, porque hace poco me han ofrecido un retrato de Enrique VIII pintado por Holbein. Para ser exactos, se lo ofrecieron al Fitzmolean, pero, como la carta venía en un sobre que ponía «Privado y confidencial», mi antigua secretaria me la envió a mí.

—Me dejas intrigada —dijo Christina, luego soltó la copa de champán.

—La carta era de un tal Rosen, un caballero holandés que vive en Ámsterdam. Lo irónico es que la persona a la que debería haberse dirigido es Miles, que sé que no tiene un Holbein en su colección, pero sí doce millones de libras.

—¿Conocías de antes a este tal Rosen?

—No, pero lo que hace que el cuadro sea excepcional es que hay una carta manuscrita del propio Holbein unida al dorso del panel de roble en el que se pintó. Va dirigida a un tal doctor Rosen, que al parecer era su médico en el momento de su muerte. Así que creo que cabe suponer que el vendedor ha heredado el cuadro y se ve obligado a desprenderse de él.

—¿Obligado?

—Fallecimiento, divorcio o deudas. Cuando un cuadro de tamaña importancia sale a la venta, suele deberse a uno de los miembros de esta mundana trinidad.

—¿Y doce millones es un precio justo? —preguntó Christina como de pasada.

—Podría obtener hasta quince en el mercado abierto. Pero quizá el señor Rosen no quiera que trascienda que se ve obligado a desprenderse de un recuerdo de familia, así que no se lo va a ofrecer a Christie's ni a Sotheby's. Tampoco importa, porque ya he reenviado su carta al Fitzmolean. El comité de adquisiciones dará vueltas y más vueltas a la cuestión de cómo reunir el dinero para comprar el cuadro y llegará a la conclusión de que no se puede. Incluso puede que se pongan en contacto contigo para ver si estarías dispuesta a hacer una donación.

—¿Después de ver cómo te han tratado? ¡Ni loca! —dijo Christina girándose y mirando una vez más a Paul. Pero tenía la cabeza en algo que la hacía disfrutar más aún que el sexo: el dinero.

—William ha hecho bien en concentrarse en la defensa —dijo *sir* Julian— mientras dejaba que Ross se encargase de anotar puntos en el marcador.

—Aun así, va a ser un resultado muy reñido —dijo Arthur echando un vistazo al marcador—. Necesitamos treinta y tres carreras más y solo nos quedan cinco series de lanzamientos.

—Entonces, si queremos tener alguna oportunidad de ganar, estos dos van a tener que seguir en el campo cuando falte poco para el final del partido —dijo *sir* Julian en el mismo instante en que William golpeaba la pelota y la lanzaba por los aires.

Todos los presentes siguieron su trayectoria con la mirada mientras un fildeador entraba corriendo desde el perímetro, se lanzaba de cuerpo entero y la atrapaba con una mano antes de caer rodando al suelo.

—La maldición del comentarista… —dijo Arthur con tono de lamento mientras William subía el bate en reconocimiento de la excelente recogida y salía del terreno de juego.

Una parte del guion que no habría podido planear mejor. Volvió a la caseta entre grandes aplausos, se quitó los protectores y se acercó al comandante.

—Tal vez habría sido mejor que te quedases un par de series más —dijo el Halcón—. Has dejado a los tuyos necesitados de trece carreras más todavía para marcar, y solo les queda un par de series.

—Quería hablar conmigo, señor —dijo William.

—Así es. Miles Faulkner se ha puesto en contacto con nosotros.

William ingresó rápidamente en su otro mundo.

—Querrá decir Booth Watson, ¿no?

—No, eso es lo raro —dijo el Halcón—. Esta tarde, mientras volvía a su celda después de reunirse con una visita, Faulkner miró a la galería y le dio un mensaje muy claro a uno de nuestros lectores de labios.

—¿Qué mensaje?

—«Necesito ver al comisario Warwick urgentemente».

—Menudo caradura.

—Estoy de acuerdo contigo —dijo el Halcón—. Pero, si te niegas a verle y resulta que tiene información que podría impedir un delito grave, lo único que conseguirías sería darle a Booth Watson todavía más argumentos con los que entretener al jurado cuando su caso salga a juicio.

—Pero, si piensa declararse culpable, no habrá juicio.

—A no ser que haya decidido cambiar su declaración y quiera llegar a un acuerdo.

—¿Quién era el que le visitó? —preguntó William.

—Lamont.

—Entonces, ¿por qué no le pidió a él que transmitiera el mensaje?

—Me he repetido mil veces esta misma pregunta, y he llegado a la conclusión de que Faulkner, sencillamente, no confía en él.

—Bueno, al menos en eso estamos de acuerdo —dijo William—. Pero, en primer lugar, ¿por qué habrá accedido Faulkner a verle?

—De la conversación que tuvieron Faulkner y Lamont lo único que sacaron en claro los lectores de labios fue «colección de arte», «Lee», «director del banco» y «Booth Watson».

—Tengo la sensación de que Rebecca va a disfrutar desentrañando el hilo que une esas palabras —dijo William—. Pero todavía no está claro por qué Faulkner no recurrió a los canales habituales y le pidió a Booth Watson que transmitiese el mensaje, si tan urgente es.

—Quizá tampoco se fíe ya de él.

—Puede que tengas razón. Nunca he comprendido por qué Miles Faulkner, precisamente él, que tiene tanta munición con la que abrir fuego contra nosotros, claudicó tan pronto y accedió a que solo le rebajasen la condena un par de años.

—Booth Watson es el único que conoce la respuesta —dijo el Halcón—. Y a veces su mano derecha no sabe en qué anda metida su mano izquierda.

—En recordar el escándalo que armó Faulkner cuando lo trajimos de España —dijo William—. Llevo tiempo esperando a que Booth Watson nos descargue toda su artillería.

—Lo cual me hace pensar que aquello de lo que quiere hablar Faulkner con tanta urgencia no tiene nada que ver con su juicio. Francamente, solo hay un modo de descubrir de qué se trata.

William miró el terreno de juego y trató de concentrarse en dos problemas a la vez.

—Si al final decides verle —prosiguió el comandante—, que te acompañe alguien, para que se registren todas sus palabras. Yo no me fiaría ni un pelo de ese hombre.

—Aun así, ¿sigue usted pensando que merece la pena correr el riesgo?

—No creo que nos quede más remedio, comisario —dijo el Halcón, y, al ver que un espectador se acercaba y podía llegar a oírlos, señaló una obviedad—: Estamos llegando al final.

William echó un vistazo al marcador, tratando de concentrarse en el partido. El capitán del equipo contrario le tiró la pelota al lanzador veloz que había echado a Paul en la primera serie.

—Ocho carreras para cerrar la última serie —dijo el Halcón con aire pensativo—. No creo que sea un problema, con Ross en la línea de bateo.

Los dos se centraron en lo que estaba sucediendo en mitad del campo, donde el lanzador, con expresión maliciosa, cogía impulso para lanzar la primera pelota de la última serie.

Ross se echó hacia atrás y bateó a través de las cubiertas una pelota que iba derecha a sus pies para conseguir el segundo tanto, pero no se preparó para conseguir lo que habría sido un sencillo tercer tanto porque quería conservar el *strike*. Paró los dos lanzamientos siguientes; así pues, el equipo de los agentes del Servicio de Protección de la Casa Real necesitaba hacer seis carreras más con las tres últimas pelotas.

—No creo que sea muy difícil —dijo el Halcón con confianza.

William se reservó su opinión.

La siguiente pelota rebotó justo enfrente de Ross, que la bateó hasta el perímetro y logró que solo hicieran falta dos carreras en las dos últimas pelotas del partido. El lanzador se frotó enérgicamente la pelota contra el pantalón de franela, manchándoselo más de rojo, antes de embestir de nuevo y hacer un lanzamiento rápido que pasó por encima del hombro de Ross, que ahora iba a tener que marcar dos carreras en el último lanzamiento.

Se hizo el silencio sobre el terreno de juego mientras el lanzador bruñía por última vez la pelota con el pantalón y volvía con gesto amenazante hacia el poste. Una pelota lenta bien disimulada pareció coger a Ross por sorpresa. Dio un paso al frente, pero el bate no llegó a dar a la pelota; Ross se volvió y, desesperado, pisó la línea de bateo en el mismo instante en que el defensa, al que habían alertado de la intención del lanzador, llegaba a los palos, derribaba los travesaños y gritaba a pleno pulmón: «*¡Howzat!*».

Todos los presentes en el terreno de juego se volvieron a mirar mientras el árbitro se decidía. Al cabo de unos angustiosos instantes de deliberación, levantó el dedo índice, gesto que fue recibido con gritos de entusiasmo por parte del equipo del Servicio de Protección de la Casa Real y sus seguidores, que se pusieron a botar y a abrazarse para celebrar que habían ganado por una sola carrera.

—No es propio de Hogan perder la compostura en un momento tan crítico —comentó el Halcón mientras Ross salía del campo de batalla con la cabeza gacha.

—No la ha perdido —dijo en voz baja William—. Simplemente, cumplía órdenes.

El comandante se quedó mirando a William unos instantes, y a continuación dijo:

—De verdad pienso, comisario, que eres tan taimado como tu distinguido padre.

—Es el mayor cumplido que me ha hecho nunca, señor —respondió William antes de acercarse tranquilamente al campo—. Bien hecho, Colin —dijo, chocando los cinco con su homólogo—. Una merecida victoria.

—Tan taimado como tu padre… —repitió el comandante mirando a *sir* Julian, que aplaudía discretamente.

Capítulo 25

—¡Qué alegría volver a verla, señora Faulkner! —dijo Johnny van Haeften cuando Christina entró en su galería de la calle Duke.

A Christina le impresionó que Van Haeften se acordase de ella, ya que solo se habían visto en un par de inauguraciones abarrotadas de gente a las que ella había asistido con Miles.

—¿Sabe algo de un retrato desaparecido de Enrique VIII, de Hans Holbein? —preguntó sin rodeos.

—Hans Holbein el Joven —dijo Van Haeften— pintó al rey en tres ocasiones. El primer retrato está colgado en el Museo Walker, de Liverpool. El siguiente, por desgracia, fue pasto de las llamas en 1698. El tercero está en manos privadas, y no se ha vuelto a exponer ante el público desde 1873, cuando se pudo ver por última vez en la vieja Staatsgalerie de Stuttgart.

—Si se pusiera a la venta, ¿qué precio cree que alcanzaría? —preguntó Christina. Se expresaba como lo haría un vendedor de coches de segunda mano.

—Es difícil hacer una estimación precisa en el caso de un cuadro de tamaña importancia histórica, pero doce millones, seguro; y, teniendo en cuenta la actual situación de precariedad del mercado, puede que hasta quince. Como sabrá, señora Faulkner, su marido lleva ya unos cuantos años buscando un Holbein.

No lo sabía, pero se alegró mucho de enterarse de ello.

—En cierta ocasión me dijo que lo consideraba un vacío enorme en su colección de arte renacentista, y que pensaba llenarlo si alguna vez salía uno al mercado.

—Qué interesante —dijo Christina, echando un vistazo a su reloj—. Disculpe, he quedado a comer. Tengo que salir pitando.

—Dele recuerdos a su marido de mi parte.

—Por supuesto —dijo Christina, y añadió por lo bajo—: Cuando le vea.

Salió de la galería y se dirigió al Ritz. No reparó en el hombre que estaba plantado en un portal de la calle St. James, a pesar de que pasó justo por delante de él.

—¿Qué tal está, sargento? —preguntó el director de la cárcel.

—Estoy bien, gracias, señor —dijo William ignorando el chistoso descenso de categoría.

—¿Hay alguna posibilidad de que me llames Richard, después de tantos años?

—Absolutamente ninguna, señor.

—No me sorprende, aunque ya se veía que eras de la vieja escuela cuando aún llevabas pantalones cortos.

Rebecca se rio, y después se quedó cortada.

—¿Y usted quién es? —preguntó el director mirándola.

—La subinspectora Pankhurst, señor.

—No se preocupe por ella, señor —dijo William—. Es más aún de la vieja escuela que yo.

—Me alegro. Aunque no sé si sabe que su distinguida antepasada pasó aquí unas semanas. Antes de mi época, claro.

—Pero poco antes —le susurró William a Rebecca.

—La última vez que nos vimos —prosiguió el director— me pediste información sobre una joven que iba a visitar a su padre en Pentonville cuando yo era director adjunto, si no recuerdo mal.

—Tiene usted buena memoria —dijo William, siguiéndole el juego. Rebecca estaba desconcertada.

—El padre de la joven, el señor Rainsford, estaba en prisión preventiva mientras le juzgaban por asesinato, y tu inteligentísimo padre le salvó. Debe de haber sido uno de sus casos más sencillos, porque hasta sus compañeros de prisión sabían que Rainsford no era culpable.

—En su momento no parecía tan sencillo —dijo William.

—Corrígeme si me equivoco, pero ¿no acabaste casándote con la joven en cuestión?

—Sí, señor, en efecto. Tenemos dos hijos...; bueno, en cierto modo, tres: los mellizos, Artemisia y Peter, y...

—Josephine júnior —dijo el director—, la hija de Ross Hogan. Un hombre al que admiro profundamente, y que, como sabe, estuvo infiltrado una temporada en Pentonville; gracias a ello pudisteis poner fin al imperio de la droga de Rashidi. Creo que Hogan también entró en contacto con Miles Faulkner por aquella época, cuando empezó a trabajar en la biblioteca de la cárcel la primera vez. Por cierto, no se lo digas a Faulkner, pero me alegro de que haya vuelto a la cárcel: la biblioteca nunca había funcionado tan bien.

—Le agradezco que haya organizado una reunión con Faulkner con tan poca antelación —dijo William.

—Jack Hawksby me llamó esta mañana, así que estoy bien informado. Os llevaré a la biblioteca por la ruta «prohibida». Así habrá menos posibilidades de que os vea algún interno y se desaten rumores.

Sin decir una palabra más, el director salió y los llevó por un largo y lúgubre pasillo hasta un patio vacío bordeado por muros de cemento coronados por alambre de púas. Al fondo había un edificio de ladrillo con un letrero en la puerta que decía: BIBLIOTECA. El director entró, seguido de William y Rebecca.

Al ver a Miles, William se llevó una sorpresa. Llevaba una camisa a rayas azules y blancas, vaqueros desteñidos y deportivas en lugar del traje a medida, la corbata de seda y los lustrosos zapatos de cuero negro con los que William estaba acostumbrado a verle. Y había engordado unos kilos.

Miles soltó el libro que estaba leyendo, se levantó y dijo:

—Buenos días, señor director.

—Buenos días, Faulkner. Aunque le advierto que para usted no va a ser un buen día como le dé algún problema a mi viejo amigo el comisario Warwick. Si lo hace, me buscaré un nuevo bibliotecario. ¿Queda claro?

—Como el agua, señor director.

—Bien. Entonces, los dejo para que se pongan manos a la obra, sea cual sea la obra —dijo antes de marcharse.

—Por favor, comisario, siéntese —dijo Miles—. Acabo de hacer té, si les apetece. La vajilla no es precisamente de plata, pero el té es Earl Grey.

—No, gracias —dijo William mientras Rebecca y él se sentaban en las dos únicas sillas cómodas—. La detective Pankhurst está aquí en calidad de observadora y tomará notas textuales de todo lo que se diga, por si usted...

—Conozco bien las normas de este juego —interrumpió Miles, a la vez que Rebecca abría su cuaderno y empezaba a escribir—. Si no recuerdo mal, el director me dijo que no puedo hablar de mi caso, ni de nada relacionado con el mismo. Si rompo el trato, no solo perderé este trabajo, como acaba de advertirme, sino que además me acusarán de hacer perder el tiempo a la policía.

Rebecca continuó escribiendo, y William no hizo ningún comentario.

—Hace poco más de nueve meses que estoy aquí —dijo Miles, y se sentó enfrente de ellos en un taburete—, así que no les sorprenderá saber que he tejido una red de contactos que me permite estar mejor informado de lo que sucede en esta cárcel que su amigo el director.

Rebecca pasó la hoja.

—Lo que voy a contarles, por tanto, se basa en hechos y no en suposiciones. —Miles hizo una pausa para dar un sorbito al té—. Uno de mis colaboradores más estrechos, un preso llamado Tareq Omar, trabaja de limpiador en el rellano del primer piso del bloque A, donde se encuentra Mansour Khalifah en estos momentos.

William hizo una mueca al oír el nombre de Khalifah, pero siguió callado.

—Es un mierda. De buena gana le tiraba al váter —dijo Faulkner—. Disculpe, señorita.

Rebecca no lo anotó.

—He estado vigilando de cerca a Khalifah desde que llegó, cosa nada fácil porque no es lo que se diría sociable. Tiene su propia red de seguidores, conocidos como «los verdaderos creyentes», que se ocupan de satisfacer todas sus necesidades. Lo único que lee es el *Financial Times* y el *Playboy*, y no ha solicitado un carné de biblioteca.

William siguió escuchando.

—Sin embargo —continuó Miles—, Tareq Omar no es un verdadero creyente, ya que Mansour Khalifah fue el culpable de la muerte de su hermano. Por eso, me encargué de que lo trasladasen a su misma ala como limpiador. En los últimos meses, se ha congraciado con Khalifah al proporcionarle revistas porno y una marca concreta de dátiles que le vuelve loco y que solo se vende en Harrods. Últimamente, Khalifah cada vez confía más en Omar, y de vez en cuando le deja montar guardia ante su celda cuando él reza. Aun así, ha tardado bastante en enterarse de algo interesante.

Miles se levantó del taburete, se acercó al mostrador de la biblioteca y sacó una carpeta marrón de la repisa inferior. En la portada no había nada escrito. Volvió a sentarse, sacó un folleto satinado y se lo dio a William.

William se estudió las cuatro páginas de principio a fin, pero se quedó callado mientras esperaba una explicación.

—Como ve, comisario, es un formulario de reserva de entradas para los conciertos *promenade* del Royal Albert Hall. Omar lo encontró en la papelera de Khalifah mientras limpiaba su celda. Registra la celda cada mañana, pero esta fue la primera vez que encontró algo que pensó que podría interesarme.

—Ha subrayado usted una fecha en particular —dijo William al pasar a la última página del formulario.

—No he sido yo. Ya estaba subrayada cuando Omar me lo dio.

—¿Ha conseguido aportar más información? —preguntó William.

—Por los retazos de conversaciones que ha oído por ahí, parece que Khalifah está planeando algo gordo para la última noche de los *proms*. También pilló las palabras «Tierra de esperanza…».

—«… y gloria» —dijo William—. Pero colocar una bomba en el Albert Hall es prácticamente imposible. El edificio entero es registrado por sabuesos y agentes especializados la mañana de cada concierto.

—Por eso mismo, Omar está convencido de que Khalifah planea valerse de un terrorista suicida. Alguien que ya se ha infiltrado en el país y que solo está esperando a que le den luz verde. De todos modos, comisario, no pensaba que esto fuera lo suficientemente interesante para usted hasta hace unos días, cuando tuve un golpe de suerte, ese tipo de suerte que tanto usted como yo necesitamos de vez en cuando.

William se inclinó hacia delante.

—Un revendedor muy conocido le ha vendido una entrada para la última noche de los *proms* a un espectador sospechoso, a un precio desorbitado. En su momento, no le dio más vueltas, pero más tarde empezó a comerse el coco.

—Entonces, ¿por qué no se puso en contacto con la policía?

—Los revendedores no se publicitan, comisario, y cuando detectan a un policía tienden a esfumarse.

—Supongo que no se quedaría con el nombre del cliente, ¿no?

—Los revendedores solo aceptan dinero en efectivo y jamás hacen preguntas —respondió Miles—. Pero dijo que era un hombre joven, bajito, delgado y procedente de Oriente Medio. Lo que desconcertó al revendedor, y le hizo sospechar después, fue que el hombre casi no hablaba inglés y que decía «la última noche de los *promos*». Vamos, que es evidente que no está pensando en ponerle una guirnalda de flores al busto de *sir* Henry Wood.

—Genial: la lista de los finalistas se reduce ahora a tan solo unos cien mil candidatos... —dijo William.

—Pero sé que tienen ustedes una unidad en Scotland Yard cuyo único objetivo es vigilar a cualquier persona que tenga contactos con terroristas. Y hay que reconocer, comisario, que ahora tiene usted una gran ventaja: sabe exactamente cuándo y dónde piensa hacer estallar la bomba.

—Puede ser —dijo William, y se guardó el formulario en un bolsillo interior—. Si resulta que su información es exacta, le garantizo que informaré personalmente al señor Booth Watson del valioso papel que ha desempeñado usted para impedir un grave atentado terrorista, y le recomendaré que se lo deje caer al juez antes de que dicte sentencia.

—Eso es lo último que quiero que haga —dijo Miles, de nuevo sorprendiendo a Miles—. Y si la información que le acabo de dar resulta ser exacta, la siguiente persona a la que querré ver no será Booth Watson, sino a su padre, *sir* Julian, porque tengo algo aún más gordo que ofrecerle.

A William no se le ocurrió ninguna respuesta adecuada.

—No puedo prometer nada, pero le transmitiré su mensaje —dijo al fin mientras Rebecca seguía anotando cada palabra—. ¿Hay algo más que quiera contarme antes de que nos vayamos?

—No, pero puede estar seguro de que veré la última noche de los *proms* en mi celda, comisario. No puedo resistirme a cantar con el coro de «Tierra de esperanza y gloria».

A continuación, le tocó a William tomar a Faulkner por sorpresa.

—¿Qué libro estaba leyendo cuando llegamos?

—*La piedad peligrosa*, de Stefan Zweig. ¿Conoce a este autor?

—Pues no, la verdad.

—Entonces, se lo recomiendo. Cuando uno se pasa aquí metido todo el santo día —dijo Miles echando un vistazo a las estanterías abarrotadas—, lee mucho. Habitualmente me bastaba y me sobraba con un capítulo, pero de repente me topé con Zweig, que consigue sacarme de este lugar durante horas y horas. Desde que me trajeron ustedes a la fuerza de España, es casi lo único bueno que me ha pasado.

—A no ser que resulte que gracias a usted se ha frustrado un ataque terrorista y se han salvado innumerables vidas inocentes —sugirió William a la vez que Rebecca cerraba el cuaderno.

—Antes de que se marchen, comisario, ¿me permite que le dé un consejo?

Rebecca volvió a abrir apresuradamente el cuaderno y sacó el bolígrafo.

—Por favor, dígale a su esposa que no se fíe de Christina bajo ningún concepto.

William por fin había encontrado algo en lo que Miles Faulkner y él podían estar de acuerdo, pero Rebecca cerró el cuaderno y salieron sin hacer ningún comentario. En cuanto se hubo cerrado la puerta a sus espaldas, William se volvió hacia ella y dijo:

—¿Cuánto de todo lo que ha dicho te has creído?

—Cada palabra. Sobre todo, porque no gana nada tendiéndole a usted una trampa. Y, si resulta que su información es fiable, el juez no tendrá más remedio que tenerla en cuenta cuando dicte sentencia. De lo que no acabo de estar segura es de si Mansour Khalifah o Tareq Omar (o los dos en comandita) le están tendiendo una trampa a Faulkner.

—Solo hay una manera de averiguarlo —dijo William mientras volvían por el patio—. Lo que está claro es que no podemos pasar por alto la amenaza. Lo primero que tendré que hacer cuando volvamos a Scotland Yard es informar al Halcón.

—¿Qué tal Faulkner? ¿Ha contado algo interesante? —dijo el director en cuanto volvieron a su despacho—. ¿O ha sido una completa pérdida de tiempo?

—No estoy seguro —dijo William—, pero por el momento estoy dispuesto a concederle el beneficio de la duda.

—Qué lástima. Tenía ganas de ponerle en aislamiento, con un menú de pan y agua.

—Todavía no, director, porque, si al final su información es fiable, es muy posible que tengamos que volver dentro de poco.

—Así sea. Adiós, comisario. Y acuérdese de saludar de mi parte a su comandante, porque este sábado no voy a verle. Nos sentaremos en las dos puntas opuestas del campo..., si es que el muy bobo sigue siendo hincha del Arsenal, claro.

—Le saludaré de su parte, señor.

—Diez puntos si recuerda usted cuál es mi equipo, sargento.

—El Tottenham Hotspur.

—No está mal, comisario. Y usted ¿de cuál es?

—Del Chelsea, señor.

—En mi cárcel dejo entrar a vagabundos, canallas e incluso a pervertidos, pero no a los hinchas del Chelsea. Por cierto, ¿sabe con quién va Faulkner?

—Consigo mismo.

Al volver a casa por la tarde, William se encontró con que James Buchanan había llegado de los Estados Unidos y estaba cenando en la cocina con Beth y los niños.

James se puso en pie de un salto, estrechó la mano de William y dijo:

—Qué alegría verte.

—Lo mismo digo —dijo William, y se sentó—. Seguro que los niños te han tenido entretenido.

—Desde luego. Me lo sé todo sobre la nueva amiga de Artemisia, la princesa Diana.

—¿La versión larga o la versión corta? —preguntó William.

—Iba por la mitad cuando llegaste —dijo Artemisia—, y estaba a punto de contarle a James...

—James no ha venido a Londres a hablar de la princesa Diana.

—Y, entonces, ¿a qué ha venido? —preguntó la niña.

—Pórtate bien —dijo Beth—. Recuerda que James es nuestro invitado, y no hables con la boca llena.

—Muy fácil —dijo James—. He venido a pedirle consejo a tu madre sobre un asunto muy delicado.

—Tendrá que ver con el arte —dijo Artemisia— y no con la delincuencia.

—Un poquito de las dos cosas —admitió James.

—¿Todavía eres el dueño de una de las navieras más grandes del mundo? —preguntó Peter.

—¡Peter! —exclamó William, exasperado.

—Solo quería saberlo...

—No —dijo James sonriendo—. Mi padre es el presidente de la naviera Buchanan, pero yo todavía estoy estudiando en Harvard, y cuando me licencie quiero meterme en el FBI.

—¿Qué es el FBI? —saltó Jojo, interviniendo en la conversación por primera vez.

—El Buró Federal de Investigación.

—¿A quién investigan? —preguntó Artemisia en el mismo instante en que entraba Sarah.

—Es hora de acostarse, niños —anunció con firmeza.

Artemisia refunfuñó antes de preguntar:

—¿Sabes leer, James?

—Que yo sepa, sigue siendo un requisito para que te acepten en Harvard —dijo James.

—Entonces puedes leernos después de decirle a mamá por qué has venido de verdad a Londres.

—¡Largo de aquí! —dijo William.

James contuvo una risotada. Después de darse las buenas noches y de que Artemisia besase a su padre sin demasiado entusiasmo, Sarah se llevó a los niños.

Una vez cerrada la puerta, Beth dijo:

—Artemisia tenía razón en una cosa: me muero de ganas de saber por qué querías verme.

—En vez de a mí —dijo William fingiendo estar ofendido.

James apuró el café y dedicó unos instantes a ordenar sus pensamientos.

—Sin duda, recordaréis que mi difunto abuelo Hamish Buchanan, el fundador de la naviera, tuvo una vida, cuando menos, errática y complicada. Aun así, hasta hace poco yo no sabía hasta qué punto fue errática y complicada.

Beth se recostó en la silla, toda oídos.

—Hace poco me he enterado —continuó James— de que mi abuelo era bígamo. —Hizo una pausa para darles tiempo a asimilar la noticia. William derramó el café, y Beth trató de mantenerse impasible—. Resulta que no solo tenía una esposa en Nueva York, mi abuela, sino también otra más en Londres de la que nadie de mi familia sabía nada.

A William se le pasaron varias preguntas por la cabeza, pero guardó silencio. Tenía la sensación de que la mayoría de ellas estaba a punto de ser respondida.

—Mi abuela, que Dios la bendiga, aún no sabe nada de la doble vida de mi abuelo, y mi padre quiere que siga así.

—Es comprensible —dijo William—. Pero ¿cómo lo descubriste?

—Jamás lo habría descubierto si no hubiese recibido una carta de un abogado de Londres que representaba a la difunta señora Isla Buchanan. En ella me informaba de que había fallecido y me había dejado todo en su testamento.

—¿No tuvo hijos propios? —preguntó Beth.

—Eso fue lo primero que pregunté. Pero su abogado me aseguró que no había parientes que pudieran reclamar el patrimonio de aquella señora.

—Entonces sospecho que se estaba limitando a cumplir los deseos de tu abuelo —dijo William—. Al fin y al cabo, todo el mundo sabía que eras su nieto favorito.

—Y yo ¿qué papel juego en este extraño triángulo? —preguntó Beth.

—El grueso de su patrimonio —continuó James— consiste en una casa de Onslow Square, que ya he puesto a la venta. Pero resulta que Isla también compartía la pasión de mi abuelo por el arte escocés, y coleccionaban obra de *sir* Henry Raeburn, Samuel Peploe, Allan Ramsay y un tal Charles Rennie Mackintosh.

—Jamás pronuncies este último nombre ante un escocés sin inclinar la cabeza. Ha pasado a formar parte del folclore de Glasgow.

James bajó la cabeza y dijo:

—Sin embargo, para cumplir los deseos de mi padre tengo que deshacerme de toda la colección sin que su procedencia llame la atención.

—¿No quieres quedarte con ninguno? —preguntó Beth, incrédula.

—Mi padre no está dispuesto a correr el riesgo. ¿Qué me aconsejas que haga, dadas las circunstancias?

—Yo viviría con todos esos cuadros el resto de mis días —dijo Beth, emocionada—. Pero, si tienes que venderlos, está claro que no puedes arriesgarte a sacarlos a subasta. La procedencia figuraría en el catálogo, y todo el mundo la vería.

—Y, entonces, ¿qué alternativa hay? —preguntó James.

—Vas a tener que venderlos por vía privada, y me temo que eso podría llevar un tiempo.

—¿Estarías dispuesta a ir a la casa y echar un vistazo a la colección?

—Por supuesto. Iré mañana y empezaré a inventariar las obras, y te diré cuánto creo que valen.

—Más no podría pedir. Pero me temo que ahora tengo que dejaros —dijo James, y Beth arqueó una ceja—. Tengo que ir a demostrarle a Artemisia que sé leer.

* * *

A Christina le había bastado con reunirse una vez con Gerald Sloane y sugerirle que quizá estaría dispuesta a retomar su donación anual al Fitzmolean para que el director le revelase todo lo que necesitaba saber.

—Su visita no podría haber tenido lugar en mejor momento —susurró Sloane.

—¿Por qué? —preguntó Christina con voz inocente.

Cuando hubo averiguado todo lo que necesitaba saber acerca del Holbein, siguió el ejemplo de Beth y pensó detenidamente en lo que le iba a decir al señor Rosen por teléfono. Su llamada tardó en ser respondida.

—Thomas Rosen —dijo una voz refinada y con un ligero acento extranjero.

—Señor Rosen, me llamo Christina Faulkner. Sé por mi buena amiga Beth Warwick que vende usted un cuadro que podría interesarme.

—¿Llama usted en nombre del Fitzmolean, señora Faulkner?

—Sí, así es. Pero quieren que, por el momento, la oferta sea confidencial.

—Me hago cargo —dijo Rosen—. Al igual que ustedes, nosotros no querríamos que la venta pasara a ser del dominio público.

—Tenga la certeza de que seré discreta —dijo Christina, que lo último que quería era que Sloane o Miles descubriesen lo que estaba tramando.

—Siendo así, señora Faulkner, estaré encantado de que venga a Ámsterdam a ver el cuadro.

—¿Y también la nota manuscrita del artista que hay pegada al dorso del panel?

—Está usted bien informada, señora Faulkner, lo cual no me sorprende. Entonces, si tiene la amabilidad de venir a Ámsterdam cuando le venga bien, haré que mi chófer la recoja en el aeropuerto y la traiga a mi casa.

Capítulo 26

Nadie reconoció al agente que iba sentado al lado del Halcón, pero su reputación era conocida por todos.

El comisario general adjunto Harry Holbrooke era el agente que estaba al mando de Antiterrorismo, y rara vez se le veía en público. Nadie que se cruzara con él por la calle lo miraría dos veces, y lo último que pensaría uno es que era el hombre más temido por el IRA.

No debía de medir más de 1,70 y pesaba unos 65 kilos; un peso pluma nada más salir al *ring*, y un peso pesado a la hora de dejar a alguien fuera de combate.

—Quisiera empezar —dijo con un marcado acento de Yorkshire que no intentó suavizar delante de sus colegas del sur— pidiéndole al comisario Warwick que nos haga un informe detallado de su reunión con Miles Faulkner y que nos dé su opinión acerca de la credibilidad de la fuente.

Todos escucharon atentamente a Warwick mientras contaba lo que había sucedido en Belmarsh durante la visita que le habían hecho la subinspectora Pankhurst y él. De vez en cuando, Rebecca leía en voz alta, palabra por palabra, las anotaciones que había tomado en su cuaderno. Cuando William hubo terminado, esperó a oír la valoración de Holbrooke.

—Para empezar, permítanme señalar que a su principal informante no se le puede considerar un A1. Las fuentes se clasifican de la A, que son siempre fiables, a la E, cuya fiabilidad no está demostrada. Faulkner es, como mucho, un D, es decir, una fuente de poca confianza. En cuanto a la reputación (que va desde el 1, honesto sin reservas, al 5, sospechoso de falsedad), Faulkner anda muy justito: es un 4, es decir, no es de fiar. De manera que su hombre no solamente es un D4, sino que en estos momentos está cumpliendo condena por fraude y engaño.

»En circunstancias normales —continuó Holbrooke—, de la información procedente de una fuente así se encargaría un agente subalterno de la Unidad de Antiterrorismo, la SO13, y sería muy poco probable que acabase llegando a mi mesa. Sin embargo, concedo que las presentes circunstancias no pueden catalogarse de "normales", y Faulkner tiene dos cosas a su favor: una, su indiscutible inteligencia, y dos, ¿qué ganaría inventándose semejante cuento chino? Ahora permítame que someta esto a debate, comandante —dijo Holbrooke mirando a la otra punta de la mesa—. Me gustaría que hiciera usted de abogado del diablo en esta ocasión mientras su equipo intenta convencerme de que debería dar prioridad a este asunto, porque por ahora me parece una pérdida de tiempo. —El Halcón asintió con la cabeza—. Entonces, comencemos por usted, comisario.

—Estoy de acuerdo con su juicio acerca de la reputación de la fuente —dijo William—. Como mucho, un D4. Pero sigo pensando que no nos podemos permitir tomarnos la amenaza a la ligera.

—En Inglaterra nunca hemos tenido que lidiar con un terrorista suicida —intervino el Halcón—. Sería la primera vez.

—Cierto —dijo Holbrooke—, pero los franceses se enfrentaron a un problema similar en el aeropuerto de Orly hace unos años y los pilló desprevenidos. No olvide que nuestro deber es intentar ir un paso por delante de los delincuentes modernos, y no irles a la zaga con la lengua fuera. Algunos todavía nos acordamos de los tiempos en que la gente se horrorizaba si veía a un agente uniformado con una pistola, y ahora lo dan por sentado. Así que pongámonos en lo peor y empecemos por ahí. ¿Cómo es la seguridad del Albert Hall?

—Un desastre —dijo Paul—, menos la noche del Festival del Día de los Veteranos de Guerra, en noviembre, a la que siempre asisten la reina y otros miembros de la familia real. En cambio, en lo que se refiere a los *proms*, apenas si te miran la entrada antes de que te sientes, no registran los bolsos, y los *promenaders* dictan sus propias leyes.

—¿Los *promenaders*? —preguntó Holbrooke.

—Durante la temporada de los *proms* —explicó Rebecca—, los seiscientos asientos del patio de butacas se quitan para dar cabida a ochocientas personas, los *promenaders*, cuya entrada les da derecho a permanecer de pie durante toda la función. El encargado de las reservas los describe como excéntricos, en el mejor de los casos, y como chalados, en el peor. Los pantalones vaqueros y las camisetas desaliñadas son la norma, y hay muchos que vienen con mochilas y no hacen ascos a zamparse una comida de tres platos regada con varias latas de cerveza durante el espectáculo. Los hay que tienen un sitio fijo justo enfrente del escenario, y ¡ay de quien ose ocupar un lugar que otro ha hecho suyo hace tiempo! Incluso cuando la dirección decidió duplicar el precio de la entrada con la esperanza de subir el nivel, al año siguiente volvieron a aparecer las mismas personas y llevaron a cabo los mismos rituales. Son unos fanáticos. No parece que haya nada que pueda alejarlos de su obsesión anual.

—Hasta que un terrorista suicida que lleve en la mochila algo bastante más letal que un sándwich los mande al reino de los cielos, momento en el que los *proms* quedarán definidos para los próximos cien años —dijo Holbrooke—. Pensando en eso, ya he dado la alerta a todos los puertos de salida, y he aconsejado al MI5 y al MI6 que presten especial atención a cualquier persona que acabe de llegar de Libia, y más aún a las células latentes conocidas. La SO13 está echando un vistazo a todos los procedentes de Oriente Medio que estén en la lista de personas a vigilar de los servicios de seguridad, y el cuartel general de comunicaciones del Gobierno también está reforzando la vigilancia. ¿Qué más puede decirme del Albert Hall? Para empezar, ¿cuántos asientos hay?

—Cerca de cinco mil quinientos —dijo Jackie—, repartidos por las cinco plantas.

—¿Entradas y salidas?

—Doce —dijo Paul—. Pero la número uno solo se utiliza cuando asiste a la función algún miembro de la familia real.

—La noche de marras vamos a tener que proteger cada una de esas puertas —dijo Holbrooke—, y, por mucho que fastidie a los *promenaders*, habrá que registrar sus mochilas antes de que entren al auditorio. También voy a poner a más de cien agentes de Antiterrorismo vestidos con chalecos reflectantes a circular por el perímetro del edificio desde que salga el sol, y más o menos la misma cantidad vestidos de paisano. A cualquier persona que se acerque al recinto con una mochila y que parezca mínimamente sospechosa la pararán y la registrarán y, si es necesario, la detendrán para interrogarla. Que protesten más tarde si quieren.

—¿No sería más fácil limitarse a cancelar el concierto? —sugirió Jackie.

—Lo único que conseguiríamos sería dotar a los terroristas del oxígeno de la publicidad, por citar a Margaret Thatcher. Y ¿dónde acabaría la cosa? ¿En Wimbledon, en la exposición floral de Chelsea, en la final de la copa de la FA? No olviden que somos como los porteros de fútbol: por mucho que hagamos cien paradas geniales, el único tiro que recordará la gente será el que nos cuelen. Nuestra labor consiste en proteger al público sin que se entere de lo que estamos haciendo.

—¿Podría ser que Faulkner nos estuviera tendiendo una trampa y que esto no fuese más que una compleja trama de venganza para mantenernos ocupados antes de su juicio? —preguntó el Halcón, haciendo de abogado del diablo.

—Es posible, pero improbable —dijo Holbrooke—. No obstante, si fuera así, pienso encerrarle en un lugar perdido de la mano de Dios y tirar la llave, porque me está haciendo perder un tiempo y unos recursos demasiado valiosos cuando debería estar concentrándome en el IRA.

—¿Cómo toma la decisión de...?

—Cada semana pasan por mi mesa más de cien casos —dijo Holbrooke—. La mayoría puede desestimarse sin más trámites, como la carta que recibimos de una mujer de Surbiton que me informaba de que la reina iba a ir el viernes a tomar el té y me preguntaba cuándo pensaba llevar a los perros rastreadores para que registrasen su casa.

—Qué pena —dijo William—. ¿Y qué le respondió?

—La mujer me escribe tres o cuatro veces al año. Su marido, un expoli que recibió la Cruz Militar, murió gaseado en la Segunda Guerra Mundial, así que es viuda desde hace cincuenta años. Uno de mis agentes jubilados, que se parece al duque de Edimburgo, va una vez al año a tomar el té con ella.

Hubo una carcajada general.

—Pero este caso no es para tomárselo a risa, y solo falta un par de semanas para que el director de orquesta suba la batuta. Así que tenemos que hacer todo lo que esté en nuestra mano para impedir una potencial catástrofe. No se imaginen ni por un momento que van a dormir mucho en los próximos catorce días. Empiecen por cancelar cualquier compromiso social que tengan —dijo Holbrooke, recorriendo la mesa con la mirada—, a no ser que sea para asistir a su propio funeral.

* * *

El señor Rosen cumplió lo prometido, y cuando Christina entró en la sala de llegadas del aeropuerto de Schiphol inmediatamente vio a un hombre que llevaba un letrero con la palabra FAULKNER.

Se sentó en la parte trasera de un BMW y repasó una vez más su guion, sin fijarse siquiera en que cruzaban un ancho canal por el que navegaban barcazas de vivos colores. Minutos más tarde, el coche se detuvo delante de una espléndida mansión del siglo XVII. El chófer se bajó de un salto y le abrió la puerta.

De pie en la acera empedrada la esperaba un caballero de avanzada edad vestido con terno de *tweed* en espiguilla y con un pañuelo carmesí de seda en el bolsillo de la pechera. Estaba apoyado sobre un elegante bastón de madera de brezo con empuñadura de plata. Christina se alegró de haber escogido para la ocasión un traje clásico de color gris con una falda que le llegaba muy por debajo de la rodilla.

—Bienvenida a mi casa, señora Faulkner —dijo Rosen, y se inclinó para besarle la mano—. Espero que haya tenido un viaje sin contratiempos.

—Así es, señor Rosen. Y gracias por haberme enviado a su chófer.

Su anfitrión caminaba tan despacio que Christina tuvo tiempo de sobra para admirar el exquisito mobiliario de época y un armario de porcelana Meissen que evocaba una riqueza heredada y marchita. Rosen se hizo a un lado para que ella pasara al salón, donde había una bandeja de café y un plato de galletas de gofre sobre una mesita ovalada.

Rosen esperó a que tomase asiento para acomodarse en un ajado sillón de cuero. Había situado a Christina de manera que lo primero que viese al sentarse fuese un pequeño y exquisito retrato de Enrique VIII en la pared que tenía enfrente. No era del gusto de Christina, pero no tenía ninguna duda de que Miles lo codiciaría.

Mientras una criada les servía el café, Christina escuchó a medias al anciano, que se puso a rememorar un viaje que había hecho a Londres nada más acabar la guerra. Se le ocurrió que lo mismo le incomodaba hablar de dinero con una desconocida, y acudió en su auxilio.

—La señora Warwick me ha dicho que espera obtener doce millones por el cuadro.

Pareció que el hombre se incomodaba un poco, pero al final salió del brete diciendo:

—Esa fue la cifra que me sugirió mi padre poco antes de morir.

—No quiero hacerle perder el tiempo, señor Rosen. Debo decirle que el Fitzmolean no dispone de doce millones de libras en su fondo de adquisiciones.

El anciano pareció aliviado, y hasta consiguió esbozar una débil sonrisa.

—No obstante —prosiguió Christina—, yo sí tengo diez millones en metálico, depositados en una caja de seguridad de mi banco, en Londres. Si le parece suficiente, le puedo asegurar que el retrato terminará en las paredes del Fitzmolean.

Era una frase que había ensayado ante el espejo esa misma mañana.

El anciano tardó tanto en responder que Christina se preguntó si se habría dormido. Por fin, casi susurró:

—Tendré que consultarlo con mis dos hijos, porque son los principales beneficiarios de mi testamento. Espero que lo entienda.

—Por supuesto.

—Le escribiré tan pronto como sepa su decisión.

—Tómese el tiempo que necesite, señor Rosen. No tengo prisa.

—¿Se quedará a comer, señora Faulkner? Así podría enseñarle el resto de la colección de mi abuelo.

—Es usted muy amable, señor Rosen, pero tengo que volver a Londres con tiempo para la última noche de los *proms*.

—¡Qué delicia! Toda una tradición para ustedes los británicos. ¡Ojalá pudiese acompañarla! —Hizo una pausa, se sacudió una miga del chaleco y preguntó—: ¿Desea saber algo más sobre el retrato antes de irse?

—Me gustaría ver la nota manuscrita que le escribió Holbein a su médico.

—Sí, por supuesto —dijo el anciano.

Se levantó despacio, se acercó con paso vacilante al cuadro y lo descolgó con cuidado de la pared, como si fuera un viejo amigo, antes de darle la vuelta para que Christina pudiera examinar la carta que había al dorso. Pero, aunque estuvo mirándola un rato, no entendió nada.

—Permítame que se la traduzca, aunque la verdad es que me la sé de memoria desde que era un chiquillo.

15 de abril de 1542

Querido doctor Rosen:

Lleva usted muchos años velando por mí y no se ha quejado ni una sola vez, y eso que no siempre ha cobrado puntualmente sus honorarios.

¿Querrá aceptar este retrato de Enrique VIII de Inglaterra como muestra insuficiente de agradecimiento por su talento y su pericia? Espero que usted y su familia disfruten del cuadro durante muchos años.

Servidor de usted,

Hans Holbein

—Holbein murió exactamente un año después, a los cuarenta y seis años —dijo el anciano—, y hasta hoy el cuadro jamás ha salido de esta casa. Si desea autentificar la carta, hay una copia en los archivos del Kunstmuseum, que tampoco pudo igualar el precio de venta porque acaba de someterse a una remodelación muy cara. Por eso le ofrecí el cuadro al Fitzmolean.

—Donde le aseguro que ocupará el lugar de honor, si es que sus hijos acceden a aceptar mi oferta —dijo Christina mientras el anciano volvía a colgar el cuadro en la pared. Parecía contento de restituirlo a su legítimo lugar.

Rosen acompañó a paso lento a su invitada hasta la puerta de la calle y se quedó esperando en el umbral a que el coche desapareciera de su vista. Después volvió a su estudio y llamó por teléfono a su hijo mayor.

—He hecho una tasación, que considero realista, de la colección escocesa de la difunta señora Buchanan —dijo Beth—, y te aseguro que tenía buen ojo.

James no la interrumpió.

—Y, en respuesta a tu pregunta sobre el precio que creo que podrían alcanzar, te diría que, más o menos, entre un millón doscientas y un millón cuatrocientas libras en el mercado abierto. Eso sí, puede que te lleve un tiempo desprenderte de todos los cuadros, teniendo en cuenta que no quieres que ninguna de las ventas se haga pública.

—Entonces, voy a necesitar que alguien me los quite de las manos. ¿Qué te parecería que te ofrezca la colección por un millón?

—Es un precio justo —dijo Beth—. Pero ¿y si solo pudiera pagarte en efectivo?

—Por mí, estupendo —dijo James—, siempre y cuando con ello yo no esté infringiendo la ley.

—Debo advertirte —interrumpió William— de que el dinero vendría de una delincuente.

—Christina no es una delincuente —dijo Beth—. De hecho, es mi amiga y socia, aunque reconozco que el dinero procede de su marido, que en estos momentos está en la cárcel.

—¿Miles Faulkner? —dijo James—. No, gracias. Eso sería salir de un incendio para meterme en otro.

—Y sin extintor —añadió William.

—Gracias por ayudarme —dijo Beth, y le dio en el brazo.

—Tú solo recuerda adónde te ha llevado fiarte de esa mujer en otras ocasiones.

Beth guardó silencio durante un rato y después dijo:

—Quizá tenga una solución tanto para tu problema como para el mío.

James la miró esperanzado.

—Tengo un cliente en Edimburgo que, por temas de impuestos, quizá estaría dispuesto a intercambiar un Warhol de Marilyn Monroe por tu colección escocesa.

—Pero si a mí ni siquiera me gusta Warhol —protestó James.

—Pues podrías sacar a Marilyn a subasta en Nueva York, donde estoy segura de que superaría el millón y, lo mejor de todo, no podría rastrearse su origen hasta tu abuelo.

—Y, entonces, ¿tú cómo vas a obtener beneficios? —preguntó James.

—Tengo tanta confianza en esto que aceptaría quedarme con el diez por ciento de todo lo que subastes por encima de un millón.

—Que sea un veinte —dijo James.

—Muy generoso de tu parte —dijo William.

—En realidad, no. Porque, si no saco un millón por el Warhol del que Beth está tan segura, el veinte por ciento de nada es nada. Si ella está dispuesta a correr el riesgo, yo también.

Capítulo 27

—Pensaba que el comandante de oro se quedaba en la base mientras el de plata dirigía la operación sobre el terreno con ayuda del de bronce… —dijo William.

—Pues mal pensado —dijo Holbrooke, y miró en derredor para asimilar todo lo que estaba sucediendo. Veía a más de cien agentes altamente cualificados, todos ellos con chalecos reflectantes por encima de los uniformes, rodeando la sala de conciertos para advertir a cualquiera que no hubiese acudido a sumarse al coro de «Tierra de esperanza y gloria» que no se acercase. Sin duda, Holbrooke pensaba que era mejor prevenir que curar—. ¿Sus agentes de registro han encontrado algo medianamente interesante esta mañana en el edificio?

—Registraron la sala milímetro a milímetro, señor, desde el tejado hasta el sótano —dijo William—, pero lo único que encontraron fue una caja vacía de cerillas Swan Vestas que se les debió de pasar por alto a los limpiadores del turno de noche. Yo mismo subí al tejado y me paseé por el domo de cristal, y no vi nada sospechoso. Los perros acaban de llegar y están inspeccionando el auditorio fila por fila, desde el patio de butacas hasta el gallinero.

—Entonces no puede haber entrado aún en el edificio. Esta mañana se han detectado varios sospechosos que se dirigían a Londres desde Mánchester, Birmingham y Bradford. No todos venían por rutas directas. Por supuesto, puede que fueran señuelos, pero, si alguno se acerca a menos de kilómetro y medio de la sala de conciertos, se le detendrá y se le interrogará y no se le pondrá en libertad hasta más tarde…, mucho más tarde. ¿A qué hora se abren las puertas al público?

—A las seis de la tarde —dijo William, y echó un vistazo al tejado del Royal College of Art, donde había seis francotiradores que barrían con prismáticos a la muchedumbre—. El director, *sir* John Pritchard, saldrá al escenario a las siete y media, y para entonces cuatro miembros de mi equipo estarán mezclándose con los *promenaders*.

—Además de diez agentes míos —dijo Holbrooke mientras comprobaba el semáforo de la esquina de Exhibition Road, que estaba bajo su control.

La mirada de William se posó en el Albert Memorial, que estaba a unos cien metros de distancia, en los jardines de Kensington. En los escalones había una pareja de jóvenes abrazados, pero se dio cuenta de que no eran amantes porque el uno no quitaba ojo al parque, y la otra tenía la vista clavada en la calle de enfrente de la entrada principal del Albert Hall. William no pudo por menos de admirar lo tranquilo que parecía estar Holbrooke, a diferencia de él, que tenía los nervios de punta, ya que era demasiado consciente de que centenares de agentes estaban ahí a causa de una sugerencia suya, sugerencia que, para colmo, obedecía a una información que le había brindado un hombre del que no se fiaba.

Para cuando empezó a ponerse el sol por detrás de la residencia del embajador de Francia, un caudal incesante de entusiastas asistentes al concierto se dirigía hacia la sala, ilusionados por la velada que tenían por delante.

—Tengo que dejarle, señor. Me voy dentro, con mi equipo —dijo William.

—Asegúrese de que es usted la última persona en salir del edificio —dijo el comandante de oro.

A William le gustaba cómo hacía Holbrooke las cosas, sin dejar nada al azar. Cruzó la calle y entró en la sala de conciertos como si fuera uno más del público, observando atentamente mientras se revisaban dos veces las entradas e iba creciendo la cola de *promenaders* malhumorados que, incluso cuando ya habían conseguido pasar al auditorio, tenían que entregar por tercera vez la entrada para que la comprobasen. Un hombre protestó cuando un diligente policía de paisano le vació la mochila encima de una mesa, y se acaloró aún más cuando le dijeron que podría recogerla en el guardarropa al término de la función.

—¡Maldito Estado policial! —proclamó a voz en cuello antes de reunirse con sus amigos en el anfiteatro.

William avanzó despacio por el ancho pasillo que rodeaba el auditorio y entró para sumarse a los escandalosos juerguistas. Algunos llevaban allí más de una hora y serían los últimos en marcharse, mucho después de que los músicos hubiesen abandonado el escenario. William rezó para que se marchasen cantando.

Enseguida localizó a Paul y a Jackie, y finalmente a Rebecca, pero no se saludaron. Le costó reconocer a Ross, que, vestido con una camiseta desaliñada y unos vaqueros rasgados, se mezclaba entre los *promenaders* como si fuera uno más. En teoría, era su noche libre, pero William sabía que, aunque no estaba invitado, no habría faltado por nada del mundo.

Los integrantes de su equipo ya habían tomado posición en los cuatro puntos cardinales, desde donde podían observar a la muchedumbre y localizar cualquier figura solitaria que pareciera hallarse fuera de su zona de confort.

William echó un vistazo a las gradas que tenía por encima, en las que montones de agentes de paisano —era capaz de reconocer a un poli a cien metros— comprobaban entradas, dirigían a la gente a sus asientos y vendían programas, todo ello a la vez que buscaban al escurridizo individuo que podría llevar un cóctel de explosivos oculto bajo una camisa, un jersey o una chaqueta gruesa. El comandante de oro había advertido a su equipo de que su presa quizá había asistido en el último mes a otros conciertos de los *proms* para tantear el terreno y reducir los riesgos de llamar la atención sobre su persona.

—No olviden —les había recordado Holbrooke— que nos enfrentamos a una persona que ha sido adoctrinada y que está dispuesta a sacrificar su vida por una causa en la que cree.

El bullicio de la expectación iba creciendo por momentos. Por fin, la orquesta salió al escenario y fue recibida con grandes aplausos, seguidos de una ovación especial al primer violinista, que dio un paso al frente y saludó. Y, cuando parecía que el público ya no podía más de la impaciencia, apareció *sir* John Pritchard, que, envuelto en una salva de aplausos, se detuvo varias veces a saludar antes de subir al podio y ponerse de espaldas. William examinó a la multitud, pero no vio a nadie que no estuviese aplaudiendo. Por una parte, se sintió aliviado, pero, por otra, se dijo que, si al final todo aquello no era más que una trampa que le habían tendido, ya se encargaría él de que a Faulkner le doblasen la condena.

Sir John subió la batuta y esperó a que se hiciera un silencio absoluto antes de dar la entrada a la orquesta. El atento público se quedó embelesado desde la primera nota, y parecía saberse cada semicorchea de cada pieza y también todas las oberturas que caían en cascada desde el escenario. William ignoró lo que estaba sucediendo en el escenario para seguir escudriñando el auditorio. Su mirada se posó por un instante en una mujer que estaba sentada en la primera fila de uno de los palcos de la segunda grada. A su lado había un joven al que había visto en la inauguración de la exposición de Frans Hals unas semanas antes.

Varias veces durante las siguientes dos horas, William deseó que Beth estuviese a su lado disfrutando de Rossini, Brahms y Benjamin Britten. Se prometió a sí mismo que el año subsecuente llevaría a Beth..., siempre y cuando la función no se cancelase «en memoria de...». Pero no bajó la guardia ni un momento, aunque le costó no arrancar a cantar cuando todos los que le rodeaban empezaron a entonar vigorosamente «Ved, aquí llega el héroe conquistador», pieza que fue recibida con aplausos aún más entusiastas.

Sir John esperó a que el alboroto amainase antes de subir de nuevo la batuta para que la *mezzosoprano* Sarah Walker cantase los compases iniciales de «Rule Britannia» y el público se transformase en el coro más grande del planeta. Y entonces llegó el momento que todos habían estado esperando, y el momento que tanto había temido William. Rezó para que Faulkner se hubiese equivocado.

El director se puso de cara al público y subió la batuta, invitando a más de cinco mil voces inexpertas a convertirse en su estentóreo coro. Mientras cantaban el inicio de «Tierra de esperanza y gloria», William solo consiguió localizar a cuatro personas que no participaban.

La música llegó a su apoteosis y el público vitoreó como loco, pidiendo un bis. *Sir* John se giró y saludó, sonriendo brevemente antes de salir con paso resuelto del escenario; pero, a los pocos instantes, y sin que nadie se sorprendiese, volvió y fue recibido con más estruendo si cabe. Se hizo un silencio mientras levantaba la batuta por última vez.

William esperó a que sonase la nota final de «Los británicos jamás serán esclavos», y estaba suspirando aliviado cuando de repente oyó a lo lejos algo que parecía una explosión, amortiguada por los címbalos y el clamor alborozado del público en el momento en que la orquesta se levantaba para recibir una cerrada ovación. Ni corto ni perezoso, se dirigió hacia la salida más cercana, y se encontró con que Rebecca, seguida de cerca por Jackie, ya le llevaba un par de metros de ventaja.

A lo lejos oyó una sirena, y al girar la cabeza vio las luces de una ambulancia que se acercaba a toda velocidad. El comandante de oro estaba plantado en mitad de la calle, las manos en las caderas, y los ojos mirando en todas direcciones.

William cruzó corriendo mientras una segunda ambulancia daba un frenazo a pocos metros de distancia. La puerta trasera se abrió de par en par, y dos paramédicos vestidos de verde se apearon de un salto y un grupo de agentes armados que parecía haber surgido de la nada los dirigió hacia el Albert Memorial. William, pisándoles los talones, se abrió paso a través de una nube de humo hasta la otra punta del parque.

No pudo hacer nada más que mirar mientras levantaban un cuerpo inerte del suelo y lo tumbaban en una camilla. Reconoció a la víctima: era el hombre que había estado abrazando a su compañera policía en los escalones del Albert Memorial esa misma tarde.

El joven fue trasladado con cuidado a la ambulancia, que instantes después cerró las puertas y salió disparada. El semáforo seguía en verde; Holbrooke se había encargado de que todos los semáforos entre el Albert Hall y el Hospital de Brompton permanecieran en verde. Hasta se sabía el nombre del médico que estaría esperando a su paciente. El comandante de oro, en efecto, no dejaba nada al azar.

Minutos más tarde, los juerguistas empezaron a salir en tropel del auditorio para volver a sus casas, completamente ajenos a lo que acababa de ocurrir a unos metros de distancia.

Eso sí, no se les pudo escapar que había mucha más presencia policial que de costumbre, y una ambulancia con las puertas traseras abiertas aparcada en la acera de enfrente. Algunos se pararon a mirar, mientras que otros apretaron el paso.

—Por los pelos —dijo una voz, y al volverse William vio a Holbrooke a su lado.

—¿Saldrá adelante el joven agente? —Fue lo primero que dijo William cuando la ambulancia llegaba al semáforo soltando destellos y con la sirena sonando a todo volumen.

—Todavía no lo saben. Dé gracias de que siga vivo.

A pocos metros de distancia, una joven, la que había estado fundida con él en un abrazo, sollozaba en el suelo con la cabeza entre las manos. Rebecca estaba arrodillada a su lado, intentando consolarla.

—Gracias a Dios que el tipo no ha entrado en el auditorio —dijo William.

—Para mi gusto, se ha acercado demasiado —dijo el comandante de oro mientras la escandalosa muchedumbre seguía parando taxis, subiéndose a los autobuses o caminando hacia la parada de metro más cercana, muchos de ellos cantando todavía—. Nunca pensé que el terrorista suicida sería capaz de burlar a tantos agentes míos. Al final lo vio el joven sargento que llevaba más de ocho horas sentado en los escalones del monumento. Le dio el alto, pero el terrorista se dio la vuelta y echó a correr; mi agente salió disparado tras él sin pensar ni medio segundo en su propia seguridad. Casi le había alcanzado cuando el terrorista saltó por los aires. —Hizo una pausa mientras la ambulancia doblaba a la derecha por Exhibition Road y se perdía de vista—. Afortunadamente, su colega estaba lo bastante lejos cuando estalló la bomba como para no resultar herida. Lo que no sabrá usted es que se iban a casar.

William se preguntó si de allí a un año seguirían en la Policía Metropolitana: el uno, herido físicamente, y la otra, psicológicamente. El sonido de otra sirena le devolvió al mundo real.

—En fin, parece que Faulkner ha pasado de la categoría D4 a la A1 —dijo.

—Lo cual solo nos crea más problemas. —Holbrooke hizo una pausa—. Tanto a usted como a mí.

—¿Problemas como cuáles?

—Créame, Warwick, Mansour Khalifah querrá vengarse. Se tomará esto —dijo, señalando con la mano en derredor— como una humillación más, y se pondrá a buscar un objetivo aún mayor. Como usted es el único contacto que tenemos con Faulkner, le voy a decir exactamente lo que quiero que haga.

Capítulo 28

Christina llegó al banco con tiempo de sobra para su cita con el señor Rosen. Había hablado con el director adjunto del Kunstmuseum de Basilea, que había confirmado que la redacción de la carta al doctor Rosen era de Holbein y que, según los archivos del museo, el cuadro seguía perteneciendo a la familia Rosen, que vivía en Ámsterdam.

El señor Rosen fue puntual, pero parecía agotado. Después de saludar a Christina, le presentó a sus hijos, Cornelius y Sander. El primero llevaba un cofre de madera adornado con un blasón familiar, y su hermano había traído dos grandes maletas que Christina supuso que estarían vacías.

—Estoy rendido —dijo Rosen—. Pero, claro, ha pasado mucho tiempo desde la última vez que viajé en avión, y ya ni siquiera un viaje corto es una experiencia placentera. Aunque no es tan desagradable como tener que desprenderse de una preciada reliquia de la familia.

Christina, como requería la ocasión, adoptó una expresión compasiva, si bien sus ojos apenas se desviaron de la cajita de madera que seguía en manos de Cornelius.

—No obstante —continuó Rosen—, después de darle muchas vueltas, hemos decidido que, si fuese usted capaz de confirmar que el cuadro pasará a formar parte de la colección del Fitzmolean, aceptaríamos (a regañadientes) su oferta.

—Les doy mi palabra —dijo Christina. Lo transmitió con absoluta convicción.

Rosen inclinó la cabeza, y Christina no pudo por menos de pensar que era un caballero chapado a la antigua. Sin lugar a dudas, era un hombre de palabra, mientras que sus hijos parecían mucho más interesados en el dinero.

Christina los guio al ascensor, y, una vez en el sótano, los recibió un guarda de seguridad que los acompañó por un pasillo muy iluminado y no se detuvo hasta que una puerta blindada que llegaba hasta el techo les cerró el paso. Después de teclear una contraseña de ocho dígitos —una contraseña que le habían asegurado a Christina que se cambiaba cada mañana—, el guarda abrió la pesada puerta y se hizo a un lado para que pasaran a una habitación llena de secretos que solo conocían los encargados de abrir y cerrar.

Las paredes estaban cubiertas de cajas de seguridad. El guarda echó un vistazo a los numeritos rojos, escogió una y, sacándola como si fuera un cadáver de una morgue, la dejó en la mesa que había en el centro de la habitación. Después cogió un llavero muy grande del bolsillo, eligió una llave y abrió el primero de los dos cerrojos; dando un paso atrás, dijo:

—Aquí la dejo, señora Faulkner. Por favor, tómese todo el tiempo que necesite.

—Gracias —dijo Christina.

No se movió hasta que la puerta se cerró detrás del guarda, y entonces abrió su bolso y sacó una segunda llave para abrir el cerrojo del cliente. Sin prisas, disfrutando del momento, esperó unos instantes y abrió la tapa de la caja, en la que había diez mil paquetes pulcramente envueltos en papel de celofán, cada uno con veinte billetes nuevecitos de cincuenta libras.

Los hijos del señor Rosen dieron un paso hacia delante, echaron un vistazo y empezaron a trasladar el dinero de la caja de seguridad a sus maletas, mientras su padre se quedó sentado en silencio tras ellos en la única silla que había.

Christina se acercó a la mesa, aflojó los seguros del cofre de madera y levantó la tapa: Enrique VIII la miraba a los ojos, como había mirado a tantas mujeres hermosas de su época. Pero Christina rechazó sus insinuaciones hasta después de levantar el retrato de su lecho de satén rojo y acercarlo a la luz para comprobar la carta que tenía pegada al dorso. Una vez que hubo reconocido la caligrafía de Holbein, se tranquilizó.

Con cuidado, volvió a colocar el cuadro en la caja y cerró la tapa. Los dos jóvenes seguían llenando las maletas cuando se despidió del señor Rosen, y acto seguido pulsó el botón verde que había al lado de la puerta.

El anciano se levantó tambaleándose e hizo una reverencia a la vez que la puerta se abría y Christina se marchaba rápidamente.

—Van a seguir aquí unos minutos más —le dijo al guarda—. Ya salgo yo sola.

—Como guste, señora —respondió él, y cerró la pesada puerta.

Christina cogió el ascensor hasta la planta baja y salió del banco, agarrando con fuerza el cofrecito de madera. Cruzó la calle St. James y corrió a la galería Van Haeften, que estaba a un par de manzanas. Tampoco esta vez vio a un hombre que la observaba desde la entrada de Lobb's y que no se molestó en seguirla —para qué iba a hacerlo, si sabía adónde iba—.

En cuanto vio el cofre, Johnny van Haeften reconoció el blasón familiar de la tapa. Cada vez más entusiasmado, observó cómo Christina lo dejaba sobre la mesa del centro de la galería, abría los seguros y levantaba la tapa. Enrique VIII apareció en todo su esplendor.

—¿Puedo? —preguntó Van Haeften, los dedos temblorosos.

Christina asintió con la cabeza, y Van Haeften sacó delicadamente el cuadro de su lecho de satén rojo. Estuvo un rato estudiando a Enrique VIII antes de darle la vuelta y leer la carta.

—Creo que dijo usted doce millones, quizá quince, si no recuerdo mal —dijo Christina.

—Sí, eso dije —respondió Van Haeften.

El hombre esperó unos minutos antes de cruzar la calle y entrar en el banco. Se quedó un rato en el recibidor como si estuviese esperando a alguien, y, en efecto, eso hacía. No tuvo que esperar mucho antes de que se abrieran las puertas del ascensor y salieran tres hombres, uno de ellos, arrastrando dos maletones. Pasaron de largo sin decir una palabra, y dejaron las maletas a su lado antes de salir del banco e irse cada uno por su camino.

Agarró las asas y empezó a arrastrar las maletas hacia la puerta, sorprendido de lo que pesaban. Una vez en la acera, paró un taxi, metió las maletas en el maletero y se subió. Era más seguro que un coche blindado, que no haría más que llamar la atención y exigiría rellenar muchos formularios previos.

—¿Adónde vamos, jefe? —preguntó el taxista.

—Al Mayfair Trust Bank de Park Lane —dijo Lamont.

Habría dado la dirección de su banco de Hammersmith de haber pensado que podía salirse con la suya, pero era consciente de que habría otros ojos mirándole y, si no devolvía el dinero directamente a su lugar de origen, sería el último trayecto en taxi de su vida.

* * *

Van Haeften estudió el cuadro con atención antes de decir:

—Quince millones habría sido un precio justo… si fuera el original.

Christina le miró boquiabierta.

—Pero si lo vi en Ámsterdam, en casa del señor Rosen, hace solo una semana… —consiguió decir al fin, subiendo la voz con cada palabra.

—No lo dudo —dijo Van Haeften con calma—. Y el cofre, el panel de roble y el marco son todos de la época de Holbein, como también lo es el cuadro. Pero, por desgracia, no lo pintó Holbein.

—Pero la carta del dorso —protestó ella— demuestra que es el original. Si la lee, verá que tengo razón.

—Me temo que no, señora Faulkner.

—¡Léala en alto! —le ordenó.

Van Haeften no protestó; de sobra sabía que, aunque el cliente no siempre tenía razón, nunca había que llevarle la contraria.

15 de abril de 1542

Querido doctor Rosen:

Lleva usted muchos años velando por mí y no se ha quejado ni una sola vez, y eso que no siempre ha cobrado puntualmente sus honorarios.

¿Querrá aceptar este retrato de Enrique VIII de Inglaterra, pintado por uno de mis discípulos más prometedores, como muestra insuficiente de agradecimiento por su talento y su pericia? Espero que usted y su familia disfruten del cuadro durante muchos años.

Servidor de usted,

HANS HOLBEIN

Christina se quedó sin habla.

—¿Qué desea que haga con el cuadro, señora Faulkner? —preguntó al fin Van Haeften.

—¡Me trae sin cuidado lo que haga con él! —gritó Christina a la vez que se daba la vuelta y salía corriendo de la galería.

No se detuvo hasta que llegó a la calle St. James, donde (librándose por los pelos de que la atropellase un coche negro) cruzó la calle, entró en el banco y se fue derecha al mostrador de recepción.

—Esos tres hombres con los que estaba… —le soltó, todavía jadeante, a la recepcionista.

—Acaban de marcharse, señora Faulkner.

—¿Sabe adónde han ido?

—No, pero dejaron las dos maletas con otro hombre al que no reconocí, y le vi coger un taxi.

A Christina no le hizo falta que le describiese al cuarto hombre.

—Sé que se alegrarán de saber que el joven sargento que se enfrentó al terrorista no se encuentra ya en estado crítico —empezó diciendo Holbrooke—. Los médicos piensan que se recuperará bien, aunque puede que pierda la visión del ojo izquierdo.

William no supo explicarse por qué lo primero que le vino a la cabeza fue el colérico *promenader* que se había quejado de vivir en un Estado policial cuando le registraron la mochila.

—¿Y su prometida? —preguntó Jackie suavemente.

—Esta mañana ha presentado su dimisión. No he podido hacer nada para disuadirla. Es uno de los problemas más graves que tenemos en Antiterrorismo.

—En la prensa matinal ni siquiera se menciona el atentado —dijo William—. ¿Acierto si digo que ha dado orden a Fleet Street de que no publiquen nada?

—Sí, y justo a tiempo —respondió Holbrooke—. La portada del *Mail* estaba a punto de entrar en prensa. Su corresponsal de asuntos criminales había sumado dos más dos, y, aunque le daba seis, se acercaba peligrosamente a la verdad.

—Entonces, ¿mi equipo puede apearse y volver a sus tareas cotidianas? —preguntó el Halcón.

—Por ahora, sí. Pero no se sorprenda si Khalifah nos tiene preparado algo más para un futuro no muy lejano…, algo que, como ya le he advertido al comisario Warwick, podría ser incluso más devastador.

—¿Alguna sugerencia?

Rebecca abrió una carpeta que había estado estudiando la noche anterior.

—Dentro de unas semanas, Inglaterra se enfrentará a Suecia en las eliminatorias para la Copa del Mundo. Habrá sesenta mil personas en el Wembley, cuyas medidas de seguridad son bastante laxas. Y está también la Copa Ryder…

—No —dijo William—. No van a esperar tanto tiempo.

—¿El festival de Edimburgo? —dijo Rebecca—. No sería muy difícil esconder a alguien entre el medio millón de jóvenes que invade la ciudad en agosto. Y también está el *test match* final contra Australia en el Oval. Se han agotado las entradas.

—Carecemos de autoridad para cubrir Edimburgo —reconoció el Halcón—. Podrían colocar a seis terroristas suicidas a lo largo de la Milla Real y ni nos enteraríamos.

—No se preocupe —dijo Holbrooke—. Voy a mandar a un equipo entero inmediatamente, y usted se encargará de vigilar Londres. No sabe cuánto agradezco el papel que han desempeñado, y no solo la noche fatídica. —Desde la otra punta de la mesa, hizo un gesto con la cabeza mirando a William a la vez que se levantaba—. Ha sido un privilegio trabajar con su equipo. Pero, por ahora, pueden volver a su trabajo de proteger a la familia real. —Al salir sonrió a Rebecca y añadió—: Si alguna vez quiere un trabajo de verdad, subinspectora Pankhurst, ya sabe dónde encontrarme.

—Atadla a la silla —dijo el Halcón al tiempo que el jefe de Antiterrorismo abandonaba la sala.

—¿Y a mí por qué no me ha ofrecido trabajo? —dijo Paul.

—Si lo hubiera hecho —dijo William—, habríamos tenido que dejarte marchar con todo el dolor de nuestro corazón.

—Venga, los demás ya os podéis ir largando —dijo el Halcón cuando amainaron las risas—. Tengo que hablar con el comisario Warwick. —Esperó a que la puerta se cerrase para decirle—: Me temo que vas a tener que hacerle otra visita a Faulkner. Y esta vez esperará que le ofrezcas algo más que una ramita de olivo.

—Organizaré una cita por medio del director de la prisión. Después, le informaré a usted de todo.

—Por cierto, ¿por qué no ha venido Ross esta mañana? —preguntó el Halcón.

—Se ha ido de vacaciones con Jojo. Cuando vuelva, dentro de dos semanas, retomará sus funciones al servicio de la princesa.

—Espero que no vaya vestido como anoche.

—Es un camaleón, señor. Puede camuflarse en cualquier entorno, ya sea un palacio o un burdel. ¿Necesita verle?

—Sí, pero puedo esperar a que vuelva. Nos ha llegado una queja de un *promenader*. Al parecer, Ross le dio un rodillazo en la ingle cuando cantaba la última línea de «Tierra de esperanza y gloria» y le fastidió la velada.

—No me lo puedo creer.

—Cada vez mientes mejor, William. Pero todavía no se te da bien del todo.

Lamont marcó el número a las cuatro y cinco. Pasados cuatro tonos, alguien cogió la llamada sin decir nada. Lamont solo dijo «Biblioteca», y pocos segundos después oyó un segundo tono de llamada.

—¿Sí? —dijo una voz después de que sonase otras cuatro veces.

—El dinero ha sido devuelto a su banco de Mayfair —dijo sin presentarse—. Lo he metido en su caja de seguridad con los otros doce millones, y luego he devuelto la llave al jefe de seguridad.

—¿Gastos?

—Todo cubierto, incluido el retrato de Enrique VIII, que está expuesto en estos momentos en la galería Van Haeften y que figura como obra de un discípulo de Hans Holbein, con un precio de salida de cinco mil libras.

—Cómprelo, y encárguese de que Van Haeften se lo envíe como regalo a la señora Warwick.

—¿De su parte?

—No. De parte de un admirador.

—¿Y la casa de Ámsterdam?

—Las llaves han sido devueltas al agente inmobiliario.

—¿Y los actores?

—Han cobrado todos cantidades muy por encima de las tarifas que marca el sindicato de actores. El viejo hizo una interpretación magnífica, a la altura del Juan de Gante que representó en el Old Vic hace unos años. Y, aunque sus dos hijos solo fueron papeles de extras, también estuvieron de lo más convincente.

Miles estaba muy satisfecho. Una vez más, Christina le había subestimado, no solo a él, sino también su conocimiento de cómo funcionaba el mercado del arte. Aun así, iba a tener que mantenerse alerta, porque a la menor oportunidad su exmujer iba a querer vengarse, y tenía una ventaja: él seguía entre rejas, mientras que ella estaba fuera.

Dio por hecho que Lamont seguiría al otro lado de la línea telefónica.

—Si mañana echa un vistazo a su cuenta personal, verá que la cantidad acordada ya se ha ingresado. Pero ni se le ocurra jubilarse aún, Lamont, porque le tengo reservada una misión todavía más importante. Me pondré en contacto con usted.

Capítulo 29

—Voy a recomendar a la fiscalía que le quiten otros dos años de condena —dijo William, que había sorprendido a Faulkner al volver a visitarle tan pronto.

Holbrooke había dejado bien claro que no había tiempo que perder.

Rebecca empezó a escribir.

—Eso significa que saldría de aquí antes de Navidad —dijo Faulkner con una sonrisita indisimulada.

—No sé cómo ha hecho ese cálculo —dijo William, incapaz de ocultar su sorpresa—. Ni usted ni yo podemos saber con seguridad cuántos años añadirá el juez a su condena actual cuando comparezca ante él en el Old Bailey dentro de unas semanas.

—Es evidente que no sabe usted nada del trato que he hecho con su padre. Ya ha accedido a que, si me declaro culpable de los cargos más recientes, la fiscalía recomendará la libertad condicional.

A William le entraron ganas de soltar una risotada, pero vio que Faulkner no bromeaba.

—De manera que, si consigue usted que me reduzcan la condena en otros dos años, me quedarían cuatro, y si a eso le deducimos el tiempo que llevo cumplido, y encima se me reduce a la mitad por buena conducta, para Navidad, como le he dicho, ya debería estar fuera.

William no daba crédito a lo que estaba oyendo.

—¿Qué le hace pensar que la fiscalía estará dispuesta a retirar todos los cargos? Si nos guiamos por los precedentes, fugarse de la cárcel suele traer como consecuencia que se multiplique por dos la condena original, lo cual significa que tendría usted suerte si le soltasen antes de que acabe este siglo.

—Pero, como ya le he explicado, he hecho un trato con la fiscalía, trato del que al parecer usted no sabe nada. Le sugiero que hable con su padre.

Rebecca siguió escribiendo.

—¿Por qué iba a acceder mi padre a retirar los cargos contra usted cuando el caso está clarísimo?

—A cambio de que yo no saque el tema de que usted y el inspector Hogan allanaron mi casa de España, me robaron un Frans Hals y me trajeron de vuelta a Inglaterra contra mi voluntad en mi propio avión.

—¿Tiene algún documento escrito que demuestre que ha hecho este trato? —preguntó William.

—Por supuesto —dijo Miles.

Se acercó tranquilamente al mostrador de la biblioteca, abrió un cajón y, después de rebuscar entre unos papeles, encontró lo que andaba buscando. Le pasó el documento a William, que se tomó su tiempo en leerlo antes de dárselo a Rebecca.

—Como puede ver, señor Faulkner, mi padre no ha firmado este trato.

Miles se fijó en que Warwick le había llamado «señor» por primera vez desde su ingreso en prisión.

—Sí lo ha firmado. Esto es solo una copia. Booth Watson me ha enseñado el original y le aseguro que la firma de su padre estaba en la última hoja.

William no dijo nada, pero le bastó con mirar a Miles para comprender que quizá decía la verdad.

—Me informaré y me pondré en contacto con usted —consiguió decir al fin.

—Mientras tanto —continuó Faulkner—, hay un fanático que vive en mi pabellón, y me da que sospecha quién hizo posible que «Rule Britannia» llegase a la segunda frase.

—A Mansour Khalifah le han puesto en aislamiento esta misma mañana —le tranquilizó William—, y a sus adeptos los han repartido por distintas cárceles. Usted no corre peligro inminente.

—¿Y esa es mi única recompensa —Faulkner hizo una pausa— por salvar no sé cuántas vidas?

Una observación razonable, quiso decir William, pero se contentó con anunciar:

—Volveré mañana, señor Faulkner. Para entonces ya habré hablado con mi padre y con el comandante Hawksby.

—¿Y qué me dice de Booth Watson? No olvide que el documento original con la firma de su padre está en su poder.

—Eso, suponiendo que me esté diciendo usted la verdad.

—¿Le dije la verdad acerca de lo que había planeado Khalifah para la última noche de los *proms*? Porque, si no, ¿cómo se explica que esta mañana Tareq Omar haya aparecido colgado de la barandilla que hay delante de mi celda?

Sonó el timbre de la puerta, y Beth se preguntó quién sería a esas horas de la mañana. Los niños estaban en el colegio, era el día libre de Sarah y Beth no esperaba a nadie.

Cerró el catálogo de Cheffins, salió al vestíbulo y abrió. Christina estaba en el umbral, con la cabeza gacha.

—¿Qué pasa? —preguntó Beth. Sabía perfectamente la respuesta, y llevaba un tiempo preguntándose cuándo aparecería Christina y lo admitiría por fin.

Sin decir una palabra más, la llevó al estudio. No le ofreció café.

Christina, con la vista clavada en el retrato que había encima de la mesa de Beth, permaneció en silencio unos instantes y después se echó a llorar.

—¿Cómo te has hecho con él? —consiguió decir entre sollozos.

—Johnny van Haeften se lo vendió por cinco mil libras a uno de sus clientes habituales, y este a su vez pidió que me lo entregasen a mí. No es difícil adivinar quién era el cliente.

—Mi intención era repartirme los beneficios contigo —dijo Christina, con cara de santa.

—Eso es lo último que pensabas hacer —dijo Beth, incapaz, a esas alturas, de seguir disimulando su enfado.

—Me he quedado sin blanca por culpa de mi estupidez —reconoció Christina, y se desplomó en la silla que tenía más cerca—. Debería haber imaginado que Miles utilizaría su conocimiento del mundo del arte para aprovecharse de mí.

—Y su conocimiento de tu voraz apetito por el dinero.

Christina no intentó defenderse.

—Sin embargo, no te has quedado sin blanca —dijo Beth—, porque Van Haeften me pidió que te diera las cinco mil libras. Es una pena que no sepas leer el holandés; supongo que Miles consideró que merecía la pena correr el riesgo.

Pareció que Christina hacía acopio de valor para hablar y, por fin, aun sin ser capaz de mirar a Beth a la cara, le soltó:

—Cuánto lo siento, Beth, pero no me basta con cinco mil. Necesito que me devuelvas las cien mil libras que invertí en tu negocio.

Beth se fue a su escritorio y le extendió un cheque por valor de 127 000 libras.

—¿Por qué tanto? —preguntó Christina al cogerlo.

—Incluye el beneficio que obtuvimos de la venta de un Warhol en Nueva York, cuando todavía éramos socias.

—Pero ¿significa eso que no podrás continuar con tu negocio?

—Me las apañaré, aunque es verdad que he visto un par de oportunidades que me fastidia perderme. Por cierto, Christina —añadió al descolgar el retrato de Enrique VIII—. No te marches sin tu último novio.

—No quiero volver a ver a este condenado en la vida —respondió Christina, escupiendo las palabras—. Me merezco el mismo destino que Ana Bolena.

—Creo que eso es lo que tenía en mente Miles. Pero, si no quieres quedarte con Enrique, lo dejaré en la pared para que no se me olvide nunca que solo debo seguir los consejos de los amigos de los que me pueda fiar.

—¿Me perdonarás algún día?

Beth guardó silencio mientras volvía a colgar el cuadro.

—No te lo reprocho —logró decir Christina por fin.

—Jamás olvidaré tu generosidad y tu apoyo cuando más lo necesitaba —dijo Beth—. Pero eso no significa que pueda volver a confiar en ti.

Beth se volvió y se quedó descolocada al ver que Christina rompía el cheque por la mitad y se lo devolvía.

—Si no puedo ser tu amiga, al menos podré ser tu socia.

—Este documento no se sostendría ante un tribunal —dijo *sir* Julian después de leer las alegaciones por segunda vez.

—¿Por qué no? —preguntó William.

—No está firmado, así que a Booth Watson le bastaría con decir que se trata de la propuesta inicial en la que insistió su cliente, a pesar de que él le había dejado claro en su momento que tenía pocas posibilidades, o ninguna, de que dicha propuesta fuera aceptada, algo con lo que cualquier juez estaría de acuerdo. A continuación, Booth Watson diría que Faulkner aceptó más tarde su consejo y firmó el acuerdo más reciente en presencia de un funcionario de prisiones de alto rango; según este acuerdo, si se declaraba culpable, su condena se vería reducida en dos años, lo cual es conforme con el modo de proceder que recomienda la fiscalía para este tipo de casos. Me parece estar oyendo a Booth Watson decir que por fin consiguió convencer a su cliente de que una reducción de condena de dos años era lo máximo a lo que podía aspirar dadas las circunstancias.

—En cuyo caso Faulkner no vacilaría en contarle al tribunal lo que había estado tramando Booth Watson a sus espaldas.

—¿A quién es más probable que crean? —preguntó *sir* Julian—. ¿A un hombre que está cumpliendo condena por fraude y fuga de la cárcel, o a uno de los letrados más prestigiosos del país?

—Pero si se concluye que Booth Watson ha representado mal a su cliente, tendría muchísimo que perder.

—Y, si cuela, muchísimo que ganar —dijo *sir* Julian—. Piénsalo, hijo. A Booth Watson no le falta mucho para jubilarse, y sabe dónde están enterrados todos los cadáveres, incluida una de las mejores colecciones de arte privadas. De modo que, si Faulkner acabase entre rejas los próximos catorce años, él podría vivir por todo lo alto durante todo ese tiempo. Incluso puede que ya no estuviese en este mundo para cuando soltaran a Faulkner. Y a un muerto no se le puede matar.

William reflexionó sobre las palabras de su padre antes de decir:

—¿Podrías pedir cita para ver al juez en su despacho y contarle todo lo que te preocupa?

—Podría. Pero te aseguro que no dará su brazo a torcer en lo que respecta a la duración de la condena, a no ser que tenga pruebas nuevas que presentarle.

—Hay otra cosa que también deberías saber.

—¿Esta es su firma? —preguntó William pasando a la última página del acuerdo.

—Sí —dijo Faulkner—. Y, aunque no tenga motivos para creerme, comisario, le aseguro que es la primera vez que veo este documento.

—Sí le creo —dijo William, para sorpresa de Miles—. Y, lo que quizá sea más importante, mi padre también.

—Bueno, ¿y qué piensa hacer él al respecto?

—Ya ha pedido cita para ver al juez. Sospecho que va a ser el primer fiscal de la historia que pida clemencia para un acusado.

—Vamos, que a lo mejor consigue que me rebajen un par de años más y acabe cumpliendo solamente seis años de condena... ¡Genial!

—Mi padre pretende dejarle bien claro al juez —continuó William, ignorando la réplica— que la información que aportó usted sobre el atentado suicida que habían planeado para el Albert Hall salvó, sin lugar a dudas, un montón de vidas.

—Si eso es lo único que me ofrecen, también podría declararme inocente y arrastrarlos a ustedes conmigo.

—Mi padre se encargará también de que al juez no le quepa ninguna duda de las consecuencias que conllevaría el hecho de que usted decidiera declararse inocente. Y no solo para el inspector Hogan y para mí, sino también para la reputación de la Policía Metropolitana.

—Eso me reduciría la condena un par de años más. Así que ahora ya estoy en cuatro, y a usted sin duda le ascenderán a comisario general por haber salvado tantísimas vidas.

—Creo que igual se lleva una agradable sorpresa —dijo William—. Pero, si queremos engañar a Booth Watson, va a tener usted que confiar en mí y declararse culpable.

—¿Cómo voy a rechazar una oferta tan tentadora? Sobre todo, porque seguiré aquí metido con un triste cincuenta por ciento de posibilidades de llegar vivo al juicio. Ni siquiera usted puede mantener a Mansour Khalifah en régimen de aislamiento el resto de sus días.

—Como muestra de buena voluntad, la policía no pondrá ninguna pega si solicita usted el traslado a una prisión abierta. Pero...

—Con usted, comisario, siempre hay un pero. Estoy deseando saber de qué se trata esta vez.

—Si intenta fugarse de nuevo, le perseguiré con todos los medios de los que dispone la Policía Metropolitana, y, cuando el inspector Hogan y yo le encontremos (y, créame, le encontraremos), no nos detendremos en las sutilezas de los tratados de extradición. Esta vez, mi padre no pedirá que le añadan ocho años de condena, sino la cadena perpetua. Tengo la sensación de que el juez le dará la razón, por muchos factores atenuantes que presente Booth Watson.

Miles permaneció callado un buen rato antes de decir:

—Acepto su trato, comisario, siempre y cuando me garantice que, ahora que sabe perfectamente qué pretende Booth Watson, también le tiene a él en su línea de tiro.

—Solo es cuestión de tiempo que le inhabiliten para el ejercicio de la abogacía —afirmó William con vehemencia—. Porque, no nos engañemos, el peor enemigo de Booth Watson es Booth Watson.

—No. Mientras yo viva, no —dijo Miles.

Cuando Faulkner llegó al frente de la cola del mostrador de la cantina, tardó lo suyo en elegir un vaso de leche, dos huevos fritos, alubias y una tostada que no estuviera quemada. Con la bandeja llena de comida volvió despacio a su mesa, pero, cuando estaba a punto de sentarse, tropezó y se le cayó. El plato se hizo añicos, y el desayuno se desparramó por el suelo de piedra.

Un montón de prisioneros fue corriendo a ayudarle.

—No, gracias —dijo Faulkner cuando uno de ellos se ofreció a llevarle otro desayuno—. No me encuentro bien. Me voy a pasar por la enfermería a que me den un paracetamol.

Salió de la cantina, satisfecho de que más de cien internos y varios funcionarios hubieran presenciado el incidente, y se encaminó hacia el hospital de la cárcel, que estaba a punto de abrir. De camino se cruzó con veintipico presos que iban a desayunar. La mayoría se apartaba para darle paso, y al menos diez o doce se fijaron en que se dirigía a la enfermería.

Había ya una larga cola de prisioneros en la sala de espera. Guardaron silencio mientras Miles se abría paso para saludar cordialmente a la enfermera jefe.

—Buenos días, Miles —respondió ella; era uno de los pocos presos a los que se dirigía por su nombre de pila—. ¿Qué pasa?

—Un mareo, enfermera. Y un dolorcillo de cabeza. ¿Sería posible que me diera un par de paracetamoles?

—Claro que sí. Y le sugiero que se acueste un par de horas hasta que se encuentre mejor. Le escribiré una nota en la que le excusaré de ir a trabajar hoy.

—Gracias, enfermera. Seguiré su consejo.

La enfermera le dio dos paracetamoles, un vaso de agua y un papelito. Después de tragarse las pastillas y de meterse la nota en el bolsillo, le dedicó a la enfermera otra afectuosa sonrisa y, dejando atrás la larga cola de presos, salió de la consulta para llevar a cabo la segunda parte de su plan. Al menos veinte prisioneros más habían oído la conversación con la enfermera y, sobre todo, el sabio consejo de esta última.

Una vez fuera, echó un vistazo a su reloj. Todavía faltaban treinta minutos para que pudiera ponerse en marcha. Volvió al bloque C en lugar de dirigir sus pasos hacia la biblioteca, donde su ayudante ya contaba con que no se presentaría esa mañana. En caso de que alguien preguntase, diría que Miles estaba descansando en su celda por consejo de la enfermera jefe.

Al llegar a su bloque, se presentó ante el oficial de servicio, explicó por qué no iba a ir a trabajar y le enseñó el justificante que le había dado la enfermera.

—Ya me encargo yo de que nadie le moleste, señor Faulkner —dijo el joven agente—. Espero que mañana se encuentre mejor.

Miles se alegró al ver que apuntaba la hora en su libro de registro.

Subió lentamente al segundo piso y enfiló el pasillo. Al fondo estaba su habitación, conocida como «la *suite* del ático». Una vez dentro, cerró la puerta y, sin prisas, se puso primero la ropa de gimnasia y, encima, el pantalón vaquero de la cárcel y un grueso jersey gris. Hizo una pausa para mirar por la ventana, y reflexionó sobre los acontecimientos del último mes. Warwick había cumplido su palabra: a los pocos días de su reunión, le habían trasladado a la prisión abierta de Ford, donde enseguida les había dejado claro tanto a los policías como a sus compañeros de cárcel que, si necesitaban un par de libras para pequeños lujos que por lo general no eran fáciles de conseguir, él era un hombre que entendía perfectamente lo que eran la oferta y la demanda.

Miles tenía la única habitación del bloque que daba a las colinas de South Downs. Era suya desde que su inquilino anterior se encontrara la asignación de cincuenta libras en su cuenta de la cantina. Cincuenta libras más se encargaron de que el bibliotecario aceptase de buen grado convertirse en su ayudante y hacer la mayor parte del trabajo rutinario, mientras él leía los periódicos de la mañana y hacía o recibía alguna que otra llamada telefónica..., otro privilegio por el que unos guardias muy serviciales eran debidamente recompensados.

Gracias a una llamada de Lamont a comienzos de semana, se enteró de que Booth Watson se había pasado por su banco dos veces en el último mes, y, lo que era aún más preocupante, que había trasladado su preciada colección de arte, que solía tener en Nine Elms, a un almacén de un polígono industrial que había cerca del aeropuerto de Gatwick. Desde que Mai Ling fue a verlo, Miles sabía que solo era cuestión de tiempo que...

Para cuando Lamont volvió a llamar, Miles ya tenía un plan y le explicó en detalle lo que esperaba de él. Todavía faltaba otra semana más para que pudiese llevarlo a cabo. Después de la advertencia de Warwick, sabía de sobra el riesgo que iba a correr.

Miles se quedó mirando por la ventana..., observando..., esperando. Sabía que los del club de campo a través Liebre y Sabuesos no tardarían en aparecer, como todas las mañanas, con las liebres a la cabeza, los sabuesos a la zaga y, por último, el pelotón de corredores a la cola.

Cuando el primer corredor asomó en el horizonte, Miles salió sigilosamente de su cuarto y echó un vistazo a ambos lados del pasillo antes de cerrar con llave. Un limpiador que montaba guardia en lo alto de la escalera le dio luz verde con los pulgares. Miles bajó a la planta baja, abrió la puerta de la salida de incendios y corrió hasta unos árboles que había a unos cuantos metros del recinto carcelario. Se quitó el jersey y los vaqueros, los escondió bajo una zarza que había escogido la semana anterior y esperó a que apareciera el pelotón de corredores que cerraba la carrera. Tenía que elegir el momento con cuidado, porque en los setenta metros que separaban el límite de la prisión del camino era donde más fácilmente podía verle alguno de los guardias.

Cuando asomó el siguiente grupo de corredores, Miles cruzó corriendo la peligrosa «tierra de nadie» y se puso a la cola sin hacer ningún intento de alcanzarlos. Solo quería ser un punto más en el paisaje.

El grupo dobló a la izquierda al llegar a la calle principal, y Miles a la derecha. Después de doscientos y pico metros, vio un Volvo azul aparcado en un área de descanso con el motor en marcha.

Abrió la puerta de atrás, se subió y se tumbó en el asiento mientras el coche salía disparado. No se movió hasta que perdieron de vista la cárcel.

—Buenos días, señor —dijo Lamont, sin volverse.

—Buenos días, Bruce —dijo Miles. Se incorporó y se puso una camisa blanca recién planchada encima de la camiseta—. ¿Todo listo?

—Están todos esperándole. Nuestro único problema es el tiempo —añadió y, acto seguido, pisó a fondo el acelerador.

—No supere el límite de velocidad —le advirtió Miles mientras se quitaba los *shorts* y se ponía un pantalón gris de franela—. No olvide que, si nos para la policía, no seré yo el único que vuelva a la cárcel.

Capítulo 30

El señor y la señora Smith fueron los últimos pasajeros en subir al avión. Tan solo unos pocos de los restantes viajeros se dejaron engañar cuando ellos dos se sentaron en la última fila, dejando cuatro asientos vacíos en la de delante.

La princesa le había dicho a Ross que quería mantener el anonimato... «Fundirme entre la multitud» fueron sus palabras exactas. Sin embargo, entre las gafas de sol de Gucci, el pañuelo de seda de Chanel y los tacones Louboutin, no habría podido llamar más la atención en un vuelo chárter a Mallorca. Ross le había desaconsejado el plan, pero ella se había negado a escucharle; y no ayudó a que Ross se relajase el ver al *paparazzi* al que hacía poco había echado de casa de Chalabi sentado un par de filas por delante. No le cabía la menor duda de que había sido Jamil Chalabi quien le había dicho en qué vuelo iba a embarcar la princesa.

Cuando la aeronave aterrizó en Palma de Mallorca, los demás pasajeros permanecieron en sus asientos. Cien pares de ojos se clavaron en las ventanillas mientras ella desembarcaba por la salida de atrás. Si alguno no se había percatado de que iba a bordo, ahora, desde luego, ya estaba enterado. Un Rolls-Royce con dos banderitas del Reino Unido ondeando en las aletas delanteras estaba esperando a *lady* Di y a Ross al pie de la escalerilla del avión. Ahora, España entera sabía que S. A. R. la princesa de Gales estaba allí.

Ross se sentó delante y al mirar por el espejo retrovisor vio a su otro problema bajar apresuradamente por la escalerilla. Lo bueno era que le sacaban una hora de ventaja. En cuanto desaparecieran por el horizonte, le darían esquinazo. ¿O puede que alguien le hubiese informado de dónde estaba el horizonte?

Unos motociclistas los escoltaron al pasar por la salida privada del aeropuerto en el trayecto directo al puerto de Palma, donde estaría esperándolos el Lowlander, el yate privado de Jamil. Cosa rara, Diana no le dirigió una sola palabra a Ross en todo el trayecto, consciente de que él no veía con buenos ojos que pasara estas vacaciones con Chalabi después de lo que sucedió aquel fin de semana en la casa de campo de Jamil. Ross aún no le había contado a la princesa su propia versión de la historia.

Al menos, había conseguido asegurarse de que a *lady* Victoria también se la invitara al viaje.

Ross había terminado por aceptar que la princesa daba más guerra todavía que Jojo, otra jovencita a cuyo más mínimo capricho obedecía sin rechistar.

El coche se detuvo finalmente junto al yate más grande del puerto. Diana ya había bajado antes de que Ross tuviese siquiera la oportunidad de abrirle la puerta. Salió corriendo por la pasarela, donde un hombre que llevaba una gorra de visera con un galón dorado la esperaba en la cubierta.

Mientras Diana le estrechaba entre sus brazos, Ross miró a ver si había fotógrafos y se tranquilizó al no ver ninguno. El anfitrión presentó a S. A. R. al capitán, que le hizo el saludo militar antes de que el sobrecargo acompañase a la pareja a la recién denominada «*suite* real» de la cubierta inferior.

—¿Hay alguna esperanza de que nos larguemos de aquí lo antes posible? —preguntó Ross después de presentarse al capitán.

—Me temo que no, inspector. No zarparemos hasta después de la cena.

—Ya, claro. Para que el fotógrafo tenga tiempo de sobra para alcanzarnos —murmuró Ross.

Sonrió por primera vez cuando Victoria asomó por abajo con un vestidito amarillo y sandalias blancas. Era evidente que estaba decidida a disfrutar de las vacaciones.

—Soy su guía turística, inspector —bromeó antes de llevarle a dar una vuelta por el yate, que describió como un vulgar *pub* flotante.

Ross inspeccionó hasta el último centímetro de la nave, desde la sala de máquinas hasta los cuartos de la tripulación y la cocina, donde el chef estaba preparando la cena, y, por último, en lo alto de la cubierta de popa, el helipuerto. Todo, salvo la *suite* real, que tenía la llave echada por dentro.

Una vez que Victoria hubo completado el *tour*, Ross empezó a pensar que, después de todo, a lo mejor resultaban ser dos semanas de lo más agradables. Pero cuando salieron de nuevo a cubierta vio al aprietabotones canalla en la dársena, sacando fotos de todo lo que podía mientras esperaba a la princesa. No necesitaba volver a Fleet Street; un editor gráfico concreto estaría esperando su exclusiva.

Cuando Diana subió a cubierta un par de horas más tarde, se había quitado los tacones. Iba descalza, y llevaba una camiseta blanca y *shorts*. Hacía mucho tiempo que Ross no la veía tan relajada y contenta, pero no pudo evitar preguntarse cómo reaccionaría el príncipe de Gales cuando su secretario personal le plantase los periódicos en la mesa del desayuno a la mañana siguiente.

La princesa y Jamil se sentaron a cenar justo cuando el sol empezaba a ponerse, pero para entonces el fotógrafo ya se había ido: tenía que llegar a la primera edición antes de que los rotativos se pusieran en marcha.

Ross no se relajó hasta que no oyó girar los motores, a lo cual siguió una orden a la sala de máquinas procedente del puente de mando: «Adelante, despacio». Se alejaron suavemente de la dársena y pusieron rumbo a una bahía recoleta en la que el capitán les había garantizado que nadie los encontraría. Pero Ross estaba bastante seguro de que había una persona que sí.

Ross fue el último en bajar de la cubierta, no sin antes comprobar de nuevo que lo único que se veía a la redonda era un mar tranquilo y sin rastro de otras embarcaciones.

Pasó rápidamente por delante de la *suite* real —no salía luz por debajo de la puerta— y se retiró a su camarote, que estaba en la misma cubierta; había insistido en ello. Se duchó y se metió en la cama, hundiéndose en las limpias sábanas de algodón almidonadas y apoyando la cabeza en una almohada de plumas. De no ser por el silencioso runrún de los motores y el suave balanceo del barco, no se diría que estaban en el mar.

—No te acostumbres —le había advertido el Halcón—, porque perderías tu agudeza.

Lo último que hizo antes de apagar la lamparita de la mesilla fue mirar por el ojo de buey para confirmar, una vez más, que nadie los seguía. En efecto, no había nadie.

Lamont salió de la carretera principal y siguió la indicación de un letrero que apuntaba hacia un enorme almacén cerca de Gatwick.

Miles, con traje gris oscuro, camisa blanca, pulidísimos zapatos negros y corbata a rayas, había completado su transformación de prófugo en respetable empresario. Palpó el abultado monedero que llevaba en el bolsillo interior. Para cuando se metiese en la cama esa noche, estaría vacío. Pero la cuestión era en qué cama se metería.

Lamont aparcó al otro lado de un gran camión de mudanzas para evitar a posibles fisgones. Después se acercó al edificio más cercano y desapareció en su interior.

Volvió a los pocos instantes y le indicó a Miles con la cabeza que podía acercarse sin peligro. Dentro, de pie ante una gran puerta blindada con dos grandes candados, había un hombre corpulento y achaparrado que llevaba un peto marrón, camisa y una gorra de béisbol.

—Reg —dijo Lamont—, te presento al señor Booth Watson, que, como ya te dije, ha venido en persona a llevarse sus cuadros.

—Tengo que ver algún tipo de documento de identidad.

Miles se sacó el monedero y le dio quinientas libras, que desaparecieron rápidamente en las profundidades de un bolsillo. Identidad acreditada.

—Firme aquí —dijo Reg al sacar un formulario de autorización de transporte—. Con esto, mis muchachos ya pueden ponerse a cargar.

Miles garabateó una firma irreconocible sobre la línea de puntos, y después Reg, tocándose la gorra, dijo:

—Nos vemos en Lambeth en un par de horas, señor Booth Watson, y…

—Y le daré las otras quinientas, como le prometí —dijo Miles—. Pero no hasta que los cuadros hayan vuelto sanos y salvos a su antiguo domicilio.

—Me parece bien —dijo Reg, y se giró para abrir la puerta blindada.

Lamont y Miles volvieron al coche. Una vez al volante, Lamont se miró el reloj y dijo:

—Más vale que nos demos prisa si quiere llegar a tiempo a su próxima reunión.

Miles asintió bruscamente con la cabeza, pero se limitó a repetir:

—No supere el límite de velocidad.

De regreso a Londres, Lamont se mantuvo en el carril de la izquierda, pendiente en todo momento de posibles coches patrulla. No quería coincidir con alguno en un semáforo y arriesgarse a que los reconocieran. Se pasó al carril central mientras seguían hacia Hyde Park Corner. Aunque Lamont había hecho el mismo recorrido el día anterior, no había conseguido encontrar ningún parquímetro cerca del banco, y ese día no era precisamente el más indicado para dejar el coche de huida en doble línea amarilla. Rodeó el banco y al final encontró un parquímetro a unos cien metros de distancia de la entrada principal. Un riesgo calculado.

Lamont metió monedas suficientes para disponer de un par de horas, el máximo posible; iban a necesitar todos y cada uno de los minutos. Echó a andar hacia el banco, y Miles se bajó sigilosamente del coche y le siguió los pasos. Evitaron el mostrador de recepción y se sumaron a un grupo de hombres, trajeados como ellos, que en ese momento entraban en un ascensor. Lamont pulsó el botón del cinco y la puerta se cerró. Miles se daba cuenta de que Lamont, como avezado expolicía que era, había hecho los deberes para reducir, en la medida de lo posible, el riesgo de sorpresas. Pero Miles sabía que siempre habría algo que no habría previsto.

Cuando se abrió la puerta del ascensor en la quinta planta, Lamont fue el primero en salir. Enfiló con brío el pasillo y llamó a una puerta de cristal esmerilado en la que había un letrero que decía: SR. NIGEL COTTERILL, GERENTE DE ÁREA. No esperó respuesta, a pesar de que habían llegado a la cita con unos minutos de antelación. Tal vez necesitaran esos minutos más tarde.

Si al señor Cotterill le sorprendió ver a su antiguo cliente, no lo manifestó, puesto que ya se había reunido dos veces con Lamont y sabía exactamente lo que se esperaba de él.

Miles se sentó al otro lado del escritorio del gerente mientras Lamont se quedaba un paso por detrás, de pie. Tenían los papeles cambiados.

—Como ya le habrá dicho el señor Lamont —dijo Miles—, necesito una nueva caja de seguridad con una única llave, que estará en mi poder.

Cotterill asintió con la cabeza, abrió una carpeta que tenía encima de la mesa, sacó unos documentos y los dejó pulcramente delante de uno de los clientes más importantes del banco. Miles los leyó con atención antes de firmar con su verdadera rúbrica en la línea de puntos.

—¿Qué hay de mi otra petición? —preguntó mientras enroscaba la tapa de la estilográfica.

—Ahora mismo tenemos veintiséis millones de libras a su nombre después de la venta de su participación del cincuenta y uno por ciento en Marcel and Neffe. Pero, como verá, el dinero está ingresado en una cuenta de cliente para que el señor Booth Watson pueda retirar fondos en su nombre cuando sea necesario, o para cubrir sus honorarios y sus gastos como representante legal suyo.

—¿Cuánto ha sacado mientras yo he estado en..., desde la última vez que hablé con usted?

Cotterill echó un vistazo a la columna de débito.

—Doscientas cuarenta y una mil setecientas libras.

Miles no hizo ningún comentario, pero dijo con voz firme:

—Mientras traslado el contenido de mi antigua caja de seguridad a la nueva, asegúrese de que la totalidad del saldo de la cuenta conjunta se transfiere a mi cuenta privada, de la cual yo seré la única persona autorizada para retirar dinero.

—Tendré todos los formularios necesarios listos para que los firme usted cuando vuelva —dijo Cotterill—. Mientras tanto, le voy a pedir a nuestro jefe de seguridad que le acompañe al sótano y le abra la cámara acorazada. El número de su nueva caja es el 178.

Le dio una llave, descolgó el teléfono y llamó a seguridad.

Capítulo 31

—Lote número veintiuno, Max Ernst —dijo el subastador—. Tengo un precio de salida de siete mil libras. Ocho mil —anunció dirigiendo la atención al fondo de la sala—. ¿Veo nueve mil? —preguntó, y la respuesta fue una cabeza que asentía—. ¿Diez mil? —sugirió al postor anterior, pero no hubo respuesta. Dio un golpe seco con el martillo—. Vendido por nueve mil libras.

—Bueno, ¿cuánto hemos ganado con este? —preguntó Christina.

—En su momento lo compré por ocho mil —dijo Beth—, pero, una vez que Christie's haya deducido la prima del vendedor, suerte tendremos si nos sale lo comido por lo servido.

—Qué impropio de ti.

—Todo el mundo pierde alguna vez. El truco es que no se convierta en una costumbre.

—¿Estás pensando en comprar algo más hoy?

—Hay una acuarela de Graham Sutherland de la catedral de Coventry que me interesa. Lote número veintisiete. Pero, en esta ocasión, represento a un cliente.

—¿Por qué no se encargan ellos personalmente de pujar?

—En el caso de esta clienta, cada vez que va a una subasta se deja llevar por el entusiasmo. Así que me dice cuál es su límite, y yo me encargo de pujar en su nombre.

—¿Cuánto cobras por tus servicios?

—El cinco por ciento del precio de remate.

—Lote número veintisiete —anunció el subastador—. Graham Sutherland. Tengo una puja de salida de seis mil libras. ¿Veo siete?

Beth levantó muy alto la paleta.

—Gracias, señora. ¿Ocho mil? —Inmediatamente le llegó una respuesta de un pujador telefónico—. ¿Veo nueve?

Beth volvió a subir la paleta.

—¿Diez mil? —preguntó el subastador, y el rival de Beth volvió a responder—. ¿Once mil? —El subastador sonrió esperanzado a Beth, que negó con la cabeza porque superaba el límite convenido—. Vendido por diez mil libras —declaró el subastador mientras anotaba el número de paleta del pujador telefónico.

El corazón de Beth seguía latiendo con fuerza, y se preguntó cuántos años tendrían que pasar para que dejase de hacerlo cada vez que pujaba. Esperaba que nunca dejase de latirle así.

—Con eso no pagamos ni el almuerzo —dijo Christina—. ¿Vamos a tener otra oportunidad de recuperar nuestro dinero?

—Seguramente. Pero el lote treinta y cuatro es el único que me sigue interesando.

Christina ojeó rápidamente el catálogo hasta que llegó a un cuadro de una mujer sentada en un maizal, de Andrew Wyeth.

—Me gusta —susurró.

—¿Te he oído bien? —preguntó Beth.

—Sí. Me recuerda a un Pissarro que está en manos de Miles desde que cometí la insensatez de desprenderme de la mitad de su colección que me correspondía. Si no me hubiese robado todo mi dinero —dijo con pesar—, compraría el Wyeth y comenzaría con mi propia colección.

Eran palabras que Beth pensaba que jamás oiría..., pero Christina era una caja de sorpresas.

—¿Por qué tienes tantas ganas de quedarte con este cuadro en concreto? —preguntó Christina.

—Wyeth es un artista norteamericano que tiene seguidores devotos en los Estados Unidos, sobre todo en Pensilvania, donde nació. Si consigo hacerme con él, volveré a sacarlo al mercado con Freeman's, que es la principal casa de subastas de dicho estado.

—Qué ingeniosa. A no ser, claro, que haya americanos en la sala.

—Estamos a punto de descubrirlo —dijo Beth mientras el subastador anunciaba.

—Lote treinta y cuatro, Andrew Wyeth. ¿Cuánto ofrecen?

—¿Vas a...?

—¡Shhh! —dijo Beth.

—Busco una puja de salida de cinco mil libras. ¿Cinco mil? —repitió varias veces.

—¿Por qué no estás pujando?

—Shhh —repitió Beth.

—¿Veo cuatro mil? —preguntó el hombre, esforzándose por no sonar desesperado. Cuando ya parecía que iba a tener que retirar el lote, Beth levantó lentamente su paleta. De nuevo, el corazón le latía a mil por hora, y solo empezó a normalizarse cuando el martillo bajó por fin y el subastador dijo—: Vendido por cuatro mil libras a la señora del asiento del pasillo.

Beth levantó la paleta por segunda vez para que el subastador pudiera anotar el número en la hoja de ventas.

—Se acabó por hoy —dijo Beth levantándose.

Mientras Christina y ella salían de la sala de ventas, un hombre pasó de largo y se apresuró a coger la silla de Beth.

—Nos ha cundido la mañana —dijo Beth, y a continuación se dirigió al mostrador de ventas y extendió un cheque por valor de 4400 libras.

—Entonces, si lo vendes por más de cuatro mil cuatrocientas libras sacaremos un beneficio, ¿no? —dijo Christina mientras salían a Bond Street.

—Ojalá. Primero tenemos que cubrir los gastos de embalaje, el envío y el seguro, por no hablar de la prima de vendedor del subastador americano. Más bien cinco mil para que podamos pensar siquiera en beneficios.

Solo habían avanzado unos metros cuando oyeron una voz que gritaba a sus espaldas:

—¿Señora Warwick?

Al volverse, Beth vio al hombre que se había cruzado con ellas en el pasillo y que tanta prisa parecía llevar. El hombre se detuvo, recobró el aliento y dijo, con un marcado acento americano:

—Me he entretenido en una reunión de la junta directiva y he llegado tarde. Quería pujar por el Wyeth y he pensado que, si es usted una marchante, ¿tal vez consideraría vendérmelo a mí...? Estoy dispuesto a pagar cinco mil.

Beth dijo que no con la cabeza.

—¿Seis mil?

Beth esperó hasta que dijo siete, y a punto estaba de aceptar su oferta cuando Christina dijo con firmeza: «No, gracias». Entonces, echó a andar. El hombre se apartó inmediatamente de Beth y siguió a Christina.

—¿Ocho?

—No lo vendería ni por diez —dijo Christina—. Encaja a las mil maravillas en mi colección.

—Once —dijo el americano, todavía resoplando.

—Trece —dijo Christina, deteniéndose por fin.

—Doce.

—Doce mil cuatrocientos y es suyo.

El americano sacó la chequera y preguntó:

—¿A nombre de quién lo extiendo?

—Señora Beth Warwick —dijo Christina sin vacilar.

El hombre extendió el cheque y se lo dio a Christina, hizo una profunda reverencia y las dejó sonriendo de oreja a oreja.

—Ya ves, hemos ganado ocho mil —dijo Christina.

—Menuda bruja estás hecha.

—Pues claro, pero es que he recibido lecciones del cerebro del aquelarre.

—Miles no es tan malo.

—No me refería a Miles —dijo Christina, sonriendo a su amiga.

Faulkner y Lamont tardaron poco más de una hora en trasladar el dinero desde una enorme caja fuerte a otra. Después de comprobar la cantidad final, Miles se dio cuenta de que Booth Watson debió de haber echado mano a 126 000 libras más sobre la marcha. Saltaba a la vista que había hecho varias visitas más al banco en las últimas semanas, acompañado de su maletín Gladstone. Miles sabía ahora cuál era la verdadera razón por la cual Booth Watson quería que se declarase culpable: disponer de tiempo de sobra para sacar hasta el último penique de la cuenta de empresa y las cajas fuertes de su cliente antes de que a este le pusieran en libertad.

Cuando Lamont iba a volver a poner la caja vacía en su sitio, Miles se sacó un billete de cincuenta libras del monedero y lo metió dentro.

—No podemos permitir que Booth Watson se vaya con las manos vacías, ¿verdad que no?

La débil sonrisa de Lamont se transformó en una sonrisa de oreja a oreja cuando Miles cogió diez mil libras de la caja fuerte llena y se las dio.

—Mañana ingresaré diez mil más en su cuenta, siempre y cuando esta noche me meta en la cama antes de que den el toque de silencio.

Miles cerró la caja, se metió la llave en el bolsillo y pulsó el botón verde que había junto a la puerta blindada. Esta se abrió de golpe. Salió al pasillo y saludó fugazmente al guarda de seguridad de camino al ascensor. Una vez dentro, pulsó con ganas el botón del cinco. Lamont entró por los pelos.

En la quinta planta volvieron al despacho del gerente y se encontraron con que ya estaba hecho todo el papeleo necesario. Lo único que tenía que hacer Miles era añadir su firma, y, después de comprobar por segunda vez los tres documentos y de firmarlos, le dio el bolígrafo a Lamont y le invitó a firmar en calidad de testigo. De este modo, Miles se aseguraba de que Lamont mantendría el pico cerrado, o acabaría compartiendo celda con el beneficiario.

—La próxima vez que vea a mi querido abogado —dijo Miles, y le devolvió la vieja llave a Cotterill—, no olvide darle recuerdos de mi parte.

—¿Y si me pregunta qué ha...?

—Dígale simplemente que cuando estuve fuera le di poderes notariales al excomisario Lamont.

Una vez en la planta baja, Miles y Lamont salieron del banco sin volver la vista atrás y se fueron derechos al coche. Lamont echó pestes al recoger una multa del parabrisas.

—Asegúrate de pagarla —dijo Miles—. Son siempre los pequeños errores los que le delatan a uno. —Y, antes de que Lamont pudiese hacer ningún comentario, añadió—: Venga, en marcha. Todavía tenemos pendiente una tarea importante.

—Hotel Connaught. ¿En qué puedo ayudarle?

—Póngame con el apartamento del señor Lee, por favor.

—¿Me puede decir quién llama?

—Booth Watson.

—Le paso, señor Watson.

Booth Watson no se molestó en corregir a la telefonista y esperó a que le pasara.

—Buenas tardes, señor Booth Watson —dijo una voz conocida—. ¿Cómo está? Espero que bien.

—Sí, gracias, señor Lee. ¿Y usted?

—Lo estoy, lo estoy —respondió Lee, y, dando por despachadas las formalidades típicamente inglesas, consideró que tenía derecho a pasar al siguiente punto—. ¿Ha tenido usted oportunidad de comentar mi oferta con su cliente?

—Desde luego que sí —dijo Booth Watson—. Para mi sorpresa, el señor Faulkner está dispuesto a aceptar su oferta de cien millones de dólares por su colección de arte, y me ha pedido que me encargue de todos los pormenores.

—Me alegra saberlo, señor Booth Watson. Bueno, y ¿cómo quiere que procedamos?

—Si me dice dónde quiere que se entreguen los cuadros, organizaré el embalaje y el seguro y haré que los transporten a Hong Kong.

—Jardine Matheson tiene un almacén enorme en Kowloon en el que se pueden guardar los cuadros. Primero tengo que revisarlos, y al día siguiente le haré una transferencia a su cuenta.

—Suena perfecto, señor Lee. Volveré a ponerme en contacto con usted en cuanto se envíen los cuadros y así podamos completar la transacción.

—Estoy deseando verle en Hong Kong, señor Booth Watson. Transmítale, por favor, mis respetos a su cliente.

—Así lo haré.

—¿Qué conclusión sacas? —preguntó Mai Ling nada más colgar su padre.

—Desde luego, no ha seguido las instrucciones de su cliente, como dice. Faulkner jamás se desprendería de su colección por cien millones de dólares, ni aunque estuviera en el corredor de la muerte. No. El señor Booth Watson ha dejado que pase un tiempo antes de llamarme para contarme algo que ya tenía planeado incluso antes de conocerme.

—¿Crees que los cuadros llegarán algún día a Hong Kong?

—Ni por asomo —dijo el señor Lee—. De hecho, presiento que, cuando el señor Booth Watson vuelva al almacén de Gatwick, se encontrará con que los cuadros brillan por su ausencia.

—Pero, padre, si no me hubieses permitido reunirme con el señor Faulkner en Belmarsh, habrías podido apropiarte de toda su colección por cien millones.

—Si me voy a buscar un nuevo enemigo, hija mía, prefiero que sea Booth Watson antes que Miles Faulkner.

* * *

Ross salió al puente y se puso al lado del capitán.

—¿Me permite un momento sus prismáticos, capitán? —preguntó.

—Sírvase, inspector.

Ross se volvió y oteó la playa, que estaba más o menos a un kilómetro de distancia. No tardó en localizar a una figura solitaria que estaba tumbada bocabajo, enfocando el teleobjetivo sobre dos nadadoras que chapoteaban al lado del yate tan contentas, ajenas a la presencia de aquella figura.

Como un pescador, el fotógrafo esperaría pacientemente a que Diana volviese al yate y abrazase a su amante. Sabía que sacar la foto que buscaba solo era cuestión de tiempo. Un abrazo valdría varios miles de libras; un beso —no en la mejilla—, veinticinco mil. Ross le despreciaba con toda su alma.

—Voy a hablar con el señor Chalabi —dijo Ross.

—Mejor usted que yo —dijo el capitán.

Ross abandonó el puente de mando y bajó a la cubierta principal, donde Chalabi, los ojos protegidos del sol de mediodía por unas gafas oscuras, estaba echado en una tumbona. Se le había caído a un lado un libro a medio leer mientras echaba una cabezada.

—Siento molestarle, señor Chalabi.

Chalabi se despertó poco a poco, se quitó las gafas y miró al intruso.

—Pensé que querría saber que en la playa hay un aprietabotones sacando fotos de la princesa y de *lady* Victoria nadando.

—Quizá debería ir a nadar con ellas... —dijo Chalabi mientras echaba un vistazo sin molestarse en disimular una sonrisa.

—Sería más prudente, señor —sugirió Ross—, que nos fuéramos a un lugar más retirado, donde no les moleste.

—A mí no me molesta. Y, como ve, es evidente que la princesa se está divirtiendo, así que ¿por qué no la dejamos en paz?

—Pero de eso se trata, señor. No la dejan en paz.

—Eso me corresponde a mí decidirlo, inspector; no a usted. Y esta vez no va a conseguir pararle los pies.

Ross apretó un puño. Chalabi añadió:

—Puede que no me quede más remedio que tolerarle a bordo de mi yate, pero haría bien en recordar que no es usted más que un mayordomo con pistola.

* * *

Cuando el Volvo entró en el aparcamiento contiguo a un almacén de Lambeth, Miles sintió alivio al ver que el camión de las mudanzas ya había llegado y que había seis hombres vestidos para la ocasión descargando el contenido. Pero aún iba a tener que esperar media hora más, y firmar todavía más formularios, hasta que el último cuadro quedase bien colocado en su soporte y las puertas de la nueva morada de su colección se cerrasen con dos vueltas.

Otras quinientas libras cambiaron de manos antes de que el encargado del almacén accediese a darle dos grandes llaves, que le permitirían introducir su propia contraseña privada y garantizarían que nadie más podría sacar los cuadros sin su conocimiento.

Miles se metió las llaves en el bolsillo, se fue con el encargado del almacén, que estaba repartiendo el botín entre su equipo, y dijo:

—Si pregunta alguien…

—«Mis muchachos no han visto nada». Me alegro de haber hecho negocios con usted, señor… —titubeó—, señor Booth Watson.

Miles fue al coche, donde le esperaba Lamont con el motor en marcha.

—Más vale que nos demos prisa —dijo quitándose la chaqueta y echando un vistazo a su reloj— si queremos estar de vuelta en menos de dos horas y once minutos.

Lamont arrancó, pero el tráfico de hora punta le impidió llegar a la autopista hasta cuarenta y dos minutos más tarde.

—Al carajo el límite de velocidad —cedió por fin Miles.

Aunque el cuentakilómetros apenas bajó de los 140 por hora, Lamont solo consiguió llegar al área de descanso que había cerca de la cárcel con diecisiete minutos de sobra.

Miles, que ya se había vuelto a poner la ropa y las zapatillas de deporte en el coche, bajó de un salto y echó a correr a un ritmo que no causaba precisamente sudor. ¡Qué lejanos aquellos tiempos en los que corría un kilómetro y medio en menos de cinco minutos! Para cuando llegó a la arboleda que había a la entrada del recinto carcelario, estaba agotado. Cogió los vaqueros y el jersey que estaban bajo la zarza y se los puso a toda prisa. Miró detenidamente en ambas direcciones antes de arriesgarse a salir a «tierra de nadie», aliviado al ver que unas amables nubes enmascaraban la luna llena, a cuya luz un policía de guardia habría visto una figura moviéndose al otro lado de la demarcación perimetral.

Un limpiador angustiado le estaba esperando junto a la salida de incendios, y rápidamente alzó la barra para dejarle pasar. Miles subió con paso cansado los peldaños de piedra que llevaban a la segunda planta y, cuando solo le separaban unos metros de su habitación, las luces se apagaron. Buscó a tientas en el llavero hasta que encontró la llave de la puerta. Cuando por fin giró el cerrojo y entró, estuvo a punto de desplomarse.

Aún no había terminado de desvestirse cuando oyó al agente del turno de noche haciendo la ronda por el pasillo para comprobar que todos los presos estaban metiditos en la cama después del toque de silencio.

Miles se acostó, se subió la manta hasta el cuello y cerró los ojos.

Oyó que llamaban suavemente a la puerta. El agente de guardia asomó la cabeza y enfocó la cama con la linterna.

—Espero que se encuentre mejor, señor Faulkner —dijo, y apagó la linterna enseguida.

—Mucho mejor, gracias, agente.

Miles esperó a que la puerta se cerrase y acto seguido se levantó de la cama, se quitó la ropa y escondió cuatro llaves bajo la almohada antes de quedarse dormido.

El comisario Warwick y el subinspector Adaja estaban dentro de un coche camuflado en un área de descanso a cien metros de la cárcel.

—¿Quiere que vayamos a despertarle? —preguntó Paul cuando se apagaron las luces del bloque C.

—No. Le debemos una —contestó William—. Pero, si no hubiese vuelto, le habría detenido tan a gusto.

—¿Y si repite la jugada?

—No le va a hacer falta. Pero me encantaría ver la cara de Booth Watson la próxima vez que se pase por el banco.

Capítulo 32

Dos lanchas neumáticas rígidas entraron lentamente en la bahía. Iban tan solo a dos nudos, con el fin de que en aquella noche tranquila y sin viento no se oyeran los motores mientras avanzaban hacia el yate inmóvil que estaba recortado contra la luz de la luna. Nasreen Hassan, sentada en la proa de la lancha principal, subió los prismáticos y enfocó la única luz que salía del Lowlander.

En el puente de mando del yate, un hombre jugaba al ajedrez contra sí mismo para matar el tiempo durante las largas horas de guardia. Tan potentes eran los prismáticos que vio su siguiente jugada: reina a caballo cuatro.

La siguiente jugada de la mujer se había planeado hacía unas semanas. Una vez que se enteraron de las fechas en las que el objetivo se iría de vacaciones con su novio, habían comenzado los preparativos para presentarse por sorpresa.

Ya sabían que el yate que había alquilado Chalabi estaba anclado en Palma de Mallorca. Había bastado un pequeño soborno al ayudante del práctico del puerto para averiguar cuándo tenía previsto zarpar. Incluso estaban en posesión de un plano de arquitecto del yate. Habían pasado los dos últimos días escondidos en una ensenada de la costa, dando los últimos retoques a sus planes.

Hassan se miró el reloj: las 03:17. Estaba segura de que la única persona que seguiría despierta a bordo sería el joven del puente de mando. Torre a alfil cuatro. El joven sacó un caballo del tablero.

Hassan se giró y echó un vistazo a la pequeña flotilla y a su equipo de nueve hombres, todos ellos elegidos por sus respectivas áreas de competencia. Sentados en torno a ella en la lancha principal había cinco asesinos a sueldo; para ninguno era esta su primera misión. Iban todos de negro de la cabeza a los pies, y llevaban las caras tiznadas con corcho quemado para que no se les viese a la luz de la luna. Eran capaces de pasarse treinta y seis horas seguidas sin dormir, aunque esta parte de la operación no tenía por qué durar más de unos pocos minutos. Lo que sí les iba a llevar tiempo era desaparecer sin dejar rastro… y el tiempo, o la falta de él, era su único enemigo.

Hassan llevaba colgado al hombro un rifle de francotirador Dragunov del que no se separaba ni en la cama. Se había hecho famosa al matar en Libia a un soldado inglés con una sola bala y a medio kilómetro de distancia. Los otros cinco llevaban fusiles Kalashnikov, comprados en el mercado abierto. Uno de ellos llevaba el suyo amartillado, el primer cartucho en la recámara. Solo pensaba disparar una vez.

La segunda lancha la pilotaban un capitán «a sueldo» con veinte años de experiencia de traficante en distintos cárteles y su número dos, que había pasado más tiempo en la cárcel que en alta mar. Tras ellos iba sentado el perito naval, cuya tez pálida y arrugada delataba años y años jadeando y sudando en las entrañas de los barcos. El último miembro del equipo era un médico al que habían suspendido del ejercicio de la profesión, aunque, para lo que tenía Hassan en mente, les habría sido más útil un enterrador.

Cada par de ojos de los dos hinchables estaba clavado en el yate. El hombre que había sido elegido para eliminar al jugador de ajedrez sería el primero en subir a bordo, mientras Hassan y los cuatro hombres del barco principal bajaban al lugar en el que la princesa y los demás invitados de Chalabi estarían soñando; sueños que a punto estaban de convertirse en pesadillas.

Hassan notó que se le secaba la boca, como siempre antes de un ataque. Su amado líder la había seleccionado a ella para que encabezase este atrevido golpe, y le había prometido que, si lo conseguía, no solo los ingleses quedarían humillados ante el mundo entero, sino que además ella pasaría a formar parte de la memoria nacional y serviría de inspiración para que otras muchas jóvenes se sumasen a la causa. Lo más irónico era que Hassan había nacido en Wakefield y la habían reclutado cuando estaba en la universidad. Como en el caso de muchos otros conversos, la pasión y la dedicación de Hassan a la causa superaban las de cualquiera de los mercenarios a sueldo que estaban sentados a su alrededor en estos momentos, y que solo tenían interés por saber cuánto iban a cobrar.

Cuando estaban a doscientos y pico metros del objetivo, redujeron la marcha para evitar que el runrún de los motores pusiera sobre aviso al jugador de ajedrez. Hassan sonrió al pensar que uno de los atractivos de aquella embarcación en particular, como amablemente había señalado el agente de alquileres, era que hasta un niño que volviera de nadar podía subirse a bordo sin ayuda. Una vez estuvieron a menos de cien metros, apagaron del todo los motores y dejaron que la corriente acercase las dos lanchas a la popa del yate para que nueve intrusos pudieran colarse en la fiesta.

Cuando la lancha principal tocó la borda de la cubierta, el asesino elegido fue el primero en subir a bordo. Cruzó rápidamente la cubierta inferior y subió el pequeño tramo de escaleras que llevaba al puente. El jugador de ajedrez alzó la mirada después de hacer su última jugada y una bala le atravesó la frente. Antes de que le diese tiempo a hacer ningún ruido, cayó desplomado en el suelo, junto al timón. Sin intercambiar una sola palabra, el nuevo capitán y su primer oficial de cubierta tomaron el mando.

Hassan estaba bajando por la escalera de caracol que llevaba a las habitaciones de los invitados cuando el disparo despertó a Ross. Se espabiló de golpe, aunque por un instante dudó si no lo habría soñado. Saltó de la cama, corrió a abrir la puerta del camarote y lo que le recibió fue el cañón de un rifle Kalashnikov apuntándole al entrecejo.

Mientras dos pistoleros le sacaban a rastras al pasillo, Ross miró por instinto hacia el camarote de la princesa. La puerta se abrió, y salió Jamil Chalabi con uniforme caqui y pistola. Se inclinó y besó a Hassan en las mejillas antes de decir:

—No podrías haber hecho un trabajo más profesional, hermana. La causa estará eternamente en deuda contigo.

—¿Puedo matarlo? —preguntó ella mirando a Ross.

—No —dijo Chalabi con firmeza—. Tengo otros planes para él. —Pareció que Hassan se quedaba decepcionada—. Por ahora, nos ceñiremos a nuestro plan original. Empezad por registrar todos los camarotes. Buscad armas de cualquier tipo: pistolas, cuchillos y, muy importantes también, teléfonos. Después, encerradlos a todos. A esos dos metedlos en el mismo camarote —dijo señalando a Ross y a Victoria con la cabeza—. Yo voy a necesitar un cuarto para mí solo y me da la impresión de que la princesa no me va a recibir con los brazos abiertos.

—¿Qué hacemos con estos cuatro? —preguntó Hassan blandiendo el rifle para referirse al capitán, al perito naval, al sobrecargo y al chef, a los que habían sacado a la fuerza de la cama.

—Podéis matarlos —dijo Chalabi, como si fuera una compensación—. Así no nos superarán en número, y además servirá para que el inspector se lo piense dos veces en el caso de que se le ocurra jugar a hacerse el héroe.

Uno de los matones dio un rodillazo en la entrepierna a Ross, que se dobló, perdió el equilibrio y cayó de espaldas dentro del camarote de Victoria. La puerta se cerró y oyó girar una llave en el cerrojo. Instantes después sonaron cuatro tiros. Victoria se agarró instintivamente a Ross. Estaba temblando, pero cuando habló su voz fue desafiante:

—Ese hombre nunca me ha inspirado confianza. Si pudiera, lo mataría tan a gusto.

Ross no había pensado que todavía pudiese sorprenderse por algo.

Chalabi dejó a dos de sus hombres montando guardia en el pasillo y subió de nuevo a cubierta, donde encontró sangre salpicada por todas partes. Su color favorito.

A punto estaba de dar la orden de levar anclas cuando vio un fogonazo en la playa. Agarró unos prismáticos y, a la luz de la luna, distinguió a duras penas una figura solitaria detrás de un teleobjetivo sostenido sobre un trípode.

—Maldita sea, me había olvidado de él —dijo Chalabi—. Pero, como ya no me sirve para nada...

No hizo falta que terminase la frase. Hassan, que estaba a su lado, alzó el rifle, lo apoyó sobre la barandilla del barco y apuntó a su objetivo con el visor nocturno. Estaba a 418 metros de distancia. Hassan se apoyó la culata del rifle en el hombro y respiró hondo antes de apretar suavemente el gatillo. Estaba preparada para disparar un segundo tiro si veía alguna otra señal de movimiento en la playa. No hizo falta.

—¡Venga, en marcha! —gritó Chalabi al puente de mando.

Sabía que el Lowlander, a toda máquina, no subía de los veinte nudos, de manera que no había ni un segundo que perder si querían llegar sanos y salvos a su patria. Desde allí, darían a conocer su golpe maestro al mundo entero, que no tendría más remedio que acceder a sus exigencias.

El teléfono que había en el lado de la cama de William empezó a sonar. Lo cogió mientras se decía que ojalá no despertase a Beth, que gruñó y se dio la vuelta.

—Buenos días, Warwick —dijo una voz que pensaba que no volvería a oír.

—Buenos días, comisario —respondió, intentando sonar espabilado.

—Un pescador ha encontrado el cadáver de un *paparazzi* en una playa remota de la costa mallorquina.

La cabeza de William iba a mil por hora: ¿qué importancia podía tener eso para él, y encima a las cinco de la mañana?

—La policía local —continuó Holbrooke— encontró a su lado una cámara, y nos ha enviado las imágenes que había sacado. Por ahora no necesita usted saber nada más, salvo que dentro de una hora habrá una reunión del Comité de Emergencias del Gobierno en Whitehall y se le exige su asistencia.

¿Por qué yo?, se preguntó William.

—Pensamos que es posible que esté implicado Mansour Khalifah. —Fue la respuesta a la pregunta que no había llegado a formular.

¿Implicado en qué?, habría preguntado William si Holbrooke no hubiese colgado. Se levantó y se fue al cuarto de baño.

—¿Quién era? —preguntó Beth adormilada, pero William ya había cerrado la puerta.

Todo el mundo se puso en pie cuando la señora Thatcher entró en la sala de información de la oficina del Gabinete, a tan solo un pasillo de distancia del número 10 de Downing Street. De haber estado allí, los fisgones de siempre se habrían preguntado qué hacía un grupo tan poderoso reuniéndose a las seis de la mañana.

La primera ministra ocupó su asiento en el centro de la larga mesa y recorrió con la mirada a veinte de los principales mandamases de la nación, que habían tenido que renunciar al calorcito de sus camas nada más ser avisados. Tras ellos había una plétora de funcionarios que, al término de la reunión, volverían a sus madrigueras de Whitehall y se encargarían de que se cumplieran las órdenes de sus superiores.

—Comisario adjunto —comenzó la primera ministra, mirando al otro lado de la mesa—, ¿nos puede poner al día?

—La situación es muy inestable, primera ministra —respondió Holbrooke—. Mientras hablo, nuestras agencias de inteligencia siguen recabando información. Lo único que sabemos con certeza es que un grupo armado de terroristas, posiblemente financiado por el coronel Gadafi, ha subido a bordo de un yate que está frente a la costa de Mallorca. En él va la princesa Diana como invitada, y en estos momentos se desconoce el paradero del yate.

—Pensaba que estaba de vacaciones con el príncipe de Gales en Highgrove —comentó la primera ministra mientras miraba un mapa desplegado en mitad de la mesa.

—Lo mismo que piensa el resto del mundo exterior —dijo Holbrooke—, y me gustaría que siguiera pensándolo.

Pulsó un botón de la consola, y una foto del Lowlander, con dos lanchas neumáticas flotando junto a su popa, llenó la gran pantalla que dominaba la pared de la otra punta de la habitación.

—¿Cómo han conseguido esto? —preguntó el secretario del Gabinete, que estaba sentado a la izquierda de la primera ministra.

—Había un *paparazzi* en la playa en el mismo momento en el que tuvo lugar el asalto, y la Policía española pudo recuperar la cámara.

—Todo un golpe de suerte —dijo el secretario del Gabinete.

—No para él —dijo Holbrooke—. Acabó con una bala en la frente.

—¿Qué estaba haciendo allí a esas horas de la noche? —preguntó la primera ministra.

—Suponemos que debía de saber que la princesa estaba a bordo del yate y que estaría trabajando para uno de los tabloides. Afortunadamente para nosotros —continuó Holbrooke—, ya había sacado varias fotos antes de que lo asesinasen. Su cuerpo lo encontró un pescador de la zona. La Policía española también encontró una bala del calibre 54 en la arena, al lado de la cámara. El tipo de bala favorito de los asesinos profesionales.

Varias voces arrancaron a hablar al unísono, hasta que la primera ministra movió la mano pidiendo silencio y le indicó a Holbrooke con la cabeza que continuase su relato.

—No teníamos modo de saber quién había matado al fotógrafo —prosiguió el comisario adjunto— hasta que recibimos las fotos que sacó anoche.

El yate de la pantalla fue sustituido por el rostro de una joven blanca.

—¿Quién es? —preguntó la primera ministra.

—Ruth Cairns —dijo el director del MI6—. Nacida en Wakefield, empezó a estudiar Políticas en la Universidad de Mánchester. Pero abandonó la carrera y desapareció durante casi una década... hasta hace poco, cuando interceptamos unas señales que nos llevaron hasta ella. Ahora se hace llamar Nasreen Hassan, y se ha convertido en una de las lugartenientes de más confianza de Gadafi.

Un breve vídeo en el que se veía a una mujer decapitando a un soldado americano ante una multitud entusiasta despejó cualquier posible duda respecto al problema al que se enfrentaban.

—Al parecer, Cairns está al mando de la operación —dijo Holbrooke.

—¿Cuántos terroristas han participado en el ataque? —preguntó el ministro de Exteriores al intervenir por primera vez.

—Solo había un par de zódiacs, así que serían unos doce como mucho —contestó Holbrooke—. Creemos que hemos identificado a cinco que están fichados por nuestras agencias de inteligencia.

Apareció en la pantalla una serie de fotos policiales mientras Holbrooke informaba a los presentes de quiénes eran los sospechosos y de los papeles que debían de haber desempeñado en la operación. La siguiente fotografía era de dos hombres vestidos de negro en el puente de mando del yate.

—Creemos que estos tienen que ser su capitán y su número dos, porque no se parecen en nada a ninguno de los cinco agentes que zarparon de Mallorca en el yate el viernes por la tarde.

—¿Debemos suponer que ha muerto toda la tripulación del yate? —preguntó la primera ministra.

—Es probable. Hassan no es partidaria de hacer prisioneros, sobre todo cuando tiene tan a mano una tumba sin marcar. Pero estoy convencido de que la princesa sigue con vida; en caso contrario, habrán perdido su poder negociador.

—Una negociación implica dinero o un intercambio por otra cosa —dijo la primera ministra—. A su juicio, comisario, ¿de cuál de las dos modalidades se trata?

—Un intercambio por otra cosa, no, señora; por otra persona. A Hassan el dinero no le interesa —aseguró Holbrooke—; si no, habrían ido a por Jamil Chalabi, el más reciente... el más reciente acompañante de la princesa, y no a por ella.

—¿Qué le hace estar tan seguro de ello? —preguntó el secretario del Gabinete.

—Chalabi es hijo de un próspero hombre de negocios de Dubái —intervino el comandante Hawksby—. Es un habitual en la prensa del corazón, donde se le define como un *playboy* multimillonario o un juerguista compulsivo. Según el inspector Ross Hogan, el agente de protección personal de la princesa, no se corta a la hora de informar a quien quiera oírle, prensa incluida, sobre su relación con ella.

—Si no cree que lo que busquen a cambio de la princesa sea dinero —preguntó el secretario del Gabinete—, ¿qué otra cosa podría ser?

—En estos momentos tenemos a la mano derecha de Gadafi, Mansour Khalifah, en la prisión de Belmarsh —dijo Hawksby—. Así que no creo que tengamos que buscar mucho más allá de Thamesmead.

—Recordará, primera ministra —intervino el fiscal general—, que autoricé la detención de Khalifah hace unos meses, cuando aterrizó en Heathrow de camino a Moscú.

—No tenemos ninguna duda —añadió el ministro del Interior— de que Khalifah estuvo detrás del atentado de Lockerbie, y, más recientemente, del intento fallido de hacer estallar el Albert Hall la última noche de los *proms*. No se sorprenda si Gadafi le ha puesto a cargo de cualquier posible negociación.

—No negociamos con terroristas —dijo la primera ministra como si se dirigiese a una reunión abierta al público.

Sin embargo, ninguno de los que estaban sentados a la mesa la creyó.

Varias personas empezaron a hablar a la vez, pero callaron cuando la primera ministra se dirigió al jefe del Estado Mayor:

—Bueno, ¿y usted qué recomienda que hagamos a continuación, almirante?

—Tengo un Nimrod sobrevolando las inmediaciones, y otro de camino. El Lowlander no puede haber recorrido más de ciento cuarenta kilómetros desde que fue abordado, así que confío en que no tardemos mucho en localizarlo.

—¿Adónde cree que se dirigen? —preguntó el secretario del Gabinete mirando de nuevo el mapa.

—En aguas españolas seguro que no querrán quedarse —dijo el primer lord del Mar de la Real Armada—. Apuesto a que se dirigen a Trípoli —desplazó un dedo por el mapa—, con la esperanza de llegar a aguas territoriales libias antes de que tengamos la oportunidad de tomar represalias a gran escala.

—¿De cuánto tiempo disponemos? —preguntó el secretario del Gabinete.

—Si mantienen una velocidad de unos dieciocho nudos, tardarán unas cuarenta y ocho horas en ponerse a salvo en sus propias aguas territoriales.

—Si lo consiguen —dijo el secretario de Estado de Asuntos Exteriores, que estaba sentado enfrente de la primera ministra—, ya no nos quedan sanciones con las que amenazar a Libia, así que no es que estemos precisamente en una posición de fuerza para negociar.

—Más bien, en una posición muy débil —dijo la primera ministra cruzando los brazos—. Bueno, ¿qué podemos aspirar a conseguir en las próximas cuarenta y ocho horas para asegurarnos de que eso no sucede?

—Tengo un escuadrón de primera del Servicio Especial de Barcos que está especializado en antiterrorismo marítimo y que en estos momentos está de maniobras en la base naval de Clyde, cerca de Faslane —intervino el director de las fuerzas especiales—. Ya he expedido una orden para que regresen lo antes posible a su base de Dorset, donde me reuniré con ellos hoy mismo.

—¿Tenemos a alguno de nuestros barcos en la zona en estos momentos? —preguntó el secretario del Gabinete inclinándose sobre la mesa y metiendo un dedo en medio del Mediterráneo.

—El portaaviones Cornwall estaba anclado frente a la costa de Malta —dijo el primer lord del Mar—, pero ya va de camino a la zona a toda máquina. Calculo que les darán alcance en unas dieciocho horas, más o menos. También tenemos un submarino en Gibraltar; le están haciendo reparaciones de poca importancia y esta misma mañana estará listo para zarpar. Calculamos que se reunirá con el Cornwall a lo largo de la tarde de mañana.

—Supongo —dijo la primera ministra— que habrá elegido a un comandante de primera para que dirija esta operación, ¿no?

—Sí —dijo el primer lord del Mar—. Al mejor. Para algo de esta envergadura lo último que queremos es a un incompetente, y le aseguro que el capitán Davenport no es un hombre que a Khalifah le pueda apetecer conocer.

—¿En qué circunstancias se encuentra encarcelado Khalifah? —preguntó la primera ministra mirando en derredor, pues no estaba segura de quién sabría contestar a su pregunta.

—Ahora mismo está encerrado en el ala de aislamiento de la prisión de Belmarsh —dijo William—. No tiene modo de contactar con nadie del exterior, pero creo que podemos suponer que estará al tanto de lo que está pasando.

Todos los presentes se volvieron a mirar a William.

—Yo diría que, dadas las circunstancias, tirar la llave sería una medida adecuada —dijo el ministro del Interior.

—Ojalá fuera tan fácil —dijo la primera ministra—. Por ahora, sugiero que nos pongamos manos a la obra y tratemos de actuar con total normalidad. No es necesario que les recuerde que es fundamental que la prensa no se entere de esta historia.

—¿Y si se entera? —preguntó el secretario de prensa.

—Entonces ya me encargaría yo de estamparles una orden de Defensa a todos los rotativos de Fleet Street —dijo sin vacilar el fiscal general.

—¿Y qué pasaría si una fuente extranjera descubre que la princesa ha sido secuestrada? —Fue la segunda pregunta del secretario de prensa—. A ellos no puede estamparles nada.

—Si sucediera, Bernard, prepáreme unas declaraciones —dijo la primera ministra en el mismo instante en que se abría la puerta de golpe y su secretaria personal irrumpía en la habitación para entregarle una nota. La primera ministra la abrió y leyó en voz alta el breve mensaje—: Un Nimrod ha localizado el Lowlander, y tenía usted razón, almirante —dijo mirando al primer lord del Mar—. Avanzan con rumbo este-sur-este a unos diecisiete nudos.

—Entonces, no pueden ir a otro lugar más que a Trípoli —dijo el ministro de Exteriores.

—Lo cual significa —dijo la primera ministra mirando su reloj— que disponemos de unas cuarenta y siete horas antes de que no me quede más remedio que responder a una llamada del coronel Gadafi y negociar con él desde una posición muy débil. —Recorrió la mesa con la mirada—. Y eso es algo que quiero evitar —añadió con firmeza—. A cualquier precio.

Capítulo 33

Cuando el supervisor de buceo del Servicio Especial de Barcos recibió la llamada del comandante de operaciones militares de Faslane, estabilizó el barco, cargó un dispositivo de llamada a buceadores y lo dejó caer al agua. El dispositivo se hundió bajo las olas y explotó instantes después, lo que alertó a los buceadores del escuadrón M para que volviesen inmediatamente a la superficie. A los pocos segundos, una docena de cuerpos enfundados en trajes de neopreno aparecieron sobre las olas y se pusieron a nadar a cuál más deprisa hacia el barco de apoyo. No hacía falta que nadie les dijese que se trataba de una emergencia, porque ya veían dos embarcaciones que se dirigían a toda velocidad hacia ellos.

La orden era sencilla: regresen a la base de Coulport, quítense el equipo de buceo y prepárense para subir a un helicóptero en veinte minutos. El que no esté en el helipuerto para entonces, se quedará. «Se quedará» fueron las dos únicas palabras que repitió el comandante de operaciones.

Para cuando llegaron al helipuerto los últimos integrantes del escuadrón M, las palas del tercer helicóptero ya estaban rotando, listas para despegar y, al igual que los otros dos, para emprender el camino de vuelta al cuartel general del Servicio Especial de Barcos de Poole. Nadie perdió el vuelo.

—¿Son terroristas o piratas? —preguntó Victoria intentando disimular su angustia.

—Terroristas —dijo Ross sin vacilar—. Esperemos que los piratas estén planeando ya cómo rescatarnos.

—¿Es dinero lo que buscan? —preguntó Victoria—. Porque, en ese caso, lo único que tendrían que hacer es negociar la cantidad con el Gobierno, ¿no?

—No creo que a estos les interese el dinero.

—¿Qué otra cosa podrían querer?

—A Mansour Khalifah. El terrorista libio que planeó la bomba de Lockerbie y que ahora está entre rejas en Belmarsh. Es la mano derecha del coronel Gadafi, y, en vista de que nos dirigimos hacia el sudeste, supongo que nuestra próxima escala será Trípoli.

—Teniendo en cuenta que anoche no pegaste ojo, inspector, ¿has planeado algo para sacarnos de aquí? —dijo Victoria. Salió al balcón y miró al de Diana. Pero no había ni rastro de la princesa.

Ross se puso a su lado, miró en derredor y, para que Victoria dejase de dar vueltas al tema que los preocupaba, comentó:

—A mí no me han dado un balconcito como este.

—Es comprensible, inspector —respondió ella esbozando una sonrisa—. Y yo no suelo verme obligada a pasar la noche con un empleado. ¿Tiene más razones para pensar que quizá nos dirijamos a Libia? —añadió sin dejarle escapar.

—Anoche, cuando estábamos en el pasillo, oí a uno de los secuaces de Chalabi decir «el coronel» y vi que alzaba el puño con gesto triunfal. Pero, vayamos adonde vayamos, mi prioridad es proteger a la princesa.

—No va a ser fácil. En cualquier caso, seguramente corramos más peligro nosotros que ella.

—¿Por qué dices eso?

—Si estás en lo cierto y quieren cambiar a Khalifah por la princesa, su única esperanza de liberarle será asegurarse de que no sacrifican a su reina. En cambio, puede que estén dispuestos a sacar a unos cuantos peones del tablero, incluso alguna torre que otra, lo cual explicaría los cuatro tiros que oímos anoche. Y puede que ello también ayudase a los políticos de Whitehall a decidirse. Eso, suponiendo que esos piratas de los que hablas se presenten a tiempo.

—Habrías sido una buena detective. Bueno, y ¿cuál crees que va a ser su próxima jugada?

—No lo sabremos hasta que la persona con la que Chalabi piensa ponerse en contacto en Londres se despierte, y para eso lo mismo falta todavía una hora o más. Bueno, ¿y qué hacemos hasta entonces?

—Podríamos volver a la cama, por ejemplo —bromeó Ross, intentando distraerla de lo que se temía que estaba pensando.

—Confieso —dijo Victoria— que me había imaginado varios escenarios en los que eso podría ocurrir, pero que un grupo de terroristas que necesitaba una habitación libre me obligase a pasar la noche contigo no figuraba entre los más probables. Francamente, creo que deberías estar más preocupado por esta mujer que acaba de aparecer en tu vida —dijo señalando a la cubierta superior—. Y, teniendo en cuenta tu dilatada experiencia con el sexo opuesto, inspector, me encantaría saber qué piensas de ella.

—Es despiadada y eficiente, eso sin duda. La operación estaba bien planeada, así que sabrá exactamente qué jugada le corresponde hacer ahora. Pero una cosa que tal vez no haya previsto es que anoche había un *paparazzi* en la playa cuando ellos abordaron el yate, y tenía una cosa en común conmigo: jamás perdía de vista a la princesa.

—Así que puede que la historia esté ya en todas las portadas de los periódicos de la mañana.

—Si está muerto, no. Anoche oí un tiro que fue disparado con un rifle de largo alcance, no con la pistola que mató a los otros cinco —dijo Ross mirando al cielo por el ojo de buey.

—¿Qué miras? —preguntó Victoria.

—No miro. Escucho. En cuanto se den cuenta en Londres de que la princesa ha sido secuestrada, habrá un Nimrod por ahí arriba intentando localizarnos.

—Pero los terroristas lo verán y se pondrán en alerta, ¿no?

—Ya se asegurará el piloto de mantenerse a la suficiente altura para que no se le vea. Y, créeme, si son capaces de identificar a un delfín a treinta kilómetros de distancia, no digamos un yate de setenta metros.

—Pero, aunque nos encontrasen, ¿qué podrían hacer?

—Todos los organismos gubernamentales redoblarán sus esfuerzos, pero será el Servicio Especial de Barcos el que organice la operación de rescate. Su mayor problema va a ser que tendrán una oportunidad muy limitada antes de que entremos en aguas territoriales libias.

—No es precisamente el lugar que tenía en mente la princesa para pasar las vacaciones de verano.

—He de decir, Victoria, que me sorprende lo tranquila que estás, dadas las circunstancias —dijo Ross, aunque se fijó en el ligero mordisqueo de labios que delataba el verdadero estado de ánimo de la dama de compañía.

—Mi familia se ha enfrentado a cosas peores. Mi tatarabuelo perdió la pierna en el asedio de Mafeking. A mi abuelo lo mataron en las playas de Dunkerque, y mi padre cometió el disparate de invertir la fortuna familiar en el Lloyd's of London y ahora está incluido en lo que ellos llaman su «lista de apuros», así que supongo que mi herencia se habrá esfumado y que acabaré teniendo que hacer lo que tantas veces han hecho las mujeres de mi estirpe: casarme por dinero. Si te soy sincera, estoy aterrorizada. Pero, como le decía mi abuela a mi madre mientras caían las bombas sobre Londres, «Mantén la calma. Tú sigue a lo tuyo y nunca te olvides de bajar el cuchillo y el tenedor al masticar».

Ross no podía por menos de admirar cómo reaccionaba esta mujer bajo presión, pero no le dijo que aquello solo había sido una primera escaramuza. Victoria se acercó a la mesa del rincón del camarote, en la que había un gran montón de cartas sin abrir dirigidas a la princesa. Cogió el primer sobre y lo abrió con destreza con un abrecartas de plata.

—¿De uno de sus muchos admiradores? —preguntó Ross.

—Sí, pero esta es solo una pequeña muestra de lo que recibe S. A. R. cada día. Una de mis tareas consiste en asegurarme de que todas quedan respondidas, incluso las que no son precisamente halagüeñas. Me he traído unas cuantas para responderlas cuando no tenga nada mejor que hacer.

—¿Cómo reacciona a las que no son halagüeñas?

—Nunca las ve —confesó Victoria—. Siempre elijo varias de fervientes admiradores para que las lea durante el desayuno, aunque me temo que hoy no voy a poder.

—¿Crees que el público seguiría apoyándola si saliera a la luz que se ha ido de vacaciones con su amante en lugar de con el príncipe?

—La mayoría, sí. Para sus fieles, ella nunca hace nada mal.

Ross se giró de golpe al oír que la puerta se abría de golpe y dos de los matones de Chalabi irrumpían en la habitación. Agarraron a Ross de los brazos, lo sacaron a rastras al pasillo y cerraron con llave. Sola en el camarote, Victoria perdió finalmente el tipo y se echó a llorar.

Ross subió las escaleras obligado por el cañón de un rifle dolorosamente pegado a su espalda, y lo sacaron a empujones a la cubierta superior, donde le esperaban Chalabi y Hassan. El sol de la mañana, ajeno al hecho de que se les habían acabado las vacaciones, caía a plomo sobre ellos.

—Ha llegado el momento, inspector Hogan, de que pasemos a la segunda fase de mi plan.

De repente, Ross comprendió por qué no le habían matado.

—Todas las llamadas que ha hecho desde su camarote en este viaje han sido escuchadas, inspector. De modo que, por el momento (y subrayo lo de «por el momento»), me es usted más útil vivo que muerto. Quiero que se ponga en contacto con el comisario Warwick, que al parecer es el agente responsable del Servicio de Protección de la Casa Real. —Ross no dijo nada—. Va a llamarle ahora mismo, para que yo pueda explicarle con todo lujo de detalles lo que espero a cambio de no matar a la próxima reina de Inglaterra.

De nuevo, todos se pusieron en pie cuando la señora Thatcher entró en la sala.

—General de brigada —dijo la primera ministra antes de sentarse.

—Se ha informado a un equipo de agentes altamente cualificados del Servicio Especial de Barcos de la misión que se les ha encomendado. La operación lleva el nombre en clave de «Por la Borda», y ya van rumbo al Mediterráneo —dijo el director de las fuerzas especiales—. Después de la reunión de ayer volé a Poole para informar al Servicio Especial de Barcos de los últimos acontecimientos. Poco después de medianoche, cuando me subí otra vez al avión para volver a la base de Northolt, ya teníamos un plan provisional.

—Pero incluso los agentes más cualificados tardarían días en organizar una operación tan difícil, ¿no? —preguntó el secretario del Gabinete.

—En realidad, no, *sir* Robin —dijo el general de brigada—. El Servicio Especial de Barcos dedica cada minuto del día a prepararse para una posibilidad así, y está deseando ponerse a prueba con terroristas de verdad en vez de con voluntarios que representan simulacros.

—Pero ¿qué posibilidades tienen de abordar una nave que se desplaza a toda velocidad y cuya tripulación está ojo avizor a cualquier señal de peligro? —preguntó la primera ministra.

—Depende de dónde tenga puesto el ojo dicha nave cuando aparezcan nuestros muchachos —dijo el general de brigada—. Pero tenga la plena seguridad de que han repetido miles de veces todo tipo de variaciones sobre este tema, y están más que preparados para el desafío.

—¿Puede compartir algún detalle con nosotros —preguntó el secretario de Defensa—, o todavía es demasiado pronto para ello?

En la pantalla del fondo de la sala apareció un mapa del Mediterráneo con tres grandes cruces marcadas en medio del mar. El general de brigada se levantó y se acercó a la pantalla con un puntero láser en la mano.

—Esto es lo que en nuestro gremio se conoce como un ataque por tres frentes. Para empezar, veinticuatro de los hombres con más experiencia del buque de Su Majestad Cornwall llevarán a cabo una incursión de despiste por el este. —Un puntito de luz alumbró una de las cruces—. Una vez hayamos llamado la atención de los terroristas, veinte miembros del equipo del Servicio Especial de Barcos, a las órdenes del capitán Mike Davenport, cercarán el yate por el oeste. Seis de ellos irán en dos de los helicópteros del Cornwall. —La luz se detuvo un instante sobre una segunda cruz—. Y desde allí descenderán por soga a la cubierta y neutralizarán a los terroristas. Los catorce hombres restantes del Servicio Especial de Barcos se acercarán por el noroeste en tres zódiacs de alta velocidad. —Indicó la tercera cruz, lo que completó un triángulo alrededor del Lowlander—. La clave del plan está en el control de los tiempos. Las tres partes del triángulo tienen que juntarse en el momento exacto. Ninguna de las tres se puede permitir el lujo de rezagarse, ni siquiera unos segundos.

—Y ¿dónde están ahora las tres partes del triángulo? —preguntó el secretario del Gabinete.

—A veinticuatro tripulantes del barco, que formarán un operativo de distracción, les están informando en estos momentos del papel vital que habrán de desempeñar para que esta operación llegue a tener éxito. El escuadrón de élite M —echó un vistazo a su reloj— debería llegar a la base de Lyneham dentro de media hora. Van en dos camiones cargados con todo el equipo necesario, incluidas las tres zódiacs. Subirán todo a bordo de los dos C-130 y despegarán a las 15:00 horas, o, si es posible antes, mejor. El equipo del Servicio Especial de Barcos se pondrá en contacto con el Cornwall justo después de las seis y media de la tarde, hora local. Les daría más detalles si pudiera, pero se trata de una operación muy flexible, y es muy posible que haya cambios de última hora.

—¿Cómo piensa conseguir que se bajen treinta hombres al Cornwall desde un C-130? —preguntó el secretario del Gabinete mirando al mapa—. No parece que haya ninguna pasarela en quinientas millas a la redonda.

—Se lanzarán al mar en paracaídas, junto con sus zódiacs —explicó el general de brigada—. Para esos hombres, eso es tan fácil como para usted o para mí tirarse a una piscina. Mientras tanto, uno de nuestros submarinos de última generación, el Ursula, se está acercando al yate. De hecho, ya deberían de haber entrado en contacto con ellos por radar —añadió, indicando con un puntito de luz una posición situada muy al sur del tercer ángulo del triángulo.

—¿Qué función desempeña un submarino en esta operación? —preguntó el ministro de Exteriores.

Se hizo un largo silencio, al cabo del cual el secretario de Defensa reconoció, mirando a la primera ministra:

—Está ahí como último recurso, señora.

—Como último recurso ¿en caso de qué? —preguntó ella con tono imperioso.

—En caso de que no consigamos tomar el yate.

—¿Y si no consiguiéramos tomar el yate? —insistió el secretario del Gabinete.

Se hizo un silencio aún más largo antes de que el secretario de Defensa admitiera:

—El Ursula se encargaría de que el yate saltase por los aires. Pero solo en caso de que estemos completamente seguros de que han matado a la princesa, e, incluso en ese caso, señora, siempre que usted lo autorizase —añadió a la vez que sonaba un teléfono en la otra punta de la mesa.

William, avergonzado, estaba a punto de apagarlo cuando vio el nombre que brillaba en la pantalla. Inclinándose sobre la mesa a la vez que se llevaba un dedo a los labios, empujó el Motorola hasta el centro de la misma. Una sala llena de hombres acostumbrados a dar órdenes guardó silencio mientras William pulsaba el botón del altavoz para que todos ellos pudieran seguir la conversación.

—Buenos días, señor —dijo una voz con un leve acento irlandés que William reconoció al instante—. Soy el inspector Hogan.

No recordaba la última vez que Ross le había llamado «señor».

—Como bien sabe, inspector —dijo William siguiéndole el juego—, la normativa exige que en una situación como esta responda usted a cuatro preguntas de seguridad para demostrar su identidad.

—Entendido —dijo Ross, consciente de que William analizaría cada palabra que saliera por su boca.

—¿Cuántos agentes tengo a mis órdenes en Buckingham Gate?

—Diez.

—¿Cuánto tarda de media una ambulancia en llegar al lugar de un accidente de tráfico en Londres?

—Entre dieciocho y veinte minutos.

William escribió los números «diez», «dieciocho» y «veinte» antes de pasar a la siguiente pregunta.

—¿Cuál fue el primer coche que se compró cuando terminó los estudios?

—Yo quería un Porsche, pero tuve que conformarme con un MG de segunda mano que solo había hecho mil kilómetros.

William añadió «mil» a la lista.

—¿Cuál era el apellido de soltera de su madre?

—O'Reilly. Tengo seis hermanos y cuatro hermanas. Nuestra madre nos gobernaba con mano de hierro.

William anotó «seis» y «cuatro».

—Gracias, inspector Hogan. Dígame ahora el motivo de su llamada.

—Como puede que ya sepa, Bill, el yate en el que va mi protegida ha sido abordado —evitó decir «por un grupo de terroristas»—, y el cerebro de la operación, que ahora está al mando del barco, quiere hablar con usted.

Todos los presentes en la sala esperaban oír la voz de Nasreen Hassan. En cambio, se llevaron la primera de varias sorpresas.

—Buenos días, inspector jefe. Me llamo Jamil Chalabi, y permítame asegurarle que tengo el control absoluto de esta embarcación. Permítame también dejarle bien claro desde el principio que, si no sigue mis órdenes al pie de la letra, no vacilaré en hacer caminar por la tabla a su adúltera princesa. Puede que parezca demasiado dramático, pero intuyo que el acontecimiento alcanzaría las cotas máximas de audiencia en todos los canales de televisión del mundo.

Una joven secretaria que estaba sentada detrás de la primera ministra se desmayó, y dos colegas suyos la ayudaron a salir de la sala. Todas las personas de la mesa se quedaron paralizadas por las palabras de Chalabi.

—Su silencio me hace pensar que he conseguido llamar su atención —dijo Chalabi—. De manera que ahora le diré lo que va a suceder a continuación si quiere volver a ver a su adorada princesa. Primero, sacará a mi líder, Mansour Khalifah, del confinamiento en solitario en el que está en Belmarsh, y se encargará de que lo trasladen al hospital de la prisión. Le llamaré allí para hablar con él dentro de una hora. ¿Me he explicado con claridad, comisario?

—Sí —dijo William, aunque se negaba a morder el anzuelo—. Pero ha de saber que la decisión de liberar al señor Khalifah compete al comisario adjunto de la Policía Metropolitana, no a mí. Y no tengo ni idea de dónde se encuentra el comisario adjunto en estos momentos.

William lanzo una mirada a Holbrooke, al otro lado de la mesa, que asintió bruscamente con la cabeza.

—Dispone usted de una hora, nada más. Y sospecho que el comisario adjunto estará en la misma sala que usted, así que, cuando yo vuelva a llamar, asegúrese de que él está listo para responder. Como intente darme una puñalada trapera, la primera persona en morir (bueno, voy a ser más preciso: la sexta) será su colega el inspector Hogan, que está escuchando esta conversación. La suya será una muerte especial, sobre la que he reflexionado bastante. Siempre he querido saber cuánto tiempo es capaz una persona de mantenerse con vida en el mar sin un chaleco salvavidas. Yo diría que unas pocas horas, como mucho.

La línea se cortó.

—Pensaba que nos había dicho que Chalabi era un *playboy* de la alta sociedad —le soltó la primera ministra—, no un terrorista despiadado.

—Hasta ahora no había sucedido nada que indicase lo contrario —dijo el comandante Hawksby saliendo en auxilio de William—. No obstante, debo confesar que, en el cumplimiento de su deber como guardaespaldas de la princesa, el inspector Hogan me ha advertido en más de una ocasión de que no había que subestimar a Chalabi, y de que estaba convencido, palabras textuales —echó un vistazo a sus anotaciones—, de que «No es tan ingenuo como pretende hacernos creer».

—De eso no hay duda —dijo la primera ministra—, porque, desde luego, les ha puesto a todos en ridículo, y…

—¿Ha sacado algo más en claro de la conversación con Hogan, comisario? —preguntó el secretario del Gabinete metiendo baza antes de que la primera ministra dijese algo de lo que pudiera arrepentirse más tarde.

—Sus respuestas a las preguntas de seguridad han sido una manera de transmitir información de vital importancia sin despertar las sospechas de Chalabi. El inspector Hogan mencionó el número diez cuando le pregunté cuántos agentes tengo a mis órdenes en Buckingham Gate. La respuesta correcta es catorce, así que podemos suponer que son diez los terroristas implicados en el ataque, y, con Chalabi, once.

—Y ¿cuánto tarda de media una ambulancia en llegar a un accidente de tráfico en Londres? —preguntó el secretario del Gabinete.

—Siete u ocho minutos —respondió William—. Así que sospecho que entre dieciocho y veinte nudos es la velocidad a la que viaja en estos momentos el Lowlander.

—Y en estos momentos está a unas mil millas de distancia de su destino —sugirió el primer lord del Mar.

—Está muy bien pensado —dijo el secretario del Gabinete—. Y ¿qué me dice de los seis hermanos y las cuatro hermanas?

—También sé que el inspector Hogan es hijo único —dijo William—, así que sospecho que los seis hermanos son terroristas activos, y las cuatro hermanas, no combatientes. Y «mano de hierro» es el término para referirse en jerga a un rifle Dragunov, que seguramente causó la muerte del fotógrafo de la playa.

—Y llamarle a usted «Bill» no encajaba con el resto de la conversación —observó el secretario del Gabinete—. A usted le pega más que le llamen siempre William, y en circunstancias normales el inspector Hogan le llamaría «señor».

—Es un código fijado para hacerme saber que puedo fiarme de todo lo que dice, y que no le están obligando a decirlo a punta de pistola, o algo peor.

El primer lord del Mar asintió respetuosamente con la cabeza antes de decir:

—Queda menos de una hora para que nos enteremos de cuáles van a ser las próximas exigencias de Chalabi, y para entonces el avión de transporte del Servicio Especial de Barcos ya debería estar de camino hacia el buque de Su

Majestad Cornwall. Me va a tener que dar un poco más de tiempo, comisario, porque mis muchachos necesitarán que haya oscurecido del todo para intentar abordar el yate, y aún faltan cinco horas para la puesta de sol.

—No tenga prisa —susurró el Halcón, sin una pizca de ironía.

—Como ya he mencionado —dijo la primera ministra—, nunca negociamos con terroristas. Pero eso no tiene por qué impedir que, con cualquier pretexto, prolonguemos las conversaciones hasta que el Servicio Especial de Barcos esté listo para intervenir. Con esto en mente, comisario, permítame que le dé un consejo: asegúrese de que la batería de su teléfono está completamente cargada.

Capítulo 34

—Gracias a Dios que sigues vivo. —Fueron las primeras palabras de Victoria al ver que se abría la puerta del camarote y volvían a meter a Ross a empujones.

—Bueno, por lo menos hasta dentro de una hora —dijo Ross intentando quitarle hierro al asunto.

—¿Por qué lo dices? —preguntó Victoria agarrándose a él angustiada.

—Luego te lo cuento —respondió Ross, aunque no tenía la menor intención de repetirle lo que había oído de la conversación entre Chalabi y William—. Ahora tengo que hablar con la princesa.

—Está sentada leyendo una novela en el balcón de su camarote, y todavía va por la misma página que hace una hora.

Victoria salió detrás de Ross al balcón para ver a la princesa, que, cabizbaja, parecía frágil y perdida. A su habitual sonrisa tímida la sustituía una expresión aciaga. Nada más verlos, se levantó y corrió hacia el lado del balcón en el que estaban ellos.

—Le debo una disculpa —empezó ella; Ross no hizo ningún comentario—. Siempre me dejó bien claro lo que pensaba de él —dijo Diana—. ¡Ojalá no hubiese ignorado la aversión tan fuerte que sentía usted hacia ese hombre!

—No es usted la única a la que engañó, señora. Pero ahora tenemos que concentrarnos en el presente: si les digo a cualquiera de las dos que hagan algo, lo que sea, ni se les ocurra cuestionarme. ¿Está claro?

Las dos asintieron obedientemente con la cabeza, y Diana dijo:

—Doy gracias de que siga vivo.

—Más que agradecida, creo que quiere decir sorprendida, señora —dijo Ross, de nuevo tratando de quitar hierro al asunto.

—¿Sabe algo nuevo de él? —preguntó Diana a la vez que, incapaz de pronunciar el nombre de Chalabi, señalaba con el dedo la cubierta superior.

Ross escogió con cuidado sus palabras.

—Sí, señora. Ha estado comunicándose con Londres, que ya estaba al tanto de la situación. El Gobierno está intentando llegar a un acuerdo para que la liberen.

—¿Qué tipo de acuerdo? —preguntó Victoria.

—Por ahora, señora, quiero que se ponga el bañador y se siente en el balcón como si siguiera de vacaciones —dijo Ross, sin molestarse en responder a la pregunta de Victoria.

—¿Y qué pasa con Victoria? —preguntó Diana recuperando un ligero tono desafiante.

—Mi única responsabilidad es protegerla a usted, señora.

—Y a Victoria —dijo Diana con firmeza.

—Si es posible, sí. Pero primero voy a decirle lo que creo que es probable que pase en las próximas horas, para que al menos esté preparada. —Evitó añadir «para lo peor», y bajó la voz—: ¿Ha oído hablar del Servicio Especial de Barcos?

—Sí, el año pasado celebraron una cena en mi honor.

—Pues este año le van a rendir homenaje con una ceremonia muy distinta.

El director de la cárcel caminaba de un lado a otro delante de las puertas de la entrada cuando el coche de William se detuvo con un chirrido. La llamada del ministro del Interior no le había dejado lugar a dudas acerca de lo que se esperaba de él.

No se molestaron en intercambiar los cumplidos de rigor. Se dieron la mano y el director le hizo pasar rápidamente por la puerta abierta; a unos metros por delante ya había un policía esperando, y este a su vez abrió las dos puertas dobles para que pudiesen avanzar sin interrupciones hasta llegar al ala de los incomunicados.

Poco después empezaron a bajar por una estrecha escalera de piedra que llevaba a un pasillo iluminado por bombillas de treinta vatios como mucho; algunas estaban fundidas. Se detuvieron al llegar a una gruesa puerta metálica, ante la cual había dos guardias apostados. William abrió la contraventana, y vio a un hombre al que le costó reconocer agazapado sobre un colchón manchado de orina en la otra punta de la celda.

El oficial de guardia abrió el cerrojo, tiró de la pesada puerta y se hizo a un lado para que el director y William pasasen a un espacio de apenas dos metros cuadrados.

Khalifah los miró con expresión desafiante, pero no dijo ni una palabra. Los dos guardias le levantaron del colchón, le hicieron salir lentamente de la celda sin ventanas y se lo llevaron por el pasillo hasta una escalera de caracol, por la que casi tuvieron que subirle en brazos. El recorrido, de una lentitud exasperante, terminó en el ala del hospital, donde la enfermera jefe los estaba esperando junto a un box vacío. Khalifah se desplomó sobre la cama y aparecieron dos hombres con bata blanca que le hicieron un reconocimiento exhaustivo.

Khalifah siguió callado mientras le exploraban, y pasó un rato antes de que el médico de más edad diese su opinión.

—Va a tener que comer algo sustancioso y beber mucho líquido antes siquiera de pensar en volver a trasladarle. Pero, así, a ojo, yo diría que no es la primera vez que está incomunicado, porque se encuentra en mucha mejor forma física de lo que me esperaba.

—¿Puedo hacerle a él unas preguntas? —dijo William.

—Adelante —dijo el médico.

William se acercó por el otro lado de la cama y miró a Khalifah.

—¿Habla inglés? —preguntó articulando lentamente cada palabra.

—Eso espero. —Fue la respuesta—. Estudié en la London School of Economics, en uno de esos programas de extensión comunitaria de los que tan orgullosos se sienten ustedes los británicos. Aunque confieso que no me matriculé con mi nombre actual.

—¿Qué es lo que sabe acerca del motivo de esta entrevista? —preguntó William.

—Puesto que me han sacado del aislamiento y me están haciendo un reconocimiento médico, solo puedo suponer que mis hermanos varones —hizo una pausa—, así como una hermana especialmente extraordinaria, han conseguido abordar el yate al que no pudo resistirse la princesa de Gales (¿o fue a Jamil al que no pudo resistirse?). Jamil les ha engañado a todos, incluido al perrito faldero de la princesa, el inspector Hogan, así que hasta usted se habrá dado cuenta de que esto no va a terminar como el fiasco del

Albert Hall. Si quiere que algún día su futura reina llegue a sentarse en el trono, de un momento a otro Chalabi le dirá qué es exactamente lo que tiene usted que hacer.

William mantuvo la calma, consciente de que perderla no serviría de nada.

—Estamos a la espera de que Chalabi llame en cualquier momento, y entonces podrá usted hablar con él. Pero no antes de que el inspector Hogan haya confirmado que la princesa sigue estando viva.

—Eso, suponiendo que el inspector siga vivo —dijo Khalifah—, porque, si conozco bien a todos esos, ya estarán echando a suertes quién va a tener el placer de matarlo.

William no reaccionó, pero temió que el director fuese incapaz de seguir conteniéndose mucho más tiempo.

—También necesito darme un baño, y mi ropa —dijo Khalifah—. No pienso volver a mi país con pinta de fugitivo.

El director asintió de mala gana, y en ese mismo instante el teléfono que había al lado de la cama empezó a sonar. William lo cogió y dijo:

—Warwick al habla.

Por mucho que la voz que oyó a continuación estuviese bajo el sol del Mediterráneo, sonó fría como una tormenta de nieve ártica.

—Buenos días, comisario. ¿Puedo suponer que mi jefe ya no está incomunicado, y que está listo para responder a mi llamada?

—Primero tengo que hablar con el inspector Hogan —dijo William, sin saber qué haría en caso de que Chalabi se negase.

Se hizo un largo silencio, interrumpido por otra voz:

—Aquí Hogan, señor.

—¿Puede confirmar que su alteza real sigue viva y se encuentra bien? —preguntó William.

—Así es, Bill.

—¿Y *lady* Victoria?

—«Cagada de miedo», palabras textuales —dijo Ross—. Están las dos en el balcón, tomando el sol.

—¿Satisfecho, comisario? —preguntó Chalabi después de arrebatarle el auricular.

—Sí —dijo William, que se había enterado de las dos informaciones vitales que pensaba pasarle al comisario adjunto en cuanto tuviera oportunidad.

—Entonces, páseme inmediatamente a mi jefe si no quiere que esta sea la última vez que haya hablado con su amigo Hogan.

William le dio de mala gana el teléfono a Khalifah, y, aunque no pudo entender ni una palabra de la conversación que tuvo lugar a continuación, la palabra «Diana» salió en varias ocasiones. Al cabo de unos minutos, Khalifah volvió a pasarle el teléfono a William.

—Ahora, comisario, escúcheme bien —dijo Chalabi—, porque solo se lo voy a decir una vez. En un par de horas, volveré a llamarle, y para entonces ya se habrá encargado usted de que un coche lleve a su excelencia Mansour Khalifah a Heathrow, donde le estará esperando su *jet* privado con los motores en marcha para llevarle a Libia. ¿Está todo claro?

—No sé si dos horas bastarán para encontrar un coche y llevarle al aeropuerto —protestó William.

—Venga, venga —dijo Chalabi—. Si no es posible, tendré que ejecutar a uno de mis prisioneros cada hora en punto. Estoy seguro de que *lady* Victoria, como sus antepasados antes que ella, dará buen ejemplo al resto. Y no creo que le cueste adivinar quién será el siguiente si da usted un paso en falso.

—Pero… —empezó a decir William.

—Nada de peros, comisario. Es decir, si es que espera volver a ver con vida a la princesa. Y, dado que solo le quedan una hora y cincuenta y ocho minutos, no voy a seguir malgastando su precioso tiempo.

William tenía preparada su siguiente frase, pero Chalabi ya había colgado. Khalifah, que parecía sorprendentemente recuperado, le dedicó una sonrisa condescendiente.

—No le entretengo más, querido amigo —dijo con un exagerado acento pijo de colegio de pago—, a no ser que el director quiera quedarse un rato más y besarme el culo…

El director hizo amago de acercarse, pero William estiró un brazo para cerrarle el paso y le hizo salir en silencio al pasillo mientras Khalifah se despedía con un majestuoso gesto de la mano.

—Estaría dispuesto a que me condenasen a cadena perpetua por matar a ese hombre —susurró el director mientras la puerta se cerraba de golpe a sus espaldas.

—Esperemos que eso no suceda.

El director hizo una breve pausa antes de decir:

—Le debo una disculpa, William, porque no puedo ni imaginarme qué más cosas sabe y no puede compartir conmigo —dijo mientras el más joven de los dos médicos salía del ala del hospital y se acercaba a ellos.

—Le he dicho que necesitaba orinar y así he podido salir un momento, para hablar con ustedes —dijo el médico—, así que tenemos poco tiempo.

—Creo que no conoce al doctor Harrison, señor —dijo William—. Estuvimos en el mismo equipo de atletismo de la Universidad de Londres, aunque él era corredor de fondo.

—Y estudié Lenguas de Oriente Medio, no Medicina —confesó Harrison dándole la mano al director—. De modo que soy doctor en Filología, no en Medicina.

—¿Qué ha dicho Khalifah? —preguntó William, que no quería perder más tiempo.

—Solo he podido oír su parte de la conversación —dijo Harrison—, pero ha ordenado que tiren al inspector Hogan por la borda en el mismo momento en que el avión despegue de Heathrow, y que, una vez que el yate llegue a aguas territoriales libias, una tal Victoria corra la misma suerte.

—¿Y la princesa? —preguntó William.

—No tienen la menor intención de soltarla, ni siquiera aunque liberen a Mansour Khalifah.

—Entonces, ¿qué otros planes tienen? —preguntó el director.

Harrison titubeó.

—Venga, dispare.

—La van a hacer desfilar por las calles de Trípoli y cuando llegue a la plaza de los Mártires la decapitarán. Hasta han elegido a la persona que se encargará de la ejecución.

—Nasreen Hassan, sin duda —dijo William mirándose el reloj—. Lo cual significa que ahora solo me quedan una hora y cuarenta y nueve minutos antes de que...

El C-130 que llevaba al escuadrón de élite del Servicio Especial de Barcos sobrevoló el Cornwall nada más dar las seis y media de la tarde, y fue saludado por tres destellos procedentes de un reflector de señales. El piloto giró y dio una vuelta alrededor de la embarcación. Desde el puente de mando, el capitán del Cornwall vio cómo se abría poco a poco la puerta del C-130 y tres lanchas hinchables asomaban y caían lentamente al mar en paracaídas. El avión empezó a dar otra vuelta alrededor del Cornwall, y al completarla soltó el cargamento humano.

El primero en saltar fue el capitán Mike Davenport, que no era un hombre dispuesto a ponerse a la cola de nada. En cuanto se abrió su paracaídas, el resto de sus hombres le siguieron rápidamente uno tras otro, y fueron cayendo entre las olas, tal y como había pronosticado el general de brigada: con la desenvoltura de unos niños que se tiran a una piscina. Nada más entrar en contacto con el agua, se quitaban los paracaídas y nadaban hasta la lancha más cercana. Una vez embarcados todos, se dirigieron hacia el Cornwall.

Davenport subió por la escala de cuerdas que colgaba del lateral del barco. En la cubierta, un alférez le saludó y le acompañó al puente de mando, donde le estaba esperando el capitán. La siguiente hora la dedicaron a repasar en detalle su plan, incluido el papel que iba a tener que jugar la avanzadilla para que el resultado se saldase con éxito.

A continuación, Davenport volvió con sus hombres y les ordenó que descansaran, lo cual no constituía precisamente su ocupación favorita. Pero les recordó que la espera es siempre lo peor de una misión y que tenían que intentar dormir un poco, ya que no podían iniciar la Operación Por la Borda hasta que el sol no se hubiese ocultado detrás del horizonte. Aunque, por otra parte, sabía que nadie iba a pegar ojo; tampoco él.

William telefoneó a Holbrooke desde el despacho del director de la cárcel, y le dijeron que estaba en el número 10 de Downing Street informando a la primera ministra de que el equipo del Servicio Especial de Barcos estaba ya a bordo del Cornwall, esperando con impaciencia a que se pusiera el sol..., algo que ni siquiera la primera ministra podía controlar.

Cuando llamó a Downing Street, le pasaron con Holbrooke, que estaba en el despacho de la primera ministra. Le contó con pelos y señales no solo lo que Chalabi esperaba que hiciera, sino también que no había duda de que Diana estaba sana y salva y que se encontraba en su balcón, en el lado de estribor.

—¿Cómo puede estar tan seguro de que sus camarotes están a estribor? —preguntó Holbrooke.

—*Lady* Victoria jamás utilizaría la expresión «cagada de miedo», por mucho que se sintiera así.

Acto seguido, William advirtió al comisario adjunto de lo que pensaba hacer Khalifah con la princesa cuando llegasen a Libia, incluso aunque cumplieran sus exigencias.

—Va a volver a llamar dentro de cuarenta y un minutos —dijo William, y comprobó la hora en su reloj—, y cuenta con que le confirme que Khalifah va de camino a Heathrow. Si no es así, no me cabe la menor duda de que cumplirá su amenaza de matar a Ross o a *lady* Victoria, o a ambos.

—Sí, estoy de acuerdo con usted —dijo Holbrooke—. Seguro que, al igual que nosotros, estará ciñéndose a un programa estricto. Voy a decirle exactamente qué quiero que le diga cuando vuelva a llamar, pero no olvide que su máxima prioridad es ganar todo el tiempo posible para mí. El Servicio Especial de Barcos no puede dar un paso hasta después de la puesta de sol, las 20:43 hora local, y todavía faltan —se miró el reloj— dos horas y diecinueve minutos.

Mientras Holbrooke le explicaba detalladamente el mensaje que quería que le transmitiese a Chalabi, William le escuchó con atención porque sabía que no era un hombre que dijera las cosas dos veces.

—El primer lord del Mar, en la línea uno —oyó que decía una voz con tono urgente.

—Ahora me pongo con él —dijo Holbrooke—. Warwick: su único objetivo es ganar tiempo para mí. —Fueron las últimas palabras que oyó William antes de que se cortara la línea.

William hizo cuatro llamadas durante la siguiente media hora. La primera fue a Scotland Yard, al Halcón, quien le aseguró que habría tres coches esperando a la puerta de la cárcel para llevarlos a Khalifah y a él a Heathrow mucho antes de que se acabase el tiempo. Casi parecía que el control de la situación había cambiado de manos. Después llamó a Paul, a Rebecca y, por último, a Danny para informarles de los papeles que iban a jugar durante las dos horas siguientes.

Tenía el tiempo justo para volver al ala del hospital, y lo consiguió con escasos minutos de margen. Apenas reconoció a Khalifah, que se había puesto un *thawb* y una kufiya y parecía más un potentado árabe que alguien que acababa de salir de una celda de aislamiento.

—Ha llegado justo a tiempo para impedir la siguiente ejecución —dijo Khalifah nada más irrumpir William en la habitación—. Supongo que tendrá un coche esperando, porque sé que Chalabi está buscando cualquier pretexto para sacrificar al inspector Hogan, quien, por alguna razón que no me explico, parece que le saca de quicio.

El teléfono sonó. William no necesitó preguntar quién estaba al otro lado de la línea.

—Supongo que habrá hablado usted con Holbrooke y habrán organizado todo, ¿no? —Fueron las palabras de presentación de Chalabi.

—Sí. Dentro de unos minutos habrá un coche a la puerta de la cárcel listo para llevar a Khalifah…

—A su excelencia Mansour Khalifah —le corrigió Chalabi—. La de ustedes no es la única familia real.

—… a Khalifah a Heathrow —terminó de decir William.

—Donde me imagino que le estará esperando su *jet* privado para llevarle de vuelta a su patria.

—Eso no va a ser tan fácil —dijo William con tono desafiante—. El avión lleva más de tres meses sin pasar por mantenimiento, y, aunque los ingenieros están trabajando a toda pastilla, puede que pase un rato hasta que las autoridades aeroportuarias lo permitan despegar. A no ser, claro está, que esté usted dispuesto a arriesgar la vida de su jefe… —añadió, corriendo un riesgo calculado.

Por primera vez, Chalabi no respondió inmediatamente. William aprovechó el silencio para continuar.

—Una vez que se hayan implementado las normativas de seguridad, habrá que echar combustible al avión. Pero todavía tenemos el problema de encontrar una tripulación que esté dispuesta a llevarle a Libia. No es precisamente lo que llamaríamos un destino de ensueño.

—Deje de tirarse faroles, Warwick —dijo Chalabi—. Volveré a llamar dentro de una hora, y espero que para entonces…

—Voy a necesitar al menos cuatro horas para asegurarme de que todo está en orden.

—Le doy dos, ni un minuto más. Si su excelencia no responde al teléfono cuando le llame a su avión privado dentro de dos horas exactas, daremos paso a las ejecuciones. Incluso le permitiré que escuche las últimas palabras de *lady* Victoria antes de que se reúna con el inspector Hogan en el piélago.

La línea se cortó. William había conseguido una hora extra para Holbrooke, pero ¿sería suficiente?

Capítulo 35

Aún era de día cuando seis agentes y veinticuatro marineros cuidadosamente seleccionados salieron del Cornwall en seis lanchas, una hora antes de la partida prevista del grupo principal. El capitán Davenport había subrayado en su última sesión informativa que, pese a que el papel de dichos agentes y marineros era secundario, no por ello era menos importante de cara al éxito de la Operación Por la Borda.

Un grupo de catorce miembros del Servicio Especial de Barcos zarparía en sus zódiacs una hora más tarde, y los últimos en salir serían Davenport y seis de sus agentes más curtidos, en los dos helicópteros. Iban a tener que cronometrar la salida con precisión para aprovechar su arma más potente: la sorpresa.

A la salida de la cárcel había tres coches camuflados e idénticos en fila. En el asiento trasero del segundo iba Mansour Khalifah. William iba en el asiento del copiloto del primero. A su lado, Danny aguardaba con impaciencia la orden de arrancar. Tenían que estar allí en una hora y cincuenta y un minutos, momento este en que Chalabi llamaría al *jet* de Khalifah, esperando que este cogiera el teléfono.

«Tú único objetivo, Warwick, es ganar tiempo para mí», le había dicho Holbrooke; William no quería llegar antes de lo indispensable, pero tampoco podía arriesgarse a llegar tarde.

—¿Cuándo ha sido la vez que más has tardado en llegar a Heathrow? —le preguntó a Danny.

—Una vez tardé hora y media, jefe, pero solo porque hubo un accidente en la autopista.

—Con o sin accidente, si eres capaz de tardar más te pagaré las horas extras al doble.

—Se acerca la hora punta —dijo Danny con voz inocente—, así que lo más seguro es que haya retenciones. Y le voy a contar un secreto. El carril más lento para salir de Londres antes de llegar a la autopista es siempre el carril central, a no ser que haya cerca una rotonda: entonces, es el externo.

Aquel hombre para el que tomar curvas cerradas a cien por hora, saltarse semáforos en rojo y subirse a la acera durante una persecución eran pan comido, bajó la marcha y se pasó al carril central. Cuando se estaba acercando al primer semáforo, redujo la velocidad, y cuando se puso en amarillo pisó suavemente el freno. El cortejo negro se dirigió hacia Heathrow a paso fúnebre.

Tres zódiacs cabeceaban en el agua a la espera de la orden de salida. Davenport echó otro vistazo a su reloj, consciente de que tanto un minuto de más como uno de menos podían poner en peligro toda la operación.

Por fin, como si fuera un juez al inicio de una regata universitaria, subió lentamente el brazo para llamar la atención de los jefes de las tres lanchas, y acto seguido lo bajó con firmeza para indicar la salida.

Las tres zódiacs empezaron a surcar trabajosamente las olas. Las tripulaciones de dos de ellas intentarían abordar el yate por estribor, segundos después de que el primer helicóptero apareciera sobre la popa. Los hombres de la tercera lancha iban a tener que esperar, ya que su misión era la más complicada.

Cuando Danny por fin llegó al aeropuerto una hora y cuarenta y dos minutos más tarde, tardó un buen rato en localizar el avión de Khalifah…, y eso que estaba rodeado de coches patrulla con las luces lanzando destellos y que el subinspector Adaja, claramente al mando, estaba en la pista, lo cual debería haberle hecho sospechar…

Cuando el coche se detuvo, Khalifah permaneció en su asiento hasta que le abrieron la puerta. Al bajar, dijo:

—No podría haber tardado mucho más, comisario. Por el bien de *lady* Victoria, esperemos que Chalabi no haya intentado ponerse en contacto conmigo aún.

William sabía que todavía quedaban nueve minutos antes de la hora convenida para la llamada de Chalabi, y no hizo ningún comentario. Acompañó a Khalifah por la pasarela hasta el *jet*. Se quedó al pie de la escalerilla mientras Khalifah entraba en el avión, y al cerrarse la puerta en sus narices se sintió impotente.

Khalifah se dejó caer en el comodísimo asiento de cuero y se miró el reloj. Habían apurado prácticamente todos los minutos de las dos horas.

—¿Cuándo despegamos? —preguntó mientras la azafata le servía un vaso de agua.

—Están terminando de repostar, señor, así que no creo que falte mucho —dijo a la vez que empezaba a sonar el teléfono del reposabrazos.

En cuanto las tres zódiacs se perdieron de vista, el capitán Davenport se dio media vuelta y fue con paso firme a la cubierta de los helicópteros, donde dos pilotos estaban llevando a cabo sus últimas comprobaciones antes del despegue. Sus hombres iban de acá para allá como boxeadores nerviosos que, habiéndose puesto los guantes, no veían el momento de saltar al *ring*.

A Davenport ya le habían informado de que el submarino Ursula estaba patrullando las inmediaciones del Lowlander, listo para soltar un torpedo y hacerlo saltar por los aires si la misión fracasaba. Intentó no pensar en ello.

Davenport fue el último hombre en subir a bordo del helicóptero guía, y sería el primero en bajar. En cuanto se hubo puesto el cinturón de seguridad, esperó a que la segunda manecilla del cronómetro diese dos vueltas más a la esfera, y a continuación, con firmeza, le dio un golpecito en el hombro al piloto.

Las palas de los rotores empezaron a girar cada vez más deprisa, y, por fin, el helicóptero guía se elevó lentamente, lo que produjo una ráfaga de viento y espuma salina que obligó al equipo de mantenimiento a protegerse los ojos con las manos.

El segundo helicóptero hizo lo mismo instantes después, y, aunque en ningún momento iban a estar a más de cien metros de distancia el uno del otro, una vez que llegasen a la zona objetivo cada uno se iría por su lado.

—Diez minutos —dijo Davenport, rompiendo con ello el silencio radiofónico.

—¿Pueden ser once, señor? —respondió el jefe de los zódiacs.

—¡Procedo!

A medida que se acercaban al yate el cielo se iba oscureciendo, hasta que por fin el sol desapareció por el horizonte.

Si la llamada al avión no tenía respuesta, Chalabi ya había decidido quién moriría primero. Si respondía el jefe y confirmaba que estaban a punto de despegar y que estaba deseando que lo recibieran como a un héroe en Trípoli, lo único que le quedaría por hacer sería jugar el final de la partida.

Hassan había sido elegida para amputarle un brazo y una pierna al supuesto agente de protección antes de que lo arrojasen al mar. Le había prometido a Chalabi que la dama de compañía viviría lo suficiente para ver a su amado en el agua y reunirse con él; de este modo podrían compartir sus conmovedores momentos finales. Hassan estaba deseando ver cuál de los dos se ahogaría primero. Chalabi pensaba grabar un vídeo de su agonía, para disfrutar más tarde dándole al botón de repetición. Cuando volvieran a Libia, se emitiría sin parar por la televisión de Al Jamahiriya, para que el mundo entero pudiera ser testigo de su hazaña. Un héroe en su propio país, un villano para el resto el mundo: ¿qué más podía pedir un hombre?

Khalifah cogió el teléfono en el segundo cincuenta y nueve del minuto cincuenta y nueve de la segunda hora, y lo primero que oyó fueron las palabras «Alabado sea Alá».

—Alabado sea Alá —repitió Khalifah, y a continuación, eufórico y exhausto, colgó.

Vencido por el agotamiento, se sumió en un profundo sueño mientras el avión despegaba y las luces titilantes de Heathrow desaparecían en la distancia.

—Alabado sea Alá —repitió Chalabi, a continuación sacó la pistola de la funda.

A punto estaba de dar la orden de que subieran al inspector Hogan a cubierta para encargarse personalmente de ejecutarlo cuando le distrajeron unos disparos procedentes de arriba. Soltó el teléfono, cayó de rodillas y al mirar al cielo vio un helicóptero sobrevolando la popa del yate. Cuando volvió a bajar la vista, vio una flota de lanchas que avanzaban hacia ellos a toda velocidad.

Los hombres de Hassan respondían a los disparos, pero Chalabi sabía que solo era cuestión de tiempo que los aplastasen. Solo tenía una posibilidad de salvar el pellejo. Se puso de espaldas a sus colegas y, mientras gateaba hacia la escalera de caracol que bajaba a la cubierta inferior, vio un segundo helicóptero que sobrevolaba la proa del yate. Del segundo helicóptero colgaba ahora una gruesa cuerda por la que un hombre bajaba rápidamente a la cubierta, con otro siguiéndole de cerca. Antes de que Davenport pisara la cubierta y echase a correr, Chalabi había llegado al pie de la escalera.

Nada más oír el primer disparo, Ross saltó de un balcón a otro para reunirse con la princesa y con Victoria. Los hombres del Servicio Especial de Barcos de la primera zódiac ya habían enganchado una escalera a un lado del yate, y él y sus hombres estaban subiendo a cubierta casi a la misma velocidad a la que bajaban sus colegas de los helicópteros; mientras, el operativo de distracción del Cornwall había llegado a la popa del yate. Ross sabía que la inminente batalla terminaría en cuestión de minutos. Pero no para Jamil Chalabi, que iba corriendo por el largo pasillo hacia la *suite* real.

Nada más irrumpir Chalabi en el camarote, Ross cogió en brazos a la princesa, salió disparado al balcón y la lanzó por la borda. A los pocos segundos, la tercera zódiac había llegado a su lado, y el patrón se inclinó y la sacó del agua sin ceremonias. Tras comprobar que la princesa subía a bordo de la zódiac, Ross cogió una pistola que había escondido debajo de la barandilla del balcón y volvió corriendo a la *suite*. Se tiró al suelo y disparó tres veces a Chalabi, que no se movía y era, por tanto, un blanco fácil. Pero, en lugar del estallido de balas que esperaba oír, sonaron tan solo tres clics. En el rostro de Chalabi se dibujó una sonrisa de satisfacción.

—Me ha subestimado una vez más, inspector —dijo al tiempo que levantaba lentamente la pistola, le miraba a los ojos y apuntaba.

A punto estaba de disparar cuando una mano le agarró de la coleta, haciéndole tambalearse y disparar al techo.

Estaba recuperando el equilibrio cuando sintió que un objeto afilado le atravesaba un lado del cuello. Manejado por una mano experta, un abrecartas de plata le hizo una raja de oreja a oreja. Cayó desplomado en el suelo; la sangre le salía a borbotones por todos los vasos sanguíneos del cuello. Tirado a los pies de Victoria, Chalabi miraba con los ojos bien abiertos a la dama de compañía.

—Me has subestimado —dijo ella, dedicándole una cálida sonrisa al tiempo que Chalabi exhalaba su último suspiro.

Instantes después, el capitán Davenport irrumpió en el camarote. Se quedó mirando el cuerpo inerte de Chalabi sin dar crédito a lo que veía antes de decir:

—¿Lo ha hecho usted, señorita?

—Sí —respondió tranquilamente Victoria a la vez que sacaba un pañuelito de papel, limpiaba el abrecartas y lo colocaba de nuevo en la mesa junto a un montoncito de cartas sin abrir.

—¿Alguna vez ha pensado en unirse al Servicio Especial de Barcos? —preguntó Davenport.

—Desde luego que no. Ya tuve bastante con las Girl Scouts.

La azafata le dejó dormir una hora antes de despertarle.

—Estamos a punto de aterrizar, señor. Espero que haya tenido un vuelo agradable.

Mansour Khalifah no hizo ningún comentario; tenía la cabeza ocupada con cosas más importantes.

La azafata le bajó con cuidado el reposabrazos y le ayudó a ponerse el cinturón. Khalifah ni se movió, completamente absorto en el discurso que había preparado durante los largos días de aislamiento. Incluso ensayó el saludo que le iba a hacer a la multitud mientras el avión tocaba tierra y daba botes por la pista de aterrizaje. Se preguntó si el coronel en persona estaría esperándole al pie del avión para darle la bienvenida.

Una vez que el avión se hubo detenido, la azafata abrió la puerta de la cabina y se apartó a un lado. Khalifah se levantó del asiento, se alisó el largo *thawb*, se ajustó la kufiya y enfiló lentamente el pasillo.

El comandante salió de la cabina, saludó y dijo:

—Bienvenido a casa, señor.

Una expresión de triunfo asomó al rostro de Khalifah cuando salió por la puerta dispuesto a ser recibido por los fogonazos de los fotógrafos y los vítores de la muchedumbre. Levantó una mano a modo de agradecimiento..., pero no había fogonazos, ni nadie vitoreando. Bajó la mirada, y lo que vio no fue precisamente al coronel Gadafi esperando al pie de la escalerilla para saludarle.

Se giró rápidamente hacia la cabina, pero lo único que consiguió fue que un zapato de tacón le golpease con fuerza en mitad del pecho. Rebecca sonrió cuando Khalifah rodó escaleras abajo y fue a parar directamente a los brazos del jefe del Servicio de Protección de la Casa Real.

Danny le llevó de vuelta a Belmarsh en un tiempo récord. El director estaba esperando a la entrada para darles la bienvenida.

El capitán Davenport estaba disgustado porque uno de sus hombres había resultado herido durante la escaramuza, que fue la palabra que utilizó para describirle a la primera ministra la batalla de doce minutos. La víctima era un joven cabo que había recibido un disparo en el pie de una bala procedente —nadie se explicaba cómo— de la cubierta inferior.

Los cuerpos de los once terroristas ya habían sido arrojados al mar, como si el incidente jamás hubiese tenido lugar. De haber salido el tema, el aya de Victoria le habría aconsejado: «cuanto menos se diga, antes se arregla».

El Lowlander estaba en perfecto estado y limpio como una patena cuando emprendió el viaje de vuelta a Mallorca, donde Davenport devolvió las llaves del yate a la empresa de alquiler de barcos. Veinte hombres que no iban a bordo cuando zarpó de la pintoresca bahía unos días antes volvieron a Londres en diferentes vuelos, y desde allí cogieron el tren con rumbo al cuartel general del Servicio Especial de Barcos de Poole. Tenían que prepararse para su siguiente escaramuza.

A la mañana siguiente, Ross fue conducido en helicóptero al buque de Su Majestad Cornwall con el primer rayo de sol, y al subir a bordo le dijeron que la princesa y *lady* Victoria estaban desayunando en el comedor de oficiales con el capitán.

Al son de cuatro campanas, la tripulación del barco, vestida de gala, se reunió en la cubierta para dar la bienvenida a la visita real. La princesa dedicó el resto de la mañana a recorrer el portaaviones, agradeciendo a todos la vital tarea que estaban desempeñando por la reina y por la patria. Después de comer con la sección de oficiales al completo, se trasladó a *lady* Di en helicóptero a La Valeta para que cogiera un avión rumbo a Escocia.

Los vítores y las gorras lanzadas al aire que acompañaron a su partida hacían pensar que el mito se convertiría en leyenda, ya que no había ni rastro de los miembros del Servicio Especial de Barcos, y el Cornwall no tenía previsto regresar a Portsmouth hasta dentro de un par de meses.

Ross acompañó a la princesa y a Victoria en el vuelo a Balmoral, donde estaba previsto que la protegida real de Hogan asistiese al día siguiente a los Highland Games.

Estaba deseando pasar un rato a solas con Victoria, pero la oportunidad no se presentó porque el protocolo real establecía que él durmiera en un chozo de la finca de Balmoral y que ella se quedase en el castillo. Tumbado en la cama, a solas con sus pensamientos, se dijo que habían acabado entablando una relación muy estrecha. Era la única mujer por la que se había interesado desde que murió su esposa. ¿No habría llegado ya el momento de decirle lo que sentía? Se durmió.

A la mañana siguiente, Victoria desayunó con la familia real en el comedor mientras Ross bajaba a las dependencias del servicio a disfrutar de un desayuno idéntico con el personal doméstico.

Mientras se sentaba delante de un cuenco bien caliente de crema de avena con sal y miel, echó un vistazo al titular del *Daily Telegraph* antes de que el mayordomo lo planchase para subirlo en una bandeja de plata. «La princesa de Gales interrumpe sus vacaciones en Escocia para hacer una visita sorpresa al buque de Su Majestad Cornwall».

Victoria le había dicho en cierta ocasión que se podía confiar a ciegas en lord Deedes, antiguo director del *Telegraph* y consejero de la Corona, cuando se le ofrecía una exclusiva para la portada de la primera edición del periódico, pues ella sabía que saldría en la segunda edición de los demás periódicos y, además, que la Casa Real le estaría profundamente agradecida.

Tan solo el *Daily Mail* mantuvo su titular original, en el que decía que su fotógrafo estrella especializado en la realeza había desaparecido misteriosamente mientras veraneaba en Mallorca. Pero, como no trabajaba para más periódicos, los demás ni se molestaron en dar seguimiento a la noticia.

Palacio ya tenía preparadas las palabras «teoría de la conspiración» por si acaso el asunto se les iba de las manos.

Esa misma mañana, más tarde, Ross se sentó en el asiento del copiloto del Jaguar que llevaba a la princesa y a Victoria a los Highland Games.

Al llegar, se situó al fondo del palco real mientras el príncipe Carlos y la princesa recorrían el circuito en un Land Rover descapotable, devolviendo saludos a una muchedumbre ferviente.

Ross disfrutó viendo a los bailarines de las Tierras Altas escocesas, que interpretaron el «Dashing White Sergeant» acompañados por los gaiteros de la banda de la Guardia Escocesa. Le asombró la fuerza de los hombretones que lanzaban el martillo, como también el esprint de los seis atletas, bastante más flexibles, que participaron en los cien metros lisos en pista de hierba; el ganador llegó a la meta en menos de diez segundos. De vez en cuando, Victoria volvía la cabeza y le dedicaba una cálida sonrisa.

Durante el té, Ross se puso muy contento cuando Victoria se separó de la comitiva real para reunirse con él al fondo del palco. A punto estaba de preguntarle cuándo regresaba a Londres cuando uno de los invitados, enfundado en una elegante chaqueta Lovat y una falda de tartán verde y azul, se acercó a ellos relajadamente.

Ross había repasado la lista de los invitados y de los fotógrafos durante el desayuno, así que sabía que el caballero en cuestión era *sir* Hamish McTaggart, presidente de Aberdeen Oil, una de las empresas más importantes del sector energético de Escocia.

—Hamish —dijo Victoria—, te presento al inspector Ross Hogan, el agente de protección personal de la princesa.

—Encantado de conocerle, Hogan —dijo McTaggart a la vez que se daban la mano.

—Hamish —dijo Victoria cogiéndole del brazo— es mi prometido.

Ross tardó unos instantes en poder decir:

—Enhorabuena.

—Gracias, inspector —dijo McTaggart—. ¿Va a pasar todo el fin de semana con nosotros?

—No, señor. Esta tarde vuelvo a Londres, y me sustituirá uno de mis colegas escoceses.

—Qué lástima —dijo McTaggart—. Se va a perder el punto culminante de los juegos: el tiro de la soga entre los escoceses y un equipo visitante de Inglaterra.

—Creo que ya sé quién ha ganado esa batalla... —dijo el visitante de Inglaterra.

Capítulo 36

—Cada vez que te vistes como una estrella de cine —dijo Beth— es porque te vas al juzgado o a ver a tu padre.

—Ambas cosas —dijo William alisándose la corbata.

—¿Quién se sienta en el banquillo?

—Miles Faulkner. Está a punto de averiguar cuántos años más va a tener que pasar en la cárcel.

—Sé que en tu equipo hacéis apuestas sobre el resultado de los juicios en los que estáis implicados. ¿Tú cuándo crees que le pondrán en libertad..., en 2003, 2004, 2005?

—Eso dependerá de cómo se declare.

—Pero, incluso si se declara culpable —dijo Beth—, se fugó estando bajo custodia, fingió su propia muerte y desapareció. El juez tendrá que tener todo eso en cuenta, ¿no?

—Cierto. Sin embargo, si el jurado concluye que fue secuestrado ilegalmente, que lo sacaron de su casa de España y lo llevaron a Inglaterra contra su voluntad sin una orden de extradición, podría ser yo el que acabase sentado en el banquillo de los acusados.

—Te prometo que iré a verte a la cárcel. De vez en cuando, porque en estos momentos estoy un poco atareada.

—No te lo tomes a broma. Booth Watson también alegará que saqué un cuadro muy valioso de la casa española de Faulkner sin su permiso, lo traje a Londres y te lo di a ti.

—Me lo cediste en préstamo —dijo Beth, desafiante—. Puedo demostrar que ya había acordado con Booth Watson devolverlo el mismo día de la clausura de la exposición de Hals, cosa que hice, lo cual significa que tú solo cogiste el cuadro prestado y tenías toda la intención de devolvérselo a su legítima propietaria, Christina. Y Christina ya ha accedido a que el Fitzmolean lo añada a su colección permanente.

—Sospecho que Booth Watson lo pondrá en duda y dirá que pertenece a su cliente.

—Lo cual, al menos, demuestra que tú nunca tuviste intención de robar el retrato.

—Un sutil argumento legal —observó William—, como diría mi padre en mi defensa con su característica elocuencia. Pero el juez podría estar en desacuerdo con él, y que no te quepa ninguna duda de que Booth Watson no parará de recordarle al jurado, y no digamos a la prensa, que el fiscal es mi padre, y que quizá el hombre que está en el banquillo de los acusados no es el que debería estar.

—Sería una lástima —dijo Beth—: con las ganas que tenía yo de celebrar esta noche nuestro aniversario de bodas en Lucio's... Y me temo que no sería tan fácil reservar una mesa en Belmarsh...

—¿Adónde vas, cariño? —preguntó Sebastian, y ayudó a Christina a ponerse el abrigo.

—Al teatro.

—¿A las nueve de la mañana?

Christina se rio mientras Sebastian abría la puerta del apartamento.

—En el Old Bailey, el telón sube a las diez, pero yo ya llevaré un buen rato sentada en el patio de butacas.

Mientras iban al ascensor, Christina añadió:

—En esta ocasión, el papel de juez lo interpretará el magistrado Sedgwick, que tendrá que decidir la suerte del actor protagonista, el señor Miles Faulkner. Es muy probable que mi ex vaya a hacer su interpretación de despedida ante un público de doce miembros de la ciudadanía que, con suerte, cuando el presidente del jurado salga a emitir el veredicto, solo pronunciarán una palabra.

—Pero, si Miles se declara culpable —dijo Sebastian mientras pasaban al ascensor—, no hará falta el jurado.

—No es su estilo —respondió Christina mientras salían a la planta baja—. Miles preferiría perder peleando a reconocer la derrota. De hecho, he de reconocer que casi me da pena.

—No sé por qué —dijo Sebastian—. Al fin y al cabo, te engañó para quedarse con tu mitad de la colección de arte y después robó los diez millones que te pagó por ella. Diez millones que nos habrían asegurado champán y caviar para el resto de nuestra vida.

—No olvides que Miles podría pasarse el resto de sus días encerrado en un pequeño espacio a pan y agua, mientras que a mí aún me quedarán el apartamento y una pensión alimenticia de dos mil libras semanales, además de algún que otro extra procedente de mi asociación con Beth Warwick —dijo Christina mientras salían del edificio y su chófer se detenía ante la puerta—. Así que no tienes motivos de queja.

Mientras el Mercedes se alejaba, le dijo adiós a Sebastian con la mano. Por fin había decidido que él había pasado su fecha de consumo preferente.

—¿Lo de siempre, señor? —preguntó el jefe de camareros mientras Booth Watson le devolvía la carta.

—No. Como no me va a dar tiempo a comer más tarde, voy a pedir el desayuno inglés completo.

El camarero inclinó levemente la cabeza.

Booth Watson se puso cómodo y empezó a leer el *Times* mientras otro camarero le servía un humeante café solo. Sus ojos se posaron sobre un artículo que informaba a los lectores de que el caso de la Corona contra Miles Faulkner empezaba en el juzgado número uno del Old Bailey esa misma mañana. Se alegraba de que se hubiese elegido al juez Sedgwick para presidir el caso, ya que no era partidario de la clemencia. Booth Watson confiaba casi totalmente en que su cliente iba a pasarse varios años más en la cárcel, lo cual parecería un triunfo de *sir* Julian, como él mismo tendría la gentileza de reconocer antes de decirle a su viejo rival que había decidido que ya estaba harto y que le había llegado la hora de quitarse la peluca, colgar la túnica y largarse a vivir al campo. Eso sí, no le diría en qué campo.

Una vez que su cliente estuviese otra vez a buen recaudo en Belmarsh, Booth Watson llevaría a la práctica su planeadísima estrategia de salida. Primero, contactaría con Mudanzas de Arte, S. L., para que fueran al almacén de Gatwick, embalaran la colección de arte de Miles y la enviasen a Hong Kong. Les diría que no corría prisa porque tenía otros asuntos que resolver antes de salir del país. En particular, tendría que hacer varios viajes al banco de Miles en Mayfair, porque en su maletín Gladstone no cabían más de cien mil libras a la vez. Así pues, iba a tardar un tiempo en sacar los últimos diez millones de la caja de seguridad. Quizá le convendría llevar dos maletines Gladstone.

Como Miles le había robado el dinero a su exmujer, que en opinión de Booth Watson tenía más que de sobra para vivir, se sentía capaz de justificar el traslado de una cuenta a la otra sin perder el sueño. Una vez que hubiera sacado el último billete de cincuenta libras, se centraría en la colección de arte de Miles (por poco tiempo: pronto sería su colección), que para entonces ya habría llegado a Kowloon. Allí, el señor Lee podría inspeccionarla a su antojo antes de transferir cien millones de dólares más a otra cuenta bancaria que Booth Watson había abierto recientemente.

Una vez completada la transacción, cogería un avión a Hong Kong, y desde allí emprendería un viaje largo y tortuoso cuyo destino final era Seattle. Ya había pagado un cuantioso depósito a modo de señal para un magnífico ático que daba a Puget Sound y pensaba completar la transacción en cuanto el juez dictase sentencia.

Booth Watson había adquirido recientemente una nueva identidad, con pasaporte falso y todo, y había abierto varias cuentas bancarias por todo el mundo. Era asombroso todo lo que había aprendido de Miles a lo largo de los años.

—Llévense al prisionero —murmuró cuando le sirvieron un plato de huevos, beicon, champiñones y alubias.

Booth Watson cogió el cuchillo y el tenedor, listo para el ataque.

Tulip soltó el tenedor de plástico.

—¿Se va a declarar culpable o no culpable? —preguntó cuando Miles se sentó en la mesa enfrente de él.

Habían vuelto a llevar a Miles a Belmarsh desde la cárcel de Ford para que pasara la víspera del juicio en Londres. La mañana no había comenzado bien, ya que le habían dicho que se pusiese al final de la cola del desayuno, y encima había visto que su mesa de siempre ya estaba ocupada.

Reflexionó sobre la pregunta de Tulip.

—Aún no me he decidido. No sé de quién me fío menos, si de Booth Watson o del comisario Warwick.

—Tan malo es el uno como el otro —dijo Tulip rebañando las alubias con una rebanada de pan rancio—. Así que va a tener que elegir el menor de dos males.

—Pues menuda ayuda.

Un carcelero al que no reconoció se acercó, le plantó una mano en el hombro y dijo:

—Venga, Faulkner, vamos allá. No está bien hacer esperar al juez, ¿no le parece?

Miles apartó el desayuno intacto, y no le sorprendió ver que Tulip se hacía con ello. Volvió a su celda, donde tardó lo suyo en arreglarse para la ocasión: un elegante traje azul marino que hacía casi un año que no se ponía, una camisa recién planchada y una corbata Old Harrovian que le daban más aspecto de presidente de una compañía que de un hombre que a lo mejor pasaba la próxima década en la cárcel.

Se estaba revisando el nudo de la corbata en el espejito de acero que estaba atornillado a la pared cuando irrumpieron dos guardias en la celda, le pusieron las manos a la espalda y lo esposaron. Era evidente que no sabían quién era. Se lo llevaron por un pasillo de ladrillos verdes y pasaron por varias puertas de seguridad antes de salir por fin a un patio vacío y a la fría luz del día. La última puerta en abrirse sería una de madera que daba al mundo exterior.

—Espero verle esta tarde, Faulkner —dijo uno de los carceleros, con poco ánimo de ayudar, mientras le ponían en manos de tres policías fornidos que parecían estar deseando que él intentase huir.

Se llevaron al prisionero en volandas y lo metieron a empujones en el asiento trasero de un coche que estaba esperando. Lo sentaron entre dos agentes muy cachas, y un tercero se subió al asiento del copiloto. Las puertas se cerraron automáticamente antes de que el coche arrancara, y dos motociclistas los escoltaron para asegurarse de que no hubiera paradas innecesarias de camino al Bailey. Esta vez, no iban a correr ningún riesgo.

Miles permaneció callado todo el recorrido, todavía dando vueltas a cómo iba a declararse. Cuando el pequeño convoy cruzó la entrada de prisioneros del Bailey y aparcó en el patio de atrás, seguía lejos de decidirse.

Otros tres policías le estaban esperando para acompañarle a una celda pequeña y mal iluminada del sótano, y no daba la impresión de que nadie le fuese a quitar las esposas. Cerraron la puerta de golpe y se quedó sentado al borde del camastro, tieso como una vara. No quería tumbarse por temor a arrugarse el traje. Lo único que había para leer eran los mensajes que habían pintarrajeado en la pared ocupantes anteriores: La pasma me ha hecho la cama; Soy inocente... Tuvo aún más tiempo de considerar su declaración hasta que por fin se abrió la puerta, le quitaron las esposas y le hicieron subir al banquillo por un tramo de escaleras de piedra.

Se sentó en una desvencijada silla de madera flanqueada por dos guardias armados a esperar a que el juez hiciese acto de presencia.

Booth Watson estaba en el estrado, en su sitio de siempre, repasando sus comentarios introductorios; y *sir* Julian Warwick, echado hacia atrás con los brazos cruzados, consultaba con su ayudante. Miles echó un vistazo a su izquierda y vio a Christina sentada a solas al fondo de la sala, a todas luces deseando que esta fuera la última vez que le veía. Lo único que le faltaba era un par de agujas de punto mientras esperaba a que cayera la guillotina.

Al otro lado de la sala vio al comandante Hawksby sentado junto al comisario Warwick. Le pareció que Warwick estaba nervioso; seguro que estaba preguntándose cómo se iba a declarar. No iba a tener que esperar mucho para averiguarlo.

El reloj empezó a dar la hora y, al sonar la décima campanada, se abrió una puerta al fondo y apareció el juez Sedgwick con una larga toga roja y una peluca gris. Todos los presentes se pusieron en pie y saludaron con la cabeza a su señoría, un árbitro con el que ninguno de los jugadores se atrevería a discutir por miedo a ser expulsado del campo. El juez devolvió el saludo, colocó una carpeta roja en el estrado que tenía enfrente y se sentó en una silla de cuero de respaldo alto. Una vez instalado, se recolocó la toga y, mirando desde arriba, saludó primero a *sir* Julian y después al señor Booth Watson, antes de hacerle un gesto con la cabeza al secretario del juzgado para que confirmase que el proceso podía empezar.

El secretario llevaba una toga negra que le daba aspecto de maestro de escuela de la época victoriana. Se levantó y cruzó lentamente la sala para cumplir con su cometido más importante de toda la jornada. Deteniéndose ante el banquillo, dijo con una voz estentórea que reverberó por toda la sala:

—¡En pie el prisionero!

Miles se levantó, pero le temblaban tanto las piernas que tuvo que agarrarse a la barandilla. Una vez que hubo recuperado el equilibrio, el secretario prosiguió:

—Señor Miles Faulkner, se le acusa de darse a la fuga, de salir ilegalmente del país con un nombre falso, de utilizar un pasaporte falsificado y de fingir su propia muerte. ¿Cómo se declara, culpable o inocente?

Todos los presentes tenían la vista clavada en el acusado, salvo Booth Watson, que estaba mirando al frente. Y fue esta circunstancia la que hizo que Miles cambiase de idea una vez más. Miró directamente al juez y dijo:

—Culpable.

A *sir* Julian le pareció oír un suspiro de alivio procedente de la otra punta del estrado, pero quedó sofocado por el alboroto que se armó mientras varios periodistas salían disparados en dirección al teléfono más cercano.

El juez esperó a que el clamor remitiera antes de abrir la carpeta que tenía delante y repasar la declaración escrita que había completado tan solo unos momentos antes de entrar en el tribunal. Esa misma mañana, el director del ministerio público le había aconsejado que, si el acusado se declaraba inocente y el jurado no estaba de acuerdo, se ciñese al procedimiento recomendado y doblase la condena anterior del acusado. Esta decisión acababa de serle arrebatada.

—He reflexionado mucho sobre el fallo que estoy a punto de emitir —comenzó, mirando al acusado a los ojos.

Miles se preguntó si sería demasiado tarde para cambiar su declaración; a su vez, Booth Watson no intentó disimular la sonrisita que le asomó a los labios.

—No solo he tenido en cuenta —continuó el juez— que se ha declarado usted culpable, con lo que le ahorra a este tribunal un tiempo y unos costes nada desdeñables, sino también, lo que es todavía más importante, que después de fugarse de la cárcel volvió usted a Inglaterra por voluntad propia, se entregó a las autoridades y prestó un valioso cuadro al Fitzmolean antes de permitir, según tengo entendido, que pase a formar parte de la colección permanente de dicho museo.

Miles no reaccionó, mientras que Booth Watson parecía sorprendido. Christina se limitó a sonreír y asentir con la cabeza.

El juez hizo una pausa y pasó la página antes de continuar.

—Recientemente, el fiscal general se reunió conmigo y me hizo partícipe de ciertas cuestiones de las que yo no tenía conocimiento. Desde entonces, estoy convencido de que hay circunstancias atenuantes de peso que afectarán a la duración de la condena. No obstante, sería improcedente que mencionase dichas circunstancias en una sesión pública. Por este motivo, invito al secretario a que haga salir de la sala a todos aquellos que no estén directamente involucrados en el caso.

Pasó un rato hasta que el jurado, varios periodistas contrariados y el público de la galería salieron a regañadientes de la sala, algunos de ellos incapaces de disimular su decepción.

El juez no abrió la boca hasta que el secretario no cerró con llave la puerta de la sala número uno desde dentro y le indicó con una reverencia que podía continuar.

—También he tenido en cuenta el encomiable papel que desempeñó usted al ayudar a la policía a prevenir un ataque terrorista. Gracias a usted se salvaron muchas vidas, a la vez que ponía la suya en peligro.

»Sus rápidas acciones también redundaron en que la policía previniese otro delito de trascendencia nacional que habría podido causar un profundo malestar tanto al Gobierno como a la Policía Metropolitana. Gracias a usted, los delincuentes implicados se encuentran en estos momentos bajo custodia policial. Teniendo todo esto en cuenta, voy a emitir un fallo de ocho años más… —A punto estaba Faulkner de protestar, cuando oyó las palabras—: Pero, dadas las circunstancias, se suspende el cumplimiento de la pena. No obstante, si durante este tiempo cometiese usted la insensatez de reincidir, se le añadirán esos ocho años a cualquier posible condena nueva, sin disminución de pena. ¿Queda claro? —añadió el juez mirando al prisionero a los ojos.

—Sí, señoría —respondió Faulkner, y recuperó la fuerza en las piernas.

El juez hizo una pausa y pasó a la siguiente página de la carpeta roja.

—Las autoridades carcelarias también me han hecho partícipe de la conducta ejemplar que ha tenido usted durante su estancia en Belmarsh y, más recientemente, en la prisión abierta de Ford, donde ha ejercido de bibliotecario. —Al oír esto, William se permitió sonreír—. Por todo lo dicho, su condena inicial quedará reducida a la mitad, así que puede contar con que saldrá libre dentro de tres meses.

Al fondo de la sala, Christina se levantó de un salto y se dirigió a la salida, consciente de que solo disponía de unas semanas antes de que Miles pudiera vengarse.

—Lo siento, señora —dijo el secretario, y le bloqueó el paso—, pero no se me permite abrir la puerta hasta que su señoría haya terminado de emitir su veredicto.

—*Sir* Julian —dijo el juez mirando al fiscal—. Entendería perfectamente que considerase necesario interponer una apelación contra el fallo que he dictaminado en nombre de la Corona.

Para sorpresa del juez, *sir* Julian se levantó despacio, hizo una reverencia y dijo:

—Señoría, acepto su veredicto sin objeciones.

—Se lo agradezco, *sir* Julian —dijo el juez antes de dirigirse a un cariacontecido Booth Watson, que tenía aspecto de querer apelar contra el fallo de su señoría y de que lo habría hecho de no haber sido el abogado de la defensa.

Booth Watson también entendió que solo disponía de un par de meses para sacar el resto del dinero de su cliente de las cajas de seguridad y trasladar su colección de arte a Hong Kong antes de que dejaran libre a Faulkner. Con esto en mente, se giró y, subiendo los pulgares, felicitó a su cliente con una sonrisa. Al fin y al cabo, ¿acaso no le había prometido a Miles que si se declaraba culpable lo soltarían antes de Navidad? Eso sí, Booth Watson todavía pensaba celebrar el Año Nuevo en su apartamento recién comprado de Seattle.

Mientras salía del banquillo acompañado por los dos guardias, el prisionero se quedó mirando a Booth Watson, le dedicó una cálida sonrisa y dijo que no con la cabeza.

Capítulo 37

—Para usted, señora —dijo Lucio—, ¿me permite sugerir el lenguado *meunière,* ligeramente dorado con mantequilla y servido sobre un lecho de champiñones, con un toquecito de salsa de limón?

—Suena perfecto —dijo Beth devolviendo la carta.

—Y, para complementarlo, ¿quizá una copa bien fría de Pouilly-Fumé?

—Estupendo.

—Y yo ¿qué? —dijo William.

—Para usted, señor, ¿qué tal pescado frito con patatas fritas y puré de guisantes con un toque abundante de vinagre y kétchup?

—Servido en un lecho de…

—*Noticias del Mundo*, o cualquier otro tabloide.

—Y complementado con…

—Una pinta de cerveza tibia.

—Mejor imposible —dijo William con cara de satisfacción.

—Compréndalo, Lucio, mi marido es un cavernícola —dijo Beth cogiendo la mano de William—. Su única virtud es que es *mi* cavernícola.

Lucio descorchó una botella de champán, sirvió tres copas, levantó la suya y dijo: «¡Feliz aniversario!». A continuación, metió la botella en la cubitera de hielo y los dejó solos.

—Antes de que abra mi regalo —dijo Beth mirando un paquetito pulcramente envuelto que tenía delante—, estoy deseando saber cuántos años añadió el juez a la condena de Miles.

—Ninguno —respondió William—. De hecho, es como si le hubiese dado esa tarjeta del Monopoly que dice «Salir de la cárcel».

—¡¿Qué dices?! ¿Cómo es posible?

—«Circunstancias atenuantes», en palabras del juez.

—Como por ejemplo…

—Tendrás que preguntárselo a mi padre.

—Con él todavía tengo menos papeletas que contigo.

William se bebió el champán sin hacer ningún comentario.

—Booth Watson se habrá puesto como unas castañuelas —dijo Beth.

—A juzgar por su expresión, nadie lo diría. De hecho, cuando vi a mi padre más tarde en el pasillo, me dijo que por un instante incluso llegó a pensar que Booth Watson apelaría contra el fallo. Pero debió de pensárselo mejor, porque, al final, sorpresa, sorpresa, intentó atribuirse el mérito del veredicto.

—No creo que Miles se tragara el cuento, ¿no?

—No, no se lo tragó. De hecho, sospecho que Booth Watson acaba de perder su fuente de ingresos más lucrativa.

—No subestimes a ese hombre —dijo Beth—. Es capaz de cambiar de lado más deprisa que una veleta en un vendaval. Representaría a Christina sin pensárselo dos veces, y entonces sería Miles el que no podría fiarse.

—Y sin duda vería al cómplice de Christina acechando entre las sombras —concluyó William antes de subir la copa y decir—: Feliz aniversario, cariño.

—Feliz aniversario. Supongo que deberíamos brindar a la salud de Miles Faulkner.

—¿Por qué?

—Porque, si se hubiese declarado inocente, quizá no estaríamos celebrando nuestro aniversario esta noche.

—Ha debido de ser una decisión muy difícil —reconoció William.

—¿Puede que haya tenido algo que ver con que te levantases antes de que saliera el sol para asistir a otra reunión del Gabinete? —preguntó Beth, pero William bebió un sorbo de champán como única respuesta.

Al cabo de un largo silencio, Beth se rindió y volvió a fijarse en el paquetito que tenía delante.

—Y esto ¿qué será? —dijo, y empezó a desenvolverlo—. ¿Un collar de diamantes, tal vez?

—Me temo que para eso vas a tener que esperar a nuestro décimo aniversario.

—¿Perlas, rubíes, oro?

—Treinta, cuarenta, cincuenta años —bromeó William mientras Beth quitaba poco a poco el papel rojo y abría la caja.

Dentro había una pulsera del amor eterno.

—¿Cómo has sabido que esto era exactamente lo que quería?

—Quizá porque llevas un mes lanzando indirectas muy poco sutiles —dijo William al ponérsela en la muñeca. Se la abrochó y la cerró bien con el minúsculo destornillador de oro.

—Cadena perpetua —suspiró Beth—, y no tengo a nadie que me defienda.

—Seguro que Booth Watson estará encantado de representarte, teniendo en cuenta que en estos momentos anda un poco escaso de clientes.

—No puedo permitírmelo —dijo Beth llevándose el antebrazo a la frente con expresión desolada—. Conque desgraciadamente, cavernícola, no voy a poder librarme de ti.

—¿Quién te ha dado eso? —preguntó William fijándose por primera vez en el reloj Tank que llevaba en la muñeca—. ¿Tengo un rival?

—Varios. Pero la respuesta a su pregunta, señor comisario, es Christina.

—Un regalo increíblemente generoso. Te aseguro que su exmarido no me ha regalado nada por haber conseguido que le soltasen antes de tiempo.

Beth arqueó una ceja, pero William no dio más explicaciones.

—Como pasa siempre con Christina —dijo Beth—, la cosa no es tan sencilla, porque recuerdo que en la inauguración de Frans Hals la vi con este mismo reloj. Pero la correa de piel de cocodrilo parece nueva, y, puesta a aceptar artículos de segunda mano, ¿de quién mejor que de Christina?

—¿Significa eso que vuestra empresa va viento en popa?

—Desde luego que sí, entre otras cosas, porque hace poco he dado un pequeño golpe maestro con una acuarela de Russell Flint.

—¿Padre o hijo?

—Deja de hacerte el entendido. Conseguí vendérsela a un coleccionista a muy buen precio, y, como Christina sigue reinvirtiendo su parte de las ganancias, la he hecho socia al cincuenta por ciento.

—Te estás convirtiendo en una vulgar capitalista a marchas forzadas —dijo William alzando otra vez la copa.

—Lo que no sé es hasta cuándo... —dijo Beth con aire pensativo; esta vez fue William el que arqueó una ceja. Beth dio un sorbo al champán antes de responder a la pregunta implícita de William—. Esta mañana me ha llamado el presidente para comunicarme que Gerald Sloane ha dimitido de su cargo de director.

—¿Y eso por qué? —preguntó William, y, después de una pausa, añadió—: Tiene que haber una razón.

—Si la hay, no sueltan prenda.

—¿Cómo te has enterado?

—Se enteró Christina cuando el presidente le preguntó si estaría dispuesta a volver a la junta directiva.

—Entonces, ella sabrá cuál es la razón —dijo William, y añadió—: Y, por consiguiente, tú también.

—Digamos solamente que tres de las secretarias de Sloane dimitieron durante la breve etapa en la que fue director, y puede que a la junta le hayan parecido demasiadas.

—Tiene que haber algo más.

—Tú cuéntame qué sabes de Faulkner —dijo Beth—, y yo te contaré qué sé de Sloane.

William vaciló unos instantes, y después se lo pensó mejor.

—¿Vas a solicitar el puesto? —dijo, como si no hubiese oído la pregunta—. A fin de cuentas, seguro que saben que tú eres la razón por la que el autorretrato de Hals sigue colgado en el museo.

—Estoy dividida —dijo Beth, y a continuación le dio otro sorbo al champán—. Si me convirtiera en la directora del Fitzmolean, mis ingresos actuales se reducirían más o menos al cincuenta por ciento, y además volvería a tener horario de oficina, con lo que vería mucho menos a los niños. Al mismo tiempo, tendría que hacer frente a la constante necesidad de recaudar fondos para mantener el museo a flote.

—Entonces, tendrán que ascenderme a comisario general.

—Aunque puede que ni siquiera me ofrezcan el puesto… —dijo Beth, pensativa.

—No van a cometer ese error por segunda vez.

Lucio apareció de nuevo en la mesa y dejó el lenguado *meunière* delante de Beth; después, a regañadientes, soltó una ración de pescado con patatas fritas en el lado de William. Los dos parecían satisfechos. El sumiller dio un paso al frente, descorchó el Pouilly-Fumé y echó un poquito en la copa de Beth, que dio un sorbo y sonrió. Le llenó la copa mientras Lucio dejaba una pinta de cerveza delante de William.

Beth acababa de coger el cuchillo y el tenedor cuando el teléfono de William empezó a sonar.

—Si respondes, atente a las consecuencias, cavernícola.

William se sacó el móvil de un bolsillo interior, y a punto estaba de apagarlo cuando vio el número en la pantalla. Lo dejó sonar mientras pensaba en la amenaza de Beth, pero decidió jugarse el pellejo y se pegó el teléfono a la oreja.

—Buenas tardes, señor. Supongo que llama para desearnos un feliz aniversario a Beth y a mí, porque estamos a punto de empezar el primer plato...

—Feliz aniversario —dijo el Halcón, apresurándose a añadir—: Acabo de recibir una llamada de...

William escuchó atentamente al comandante mientras Beth subía el cuchillo del pescado con gesto amenazador.

—Voy para allá —dijo William. Apagó el teléfono y pidió disculpas a su mujer con la mirada.

—¿Se te ocurre una buena razón para que no te mate? —dijo Beth, y acercó el cuchillo del pescado al corazón de su marido.

—No, ninguna —reconoció William—. Pero ¿se me permite solicitar un aplazamiento de la sentencia hasta después de que me reúna con la primera ministra?

Estimado lector:

Espero que hayas disfrutado de la última aventura de William Warwick tanto como he disfrutado yo escribiéndola.

Además de escribir, uno de mis mayores placeres es preparar detalladamente el material para dotar de autenticidad a la obra, y, en este sentido, *Línea de sucesión* no ha sido una excepción. No obstante, he tenido que tomarme algunas libertades, en particular con los horarios de la última noche de los *proms*, y puede que algún que otro lector ponga ligeras objeciones a otras inexactitudes de menor importancia. Pero, antes reclamar, recuerde, por favor, que es una obra de ficción, y mi único deseo es que disfrute de la historia.

Un cordial saludo,

JEFFREY ARCHER

Agradecimientos

Quiero agradecer los inestimables consejos y la ayuda documental de Simon Bainbridge, Lee Bennet (sargento retirado de la Policía Metropolitana), George Burn, Paul Burrell RVM (Medalla Real Victoriana), Jonathan Caplan QC (consejero de la reina), Kate Elton, Craig Hassall AM, Alison Prince, Bob Sait (comisario general de la Policía Metropolitana, retirado) y Ken Wharfe MVO (miembro de la Real Orden Victoriana) y AW (operador de Sistemas de Guerra de Aviación, Armada de los Estados Unidos).

Agradecimientos especiales a:
Subinspectora Michelle Roycroft (retirada)
Comisario general John Sutherland (retirado)
General de brigada (retirado) R. Copinger-Symes CBE (comendador de la Orden del Imperio Británico), cuerpo de Marines Reales.

Printed in the USA
CPSIA information can be obtained
at www.ICGtesting.com
JSHW080536100224
57089JS00001B/6